COLLECTION FOLIO

D1148115

Angelo Rinaldi

Dernières
nouvelles
de la nuit

Gallimard

Angelo Rinaldi est né en Corse où il a passé son enfance. Il a publié son premier roman, *La loge du gouverneur*, en 1969. Puis *La maison des Atlantes* (Folio n° 449) pour lequel il a reçu le prix Femina en 1971, *L'éducation de l'oubli* (Folio n° 989) en 1974, *Les dames de France* (Folio n° 1196) en 1977, *La dernière fête de l'Empire* (Folio n° 1587) en 1980, *Les jardins du Consulat* (Folio n° 1771) en 1984, *Les roses de Pline* (Folio n° 2075) en 1987, *La confession dans les collines* (Folio n° 2417) en 1990, *Les jours ne s'en vont pas longtemps* (Folio n° 2711) en 1993 et *Dernières nouvelles de la nuit* en 1997.

Il est aussi critique littéraire et a publié un recueil de chroniques, *Service de presse*, en 1999.

À Romaine

« Comme un poupon chéri, mon sexe est innocent. »

APOLLINAIRE.

En tout cas, j'avais salement vieilli. Je comprenais mieux que jamais le refus de Marceau d'en passer par là. C'est ainsi qu'à la fin, sans doute, à bout de forces, à court de souffle, quand la fièvre est l'ultime activité du corps, la mort sera la place fraîche sur l'oreiller, un filet d'air dans la fournaise, un verre d'eau glacée quand on crève de soif. J'avais déjà entrevu cela à l'hôpital, après un accident de la route... Cependant, tenir malgré la douleur irradiant au creux de la poitrine, tenir pendant deux minutes au moins devant ce gamin à la souplesse d'acrobate et à la poigne de champion de sumo, tenir pour sauver la face, bien qu'il n'y eût d'autre témoin à la raclée menaçante que le patron du club, un homme à la carrure élargie par un survêtement bleu outremer, et que son physique prédisposait à vanter le plaisir de vieillir, dans la publicité des contrats d'assurance qui promettent une retraite sans soucis. Il était à mi-chemin entre le vétérinaire de la rue de Roumanie, à Rome, et le surveillant des vestiaires aux fresques toc-pompéiennes du gymnase situé près de la Villa Borghèse, un ancien joueur de football professionnel qui semblait toujours renifler avec dégoût sa moustache, pourtant propre et bien taillée. Il s'était mis à procurer des hommes aux hommes, avec tant de discrétion, toutefois, que j'avais seulement appris cette commodité un mois avant mon départ. Le vétérinaire était d'une mélancolie séduisante, et l'entremetteur, très prévenant : « Aujourd'hui, évitez le snack. Tout provient de boîtes de conserve. »

Le long de la paroi vitrée qui retranchait au tatami l'espace d'un bureau de gardien, des photos alternant avec des portraits en buste de maîtres japonais montraient le huitième dan à des étapes différentes de l'âge et de la célébrité sportive qui se mange toute chaude.

On m'aurait bien étonné, une demi-heure plus tôt, à me prédire que j'allais enfiler un kimono d'emprunt encore imprégné de la sueur d'un précédent combat, un kimono de cadet dont la veste étriquée faisait sur mon buste l'effet d'un boléro de toréador. Loin de penser au sport, je pesais le pour et le contre au sujet d'un devis de menuisier. À mon retour de Rome, j'avais eu le coup de foudre pour cet appartement que m'avait procuré un collègue de bureau content de m'obliger puisqu'il allait travailler sous mes ordres. Mais ce n'était pas une raison pour enrichir le propriétaire au-delà du raisonnable ; après tout, je n'étais riche que par rapport à mon enfance, et je n'avais pas d'héritiers.

Persuadé que la grille en guise de porte signalait l'existence d'une chapelle derrière l'immeuble — comme à Rome, où, des chapelles, j'en découvrais une chaque jour — je m'étais arrêté. On apercevait, à l'extrémité du passage cocher qu'éclairait, en dépit du surprenant soleil de février, une lanterne suspendue à la douelle de la voûte, le vert d'un feuillage le long d'un mur, l'ocre des pots de géraniums en déséquilibre et en cercle au milieu du pavage de la cour, comme à Rome également. Et, pour m'être immobilisé par curiosité, j'étais retombé, la lumière aidant, dans l'atmosphère d'un autre jour — l'après-midi déjà lointain où, penché à la fenêtre pour apercevoir sur la gauche les toits de l'île Tiberina, j'avais acquiescé aux conditions de la logeuse, qui me faisait visiter l'appartement meublé, une femme sans âge, élégante à force de maigreur, les cheveux aussi jaunes que la paille de ses chaises, sans cesse une main sur la gorge, comme pour dissimuler les fanons. Je m'étais engagé à ne toucher sous aucun prétexte à la photo qui, dans l'antichambre, représentait son défunt mari à la tête d'une colonne de soldats, dans une rue d'Addis-Abeba. À l'entendre, il était de beaucoup plus âgé qu'elle, son colonel, et avait aussi combattu les Anglais en Afrique et souffert dans l'un de leurs camps de concentration, là-bas. Elle avait eu un geste charmant de gentillesse pour rectifier le nœud de ma cravate aussitôt le marché conclu. Chère madame Sogno, je vous retrouverai, des années plus tard, dans une *balera* et vous serrerai contre ma poitrine, mais vous ne reconnaîtrez pas, peut-être parce qu'il avait grossi, votre cavalier, qui vous marchait sur les pieds, ou que les hommes, dans votre regard, n'étaient que ce que vous souhaitiez qu'ils fussent.

À peine m'étais-je avancé sous la voûte que devait se ranimer la volonté de renouer avec une vie hygiénique, sportive ; il n'y avait pas que de la coquetterie à cela. J'étais retourné au siège de ma société, où j'avais à affronter des subordonnés qui atteignaient à peine la trentaine et ne me feraient pas de cadeau, si je m'abandonnais. « Le Vieux ». Le sobriquet, je

15

l'avais saisi au vol, quand on me l'appliquait dans un attroupement autour de la machine à café. On ne m'avait encore présenté à personne ; pour obtenir ce poste, je l'avais emporté sur tous, bien qu'étant à l'étranger. Et, certes, le président-directeur général était maintenant octogénaire, mais les riches, eux, n'ont pas d'âge.

Au fond de la cour, on remarquait tout de suite, à droite, digne de l'entrée d'un chantier par ses dimensions et son bariolage, le panneau sur lequel le *j* de judo et le *c* de club différaient des autres lettres par la couleur et la forme ; j'apprendrais que c'étaient les initiales de l'homme en survêtement bleu.

La douleur gagna l'épaule droite. Plus raidi qu'un cheval refusant l'obstacle, la langue pendante du chien à l'attache, de tous mes muscles bandés je résistais sans prendre d'initiative, et, faute de mobilité, faillis m'écrouler sur un fauchage de jambes — la punition de ceux qui veulent gagner du temps. Dans un sursaut qui me noua les tripes, le danger évité de justesse, j'essayai de repousser l'adversaire, qui n'était même pas essoufflé, espérant avoir dérobé, par l'esquive, une trentaine de secondes, lorsque l'autre, soudain doté de plus de mains qu'un dieu hindou, en lâcha une qu'il avait plaquée dans mon dos. En un éclair, il se baissa pour la glisser sous une de mes cuisses, non sans me meurtrir les parties au passage. C'est alors que j'eus conscience d'être arraché du sol, de tourner en l'air sur moi-même, et, avant de m'affaler de tout mon long avec un claquement de mâchoires qui résonna dans ma tête, je crus voir vaciller les parois de la salle, et le bleu d'un survêtement de sport se répandre au plafond, tel un flot d'encre. Sous le choc, pareille à un vieux flipper qui crache enfin sa bille, à force de coups de pied destinés à relancer la machine, ma mémoire me restitua un mot japonais — *wazari* — qui désigne l'une des prises les plus efficaces de ce sport. Puis je sentis quelque chose sous la langue — fragment d'émail ou de plombage expulsé de son alvéole — et j'en conçus tant de fureur qu'il m'en coûta moins que je ne le craignais de me remettre debout. En outre, il n'était pas difficile de haïr une jeunesse que soi-même on n'avait plus. Dans la vie, n'avais-je pas trop sous-estimé les ressources de la haine pour réussir ?

Tenir pendant une minute encore, et pour cela repartir à l'assaut, bien que j'eusse la vue brouillée par la sueur, la sensation d'émerger du fond d'une piscine sans lunettes de plongée. Tenir. Ce n'était pas une affaire d'amour-propre ou le souci de ma réputation : elle était révolue l'époque où je me croyais obligé de fournir à tout bout de champ des preuves de cette virilité morose dans l'idée de laquelle j'avais été élevé, et formé au collège à travers des concours de pets — simplement, j'aurais mal auguré de la suite, si j'avais recommencé ma vie à Paris par une défaite. Peu importait le domaine.

On se serait figuré que l'adversaire, à présent, m'accueillait à bras ouverts, mais c'était pour m'étreindre contre ma volonté et me déséquilibrer. Il y parvint et m'accompagna dans ma chute de toute sa masse de muscles et de son odeur de rouquin, un cri de triomphe à la bouche. Allais-je vomir ou perdre connaissance ? Les deux à la fois peut-être. Non moins immobile que les maîtres japonais dans les portraits accrochés aux murs, au bord de ce tapis d'un rouge qui, sous les effets des piétinements, s'était éteint par endroits, le patron

17

du club suivait, impassible, le cours d'un châtiment qu'il avait laissé prévoir. Il ne lui déplaisait sans doute pas que l'on me l'infligeât : « Revenez demain à la séance pour les vétérans, m'avait-il conseillé, quoique sans insistance, avec son curieux parler un peu gras qui écartait une origine parisienne. Vincent est quatrième dan. Il a trop l'esprit de compétition, et, vous, vous êtes quand même rouillé... » Et Vincent, puisque Vincent il y avait, emporté par son élan, avait roulé dans la suite du mouvement ; sûr du résultat, il tardait à se relever. Galvanisé par l'envie d'en finir, quitte à m'exposer au coup de grâce, ou peut-être avide de le recevoir, je parvins à bondir sur le traînard, accrochant mes jambes aux siennes afin de prévenir une ruade qui m'eût désarçonné. D'anciens réflexes ou ruses s'accomplirent, avant que j'eusse le temps de les nommer : plonger les doigts serrés le long des oreilles de mon adversaire qui se débattait, faire que les deux mains se chevauchent sous le menton, et, avec ce levier, écraser le cou tant que l'asphyxie n'aurait pas déformé ce visage d'une vingtaine d'années, au front semé de taches de rousseur identiques aux grains de chocolat répandus sur un gâteau de riz. J'écrasai donc. Mes dernières forces y passèrent, et d'une chiquenaude on m'aurait alors achevé. Oublié depuis le matin, en plein cagnard, à l'arrière d'une voiture les vitres fermées, un chien aurait haleté moins que moi-même. Aussi hésitai-je à admettre que Vincent tapotait dans mon dos pour signifier, selon les règles, qu'il abandonnait le combat au bord de la syncope ; je roulai sur le côté. L'arbitre, qui n'avait pas bronché, devait voir deux hommes suffoquer, les bras en croix, les yeux clos et qui, un moment, ressemblèrent à des dormeurs en proie à des cauchemars dont ils ne parviennent pas à sortir, parce que le corps qui les repousse est moins fort que l'esprit qu'ils ont conquis.

Je pensai à la respiration normale, à la station debout, à la marche, au silence des organes et viscères lorsque tout va bien, comme à un bonheur irrécupérable et perdu par ma faute. J'eusse cédé contre un verre de menthe glacée l'appartement que j'avais loué à proximité des quartiers où j'avais déjà vécu, et où le surgissement des souvenirs me réacclimatait à Paris. J'aimai l'hiver, je compris l'aspiration des incurables à la place fraîche sur l'oreiller et me plus à l'idée que, si jamais je me dégageais de la masse de muscles qui m'écrasait la poitrine, le froid me saisirait dehors ; il allait me revivifier, dans l'âcreté du véritable hiver dont j'étais privé depuis des années, et je boirais un Peppermint double dose.

Le maître des lieux, qui, crainte de salir le tatami, avait retiré ses baskets à la dernière mode, aux semelles aussi hautes que des mille-feuilles, remuait les lèvres, penché sur notre couple à la dérive, mais c'était la voix ironiquement affectée de Marceau que j'entendais. Marceau qui, l'avant-veille, m'avait invité à boire un verre au bar d'un grand hôtel, comme par le passé. Marceau, le seul qui, de la liste des amis connus à La Reine blanche, eût répondu au numéro de téléphone où on l'appelait. Marceau qui, pour tout commentaire de ce qui lui tombait dessus, avait déclaré avec un petit rire : « Après ça, je pourrai le dire : dans la vie, j'ai réussi tous mes examens du premier coup. Tous mes résultats ont toujours été positifs. »

Marceau qui eût préféré rester jusqu'au bout dans l'ignorance de la vérité, croire ses suées et ses accès de fièvre imputables à quelque variante du paludisme attrapé lors du voyage en Afrique qu'on lui avait proposé pour le rassurer quant à son avenir, un mois ou deux avant son licenciement déjà décidé. La révolution de palais perpétrée en son absence, au retour, il avait trouvé un nouvel état-major en place ; et comme aucun des nouveaux promus n'était de son clan, le chef de service — une femme qui ne pardonnait jamais à un homme ses refus — avait d'autant plus facilement obtenu sa tête que le nouveau patron haïssait les gens de la tribu. On avait fait comprendre à Marceau qu'il était de son intérêt de négocier à l'amiable le montant de ses indemnités ; on serait généreux. On l'avait si bien été que, pendant six mois, tous les voyages que son métier lui avait refusés, il se les était offerts.

« Évidemment, si je n'avais pas cherché midi à quatorze heures, je serais peut-être resté des années encore sans savoir », avait enchaîné Marceau, sans rien perdre de son affabilité, conformément à son habitude qui était d'avouer l'essentiel d'entrée de jeu, afin d'en relativiser l'importance, et de ne plus y revenir par la suite. Le chômage qui durait depuis un an et demi ? La maladie, surtout cette maladie-là ? Fidèle à lui-même et à son éducation qui interdisait de s'appesantir sur l'aspect déplaisant des choses, Marceau annonçait toujours le pire avec bonhomie, une moue d'ennui déjà prête pour prévenir compassion ou curiosité. Mais, de l'éducation, je n'en avais pas reçu assez pour me retenir d'insister : « Vraiment, tu es sûr ? Tu n'as fait qu'un seul test ?

— J'ai refait le test ailleurs. Comme tout le monde. Qu'est-ce que tu crois ? »

Dans sa niche, au fond du hall, le barman de l'hôtel, qui avait pris le sourire pour lui, le rendait aussitôt avec un empressement qui n'était pas seulement de l'arsenal des grimaces du métier, car, déjà, à notre arrivée, il s'était exclamé : « Quel plaisir, monsieur Laumière. Il y a si longtemps... Toujours pas de vodka dedans ? »

« Enfin, bon, puisque j'ai été bête, que ça me serve au moins à prévoir la suite. Et la suite, je la connais. Merci, pas pour moi », me concédait Marceau sur le même ton que s'il eût déploré un contretemps venu à la traverse d'un projet de vacances. Si j'entendais bien, une décision était arrêtée, mais, si j'entendais parfaitement, je me refusais à comprendre, voulant être dupe de la voix qui avait maintenant une nuance de persiflage : « Je n'accepterai pas n'importe quoi de la part des médecins. Je ne serai pas un cobaye. Compte là-dessus. »

Il n'avait plus rien à dire, et j'aurais dû me taire. Mais au lieu de décrocher du sujet, comme, au surplus, ma lâcheté m'y invitait, je m'étais senti obligé d'improviser un discours sur l'imminence de la découverte d'un médicament — autant ramer sans que les avirons touchent l'eau, Marceau à la proue de la barque, immobile, curieux de mes efforts, dont l'inanité l'amusait, Marceau qui avait les yeux plissés de l'adulte attentif à l'enfant qui, sur le pot, pousse avec vaillance, quoique sans résultat.

« Je suis resté au chevet de mon père, la dernière semaine, avait-il repris, avec un sourire franchement destiné au barman, cette fois. Le décharnement, les étouffements, les escarres, les perfusions, et puis les odeurs dans le lit — tout ça, je connais. De plus, l'été dernier, j'ai passé quinze jours à l'hôpital, au pavillon de pneumologie. Ça valait la peine de me rendre visite, rien que pour l'interne. Il était toujours en slip sous sa blouse. Il était beau à pleurer, et pourtant il ne courait pas après les infirmières. Je n'en dirais pas autant du chef de service. Celui-là, on aurait cru qu'il calculait toujours ce que j'allais coûter à la Sécurité sociale. À l'hôpital, dès qu'un malade menace de crever, les médecins, tu ne les vois plus. Au fond, ils ont tous peur de la mort, beaucoup plus peur que nous... Les infirmières, elles, sont dévouées jusqu'au bout. »

Les médecins étaient très rats dans la prescription des calmants. Ils laissaient les agonies se prolonger, supportant à merveille la douleur d'autrui. Certains même ne semblaient pas loin d'en jouir, ou de tirer de son intensité un hommage à leur propre importance. « Heureusement pour mon père, ajoutait Marceau, un toubib — un de mes ex qui s'est marié — m'a procuré de la morphine, et des seringues — elles n'étaient pas encore en vente libre. »

Marceau s'était piqué un doigt à ranger en vitesse les deux seringues successivement utilisées dans le coffret contenant le flacon d'eau de Cologne qu'il avait coutume d'apporter pour faire un semblant de toilette au malade, qu'il parfumait plus qu'il ne nettoyait. C'est au regard que lui avait jeté la surveillante, arrivée sur ces entrefaites, qu'il s'en était aperçu : il saignait. Mais elle n'avait rien dit, la surveillante, qui était une Antillaise.

Quand il s'interrompait, fût-ce une seconde entre deux phrases, Marceau semblait sourire à quelqu'un qui, derrière moi, se fût apprêté à me tapoter l'épaule. N'était-ce pas, maintenant, pour alléger le poids et la teneur de ce qui allait suivre que le sourire s'accentuait ? « Tu sais, je ne me suis jamais senti aussi proche de mon père qu'au moment où je lui ai fait des piqûres en cachette — ces piqûres-là, mon ex avait calculé la bonne dose. Après tout, on n'a qu'une mort, il ne s'agit pas de la rater. À propos, tu as encore tes parents ? »

À quoi avait correspondu de lui rétorquer sans hésitation : « Tu as un chien ? Un chat ? » Marceau n'avait pas été le moins du monde déconcerté. Penché en avant, il affichait un air approbateur :

« Il y a, dans mon quartier, une bête que j'adore, mais elle a des maîtres. C'est même leur mascotte. Je suis donc tranquille pour elle. Mais, si j'avais eu un animal à la maison, effectivement, ça m'aurait posé bientôt un problème. Tu es bien gentil d'y avoir songé. Tu t'en serais occupé, d'un chat ? Tu te souviens de Tony qui était infirme, et qui cherchait à caser ceux du cimetière Saint-Vincent, là-haut, à Montmartre ? »

À l'époque, je le jugeais moi aussi un peu ridicule, Tony, dans son rôle de mère à chats, mais je ne l'avais pas dit à Marceau, et pas plus qu'à Rome je n'avais changé de religion sur ce point.

L'ovale de la figure de Marceau, toujours en retard de dix ans sur l'état civil, ne s'était pas gâté depuis notre dernière conversation, qui, telle la première, avait eu lieu à une table de La Reine blanche, le bistrot de Marthe, le quartier général de notre petite bande, autrefois. Et il appartenait encore à l'adolescence jusque dans son affectation, ce mouvement de tête pour rejeter en arrière la mèche où se perpétuait, à la pointe, le doré d'une chevelure qui, à l'âge des bouillies, avait dû être de ce même blond paille que le coiffeur, par fantaisie, donnait à une mèche de Marthe sur la tempe. Amaigri, Marceau, en dépit des deux profondes rides sur le front, paraissait encore plus jeune que lorsque je l'avais quitté. Son physique, longtemps je le lui avais envié. Bien qu'il eût plus de succès

auprès des filles que des garçons — ce mystère —,
à peine avait-il franchi le seuil d'une boîte, un candidat se détachait du comptoir ou de la foule,
quand il me fallait déployer tant de patience dans un
monde où, en général, sur un simple échange de
regards, quelques minutes plus tard, on était au lit.
Et, cependant, Marceau ne tirait aucune vanité de
ses avantages, pas certain même d'en posséder beaucoup. Si discret qu'il fût au chapitre de ses aventures,
un jour, il s'était désolé de ses échecs dans les saunas, preuve qu'il n'avait aucune conscience de la
nature de sa séduction. Se doutait-il d'avoir défini
par sa remarque — une plainte — la catégorie qu'il
attirait ? « Je trouve toujours un homme pour la vie,
mais presque jamais pour un quart d'heure. » Et
lorsque j'avais fait observer que, dans un sauna,
c'était la longueur du pénis qui importait, il avait eu
un rire gêné. On le choquait assez vite. Il n'était en
rien dans le ton de La Reine blanche, où, d'ailleurs,
il ne faisait pas exactement partie de la bande. Il en
était plutôt le satellite qui gravitait autour pour lui
renvoyer la lumière d'autres milieux.

Ma lâcheté s'en réjouissait : en aucune circonstance, Marceau ne se départait du flegme qui l'avait
toujours caractérisé. Quand on n'était pas un aumônier d'hôpital ou un écoutant de SOS-Amitié, que
répondre à quelqu'un qui ne faisait ni mystère ni
drame de l'issue de la maladie ? Depuis toujours, le
pire m'avait semblé la plus vraisemblable des hypothèses, sans que la vie m'eût apporté beaucoup de
démentis ; et je n'étais pas doué pour la consolation.
Comme nous sortions du bar de l'hôtel, Marceau
avait précisé que depuis le mois précédent il passait
deux après-midi par semaine à rédiger chez un édi-
teur des argumentaires pour des livres scolaires et

scientifiques. À nos âges, si l'on cherchait une place, on devait en rabattre de ses prétentions quant au salaire. Pour lui, un emploi, maintenant, c'était surtout un dérivatif à l'ennui. Afin que je conserve le mien, il me conseillait avant tout de ne jamais m'attirer l'inimitié des femmes au bureau.

J'avais en silence raccompagné Marceau jusqu'à sa voiture, garée devant l'hôtel, avenue Kléber, où parvenaient les frémissements des tambours d'une cérémonie militaire qui se déroulait sous l'Arc de triomphe ; Marceau avait encore sa petite Duetto, mais on remarquait un trou dans la capote, usée comme un jean ; les pneus étaient maintenant plus gris que noirs, les phares oxydés, la lunette arrière jaunie, et, à travers le pare-brise qui avait perdu de sa transparence, on distinguait des craquelures en étoile sur les sièges d'une sellerie qui, dans les tons de brun, avait la patine et l'usure du visage d'une vieille squaw. On distinguait aussi des traces de rouille dans l'encadrement de la portière, que l'employé en uniforme vert grenouille, aussi chaleureux à son égard que le barman, s'était hâté d'ouvrir. Et Marceau, qui, contre mon gré, venait de régler les consommations, lui avait glissé dans la main, en échange des clés, un billet qui méritait bien cette demi-révérence, et tout l'empressement du « Merci, M. Laumière. À bientôt ». C'était la première fois que quelqu'un m'avouait qu'il était atteint de cette maladie dont j'avais été obligé de décrire récemment à un prélat romain les modes de propagation, détails à l'appui. Au bord du trottoir, j'avais les bras ballants. Lorsque la Duetto avait démarré en cahotant, avec des secousses de Jeep qui se dégage d'une fondrière, une sonnerie aux morts commençait sous l'Arc de triomphe, le clairon plus fort que les bruits de la circulation. La vie était quelquefois emphatique.

Puisque allongé sur le tatami, et vainqueur contre toute attente, je commençais à récupérer mon souffle, je rouvris les yeux, et, pour me donner une contenance, je saisis entre le pouce et l'index le débris que, du bout de la langue, j'avais rattrapé à la commissure des lèvres, où dégoulinait un filet de sueur aussi âcre que de la saumure : il était de la grosseur d'un grain de poivre, le plombage qui avait sauté à la suite d'un claquement de mâchoires.

« Avec un entraînement régulier, vous serez en forme avant l'été », poursuivait le patron du club, qui m'avait saisi par un bras pour m'aider à me relever. Ses sourcils, quand ils dépassaient de leur ligne noire et fournie, imitaient des pattes d'araignée. « Deux fois par semaine, c'est le rythme idéal. Et, si vous ajoutez une leçon particulière en plus... »

Cela suffirait-il ? Aurais-je assez de patience ? N'était-il pas trop tard, comme pour bien des choses ? Sous la douche, dans les vestiaires, où la buée réveillait une odeur d'algues mortes et des souvenirs de thalassothérapie, d'avoir triomphé n'empêcha pas un accès de tristesse. Par ses bienfaits mêmes, l'eau tiède me prouvait qu'il n'y avait pas sur mon corps un centimètre de peau qui ne fût endolori. J'enviai le vaincu si vite ragaillardi, qui s'ébrouait en sifflotant, et puis soufflait de l'eau par les narines, derrière le rideau en plastique, où, en ombre chinoise, se déployait une silhouette de colosse, un nez de Polichinelle soudain apparu à la hauteur du ventre. Il sortit nu de la douche, un gant de toilette sur le sexe, geste d'Adam et Ève au premier péché, qui signale plus qu'il ne dissimule. Son accomplissement, dans le cas de Vincent, avait la vertu de faire saillir les deltoïdes pectoraux et dorsaux, dont la masse autour des épaules devait sans doute persuader, sous un manteau ou le costume, d'un artifice de tailleur. Car, au-dessous de cette impressionnante ceinture, le reste du torse semblait s'amincir jusqu'à l'abdomen, où les muscles avaient un relief d'écailles de tortue. Je l'avais emporté sur cet athlète après des années de paresse ? La haine, oui, peut-être.

Nouée autour des reins la serviette qui pendait à une patère, mon pantalon à la main, d'un pas de convalescent qui erre autour d'un pavillon d'hôpital, je me traînai vers un banc du vestiaire et m'y laissai tomber, parce que mes jambes tremblaient : les muscles, jusque-là tétanisés par l'effort, reprenaient leur liberté sans que j'y participe. J'avais vieilli, et cependant mon corps d'aujourd'hui valait mieux que celui de l'adolescent que j'avais été, aussi mou et blanchâtre que le gâteau de riz du dimanche. Mon application à en corriger les défauts par la gymnastique n'avait pas été inutile. Et mon application était à l'image de ma vie, puisque ma vie, pour ce qu'elle avait de réussi et qui ne pesait pas lourd, n'était que rattrapage dans chaque domaine. En outre, vieillir devenait un privilège, si l'on songeait à ce que serait le sort de Marceau. Au temps de La Reine blanche, Marceau nous semblait parti pour une jeunesse sans fin, tant il accordait de soins à sa personne, déterminé qu'il était à ne jamais dépasser le poids qui avait été le sien pendant son service militaire — l'une de ses coquetteries résidait dans l'allusion à son grade de lieutenant de réserve. Elles étaient multiples, ses coquetteries. Aucune cependant ne parvenait ni à l'efféminer ni à rendre suspect le rose de sa carnation, purifiée par les suées qu'il s'infligeait le mercredi et le samedi, sur un court du Racing. Marceau gagnait bien sa vie. Son élégance dans la mise, opposée au débraillé de notre génération, paraissait plutôt d'un homme à femmes issu d'un milieu aisé, et sa poignée de main, qui était d'un boxeur tapant avec régularité dans le sac pour se durcir les phalanges, dissipait l'impression de prime abord. « Le Marquis, si jamais il a un accident en voiture ou dans la rue, il ne fera pas honte à sa mère, quand on le déshabillera à l'hôpital, disait Marthe de sa voix déjà montée à l'irritation dans l'exorde. Vous autres, on aimerait voir ce qu'il y a sous votre blue-jean. Mesdames, vous m'écoutez ? Je parle aussi pour vous. Quant à toi, le Petit Frisé... » C'était l'un des surnoms qu'elle m'appliquait — le plus tendre, mais qui m'agaçait, parce que, depuis mon enfance, les gens les plus divers semblaient s'être donné le mot pour le maintenir.

Qui, à La Reine blanche, où elle était à la caisse à partir de midi, se serait risqué à s'opposer à la patronne, lorsque, après des semaines de sérénité et de sourires, elle cédait pour un rien à une colère froide qui la vidait des patiences accumulées de la commerçante ? (Je connaissais ce mécanisme pour en avoir observé le déclenchement chez ma mère, au terme de certaines journées où, derrière son étalage, sous les arcades du boulevard, elle avait jusqu'à la nausée servi de confesseur de plein vent aux ménagères du quartier.) Qui, une fois ou l'autre — Marceau excepté — n'avait pas emprunté de l'argent à Marthe, sa dette aussitôt inscrite sur un calepin marron, la date et l'heure en regard ? Et qui songeait à rectifier, si, au jour dit, elle réclamait une somme inférieure au montant du prêt ? Marthe aimait affubler de surnoms les habitués, les désigner par une périphrase, et, pour avoir une ou deux fois joué au poker dans l'arrière-salle, je devenais le « Flambeur », ce qui était me flatter beaucoup. Peut-être cette manie découlait-elle de son passé de dame du vestiaire et de marchande de cigarettes dans les cabarets, où la prudence imposait de parler des absents à mots couverts.

La malpropreté était l'un des défauts que Marthe reprochait aux hommes dans l'incessant procès qu'elle leur faisait et qui ne cessait que dans les moments de déprime amoureuse, où alors elle se plaignait de ne rencontrer que cruauté chez les lesbiennes. Pourquoi, à l'entendre, les hommes étaient-ils encore si peu nombreux à être circoncis ? Son divorce, qui l'avait rendue à ses véritables goûts, elle en attribuait la responsabilité à son mari, devenu, à la maison, oublieux de toute pudeur en actes, gestes et paroles, quand l'intimité à deux, pour être supportable, en exigeait le redoublement. Je n'avais pas encore entendu, à Rome, un prêtre affirmer : « L'inventeur de la chasse d'eau silencieuse fera plus pour le mariage que tous les sermons sur la fidélité. » Mais ce n'était pas n'importe quel prêtre, monseigneur Van Acker, qu'il eût été sans doute intéressant de mettre en présence de Marceau et de la patronne de La Reine blanche. Il aurait certainement approuvé Marthe de m'avoir dit : « On passe parfois à côté de l'amour parce qu'on a les ongles sales ce jour-là. Tu sais, mon petit Diego, il faut être toujours prêt. Comme les scouts. » J'avais apprécié la délicatesse de la leçon, et m'étais payé une séance chez la manucure — la première.

Dans les rues de Paris qui m'avaient été familières, et où, depuis mon retour, je me livrais, l'après-midi, à des missions de reconnaissance, j'avais deviné la disparition de certains commerces, et c'était étrange : j'avais la certitude qu'ils manquaient au décor, si, leur genre et leur devanture, je ne me les rappelais plus. Sauf, bien sûr, à Réaumur-Sébastopol, ceux de la boutique verte devant laquelle les passantes détournaient le regard lorsque, surprises, elles ne sursautaient pas, refusant d'admettre l'évidence. Dans la vitrine, au-dessus des couteaux de toute taille, la lame ouverte, luisante, dotant la roue d'une antique meule à aiguiser les ciseaux de rayons d'acier que je ne réussissais pas à dénombrer, occupé que j'étais à me tâter superstitieusement à travers une poche de mon pantalon, étaient suspendus des rats d'une grosseur de lapin, et sans doute empaillés pour témoigner de l'efficacité des pièges et pesticides proposés à la clientèle. À moins que ces trophées à l'aspect pelucheux de jouets ne fussent des ratons laveurs identiques à ceux qui s'ébattaient derrière un grillage au bord de la pièce d'eau des jardins de la Villa Doria Pamphili, où était enterrée l'urne remplie des cendres de Wolfgang, qui n'était qu'un chat. Rats et couteaux resteraient ma première image durable de Paris. Lorsque j'y étais revenu, je me serais épargné de former, en pure perte, sur le cadran, des numéros de téléphone qui, selon l'invariable voix anonyme de la poste, n'étaient plus attribués, si, tout de suite, j'étais retourné à La Reine blanche, où, de loin en loin, j'avais envoyé des cartes postales qui n'obtenaient jamais de réponse. Tant de fois Marthe avait envisagé devant nous son installation à la campagne qu'elle l'avait peut-être réalisée, en mon absence. N'y avait-il pas dans son aspiration au calme, à la vie régulière, comme une nostalgie du noviciat qu'elle avait quitté pour l'amour d'une postulante ? Marthe avait eu la vocation religieuse, nous étions assez nombreux à le savoir — elle ne s'en cachait pas plus qu'elle ne s'en vantait, sans négliger, cependant, l'occasion de produire un effet. La Reine blanche, dont l'emplacement valait de l'or, existait encore ; l'annuaire du téléphone le prouvait, s'il ignorait le nom de Marthe Sainte-Maure ; mais n'avait-il pas toujours été sur la liste rouge ?

On gravissait deux marches pour accéder à la terrasse gagnée sur le trottoir, et qu'un plancher plaçait au niveau de la salle ; certains s'amusaient à taper du talon comme des danseurs andalous. « *Maricones* », criait Marthe, qui avait appris des bribes d'espagnol avec sa femme de ménage, dont l'un des neveux chantait en travesti, à Pigalle, tout le répertoire de Dalida.

« Ça va ? » avait demandé Vincent, qui, terminée son exhibition de muscles, en sortant de la douche, s'était rhabillé à l'abri d'un déploiement de serviettes qu'autrefois dans ma susceptibilité j'eusse estimé offensant à mon égard. Car telle avait été ma susceptibilité naguère qu'elle m'avait quelquefois entraîné à faire le coup de poing ; Marthe, portée à soupçonner les hommes de toutes les lâchetés physiques et morales, en avait été impressionnée, et, en conséquence, il m'incombait d'expulser les clients qui importunaient les serveuses. Marthe n'employait que des femmes.

Vincent devait bien soupçonner que le vétéran avait triomphé de lui au prix d'un effort qu'il était

31

hors d'état de renouveler à volonté, et qui sait s'il n'était pas entré une certaine complaisance dans sa capitulation ? C'était favoriser l'adhésion au club d'une nouvelle recrue qui paierait sa cotisation rubis sur l'ongle. Deux compères comptaient peut-être sur ma vanité.

« J'attends que la sueur sèche », dis-je au patron du club, qui, toujours pieds nus, me regardait, sur le seuil du vestiaire, une épaule appuyée au chambranle, un pouce levé en hommage au vainqueur qu'il voulait à tout prix que je fusse. Sans doute avait-il mis en marche le système de ventilation, qui produisait quelque part ce ronronnement de machine à laver, destiné à m'informer des ressources de la maison où l'on souhaitait me revoir. Tandis que, sans quitter mon banc de peur de flageoler à nouveau sur mes jambes, j'enfilais mon pantalon, il se baissa pour ramasser mon tricot de corps. En proposant de lui verser tout de suite, en liquide, un acompte, je conservais le beau rôle jusqu'au bout. Au regard ironique qu'il lança à Vincent en train de manier un séchoir électrique, tel un soudeur sa lampe à arc, je supposai que le jeune homme, du fait probable de l'irrégularité de ses revenus, n'était pas toujours en règle avec la comptabilité du club. Ne rougissait-il que sous l'effet de l'air chaud, qui couvrait le bruit du système de ventilation ? Et, soudain, j'étais de son côté. Dès que j'avais eu un salaire et un emploi du temps réguliers, je m'étais préoccupé de corriger mon physique dans la mesure du possible. Accablé par l'idée d'une relance en public, je désertais le gymnase avant l'expiration de mon abonnement, ne retournant qu'une fois renfloué dans ces salles d'une vétusté de caserne, et aux fenêtres sur cour, que commençaient à envahir les ménagères en tenue fluo menacées d'embonpoint, les cadets de la tribu tout entière soumise à la dictature de la beauté physique, anxieux de rapprocher leurs corps de la perfection des statues, et qui porteraient leurs muscles acquis après les heures de bureau comme leurs aïeules des aigrettes, des chapeaux et des seins soulevés par les baleines des corsets. Lassé du ridicule des culturistes, inconscient du mien, je m'étais converti au judo, où il y avait au moins un élément de jeu ; j'avais aimé son rituel et le silence dans lequel il se pratiquait.

Tribu : encore un emprunt au vocabulaire de Marceau, qui, en la matière, était toujours allusif ; je l'avais adopté. On s'exprimait différemment à La Reine blanche, quoique, en présence de Marthe, qui n'hésitait pourtant pas à parler des fonctions du corps avec la brutalité du savoir médical, il y eût des limites à ne pas dépasser dans le relâchement du langage. Si elle usait quelquefois de tournures crues par mimétisme, Marthe n'était jamais vulgaire. Du coup, lorsque, de sa voix calme, presque rêveuse, au débit fait de retours en arrière, de reprises et de pauses à la limite du bégaiement, elle disait : « Dans la rue, dès que je pense que les hommes que je croise, tous autant qu'ils sont, marchent derrière leurs petites balles de ping-pong, leurs roubignoles qui tressautent, je ne peux plus en prendre un seul au sérieux », la tranquillité du ton et la rareté du recours à l'argot donnaient à sa phrase un relief tel qu'on la ruminait longtemps après. Marthe enseignait l'économie avec laquelle, dans l'intérêt même de l'expression, certains termes devaient être utilisés. Marceau me l'avait fait remarquer ; les mots, c'était toujours l'affaire de Marceau.

Lorsque je retraversai la cour du club de sport, où

avaient disparu les rayons d'un soleil trop beau pour être vrai, mes cheveux humides, pour lesquels je n'avais pas voulu du séchoir de Vincent, fixaient à mes tempes la fraîcheur que j'avais espérée. Comme j'avais négligé de refermer la porte derrière moi, j'entendis le patron, qui s'adressait à mon partenaire d'occasion : « On t'a beaucoup téléphoné cet après-midi. L'Institut des sports, une femme — toujours la même — et le monsieur avec qui tu dînes ce soir. Il te prévient qu'il sera un peu en retard. Pour ta voiture, l'essence ne t'a pas encore ruiné ? » Et le ton était ironique.

Sous la voûte, porté par mon sentiment de bien-être, je décidai de me faire plaisir — d'accepter le devis du menuisier, le lendemain, et, dans l'immédiat, de me payer le Peppermint que je m'étais promis à la seconde où j'avais craint de m'évanouir d'épuisement sur le tatami. Dans le premier bistrot sur mon chemin, je siroterais mon verre de menthe à la manière des messieurs de chez moi qui, cravatés de noir même sous la canicule, une expression d'arrogance morne sur la figure, les poignets de la chemise tirés le plus haut possible sur l'avant-bras pour exhiber gourmette et bracelet-montre de prix, buvaient leur apéritif avec une paille à la terrasse des cafés, où, sous les parasols aux franges sans cesse remuées par la brise de mer, ils composaient des tribunaux silencieux qu'un adolescent honteux de son corps espérait amadouer par l'adoption du pas de chasseur. Même si je disposais de quelque argent de poche — en juillet, après la cueillette des pêches chez la cousine Élisa, par exemple — jamais je n'aurais eu le courage de pénétrer seul dans un établissement public, et c'était toujours à l'instant où le générique apparaissait sur l'écran que je ren-

34

dais à Lili, l'ouvreuse du Rex, le billet exonéré que, la veille, elle avait glissé dans notre boîte aux lettres. Le Peppermint que je dégustais en cachette, lorsque « cocktail » était encore un mot du cinéma, avait été mon premier alcool — et que je ne me fusse pas mis à boire, par la suite, sera l'unique mystère de ma psychologie, compte tenu de ma propension à choisir la facilité dans chaque domaine.

Peppermint : il y avait une bouteille cerclée d'une étiquette à ce nom dans le buffet de notre salle à manger, qui, par l'abondance des moulures et colonnettes et le socle gothique, m'évoquait une architecture du Moyen Âge, une vignette détachée des illustrations d'*Ivanhoé*. Cette bouteille, de même qu'un bocal de cerises, une carafe de madère et un service à café en métal argenté au sucrier privé de couvercle, on la sortait à l'occasion des quelques veillées qui avaient lieu chez nous — juste ce qu'il fallait pour rendre la politesse. Ma mère, fatiguée par sa journée, se couchait la vaisselle faite, ses prières dites : par tous les temps, à six heures du matin, elle serait derrière son étal de fruits et légumes, dont elle avait rafraîchi la présentation des produits avec un ancien vaporisateur de parfum rempli d'eau. Nous ne recevions, en outre, qu'à la belle saison ; l'hiver, c'eût été avouer que l'appartement n'était pas chauffé, la cuisine exceptée, où un fourneau en fonte tiédissait à peine l'atmosphère, s'il parvenait néanmoins à sécher mes chemises et mes tricots de corps, déployés sur la barre porte-torchons. Et nous avions soin de fermer à double tour la porte d'un certain débarras qui était supposée s'ouvrir sur une salle de bains. Nous comptions en installer une dès que ma mère aurait touché le rappel de la pension qui aurait dû lui être allouée depuis plusieurs années et c'était bien ce qui allait se produire. Mais j'aurais déjà dix-sept ans, et jusqu'à cet âge, chaque jour, je me serais lavé dans l'évier de la cuisine, avec les approximations que cela comporte, et, le dimanche à l'aube, pour des frictions au gant de crin, les fesses au fond de la lessiveuse où ma mère lavait les draps, les jambes dehors, car je grandissais. Dans ces acrobaties, les parties honteuses le devenaient un peu plus. Plus tard, je penserais quelquefois qu'elle était comme l'emblème de ma vie, cette porte à double vantail, de noble apparence, derrière laquelle il n'y avait qu'une fiction, un bric-à-brac. En tant que maître de maison, et bien que, de ma part, le pire fût à craindre d'une addition de la timidité et de la maladresse, il m'appartenait de servir nos invités, qui étaient, en général, des voisines de l'immeuble ou du quartier — toutes si occupées à se couper la parole l'une l'autre, comme au marché des revendeuses aux bancs contigus lancées dans la surenchère du boniment, que personne ne remarquait à quel point je forçais sur la dose. Peut-être M. Salvy, qui partageait mon faible, s'en apercevait-il. En dépit de sa taille et de sa cime blanche, il était si effacé que, maintenant, j'avais besoin de me repasser le film au ralenti, et d'inspecter les recoins de la scène, pour m'aviser de la présence du géant maigre aux pathétiques pommettes saillantes de déporté qui se recommandait pourtant à l'attention de diverses manières. La blessure de guerre qui le faisait boiter et, à chaque pas, lancer son grand corps dans une amorce de révérence l'avait aussi, à force de procédures devant les commissions de réforme et les tribunaux, rendu juriste, versé dans un domaine presque aussi ardu que le droit maritime. On répétait qu'il connaissait mieux qu'un avocat le Code des pensions, et toute la jurisprudence qui l'accompagne. À ce titre, ma mère, qui ignorait tout des droits des veuves de sa catégorie, l'avait consulté, et sans doute ses conseils en vue de la constitution d'un dossier de pension les avait-il couchés sur du papier, tant il répugnait à ouvrir la bouche. Son langage se limitait à une suite de mimiques, de reniflements, de soupirs, de raclements de gorge arrachés, semblait-il, à la lassitude d'être monté si haut en pure perte au-dessus des hommes. En son absence, on le désignait quelquefois, sans aucune ironie, comme le « cousin de Victor Hugo », et lorsque je me déciderais à l'interroger là-dessus, sous le prétexte que le poète était au programme de l'année, j'entendrais pour la première et la dernière fois aussi longuement sa voix au débit réticent et aux soudaines inflexions féminines qui légitimaient une rumeur : sa blessure, c'était au bas-ventre que M. Salvy l'avait reçue.

Le général père du poète, quand il était en garnison par ici, avait épousé en secondes noces la sœur du trisaïeul de M. Salvy, qui, de la sorte, s'en était allée mourir à Blois, vers le milieu du siècle dernier. La famille conservait toujours ses lettres et ses doléances : les revenus d'une vigne qui était dans l'indivision diminuaient d'année en année. C'était un détail pour Marceau, qui était originaire de Touraine ; en outre, la littérature et tout ce qui s'y rapportait n'était-elle pas plus de son domaine que du mien, puisque assez souvent, sous le règne de Marthe, pour arrondir ses fins de mois, il « faisait des perruques », réécrivait des manuscrits ? Il avait même, une fois, rebâti l'ouvrage d'un ancien officier de cavalerie, un traité sur l'équitation. Aujourd'hui, c'était dans l'édition encore qu'il espérait décrocher un travail à plein temps — curieuse expression pour quelqu'un à qui était refusé de « faire le plein » de son temps, parce que, dans la circulation de la vie, il avait changé de file sans le vouloir.

J'aurais pu être amené à lui parler du « cousin de Victor Hugo » à La Reine blanche, où nous étions tous ensemble d'une intimité de chiots au fond d'une corbeille, mais il y avait, comme dans chaque portée nombreuse, un spécimen qui ne ressemblait pas aux autres, et ne partageait pas leurs jeux. Marceau était celui-là, l'unique client qui, pour son petit déjeuner, eût droit à une nappe et à une serviette de fil que l'on montait chercher exprès dans l'appartement de la patronne, au premier étage. Longtemps, il s'était contenté de prendre son *breakfast* à La Reine blanche, par reconnaissance à l'égard de Marthe. Ne lui avait-elle pas accordé, pour sa Duetto, une place dans un box de la cour où elle-même garait son cabriolet, réservé au grand jeu de la séduction, quand une femme lui résistait, et qu'elle en était aux cent coups, perdant jusqu'à la mémoire de nos dettes, la veille de l'échéance ? Avais-je assez admiré sa détermination dans ces cas-là, envié l'énergie qui me manquait dans une vie sentimentale où j'endurais le pire avec fatalité... La Reine blanche confiée à la doyenne des serveuses, qui avait toute sa confiance, Marthe se livrait à de quasi-enlèvement, l'autre poussée dans la voiture, sa résistance de coquette ou de timorée brisée par une poigne de fer, et en route vers le bord de la Manche, ou quelque château transformé en auberge, à deux ou trois cents kilomètres de Paris. Rien n'était trop beau, ni trop cher, lorsque Marthe aimait, et elle aimait en conquérant. J'avais quelquefois pensé que le mot « pédéraste », dans sa violence, sa virilité, si l'on traîne sur les syllabes, comme une pétarade de moto au démarrage, était à réhabiliter en son honneur. La petite décapotable de Marceau aux odeurs de cuir neuf, identique à celle que nous avions admirée dans *le Lauréat*, empiétait sur le bord du trottoir, et l'on n'avait pas intérêt à la laisser dehors la nuit.

Mais comment aurais-je, si peu que ce fût, parlé de mon enfance à quelqu'un qui avait maintenu chacun à distance, et observé une telle discrétion en ce qui le concernait que longtemps nous n'avions soupçonné ni sa supériorité intellectuelle, ni l'éclat de ses relations, son élégance et sa politesse sauvées de la préciosité par l'ironie qu'il s'appliquait à lui-même, et justifiant le surnom de Marquis. Tant de qualités, d'atouts, d'avantages — tous qui me faisaient défaut — et, après dix-huit mois de chômage, un emploi à mi-temps ?

Curieuse comme elle était de la vie de chacun — quoique pour sa propre gouverne, non pour les commérages —, Marthe avait appris qu'il avait publié un ou deux livres, et, quand elle réclamait de les lire, il éludait avec un sourire. Quelle importance, des travaux alimentaires, des bouquins écrits sur commande et publiés sous un pseudonyme ? Ils n'avaient que le mérite de l'avoir renfloué. Était-ce par ce biais que nous en étions arrivés tous les deux à parler d'un roman dont la lecture m'avait beaucoup frappé vers la quinzième année ? Il racontait l'histoire de deux frères, ou plutôt de deux garçons qui se considéraient comme tels ; chacun d'eux était né d'un premier mariage de parents qui avaient péri dans un accident de la route. Jim et Jo régnaient en adultes précoces sur une ferme aux allures d'Arche de Noé, une smala de grand-mères, d'oncles, de cousins et cousines. Ils possédaient une barque, et arrosaient leurs gâteaux de sirop d'érable, qui veut trente-cinq livres de sève pour un litre. Je revoyais la cueillette en avril, le « temps des sucres », la vrille perçant le trou, le seau de réception par terre — ce que l'on se rappelait des romans était le plus souvent ou absurde ou accessoire.

L'aîné des garçons, par son imprudence, causait la noyade du cadet, au cours d'une partie de pêche qui déchaînait des descriptions de l'océan si impressionnantes que, pendant une saison, dans la crique déserte où j'allais me baigner, face à la mer incapable pourtant de mousser plus que du champagne sur les rochers, j'y avais toujours réfléchi à deux fois avant de m'éloigner du rivage. Ces deux garçons partageaient la même chambre ; aucun lien de sang ne les unissait ; leur amour imbibait la page, et cependant ils ne s'étaient jamais embrassés — à mes yeux, du gâchis. Le survivant entrait au séminaire ; la dernière phrase demeurerait gravée dans ma mémoire, qui ne retiendrait aucun vers des poèmes appris en classe : « À l'avenir, pour tous, l'été de la mort de Jim ne serait plus que l'été où avait éclaté la guerre. » *Sans famille*, d'Hector Malot, m'avait-il fait pleurer davantage, quelques années plus tôt, si fort je m'étais identifié à Rémi l'orphelin ? J'avais emprunté le roman de Jim à la bibliothèque du lycée, persuadé que si je l'avais retiré du rayon des œuvres classiques, c'est que l'auteur était mort. La lecture de la notice qui, sur la quatrième face de couverture, célébrait son inspiration chrétienne avait achevé de m'en convaincre. Et puis l'auteur, sa vie, sa tête ou sa fin ne m'intéresseraient jamais. Non seulement il était toujours de ce monde, le père de Jim, mais il se trouvait que Marceau le connaissait assez bien pour être allé, à sa place, effectuer contre rétribution des recherches à la Bibliothèque nationale. Si j'en étais curieux, il m'emmènerait chez lui à la prochaine occasion, car, à son âge, quel plaisir et quel soulagement des têtes nouvelles, un peu plus fraîches que celles de ses lecteurs, Georges Bartemont souffrant de n'être surtout lu que par un public âgé.

« Tu viendras en blouson, m'avait commandé Marceau, et tu mettras un jean roule-boules. Georges nous recevra forcément un lundi — c'est son jour. Il sera en forme. On le prépare dès le vendredi par des injections intramusculaires. Arrange-toi pour être libre. Je dirai que tu travailles dans une boucherie. Les boucheries sont fermées le lundi. Mais, bien sûr, si ça ne te gêne pas qu'il imagine qu'entre toi et moi... »

J'étais plutôt flatté d'avoir une tête à ce point séduisante qu'une liaison entre nous pût paraître plausible. D'être présenté comme un manuel m'absolvait par avance de n'avoir lu, à l'exception d'*Histoire de Jim*, aucun des romans publiés par le couple, car l'épouse écrivait elle aussi, les éditeurs résignés à accepter ses manuscrits pour obtenir les livres de son mari, qui étaient d'un gros rapport et immédiatement traduits en plusieurs langues. Je n'aurais qu'à écouter et à observer, puisque d'un garçon boucher on n'espérait pas une conversation.

Je n'avais jamais approché une célébrité, lorsque, Marceau toujours aux prises avec la difficulté de refermer la porte de l'ascenseur, qui était sans doute aussi vieux que l'immeuble lui-même et garni d'une banquette recouverte de velours, je le précédai dans l'antichambre, au fouillis de stand d'antiquaire, à peine éclairée, d'une exiguïté inattendue pour un appartement haut de plafond, dont les fenêtres donnaient sur le parc Monceau. Les ouvrait-on jamais, les fenêtres, si malgré la chaleur de juin, elles étaient obturées par doubles rideaux, cantonnières et voilages ?

La semi-obscurité, un claquement de porte, une entrée en coup de vent, le martèlement des pas attirant le regard sur la barre transversale des mocassins, des cheveux lissés, un impérieux raclement de gorge, une haute silhouette sans rondeurs, la hâte de déclarer ma politesse, tant et si bien que j'avais salué d'un « Bonjour, monsieur » la maîtresse de maison, qui écartait les bras comme pour élargir la pièce aux dimensions de sa joie. Liliane Bartemont ne semblait pas avoir entendu, et, dans un redoublement de transports accompagné des bruits de succion d'un débouche-lavabo, plaquait, à la campagnarde, des baisers sur les joues de Marceau et, ensuite, me tendait la main, le pouce confondu avec le tranchant, à croire qu'elle pratiquait au judo les attaques de doigts. Mon jean était aussi moulant qu'un collant de danseur, mais la fermeture Éclair fonctionnait mal. Une femme qui gloussait d'aise nous poussait dans un salon aux proportions de nef, tout enténébré, où la masse encore plus sombre des meubles indiquait l'existence, quand même, d'une source de lumière, et de parfum aussi. Au fond, juste assez forte pour dégager le marbre d'une commode, tremblait la lueur de deux bougies d'intérieur diffusant cette odeur de tilleul si pénétrante qu'on imaginait transportés, ici, du parc voisin tous les arbres de l'espèce, à l'extrémité de leur floraison.

Marceau, à présent, n'irait pas soutenir le contraire : alors que la patronne de La Reine blanche battait les hommes sur leur propre terrain, mais toujours en amazone, sans aucune outrance de mâle, Liliane au visage triangulaire, à la chair blanche, à l'œil noir, aux lèvres enduites de fond de teint pour les faire oublier, Liliane aux gestes incessants, dans son perpétuel aller-retour entre le mâle et la femelle — en aiguille de boussole affolée par l'imminence d'un séisme — était la femme d'un exploit. Elle composait, au final, un personnage de tante d'une espèce perpétuée seulement aujourd'hui par les numéros de travestis dans les bouis-bouis des villes de garnison : Liliane créait une équivoque au carré. Elle représentait l'impossible ambition d'une femme qui eût cherché à changer de sexe pour mieux aimer les hommes. Et Marceau ne récuserait aucune épithète : jacassante, arrogante, tranchante, piaffante, en un mot soûlante et par là très proche de la femme médecin qui avait été l'une des figures de La Reine blanche, où son entrée en déterminait beaucoup à régler sur-le-champ leurs consommations. Liliane Bartemont avait sans arrêt dansé d'un pied sur l'autre pendant qu'elle me soumettait à un interrogatoire haché de digressions à l'usage de Marceau, pareilles aux apartés perplexes du chef de service avec l'interne de garde au chevet du malade qui vient d'arriver. Mes monosyllabes en guise de réponse semblaient la pousser à un diagnostic favorable ; ils étaient conformes au personnage que je jouais, moins éloigné peut-être de la vérité que je ne le supposais. Le timide y trouvait, en tout cas, son compte, gardant les mains croisées sur le ventre, parce que la fermeture Éclair de son jean s'était coincée.

Nous ayant enjoint de nous asseoir, son examen terminé, Liliane tournicotait maintenant autour de nous, et, soudain, sans écouter ma réponse à sa dernière question — mais le regard attaché sur

Marceau, telle l'Odette du *Lac des cygnes* enchantée par le magicien s'arrache à son prince bien-aimé, part la mort dans l'âme, et, dressée sur ses pointes, s'éloigne vers la coulisse avec un magnifique mouvement de bras, une palpitation des épaules où paraissent avoir poussé des ailes —, elle disparut dans l'entrebâillement d'une porte qui s'ouvrirait à deux battants, quelques minutes plus tard. Une personne que l'on devinait âgée à la lenteur de son pas, et de sexe féminin, d'après le balancement cérémonieux des étoffes le long de son corps, se suspendait au bras de la maîtresse de maison, qui la conduisait jusqu'au divan recouvert de velours rouge séparant de toute sa longueur les deux fauteuils où nous avions été installés d'autorité. Et, abusé encore une fois par l'obscurité, qui empêchait de scruter les traits d'un visage, entretenu dans l'illusion par la robe de chambre, le châle drapé sur les épaules et la masse de cheveux blancs allongeant une pointe d'un côté, tel un coin de béret tiré sur l'œil, j'avais imaginé quelque gouvernante en retraite gardée à la maison par ses maîtres en mémoire des services rendus. On la présentait aux visiteurs pour la distraire, lui prouver qu'elle participait toujours à la sociabilité de la famille. Je n'avais été détrompé qu'à l'instant où s'étaient allumées, dans un angle, deux lampes de la taille d'un porte-cierge, au pied massif en cuivre, qui faisaient reluire les ferrures d'une commode, et, sur la cheminée, au-dessus d'une pendule, un aigle essorant, plus proche du blason que de la nature. En même temps, Liliane s'écriait : « Voici Georges », sur le ton de l'animateur bénévole d'une soirée au profit d'une artiste tombée dans la misère, à laquelle ont participé cadets et admirateurs, et qui vient, avant le baisser

44

du rideau, recueillir des applaudissements pour un ultime et bref tour de chant.

Me trompais-je ? N'était-ce pas au retour, dans la petite décapotable, que Marceau m'avait raconté que Liliane, avant son mariage d'intérêt, avait eu avec la sœur aînée de son futur époux — une ancienne correspondante de guerre — une liaison que seulement la mort devait interrompre, comme cela se produisait souvent chez les lesbiennes ? Après avoir freiné sec, pour éviter de renverser un gosse lancé à la poursuite d'un caniche, au milieu de la chaussée, Marceau avait réitéré la promesse de me prêter le roman signé par le vieux Georges, qui était le succès commercial de la saison ; et, sans doute toujours sous l'empire des plaisanteries et des pantomimes de Liliane au détriment de personnes connues de tous deux, Marceau, un bras levé pour replier la capote du toit, recommençait à rire. J'avais l'esprit ailleurs et ne m'interrogeais pas sur la signification de l'avertissement lancé sur le palier du quatrième étage, à travers la cage de l'escalier, où une lumière de crépuscule d'automne tombait des hautes fenêtres néo-gothiques à carreaux en losange cernés de plomb, ennoblissant le papier couleur d'urine posé dessus : « Marceau, n'oubliez pas, avait crié Liliane. On compte sur vous, samedi prochain. On a encore du pain sur la planche… » Ou quelque chose d'approchant.

Derrière la grille du parc Monceau, la rotonde de Ledoux était presque rose dans la lumière de cette fin d'après-midi de juin. Débarrassé de mon blouson, la chemise gonflée par le vent, je respirais à pleins poumons. Nous nous dirigions vers les Champs-Élysées tout proches ; selon son habitude, Marceau m'invitait à prendre un verre au bar d'un grand hôtel, et déjà ce n'était plus le Claridge. L'année précédente, on avait dispersé son mobilier aux enchères, et j'avais accompagné Marceau à cette vente qui avait eu lieu, un matin, à même le trottoir. Les voitures qui avaient envahi la contre-allée s'éloignaient ensuite, au rythme des achats, leur toit chargé de matelas et d'objets, dans un tableau d'exode qu'avait complété le passage, en silence, d'un détachement de la Garde républicaine, sans tambours, sabres, dorures, trompettes, de retour d'une promenade, à peu près dans le même état que la cavalerie de Murat qui a buté dans les fossés imprévus de Waterloo.

J'étais assis dans la voiture comme devant une table de montage, et redéfilaient les séquences de la visite que nous venions d'effectuer : gros plan sur le vieillard à la mine de poupon dans son landau sous une casquette de cheveux blancs, et au regard enfantin, qui remplissait son fauteuil d'un bouillonnement de soieries, les lèvres étirées en un sourire tout de distinction qui ne se prononcerait jamais franchement. De cette voix douce, asexuée qui, s'ils ne chevrotent pas, caractérise certains vieillards quand ils sont devenus des patriarches, il répétait, le regard perdu : « Comme c'est gentil à vous de me consacrer votre jour de congé. » La caméra cadrait ses deux mains d'albâtre, dont les veines en relief, à l'apparence et à la couleur de pétiole d'ortie, venaient se perdre aux nodules des doigts. Elles pétrissaient les genoux, quand elles ne se caressaient pas à la douceur du châle bordeaux. Je lorgnais les pieds chaussés de mules à motifs d'argent sur l'empeigne, plongés comme pour un bain dans la boîte bizarre où le vieux Georges les tenait au chaud depuis qu'il s'était assis. Qui, s'il n'avait pas le voca-

bulaire de Marceau, aurait pensé à une chancelière ? En aparté, pendant que Marceau et Liliane
semblaient s'exciter l'un l'autre, dans un chuchotement de complot, on me demandait le nom de ma
paroisse — la question, qui était généreuse pour la
piété des commis de boucherie, m'avait désarçonné. Je m'étais rabattu sur Saint-Merri, parce
qu'on apercevait son clocher à travers la vitrine la-
térale de La Reine blanche. Il paraissait même se
rapprocher sous les projecteurs des bateaux-mouches qui remontaient la Seine vers neuf heures du
soir, dans la rumeur d'une musique de cirque et de
précisions historiques, cendres d'érudition répandues par les haut-parleurs au-dessus de l'eau, qui, à
cet endroit-là, au début de mars, prend des reflets
roses et verts pour annoncer le printemps. Alors, de
grandes lueurs qui se cassaient au plafond envelop-
paient soudain les couples blottis sur les banquettes de l'arrière-salle, leur faisant ouvrir des yeux
d'oiseaux de nuit surpris par le faisceau d'une torche électrique.

Georges Bartemont, dont le chuchotement de
grand-mère au chevet d'un enfant ensommeillé
défiait et dominait les éclats de rire autour de nous,
avait murmuré qu'il était en relation avec l'un des
desservants de ma paroisse voué au salut de la jeunesse en difficulté. Était-ce bête de chercher le nom
d'un ami si cher : il allait lui revenir d'une seconde
à l'autre. Le résultat ayant été celui de la mémoire
qui flanche, et, au final, oublie l'objet qui a déclenché ses investigations, le silence se rétablissait entre
nous. Georges, comme abîmé de nouveau dans la
béatitude d'une trempette après une longue marche,
n'en sortait plus, ensuite, que pour lancer le nom
d'un confrère, d'un ami qui avait rassemblé dans un

livre ses souvenirs sur la boucherie exploitée jadis par son père, et où il avait grandi, en province. Peut-être parce que suer est l'une des fonctions que l'âge affaiblit, Georges, enveloppé de lainages, ne transpirait pas plus qu'un cadavre dans un tiroir de la morgue ; on crevait pourtant de chaleur dans ce salon où personne ne songeait à nous offrir quelque chose à boire. J'étais en nage, sous mon blouson d'aviateur en mouton retourné — je n'en possédais pas d'autre, et il fallait un blouson à la virilité.

Marceau me confirmerait tout cela, puisqu'il était entendu que nous allions nous revoir sous peu. Il aurait droit à la deuxième séquence, celle à laquelle il avait participé sans comprendre toute l'action. Je n'avais jamais osé lui avouer ce qui s'était déroulé à son insu, distrait qu'il était par le bavardage de Liliane, dans l'antichambre où l'auteur du roman qui avait charmé mon adolescence s'était traîné, soutenu par ses visiteurs, tel un évêque, ployant sous l'or et le poids des vêtements liturgiques, que diacres et acolytes raccompagnent jusqu'à la sacristie, au terme d'une cérémonie dont la longueur l'a éprouvé. Je verrais cela plus tard, à Capri, et même y participerais.

À quatre, nous étions presque coude à coude dans cette pièce où Liliane, un long fume-cigarette à la main, avait continué de plaisanter avec Marceau, qui, par contagion et pour mon grand agacement, jouait du poignet à son tour. Je continuais de me taire, en bon garçon boucher. À ma droite, le vieillard, qui embaumait l'eau de Cologne tels les pensionnaires des hospices préparés par les infirmières, un jour de visite, persistait dans le silence, sa tête comme entraînée par la lourde mèche que j'avais prise pour la pointe d'un béret, et qui le tirait ou vers le plateau de la commode à laquelle il s'était accoudé ou vers quelque région de sa mémoire enfin en dégel. La main qui avait effleuré ma jambe remontait jusqu'à mon ventre, s'enhardissant devant ma passivité née d'un mélange d'incrédulité et de stupeur. N'était-ce pas Marceau qui me tournait le dos pour soutenir la conversation avec Liliane, me frôlait par instants et, contre sa pudeur coutumière, me jouait ce tour de bidasse sous la douche, afin que je sorte de mon rôle et de ma léthargie ? Mais, alors que la palpation s'accentuait en force et en indiscrétion, Marceau continuait de faire passer d'une main à l'autre le briquet que, non fumeur, il avait néanmoins toujours sur lui — il venait de s'en servir pour allumer la énième cigarette de Liliane, qui avait ôté d'une étagère, à son intention, un bibelot acheté la veille.

La fermeture à glissière de mon jean s'était coincée à mi-parcours, et l'index d'une dureté d'osselet qui fouillait et crochetait n'avait trouvé encore que la toison du ventre, dans l'ouverture tout juste assez large pour y introduire ce doigt qui enroulait des poils autour de sa première phalange. Le père de Jim, toujours immobile, en apparence attentif au piapia de sa femme, les paupières mi-closes, avait, pour résister à la fatigue de la station debout, posé sa main libre sur le marbre d'une console d'angle. Mais, de l'autre, il caressait les œufs du nid, sans émouvoir l'oiseau qu'il caressait également. Avais-je pensé que les piqûres intramusculaires de Nootropyl produisaient de l'effet sur le vieillard ? Au comble de la gêne, on ne pensait guère. On se dégageait comme un toréador se dérobe à la corne du taureau, et la main indiscrète s'était réfugiée dans les replis du châle.

Liliane, à qui l'on devait reconnaître beaucoup d'esprit et d'acuité dans l'observation méchante d'autrui, continuait de pérorer, comme si elle-même ne nous avait pas congédiés en se levant pour déclarer : « Les enfants, nous risquons de mettre Georges en retard, il veut aller à la messe de six heures… »

Sur le palier à moitié recouvert par un paillasson à initiales — G.B. — pendant que l'ascenseur montait et que Liliane continuait de plaisanter, la main que je lui avais tendue non sans réticence, Georges, avec le global sourire du nourrisson à l'univers, et quelle douceur dans son œil bleu surgi de tant de replis, tel celui de l'éléphant, devait la retenir entre les siennes, et, au contact de la peau parcheminée, j'avais éprouvé la même sensation qu'à saisir les bûchettes et les lattes de cageot que ma mère entassait au fond d'un placard pour allumer le feu dans la cuisinière. Marceau n'avait-il vraiment rien vu ou deviné ? Ne s'était-il pas résigné, en faisant écran de sa personne ? Il l'avouerait sans doute aujourd'hui. Rue de Courcelles, à peine l'ascenseur s'était-il immobilisé à l'étage, j'avais couru en ouvrir la porte. Le parfum de tilleul qui régnait dans le salon obscur des Bartemont s'y était engouffré en même temps que nous.

À l'avenir, nous aurions besoin de sujets de conversation Marceau et moi, puisque, en ce qui le concernait, l'essentiel était dit. Les gens que nous avions connus ensemble jetteraient la passerelle par-dessus les années qui nous avaient séparés. J'essaierais en vain de lui présenter les autres, qui, pourtant, me touchaient davantage, et que j'eusse aimé revoir avec les yeux de son propre talent. Que lui aurait importé que M. Salvy, le « cousin de Victor Hugo », fût le mari de notre voisine — pour tous tante Marie — aussi menue qu'il était grand, aussi frémissante qu'il était lui-même amorphe, aussi bavarde qu'il se montrait taciturne ? Tant de gens qui étaient d'une grande valeur humaine méritaient mieux que de nous avoir rencontrés. Si nous n'étions pas des artistes, notre passé — ses acteurs et ses événements — n'avait pas de quoi intéresser grand monde, et moins encore, dans le cas du mien, un homme sur le qui-vive, à la merci d'une offensive du virus tapi au fond de son corps. Qu'en serait-il de Marceau, l'année prochaine ou la suivante ?

Comme tous, elle n'avait plus affaire qu'avec moi-même, qui m'efforcerais en vain de la sauver, tante Marie, l'infirmière bénévole du quartier Saint-Érasme, qui, si l'on n'était parvenu à l'interrompre, d'un coup de langue soulevait son appareil latéral composé de trois dents, pour le pousser jusqu'au bord des lèvres, afin de soulager sa gencive, tandis qu'elle cherchait le moyen de reprendre l'avantage, un sourire de squelette au coin de la bouche.

Un deuil, un accident, un accès de fièvre ? Elle accourait, riche d'une science forgée par la lecture des revues de vulgarisation médicale et des ordonnances où, forte de son expérience de sœur volante et des conversations sur un pied d'égalité avec un cousin préparateur en pharmacie, elle déchiffrait, sans l'aide du Vidal, ce que le praticien s'abstient, à l'ordinaire, de dire au malade, et qui se déduit pour le pharmacien de la nature et de la régularité de ses prescriptions. Si on l'éconduisait, sans se fâcher, elle attendait son heure — celle où la fatigue obligerait à accepter ses services, sa résistance au sommeil et à tous les dégoûts que provoquent les soins aux corps malades. Se précipitait-elle à l'annonce du désastre, ou bien, par sa venue, en présageait-elle l'avènement ? Au fil des saisons, des hivers qui brisent les rémissions, le bruit s'était répandu en ville qu'elle avait le mauvais œil, et ma mère, dans la conversation, avait commencé à la nommer par des périphrases ; bientôt, elle se contentait de lever les yeux au plafond pour la désigner, puisque le couple habitait l'appartement au-dessus du nôtre. La nuit, dans mon lit, je percevais le bruit irrégulier des pas de M. Salvy, et un tintement de broc de toilette contre une plaque de porcelaine. Reste que beaucoup avaient dû à notre voisine de n'être pas morts à l'hôpital ainsi que tout un chacun : tante Marie était aussi réputée connaître la préparation et la piqûre adéquates, quand on souffrait à l'excès sans qu'il y eût d'espoir.

On parlait d'affections opportunistes — une épithète longtemps réservée aux politiciens. Qui s'occuperait de Marceau à la prochaine ? Tante Marie aurait répondu présent, et, peut-être, frémi de joie. L'homme et la femme qui vont mourir bientôt réveillaient sa tendresse, l'approche de la fin supprimant les défauts qu'on leur attribuait auparavant, dissipant les griefs qu'elle aurait pu nourrir à leur endroit. Mais parfois les malades les avaient encore tout frais à l'esprit, et, à son apparition, se redressaient dans leur lit, de peur qu'elle ne vînt profiter de leur état pour assouvir sa vengeance.

Morts et maladies, c'étaient les contes des veillées de mon enfance. À la fin, las d'écouter la litanie des aphorismes, maximes et proverbes qui soutenaient les faits rapportés autour de nous, ou les commentaires sur les misères et les surprises du corps, émaillés de mots me renvoyant au diction-

naire — cholestérol et ménopause m'intriguaient —
M. Salvy avait la même expression vague qui me
caractérisait aussi lorsque j'avais vidé mon gobelet,
à l'écart du rond de lumière projeté sur la nappe par
une ancienne suspension à pétrole aux porte-bougie
vides, lourde de bronze et d'enjolivures. Son dôme
en porcelaine, où se logeait maintenant une ampoule
électrique, était d'un vert identique à celui du
liquide au fond de ce gobelet, vestige, comme la
carafe à madère, d'un service à liqueurs, témoignant
que mon père avait su rapporter de l'argent à la
maison. De ces soirées où les proverbes affluaient
pour ponctuer la chronique locale des vivants et des
défunts, et de l'existence comme elle va, c'est-à-dire
mal, subsistait un lambeau de phrase, presque une
plainte. À qui l'attribuer, parce qu'elle avait été
proférée derrière moi, *mezza voce* ? « ... Et toutes
ces cochonneries qu'il faut faire avec les hommes
pour avoir un gosse. » Comment se représenter ce
« velours frisson » dont on parlait si souvent et qui
semblait le comble du luxe ?

Depuis combien d'années n'avais-je pas commandé
et bu un Peppermint ? Dans le premier café où
j'entrai, on n'en avait pas ; dans le second, un
« tabac » qui s'appelait Le Narval, sur une question
de la serveuse en tablier blanc façon grand hôtel, le
patron, qui se tenait derrière la caisse, avait grom-
melé : « On en a encore. » Tout d'un coup, je me
sentis aussi dévitalisé qu'un pêcher de douze ans, à
l'écorce gris cendre, qui n'assure plus que la floraison de ses basses branches — et sur les pêchers,

leur taille, leur culture, leurs fleurs je n'avais plus beaucoup à apprendre.

On avait dû dépenser beaucoup en vue de reconstituer un bistrot à l'ancienne, avec ses bancs de moleskine encore trop neufs pour qu'on y voie des morceaux de sparadrap à l'emplacement des trous, ses portemanteaux en bois, sa profusion de barres de nickel, son éclairage qui, refusant le néon, rendait quelque fraîcheur lorsqu'on se regardait dans les glaces à fronton biseautées, et de couleur fumée, pour plus de certitude quant au miracle. Les bistrots, ce n'était pas ce qui m'avait le moins manqué à Rome, où l'on boit surtout au comptoir et où l'on ne s'attarde pas, comme si l'homme n'y atteignait jamais l'âge des après-midi de solitude et de ressassement, devant un demi de bière. Il n'y avait pas d'autre client que moi dans la salle ; j'ajoutai un sandwich à la première commande : « Et un pâté de campagne-cornichons, lança la serveuse. Plus un gorgeon. Ça marche… »

À La Reine blanche, il y avait eu aussi, sorte de curiosité d'antiquaire, un crachoir en cuivre au pied du portemanteau. Je réprimai un sursaut, mais ce n'était qu'un chat noir à collerette blanche qui, abandonnant derrière moi la tablette sur laquelle il était posté, de descente en escalade parmi le mobilier, m'avait frôlé pour gagner l'angle opposé au mien. Avait-il l'habitude de scruter à distance les nouveaux venus, sous le vase moulé en relief d'où émergeait une plante verte, et qui aurait pu agrémenter au cimetière Saint-Vincent, à Montmartre, l'un des pilastres du portail ? Dans le jeu des miroirs apparut et se démultiplia la tignasse de Vincent, le judoka qui, tout à l'heure, m'avait mis à rude épreuve et fait sentir combien j'avais vieilli. Un sac de sport à l'épaule, il se rendait au guichet des cigarettes, où, sans qu'il eût à ouvrir son porte-feuille, à prononcer une parole, voire à saluer, une main, entre les deux vitrines remplies de briquets et de bimbeloterie, lui remit quelques lettres, comme on cède ses cartes à un remplaçant au poker. Pour nous aussi, qui allions sans cesse de chambre de bonne en meublé, La Reine blanche — navire-hôpital toujours à l'amarre, si nos barques dérivaient souvent — servait de poste restante ; et il suffisait à Marthe de jeter un coup d'œil sur l'enve-loppe — plus exactement à l'organisation de l'espace où s'inscrit l'adresse — pour fournir des détails confondants de justesse quant à la personnalité de l'expéditeur. Comment et à quelles fins avait-elle acquis ces notions de graphologie ? Elle souriait sans répondre quand on l'interrogeait. Elle m'avait pourtant avoué des choses bien plus intimes, de ces choses que les femmes ne se disent que tête à tête, ou n'abordent que devant leur gynécologue, telle sa description de fluides féminins que je ne soupçon-nais pas plus que la majorité des hommes, ou aurais confondu avec les effets de l'incontinence, si j'en avais été soit la victime, soit le bénéficiaire dans la pénétration. Marthe s'était vantée d'en garder le contrôle pour ajouter au plaisir de sa partenaire, et, assimilant à l'envie d'en savoir davantage la gêne qui me rendait silencieux, elle m'avait fourni, sur un ton de pédagogue, un surcroît de détails. C'était un soir où la petite décapotable rouge de Marceau sta-tionnait encore devant La Reine blanche, je donnais un coup de main pour la fermeture. Parties les serveuses, qui toutes habitaient en banlieue, Marthe poursuivait la conversation avec ceux qui avaient la permission d'entrer lorsque le rideau de fer séparant la terrasse vitrée de la salle était à moitié baissé. Le dernier bateau-mouche venait de passer, et, ne sachant quoi lui répondre, j'avais regardé Marthe comme si j'avais eu à décrire sa quarantaine depuis si longtemps avancée, sa chemise d'homme au col ouvert sur un éternel tailleur, ses joues pleines, invulnérables aux rides, ses cheveux d'une blondeur d'emprunt coupés à la garçonne, mais dans un style qui, loin de la viriliser, prolongeait chez elle un charme de sœur ou de cousine persistant dans le célibat parce qu'elle y trouve plus d'hommes que dans le mariage. Si elle ne riait presque jamais, elle ne refusait jamais de montrer par un sourire ses petites dents aiguës étincelantes de blancheur et ses gencives de chaton. Quelle enfance avait-elle eue ? Quel était le métier de son père ? De quelle région venait-elle, de quel milieu ? Marthe Sainte-Maure, cela ressemblait à un nom d'actrice. On ne connaissait, en tout et pour tout, que deux épisodes de sa vie hors de La Reine blanche. Le premier était son passage au noviciat, qu'elle avait quitté par amour pour une autre postulante qui, refusant de la suivre à Paris, retournerait dans sa ville natale reprendre son travail de fonctionnaire. Lorsque, d'une voix où aucune inflexion ne soulignait le détail, elle glissait au détour d'une phrase : « À l'époque où j'étais religieuse », à l'appui, par exemple, de l'affirmation que la bonne tenue d'un établissement — de la buanderie à la cuisine, du tricot à la couture, du repassage à la comptabilité — n'avait aucun secret pour elle, il y avait toujours un consommateur mêlé à une conversation parallèle au comptoir qui, à ces mots, tendait le cou, tel un jars à la tête de son troupeau d'oies, quand il a vu ou entendu quelque chose de louche dans le paysage.

« Tu dis quoi, Marthe ?

— Lorsque j'étais religieuse. Tu as très bien entendu. »

Le second épisode avait eu pour théâtre le cabaret où, sur la recommandation d'une patronne d'hôtel touchée par son sort, son âge, sa réserve et un désarroi qu'elle attribuait à la rupture avec un homme, Marthe avait réussi à se faire embaucher en qualité de dame du vestiaire, et sans doute, si, déjà, elle avait fait éclaircir la nuance de ses cheveux, en robe noire à col Claudine surclassait-elle la moyenne de ses clientes en manteau de fourrure. « Je n'oublierai jamais le vent sur mes jambes, place Saint-Georges, la première nuit, en sortant du travail, nous avait avoué l'ancienne moniale. Alors, j'ai compris que j'étais libre, enfin, et que j'avais les choses à aimer, ma vie à vivre… N'essayez pas de comprendre. Le vent ne nous parle pas de la même façon qu'à vous, les hommes. »

Après le spectacle, dans le déballement des manteaux sur le comptoir, quelquefois des doigts cherchaient les siens, glissaient dans sa main cartes de visite, bouts de papier avec des numéros de téléphone écrits dessus. Son futur mari, au sujet duquel elle ne précisait rien, pas même son âge, devait procéder lui aussi de la sorte, et elle avait accepté d'autant plus volontiers son rendez-vous qu'elle doutait alors que le goût des femmes fût le sien sans retour, convaincue de n'avoir, dans une aventure qu'elle espérait oublier et qui avait inversé le cours de son existence, aimé qu'une personne, sans rivale ni remplaçante concevables. Le hasard avait voulu qu'elle fût d'un sexe identique au sien.

J'avais bien envie de la revoir, Marthe, qui était toujours de bon conseil dans toutes les situations. Elle m'avait assez souvent dépanné pour que j'éprouve une certaine fierté à étaler devant elle l'argent qui m'était venu à l'étranger, et qui durerait ce qu'il durerait... De l'argent, j'en avais trop manqué par le passé pour avoir le goût de l'épargne, et je n'en aurais jamais assez pour oublier que je n'en avais pas eu. Son appartement, à l'étage — je n'y avais pénétré que longtemps après Marceau —, n'avait en commun avec la salle du rez-de-chaussée que l'escalier en colimaçon qui les réunissait.

Parvenu en haut des marches inégales, la tête rentrée dans les épaules, une fois franchie la porte marquée « privé » et fermée à clé en permanence, parce que le client de passage, dans la pénombre, cherchait toujours les toilettes, le visiteur glissait de l'obscurité à la lumière la plus vive, du brouhaha à un silence de cloître. Dès qu'il avait avancé d'un pas dans le salon, il se croyait tombé comme une mouche dans un bol de lait crémeux. Le carrelage, pour autant qu'on l'apercevait sous les tapis de haute laine où le pied s'enfonçait, les murs peints au chiffon et les doubles rideaux en soie aux embrasses imitant les cordages de navire, tous, proposaient des variantes de la même teinte — du grège, qui était souvent la couleur du tailleur de Marthe, à la belle saison. Les fenêtres supprimaient si bien les bruits de la rue et du quai que l'on n'entendait pas la rumeur des bateaux-mouches qui reviennent mouiller au pont de l'Alma, leur point de départ. Les meubles n'encombraient pas l'espace, ni des tableaux, les murs, sauf le portrait de la maîtresse de maison exécuté au fusain d'un seul jet, le trait écrasé ensuite avec le doigt pour faire des ombres. Plutôt laid à mon goût, parce qu'il vieillissait le modèle à l'excès, il était l'œuvre d'un semi-clochard qui crayonnait pour les touristes sur le pont de la Tournelle, et le cadeau destiné à éponger symboliquement une ardoise à La Reine blanche. Une table de réfectoire en chêne massif, longée par un banc de chaque côté, divisait la pièce. Face au portrait, il y avait un christ en ivoire, aux bras si étroits qu'on l'imaginait figé dans un geste de reddition. Cela sentait le bonheur en province quand il ne se passe rien, l'encaustique ; l'impossible souvenir d'enfance, et le parfum des lilas que Marthe vaporisait sans économie dans l'atmosphère, comme sur elle-même l'eau de toilette dont elle taisait le nom, car, obsédée par la crainte que ses vêtements ne s'imbibent de graillon, cette femme, qui se maquillait à peine les lèvres et jamais le visage, avait interdit, à la cuisine, la cuisson des saucisses et des œufs, après l'heure du petit déjeuner. Et, ce parfum qui avait du musc en note de fond, elle semblait moins s'en être servie exprès en grande quantité que de l'avoir attrapé dans un blottissement prolongé entre les bras d'une maîtresse, comme si sa coiffure, son air d'autorité et sa voix, qui allait en zigzag de la sécheresse au bougonnement, désarmaient par avance tout soupçon de coquetterie personnelle, et imputaient à une cause extérieure toute trace de raffinement. On prétendait, on insinuait, on racontait, on s'interrogeait. Comment, en une vingtaine d'années, jetée à deux reprises à la rue — la première fois par la rupture de ses vœux monastiques et la seconde par un divorce — une femme parvenait-elle à acquérir les murs et le fonds d'un établissement aussi important que le sien ? Par intervalles, elle se plaignait des procédures que certains locataires l'obligeaient à engager, pour aussitôt prétendre agir au nom d'une amie qui lui avait confié la défense de ses intérêts à Paris. Si élevé que fût son chiffre d'affaires, les cadeaux dont elle couvrait ses maîtresses excédaient quand même la fortune d'une patronne de bistrot.

Là-bas, près de la porte, Vincent le judoka s'était retourné, après avoir fourré son courrier dans une poche de son imperméable, dont il nouait maintenant la ceinture à la manière du comédien qui joue le policier dans les vieux films. Nos regards se croisèrent à l'instant où la serveuse déposait ma commande sur la table. Dans l'angle opposé de la salle, le chat n'était pas plus indifférent. De la gorgée dont je me gargarisais, la main devant la bouche, j'espérais monts et merveilles, la langue au bord des lèvres, pour tenter d'épuiser la saveur du breuvage — en vain. Même avec des glaçons et assez de poivre pour se brûler la langue, ce n'était pas bon, et rien de plus. Mais peut-être une voyante habituée à discerner les formes dans le marc de café au fond de la tasse aurait-elle avisé la silhouette de quelques-unes de nos invitées d'autrefois, puisque la cuillerée d'eau que j'avais ajoutée pénétrait la masse de la liqueur dans mon verre, la transformant en nébuleuse tremblante à la pâleur d'absinthe, ses contours hérissés de filaments et de tentacules aux ondoiements d'écharpe.

Couturières en chambre, femmes de ménage qui travaillaient soit chez des particuliers, soit dans les écoles de quartier, veuves de fonctionnaires municipaux, retraitées d'administrations diverses au nom parfois énigmatique — qu'était-ce, l'Enregistrement ? Telles étaient, douces, gémissantes, crédules et bonnes — voilant de lieux communs l'horreur du monde dès qu'elle leur apparaissait — les amies de ma mère, au milieu desquelles, assis à côté de M. Salvy, je représentais l'élément masculin voué au silence. Dans la troupe n'était maquillée que Lili, l'ouvreuse du Rex qui me fournissait des billets de faveur, et nous rejoignait après l'entracte de la dernière séance, nous offrant les Esquimau qu'elle n'avait pas vendus et qu'elle payait de sa poche. Menue, d'apparence fragile, soignée, soigneuse, le geste gracieux sans excès, et la démarche aussi, la voix d'une douceur qui calmait les voyous à l'orchestre, le régime alimentaire qu'elle suivait par solidarité avec son mari, éternel ulcéré, pensionné de toutes les guerres du siècle et en âge d'être son père, l'entretenait dans une maigreur d'adolescente. Et son mari, elle le désignait toujours à la troisième personne, quand elle était à bout d'arguments : « Le Capitaine a dit. » On devinait que le Capitaine l'ennuyait, que le Rex aux dix séances hebdomadaires — deux le jeudi, trois le dimanche — était un refuge, quoique ce ne fût pas de la dignité d'une femme d'officier, même épousée sur le tard pour avoir, en permanence, une infirmière à son chevet. Corsage à col Claudine, jupe plissée, talons hauts,

61

Lili avait, à la longue, persuadé ma mère d'adopter sa tenue, bien qu'elle ne fût pas favorable à la pesée des fruits et légumes et au maniement des cageots : un corsage blanc se salissait très vite.

Quand elle sentait de la morosité ou du découragement dans l'air, Lili proposait de tirer les cartes. Si grands étaient sa tendresse pour autrui, son désir d'obliger et son innocence de fond, elle eût convaincu un manchot de la repousse prochaine de son bras, et des riens de vies sans vie faisait des apothéoses par ses phrases aux termes choisis, qu'elle arrachait à sa méditation, la tête penchée dans le rond de lumière sous la lampe, où sa permanente brillait de toute sa laque. Elle avait une expression plus concentrée encore, presque douloureuse, et des gouttes de sueur au front, lorsque, si l'on insistait, en se plaignant d'une série d'ennuis et de déboires qui n'en finissaient plus, si l'on avait l'impression d'être dépossédé de sa volonté, elle acceptait de conjurer le sort — car elle détenait ce pouvoir, Lili. Ma mère allait chercher une bouteille d'huile d'olive à la cuisine, rapportant aussi une assiette remplie d'eau, et, de peur d'en renverser le contenu, elle avait dans son pas une lenteur et une majesté qui anticipaient la gravité de la cérémonie. On baissait la suspension au-dessus de la table, le silence s'approfondissait, chacun retenait son souffle pendant que Lili ôtait le bouchon, introduisait dans le goulot, l'un après l'autre, les doigts de la main droite, qu'elle poissait de liquide jusqu'à ce qu'elle eût répandu une vingtaine de gouttes dans l'assiette. Et chacun d'avancer le menton ou de tâter la médaille de sa chaîne autour du cou : les gouttes se rejoignaient-elles pour former un rond, une nappe comme dans la mer au large dans le sillage d'un cargo ? Un mauvais charme était à l'œuvre. Se dispersaient-elles irrésistiblement attirées par le rebord ? Il n'y avait pas de maléfice. Ce n'était que la vie, où les épreuves ont leur temps, vont et viennent. Dans les deux cas, Lili, qui avait porté les mains à ses tempes, murmurait la formule qui, sous peine de perdre de son efficacité, exige d'être apprise de la bouche d'un initié, au cours de la nuit la plus longue de l'année. À force de redites, la plaque brillante cédait, se brisait, se subdivisait jusqu'à ce qu'il n'y eût plus que les yeux d'un bouillon.

« Vous alliez du clos à l'ouvert. C'est le sens même de la vie », commenterait, plus tard monseigneur Van Acker, qui, sans blâme et sans ironie, ne se prononcerait pas davantage.

Lili, que ne m'avait-elle promis en me tirant les cartes ? Que n'avais-je cru, que ne demandais-je à croire : succès, argent, voyages, amours, mais pas d'enfants ? Elle insistait toujours sur ce point, comme satisfaite que, tous deux, nous eussions cela en partage. À moins que ce ne fût sa manière de dire ce qui n'avait pas à l'être, un message qui espérait trop de la subtilité du destinataire. Dans les salles obscures, Lili, qui parfois s'offrait le plaisir d'assister les yeux fermés à la projection d'un film pour mieux s'imprégner du dialogue, avait appris les ombres de la vie, et obtenu sur quantité de sujets les clartés que l'école lui avait refusées. Elle y avait gagné aussi sa démarche, qui, certains soirs, la faisait entrer dans notre salle à manger comme la femme fatale à la recherche d'un tabouret de bar, écrasée par cette vérité plus grande que l'œil où elle s'est reflétée, et qui s'agrandit en vain pour la contenir toute. Lili, qui se promettait de voyager dès qu'elle serait veuve, et que le lit conjugal pour le peu qu'elle y entrait avait guérie des hommes, qu'était-elle devenue ? Avait-elle accompli son rêve qui était d'assister à un tournage dans les studios de La Victorine, à Nice ?

Parmi nos invités, il y avait aussi une commerçante qui faisait figure de riche, mais que je n'enviais pas que pour cela : propriétaire d'une mercerie-papeterie, Mme Torre n'avait pas, comme ma mère, à travailler sous le regard du public ni, l'hiver sur le trottoir, à dissimuler sous les pulls son corsage d'ouvreuse qui lui allait si bien — Lili avait raison. Dans le magasin aux rayonnages de bibliothèque publique, où deux personnes n'auraient pu avancer de front, encore à l'oreille le son du timbre qui avait grelotté au-dessus de la porte, on respirait à petits coups une odeur unique — un mélange de cuir neuf, de craie, de gomme, de papier, de cire, de sachets de lavande — que j'avais toujours dans les narines. Pour ne pas en altérer la noblesse et celle de sa marchandise, Mme Torre, tout comme Lili par amour conjugal, se condamnait à ne manger que des pâtes ou des légumes cuits à l'eau sur un réchaud à gaz, dans l'arrière-boutique. Derrière le tiroir-caisse, à côté du trésor des albums de bandes dessinées, une photo, dans l'ouverture ovale d'un cadre en argent et à pied chevalet, sollicitait le regard. Ce soldat souriant, au regard clair, son calot d'aviateur en équilibre sur un casque peu réglementaire de cheveux ondulés couleur châtain, une fossette creusée par le sourire à chaque joue, m'aurait semblé le plus beau garçon du monde si je n'avais pas eu à le comparer à mon cousin Élio. Ainsi, à chaque instant, Mme Torre avait-elle sous les yeux le visage de son fils cadet, mort dans une collision de poids lourds, à bord du camion qui le ramenait à la base aérienne où, le lendemain, il aurait rendu son paquetage et fêté la quille. Déjà, son frère aîné avait été abattu à coups de revolver à la sortie d'une boîte de nuit, dans la ville du Sud où les chats et les chiens changent de nom en dialecte. Je n'avais approché aucun de ces deux garçons, qui, si on les évoquait en sa présence, n'inspiraient à Élio que des hochements de tête ; en revanche, je me rappelais très bien leur père, un petit homme au teint aussi jaune que le papier de son éternelle cigarette maïs, et qui, un matin, était parti à la chasse, sans chien, ni compagnon. On n'avait retrouvé son corps qu'au terme d'une longue battue. On soupçonnait que M. Salvy avait participé de son mieux au maquillage du suicide en accident, afin que la veuve perçût une indemnité ou une rente ; le « cousin de Victor Hugo » n'avait pas son pareil pour tirer de l'argent de toute mort ou blessure — accident de la circulation ou du travail, glissade sur le trottoir — dénicher une collectivité à mettre en cause. Il usait d'une expression de juriste — « attraire en responsabilité » — la répétait dans le double émerveillement de parler et de savoir. Elle me faisait penser au pis des vaches.

Madame Torre, avec sa longue figure étroite et blanche, son chignon gris et sa blouse verdâtre qui allongeait sa silhouette, ressemblait aux poireaux qui composaient son ordinaire, mais toute laideur disparaissait de son physique quand on était sous la lumière de son regard, où l'on eût dit que la bonté tremblait au bord des paupières comme une larme qui ne se déciderait pas à couler. Un trafic modeste et sans bénéfices l'accaparait en octobre ; je n'étais pas le dernier à lui laisser en dépôt les livres de classe de l'année précédente — ma mère les avait recouverts de papier noir, afin de préserver leur couverture du contact de mes doigts. Madame Torre nous procurait ceux dont nous lui avions soumis la liste, et personne — sauf elle-même, qui n'en tirait que le plaisir d'obliger son prochain, de rameuter la jeunesse dans sa boutique pendant deux semaines — ne connaissait le nom des participants à l'échange, ce qui préservait l'anonymat susceptible des pauvres. À la fin de juillet, je lui apportais un cageot de pêches que j'avais moi-même cueillies dans le verger de notre cousine Élisa, riche d'un millier d'arbres sur quatre hectares ; la moitié d'entre eux, lorsque je serais parti, atteindraient la quinzième année, âge qui exige leur remplacement. Élisa en avait-elle eu le goût et la force ?

La mercière n'appréciant qu'une variété de ces fruits-là, ramassais-je à son intention de la silver king, qui est d'une forme légèrement allongée, ou de la silvery, qui est toute ronde ? À moins que ce ne fût de la red delight, qui avait ma préférence en raison de sa saveur un rien acidulée, du velouté de sa peau qui garde son parfum aussi longtemps que la peau d'une femme, dans sa tiédeur, à la naissance du cou. La fatigue, à la fin d'une journée de récolte, malgré la sieste, on n'en mesurait pas l'étendue, si on ne l'avait pas soi-même éprouvée à entasser les fruits dans les bidons bleus de vingt litres achetés à la coopérative de la plaine, à garnir les alvéoles des plateaux en bois qui étaient de même provenance. Quelques-uns m'étaient cédés en guise de salaire, et ils iraient garnir l'étalage de ma mère, qui se réjouissait du bénéfice. J'aurais donné beaucoup pour revivre deux moments de ces journées-là. Le premier, c'était avant l'aube, lorsque mon cousin Élio et moi nous coupions à travers la garrigue, parce que la route nationale allongeait de deux bons kilomètres la distance nous séparant du verger situé au lieu énigmatiquement dit la « Côte de l'homme de fer », quoique le mystère de sa dénomination m'apparût seulement aujourd'hui dans un bistrot parisien.

Autour de nous, qui étions comme Jim et son frère dans le roman que je ne cessais de relire, les dernières pages exceptées, parce que je refusais la mort du héros, le monde était gris et frais ; à l'horizon, on distinguerait bientôt une pointe de pourpre, analogue à la lueur d'un incendie s'élevant dans une colonne de fumée ; le chant du coq éclatait partout. Si je trébuchais, à moitié endormi, la saveur du café d'Élisa encore à la bouche — et je trébuchais souvent exprès — Élio me rattrapait par le bras, ou me saisissait par une oreille pour me plaquer contre sa poitrine, ironisant sur ma gaucherie de citadin et mon obstination à porter des chaussures, lorsque lui-même et les ouvriers qui ne tarderaient pas à arriver, en camion, se contentaient d'espadrilles. Il avait neuf ans de plus que moi, le sport était son métier : comment aurais-je eu la force de me dégager ? En avais-je seulement envie ? Puis, nous recommencions à cheminer en silence, nos coudes se frôlaient ; les gamelles de nourriture à nos flancs s'entrechoquaient ; de la pierraille s'éboulait sous nos pas malgré nos précautions ; des boisettes craquaient. De quel lointain provenait, par intervalles, ce bruit sourd d'instruments qui creusent la terre, comme en écho au proverbe toujours cité par Élisa, pour s'éviter de prendre parti dans toute discussion : « Je suis dans le jardin, et je pioche avec les moines » ?

Dans sa grisaille et sa fraîcheur, le monde était

simple ; j'aurais voulu que notre marche, le dos tourné à la nuit, fût sans fin, et peut-être devait-elle l'être. Élio, où que tu sois, tu ne m'as jamais quitté ; tous ceux que j'ai recherchés te ressemblaient — quelques-unes aussi.

De ces aubes provenaient la lumière de mes jours, la couleur de mes désirs et, du même coup, la fatalité de mon échec qui avait eu le visage de l'Autrichien, lorsque, pour la première fois, j'avais eu la liberté d'aimer sans me cacher ; et cet échec pesait le poids des années réputées être les plus belles de la vie. Je les avais perdues, mais qui les gagnait ? Et, sans doute, à partir de l'âge où l'on s'est guéri de croire que le couple soit une fin et la condition du bonheur, chacun, à se remémorer telle ou telle liaison dont la durée lui demeurait rétrospective- ment incompréhensible, pouvait s'étonner, se mau- dire ou se mépriser : « Comment ai-je supporté de devenir ce pantin imbibé de confiture sentimen- tale ? » regrettant un temps perdu qui, en fait, ne l'avait pas été, puisque l'on avait aimé quelqu'un dans la réalité de ses qualités et de ses défauts. Or je n'avais pas aimé l'Autrichien pour ce qu'il était, pas plus que, la vie sauvée par ma fuite à Rome, je ne l'avais détesté en connaissance de cause, dans l'émerveillement d'une indépendance que j'avais désespéré de reconquérir ; et l'Autrichien, parce qu'il était d'une vanité sans bornes, ne risquait pas de soupçonner qu'il m'avait capturé par les reflets que je traquais sur lui. Lorsqu'il m'avait été pré- senté à La Reine blanche par un peintre de mon âge, à la veille de perdre son talent dans l'alcool et la paresse, l'Autrichien était à la rue, sous le coup d'une rupture avec les propriétaires d'une galerie où il tenait le rôle du fils de la maison. Qu'avait-il été, tour à tour ou en même temps, au mari et à la femme, qui était l'aînée, et dont les capitaux autant que les relations soutenaient le succès de l'entreprise ? Je n'avais pas voulu le savoir, de même que, par la suite, j'avais fait la sourde oreille aux allusions, et négligé les sous-entendus qui, sur un signe de curiosité, un mot d'encouragement, se fussent aussitôt transformés en rapports et en révélations. Lorsque j'avais rencontré l'Autrichien, que, bonne pomme, le peintre hébergeait depuis une semaine dans son atelier, où lui-même si crasseux qu'il fût eût hésité à dormir, ses effets ne remplissaient pas une de ces valises en tissu que les compagnies aériennes proposent parfois à leurs abonnés. La dispute avait été si violente qu'il avait seulement emporté ce qui lui était tombé sous la main.

Je touchais maintenant un salaire régulier, mon métier devenait intéressant. Mais il n'y avait guère plus dans ma valise, dans mon studio aux tommettes descellées et aux poutres apparentes, que nous devions quitter au bout de quelques semaines, l'Autrichien l'estimant trop exigu. C'était la première de ses exigences que j'affrontais et qu'accompagnaient colères, trépignements, crises de larmes. Elles n'allaient plus finir, et n'être jamais satisfaites à son gré, puisque le plaisir était dans la demande et la surenchère. Mais quoi, c'était la première fois que quelqu'un m'assurait qu'il m'aimait, et je ne me sentais pas particulièrement exposé au danger de la redite. Pour avoir la paix, et l'aumône d'un sourire, je capitulais sans trêve. Touche-à-tout, d'un goût que la fréquentation de vieilles femmes oisives et fortunées avait aiguisé, intelligent — plus intelligent que moi, en tout cas —, l'Autrichien, jamais à court d'idées, avait l'habileté de l'invité qui sait, par de menus services, les compliments adaptés à chaque circonstance, et son avidité de divertissements, non seulement justifier la prolongation de son séjour, mais rendre la fin de celui-ci presque inimaginable. J'aurais écouté ceux qui essayaient de m'ouvrir les yeux, j'en aurais appris long ; à présent, l'expérience de la vie commune, au cours de laquelle sa faculté de dissimulation en société aurait dû m'alerter, rendait vaine l'exploration du passé. L'Autrichien avait toujours sauté d'une branche à l'autre, et la branche cassait, quand il s'envolait, celle que je lui avais offerte étant la plus basse qui fût avant le trottoir. Chez les riches, il avait été, par sa jeunesse, son charme et son physique, comme un louis d'or dont le sort est de glisser de main en main au gré des tractations. Et la pièce commençait à perdre de son éclat, à l'instant où je l'avais empochée.

Pour noircir le trait autant que pour l'alléger par endroits, car l'Autrichien avait ses minutes de gentillesse sans arrière-pensée et de peurs d'enfant dans le noir qui m'émouvaient, les éléments ne m'auraient pas manqué. Cependant, il ne m'aurait pas intéressé de brosser le portrait d'un profiteur, d'un comédien, d'un courtisan qui ne m'avait même pas laissé, comme bénéfice, les manèges et les stratégies qu'il faut pour réussir, le bon usage de la faiblesse auprès de ceux qui sont plus fragiles encore. J'oubliais les avanies, et les remarques sur mon physique qui m'avaient mortifié, la honte de capituler jusqu'au point de répliquer du tac au tac m'ayant empêché de répondre. L'Autrichien, qui s'était raccroché à mes basques à un moment où il perdait pied, et quoique mon corps ne lui inspirât aucun désir, ainsi qu'il me l'avouerait par la suite, m'avait anesthésié, vidé, pillé, humilié — il m'empruntait même mes tics de langage, lesquels n'étaient pourtant pas fameux. Cependant, je ne lui gardais rancune de rien. L'Autrichien, à qui, en plus du prévisible, j'avais servi de frère, de père, de secrétaire, de répétiteur de français, était cynique comme il était blond — ainsi en avait décidé la nature. De la kyrielle des proverbes que l'on m'avait serinés durant mon enfance en subsistait un, qui était bien d'un pays de bergers, et que M. Salvy, le « cousin de Victor Hugo », tiré de son indifférence par des papotages autour de lui, approuvait toujours d'un signe de tête : « Un tueur de chèvres trouve toujours des chèvres à tuer. » L'Autrichien, si dur à ses conquêtes, si plat devant les réticents et ceux qui l'avaient percé à jour, était innocent dans notre histoire. Je me serais dérobé à son charme, un autre, après tant d'autres — hommes ou femmes — eût été son marchepied ou son paillasson. Dans une liaison aux couleurs de cauchemar, parce que la violence masculine aggravait l'horreur de la conjugalité, et d'une perversité d'autant plus fémininement efficace qu'elle n'était pas d'une femme, je n'avais été dupe que de moi-même et, partant, aussi impur que mon partenaire l'avait été de son côté. Et il eût été justifié de s'en plaindre et de me le reprocher : largesses, patiences, sacrifices, concessions s'adressaient à une ombre qui n'avait rien à voir avec lui, car ce que j'avais aimé à travers lui, c'était Élio, à qui il ressemblait au physique. Je m'en étais rendu compte très tard, trop tard, et, par miracle, un soir à le regarder dormir, une joue contre l'oreiller, étonné d'abord par le reflux du ressentiment après une journée entre toutes harassante par sa faute, et ensuite foudroyé par l'évidence d'un profil qui m'avait empêché d'aimer en face. J'étais sorti

71

dans la rue au lieu de me coucher ; et si la vérité et la liberté allaient se dissoudre dans le sommeil ? Avec quel sentiment de délivrance avais-je marché dans Paris, ce soir-là, décidé d'accepter le poste que l'on me proposait en Italie, où Rome me rendrait le service de me sauver d'un chagrin d'amour. Avec quel plaisir pensais-je encore à l'issue de l'affaire, lorsque j'y pensais — la même ambiguë jouissance que procure le passage de la langue sur une dent malade.

Et d'une méprise que j'avais payée très cher, aujourd'hui ne subsistait plus, au total, que les souvenirs vagues d'une vie antérieure, l'impression d'avoir reçu des coups qui ne m'étaient pas destinés, comme un badaud pris dans une rixe dont il ignorera encore le motif lorsque les contusions qu'il a subies se seront effacées. Aucune responsabilité n'incombait à l'Autrichien, si je n'avais été ni assez clairvoyant ni assez mûr pour comprendre que l'amour n'est jamais la répétition. Tout juste pouvais-je me targuer, en besogneux que j'étais, d'avoir, par l'exemple, enseigné à un frivole les vertus de la patience, qui lui faisait défaut, pour obtenir la durée dans le bluff. Ce n'était pas sa faute si je demeurais toujours dans les vergers d'Élisa, où un mort me gardait prisonnier.

Nous nous arrêtions de travailler lorsque le soleil était au zénith, et qu'une goutte d'huile aurait grésillé comme au fond d'une poêle sur les plaques d'ardoise qui couronnaient un muret, à l'entrée de la propriété. Après avoir mangé, et bu à la régalade du rouge à treize degrés au moins, qui assommait son homme, nous dormions à l'intérieur d'une ancienne bergerie que l'on avait fermée par une porte récupérée dans quelque chantier de démolition — ses panneaux et ses moulures juraient avec les pierres sèches des murs. Deux ouvriers agricoles — toujours les mêmes — nous rejoignaient sur le coup de huit heures à bord de leur camion brinquebalant, bâché de vert, qui avait des montants à claire-voie ; parce qu'il transportait, d'habitude, des animaux destinés à l'abattoir, les fissures du plancher retenaient des bouses séchées. C'était un de ces camions à gueule de bouledogue qui, pour ne pas quitter les animaux dont il promenait les odeurs, était aux autres camions ce que les mules sont aux chevaux — une bête de somme. Nos deux aides, qu'il convenait de stimuler au travail par des reproches en forme de plaisanteries ou des appels à la vanité — Élio appliquant sans doute une identique méthode à ses élèves — étaient toujours les premiers à s'affaler sur les sacs de jute, qui avaient contenu des pommes de terre, et étaient maintenant bourrés de fanes de maïs par les soins de ma cousine Élisa, qui prêchait la sieste comme une panacée. Si pénibles que fussent et la chaleur et la besogne, ne m'aurait-on pas rétribué en nature, Élio ne serait-il pas venu, c'eût été néanmoins préférable à l'oisiveté d'un dimanche en ville, où l'on traînait devant des cafés qui possédaient un téléviseur pour la retransmission des matchs de football — les supporters, dans la salle, m'en gâchaient le plaisir par leurs braillements. « Enculé », scandaient-ils, battant des mains en cadence, lorsque l'arbitre avait relevé une faute de l'un des joueurs de leur équipe d'élection, et, la victoire de celle-ci proclamée, quelques-uns, sur la terrasse, vidaient en l'air le chargeur de leur revolver, quand ils ne visaient pas l'un des chiens sans collier endormis par le soleil au milieu de la chaussée, et qui, au vacarme, détalaient, mais jamais assez vite. Sous l'impact d'une balle, un corniaud se dressait comme pour faire le beau, avant de retomber, gigotant, tel que remue un insecte renversé sur le dos.

Je n'avais plus qu'à rejoindre ma mère sous les arcades du boulevard, et, au milieu des promeneurs sur leur trente et un, des derniers vieux messieurs qui avaient canne et chapeau, lui prêter main-forte pour transférer fruits et légumes de l'étalage à la boutique, ce trou dans la façade de l'immeuble où s'exaspéraient des odeurs de pommes de terre et de paille. La carriole stationnait, la nuit, sur le trottoir ; qui aurait-elle tenté ? Ma mère avait calculé que, si, le dimanche, au lieu de travailler le matin, elle proposait sa marchandise au public entre quatre et huit heures du soir, le marché municipal désert à partir de midi, elle bénéficiait de la clientèle des gens qui rentraient de la campagne ou de la plage. Elle réservait aussi à leur intention des articles dits de dépannage — bougies, piles de lampes de poche, ampoules électriques, mousse à raser, pansements ou bouteilles d'apéritif achetées à prix unique, afin de déjouer le fisc ; un tube de rouge à lèvres avait attendu des années une urgence de la coquetterie. Et, de fait, outre qu'elle pouvait dormir jusqu'à huit heures du matin, ma mère, ce jour-là, réalisait la meilleure recette de la semaine, si l'on oubliait la période de Noël. Je l'aidais à ranger les cageots et, surtout, à replier la tente déployée par tous les temps, en dépit de l'abri des arcades, au-dessus de la carriole, dont les deux roues avaient des pneus de moto. Une lampe à gaz l'éclairait — elle nous signalait de loin. Des condisciples, qui descendaient de la voiture de leurs parents, me hélaient d'un trottoir à l'autre ; je serrais les mâchoires.

« Comme ils sont bien élevés, tes camarades. Pourquoi fais-tu la grimace ? »

Ma mère, gênée de mon manque d'empressement à répondre, s'en acquittait à ma place, et leur souriait, sûre de son élégance dans son uniforme qu'elle copiait, maintenant, sur celui de notre amie Lili, l'ouvreuse de cinéma. L'atmosphère se détendait, j'osais regarder les badauds en face, lorsque le couple des Pinto émergeait de la foule, lui, tenant à la main son chapeau à bord roulé qui le grandissait, et elle, comme précédée par son parfum. Il était menu, Salomon Pinto, mais si bien proportionné qu'on ne s'apercevait pas trop qu'Esther, sa femme et sa cadette de douze ans, le dépassait d'une quinzaine de centimètres. On ne remarquait que ses yeux d'un bleu de porcelaine, dans sa figure rose, un index frottant sans cesse son nez aquilin. Salomon et Esther, surnommée Titi et qui laissait le gris ternir la blondeur de ses cheveux coiffés court dans le style de cette actrice de muet dont Marceau trouverait tout de suite le nom, vendaient dans un magasin de la rue de la Reine-Hortense — non le moins illuminé — les plus beaux tissus qu'il y eût en ville. C'était un couple d'un disparate qui se fondait dans la même affabilité mélancolique, isolé par la demi-teinte de la criaillerie généralisée, l'un achevant la phrase que l'autre avait entamée. Les Pinto achetaient tant d'articles que, parfois, pour s'éviter de rentrer chez eux les bras encombrés, ils les entassaient à l'arrière de leur DS, et alors ils nous ramenaient à la maison. Salomon et Esther invitaient toujours ma mère à monter chez eux boire l'apéritif, et ma mère, de crainte, sans doute, de n'être pas à la hauteur quand il s'imposerait, tôt ou tard, de rendre la politesse, invoquait sa lassitude pour refuser. Ni Salomon ni Esther, qui souvent parlaient entre eux une sorte d'espagnol, n'insistaient. Sur le chemin du retour, leur compagnie, en nous contaminant de bourgeoisie, nous valorisait. Un cageot rempli des pêches d'Élisa leur était réservé chaque année. Ils avaient deux filles dont on louait la beauté, mais que, étrangement, je ne verrais jamais, si je les entendrais appeler d'une voix rieuse leurs parents à travers la cage d'escalier, crier le titre du film à la télé ou le nom de la chatte qui avait filé vers le grenier. « Paprika, Paprika », se lamentaient-elles, et de l'animal que je ne verrais pas davantage, de son nom je déduisais au moins sa couleur. Salomon était le porte-drapeau d'une association d'anciens combattants ; il se plaignait de la corvée non sans coquetterie. Lorsque Esther nous embrassait, une odeur de jasmin nous enveloppait, aussi dépaysante qu'un film d'aventures.

Je ne retournerais plus dans la plaine qu'à l'occasion des vacances de mardi gras, quand il s'agirait, un dimanche ou deux, de labourer et de répandre de l'engrais. Pour la taille des arbres, en décembre et en janvier, on s'abstenait de me recruter — mes devoirs et mes leçons avant tout. Élisa se faisait scrupule de solliciter un coup de main, et je regrettais un peu l'argent de poche que je perdais ainsi, et beaucoup la possibilité de partager une nuit la chambre d'Élio, où, profitant de son sommeil, qui était lourd, je m'enhardissais à promener le faisceau d'une lampe de poche pour admirer dans l'obscurité son visage, dont la contemplation préparait ma future faillite avec l'Autrichien.

Pouvais-je deviner les conséquences à long terme d'une rencontre, un soir de juillet, sur la nationale, à dix minutes du verger d'Élisa, alors que, des cageots de pêches à mes pieds, j'attendrais l'autobus pour retourner en ville ? Une voiture pilotée par une femme s'arrêterait à ma hauteur, et je serais hélé, d'une voix joyeuse, par celui qui m'introduirait plus tard à La Reine blanche, son quartier général. Son visage était d'une telle laideur que, sidéré, je ne me déciderais à répondre que lorsqu'il m'aurait rejoint, à l'ombre du peuplier noir.

Donc, au Narval, Vincent, qui avait ajusté son nœud de cravate, après s'être ébouriffé les cheveux sur les tempes avec un geste de coiffeur soucieux d'ajouter une touche de naturel à son chef-d'œuvre, se tourna de trois quarts pour s'examiner, à la dérobée, dans la glace du fond, entre l'angle et le curieux vase sous lequel le chat endormi simulait un bibelot. L'inspection achevée, il reprit son sac de sport, qui était posé à terre, et, déjà, il avait avancé d'un pas en direction de la porte, quand une femme ouvrit celle-ci, où, sur la vitre, se lisaient à l'envers, en lettres blanches, des inscriptions d'autrefois : Bois, charbon, casse-croûte à toute heure, noces, réveillons. Le jeune homme s'immobilisa comme cloué au sol par l'apparition de cette blonde aux cheveux en auréole, qui était beaucoup plus proche de mon âge que du sien, et l'on cherchait des yeux sa valise, tant sa démarche et sa physionomie exprimaient la détermination de la voyageuse sans billet de retour. Elle était blonde, certes, mais elle ne l'avait pas toujours été, son coloriste ne méritait aucun compliment. Plus qu'habillée, elle s'était ligotée dans un ciré noir, luisant comme les élytres d'un hanneton ; la ceinture, sans doute serrée jusqu'au dernier cran, réduisait encore cette taille de danseuse, dont la préservation, à partir de la quarantaine, requiert de l'héroïsme. Sous son menton en pointe bouillonnait l'un de ces foulards qui sont parfaits pour dissimuler la menace des fanons, le premier glissement du visage par le bas hors du calque. Son élan stoppé, la blonde tendit la joue, et reçut en retour un effleurement des lèvres sur son front, avant de reculer, parce que le sac de sport lui était balancé sous le nez. On imaginait sans peine ce qu'elle écoutait — les explications auxquelles on se croit en général obligé de recourir, quand on ne sait trop quoi dire, et que les évidences tiennent lieu d'arguments. La blonde l'ayant saisi par le coude, mon dernier partenaire au judo recula, allongeant le bras pour faire apparaître un bracelet-montre, et, si je n'entendais pas, je devinais : « Excuse-moi, je suis pressé. » Mais, sourde au salut de la serveuse surgie de la cabine téléphonique qui criait : « Bonjour, ma chérie », s'essuyant les mains à son tablier blanc de soubrette, la blonde, sans bouger d'un pouce, campée devant lui, continuait de remuer les lèvres, la tête levée d'une dévote au pied de la statue du saint. Elle était beaucoup plus petite que mon ancien adversaire, devenu apparemment le sien, qui, tout à coup, me sembla très proche de l'idéal sensuel de Marceau, tel qu'il se dégageait de la série des garçons dont j'avais gardé le souvenir, car ses amants — mais étais-je sûrement informé ? — préféraient l'attendre à La Reine blanche pour aller dîner plutôt que de grimper les cinq étages de l'immeuble d'en face, où Marceau habitait un grenier aménagé, aurait-on dit, en vue d'un reportage dans une revue de décoration, et par hostilité aux locataires de plus d'un mètre quatre-vingts : lui-même debout, à certains endroits, sa chevelure s'écrasait contre le plafond.

S'il n'y avait eu La Reine blanche, aurions-nous jamais connu Marceau, qui, lorsqu'il se montrait à son invité, sur le seuil, une fois capté le regard de Marthe, imitait un bec verseur avec le pouce incliné pour commander une tournée générale, peut-être parce que le bonheur, ou ce qui s'y apparente, rend toujours généreux ? Escorté de celui qu'il s'était abstenu de présenter à quiconque, bien qu'il n'y eût parmi nous, hommes ou femmes, aucun rival en puissance, il montait dans le taxi, aussi fermé aux remerciements jaillis de la salle que Vincent, en cette minute, l'était aux chuchotements de la blonde ; la main tendue d'une mendiante ou d'un professeur désireux de confisquer un objet à un élève, elle lui barrait le chemin.

On avait relevé le fait sans parvenir à l'interpré-ter : Marceau n'embarquait jamais que des femmes à bord de sa petite décapotable rouge, qu'il avait l'autorisation de ranger à côté de l'Opel coupé de Marthe, dans une remise de la cour, et ses parte-naires masculins, qu'ils fussent bien habillés ou non, avaient toujours la barbe des lundis, quand on ne s'est pas rasé durant le week-end — elle accusait la jeunesse de leurs traits.

Selon certains, il n'aimait que les garçons qui n'étaient pas comme lui des intellectuels, qui pre-naient aux hommes ce que leur coûtaient les fem-mes, ou qui, à la faveur d'un célibat appelé à s'achever bientôt, s'accordaient des curiosités et des facilités de sauna, avant de rentrer dans le rang. Nous avions beau nous être fréquentés des années durant à La Reine blanche, comment savoir et dépasser, sur ce point, l'observation générale selon laquelle ses invités ne changeaient pas souvent ? Marthe le soulignait, et c'était un éloge dans sa bouche, car elle désapprouvait l'instabilité des gens de la tribu, et supportait si mal la rupture d'un couple — peu lui en importait l'espèce ou l'âge — qu'elle refusait de revoir et de recevoir même les personnes qui s'étaient séparées à l'amiable. L'ancienne sœur avait la religion du mariage, du collage en règle, et s'était réjouie que je vive avec l'Autrichien, avant d'émettre des réserves que j'avais refusé d'entendre.

Je n'avais pas oublié le ton sur lequel, sans bouger de son tabouret derrière le tiroir-caisse, elle s'était adressée à une cliente qui franchissait le seuil de La Reine blanche après une longue absence : « Tu reviens trop tôt, ma petite. La prescription, c'est vingt ans », avait-elle lancé de sa voix dont la précision soudaine avait alerté les gens, et arrêté dans son élan la petite noiraude au visage en pointe, qui maintenant cherchait dans l'assistance un regard complice. Elles n'appartenaient qu'à elle, ces paupières à l'aspect d'écaille qui abritaient un regard immobile de lézard dans un visage toujours tendu, sous les bouclettes où un peigne se fût cassé.

On n'avait plus revu ici Catherine Venturi depuis qu'elle était venue annoncer la naissance de son fils, et confier à Marthe, qui, déjà, projetait de meubler la nursery avec le produit d'une collecte : « Tu sais, grâce à mon petit garçon, maintenant ça ne me dérange plus qu'un homme se déshabille devant moi. Je peux même, sans dégoût, regarder sa...

— Je t'en prie, avait coupé Marthe les lèvres pincées. Pour moi, il en faudrait davantage. »

Liée surtout aux aînés de la bande, Catherine Venturi n'avait pas encore accroché sa plaque, rue de Rivoli, lorsque j'avais débarqué à La Reine blanche. Elle remplaçait des confrères, à droite et à gauche, travaillait dans des dispensaires d'arrondissement aussi bien qu'à l'hôpital psychiatrique de Clermont. À La Reine blanche, on lui pardonnait ses jugements à l'emporte-pièce, son verbe strident et son sans-gêne, en raison de sa serviabilité, de ses complaisances de médecin, et de son rire indulgent au récit de nos aventures, excès, expériences, soûleries et frasques, qu'on lui avouait comme si l'on était sur son divan. Nos amours à visée de décharge, tout autant que nos attachements sincères, tombaient sous le coup de sa formule : « C'est du génital », qui lui aurait servi à unir dans la même absolution, dégoûtée et bonasse, Landru, Roméo et Juliette, Gilles de Rais, Jack l'Éventreur, Dante et Béatrice, Héloïse et Abélard. Sa vulgarité bon enfant d'éternelle étudiante qui, debout sur la table, a « montré sa poitrine » au réfectoire de l'internat, afin d'y être adoptée par les garçons, me mettait à l'aise. Sans la rechercher, je ne la fuyais pas, à la différence de beaucoup qui s'étaient lassés de son bavardage et de son insistance à envoyer son interlocuteur « voir quelqu'un », dès qu'elle le soupçonnait de céder à un coup de cafard. Et sitôt dit, sitôt fait de griffonner, sur une feuille arrachée à son agenda personnel, les noms et numéros de téléphone de trois confrères qui — Marthe en avait la conviction — lui rendaient la politesse dans une complicité de camarilla. Cependant, en quelque état qu'elle m'eût trouvé, et certains n'étaient pas fameux au plus fort de ma liaison avec l'Autrichien, Catherine Venturi ne m'avait jamais conseillé de consulter quiconque, mais une fois — si facilement on oubliait qu'elle était une femme qu'on en perdait toute pudeur — elle m'avait rédigé une ordonnance, parce que je venais d'attraper la chaude-pisse dans l'une de ces aventures où j'espérais toujours saisir la main qui m'aiderait à sortir du puits.

Je ne serais jamais de ceux qui, réglant en hâte l'addition, quittaient la salle, dès qu'elle apparaissait sur la terrasse, à la fin de ses consultations de l'après-midi, clignant des yeux à la recherche d'une victime, prête à recracher les confidences qu'elle avait avalées derrière son divan depuis le matin, à la main un filet de provisions alourdi au marché Saint-Paul ; et quelquefois on était atteint par ses récits, qui lui recrutaient un auditoire — ce à quoi sa conversation n'eût pas suffi — comme par l'explosion d'une poubelle remplie de tous les reliefs ou le vomi des repas de la journée. « Avec moi, ça ne traîne pas, disait-elle. En cinq ou six séances, le type plaque son syndicat, son parti ou sa femme. » Pour Marceau, qui avait la folie des films français en noir et blanc des années quarante et cinquante, Catherine Venturi ressemblait, à l'accent méridional près, mais à pétulance égale, à l'actrice Annette Poivre, spécialiste des rôles de ménagères agitées. Vrai ou faux, elle n'en était pas moins passionnante à écouter, dès que l'on s'était habitué à son perpétuel état d'excitation, à une logorrhée compensant peut-être ses silences d'analyste, qui rendait admirable qu'elle ne fût pas encore morte de fatigue en sa propre compagnie, et au tintement des anneaux à son bras qui paraissait annoncer le tambourin de la gitane et la bonne aventure. Quand elle acceptait de mettre une sourdine, on discernait même un talent de conteuse, et j'admirais des éclairs de voyance, quand elle tirait une conclusion des aveux et des singularités de ses patients, dont elle jetait les secrets sur la table plus vite que les dés du quatre-cent-vingt-et-un, le dernier en date, s'il était plus malheureux ou plus monstrueux que les précédents, lui inspirant le projet d'écrire une étude à son sujet, plus tard, et, d'ores et déjà, de pousser ce cri de victoire qui était devenu une source de plaisanteries dans son dos : « J'ai encore reçu un pervers. Celui-là, je vais le mater. »

On sentait chez Catherine Venturi, qui jouissait de l'empire exercé sur l'esprit de ses malades, une confuse aspiration à vieillir le plus vite possible, afin d'être toute à son plaisir et toute aux amitiés masculines, en quoi elle rassurait ceux qui la supportaient encore en raison des services qu'elle rendait — ordonnances gratuites, congés de maladie, médicaments du tableau B. Telle qu'elle était, plus négligée que laide en réalité, dépouillée de son mystère par la camaraderie, qui eût songé à lui faire des avances ? Lorsqu'elle avait cherché un père pour l'enfant qu'elle souhaitait avoir avant la ménopause, elle s'était confiée à Tony, mon parrain à La Reine blanche, toujours disposé à prêter, pour un après-midi, à n'importe quel couple, son appartement de l'avenue Junot, sous réserve que le lit et la chambre fussent ensuite aérés, les draps pliés en quatre, avant leur rangement dans une corbeille à linge, qui était un ancien panier dont l'osier conservait encore des odeurs de moût. Maniaque, Tony, qui, presque à la blague, avait, après divers échecs, entrepris finalement un jeune expert-comptable, pièce dépareillée dans la clientèle de Marthe ; parce que j'étais né au bord de la mer, il m'accostait toujours par une anecdote sur la pêche au mérou. On le trouvait chaque soir, à sept heures, accoudé au comptoir de La Reine blanche devant une fine à l'eau, un demi-sourire aux lèvres, l'air de guetter des compliments sur son physique. Et il eût été justifié de lui en faire, à ce garçon aux narines si ouvertes que, debout, on le croyait allongé, aux manières douces d'un homme assuré de la puissance de ses muscles, au corps admirable de proportions, quoique déjà alourdi par la trentaine, aux yeux d'un émail clair où, quand il y avait une expression, c'était un contentement d'être d'autant plus supportable qu'il alimentait sa générosité : le comptable était bon comme les gens heureux qui donneraient tout sans discussion pour préserver leur bonheur. Peut-être avait-il besoin du réconfort d'un alcool pour affronter sa mère, qui, locataire au dernier étage du vaste appartement d'angle avec vue sur le fleuve, gagnait des sursis par des procès au propriétaire, afin de s'incruster dans les lieux jusqu'à l'âge où elle serait inexpulsable. D'une obligeance qui s'étendait à tous, son fils rédigeait gratis les déclarations d'impôts des vieilles personnes du quartier. Compte tenu de la dysharmonie des physiques, peut-être Tony l'avait-il décidé en le mettant au défi de réussir. Sitôt que le test de grossesse s'était avéré positif, Catherine Venturi congédiait son partenaire, et disparaissait de la circulation à la vitesse de l'araignée femelle qui, après l'accouplement, vient de dévorer l'abdomen du mâle. Elle avait ainsi donné à Marthe le temps de réfléchir, d'établir des recoupements, de solliciter des aveux. Il apparaissait que, sous l'influence de Catherine Venturi, habile à élargir les failles, les blessures d'amour-propre et les malentendus, sous les appels à l'indulgence, des amis s'étaient brouillés et des amants séparés, qu'elle avait tous, au préalable, et loin de La Reine blanche, accoutumés à son réconfort et à son aide, pour les laisser choir dès qu'ils avaient suivi ses conseils, excepté le dernier : « Aller voir quelqu'un. »

« Alors, Catherine, ton problème, c'est toujours le couple ? Si tu guéris les gens, est-ce qu'on t'a soignée, toi ? » avait commencé Marthe, qui, d'une main, arrangeait les roses en nombre impair et le feuillage autour, dans le vase près du téléphone. Et, après avoir montré ses petites dents en un sourire qui ne présageait rien de bon, d'entamer la litanie des faits, de citer noms et témoignages comme si les fugaces hésitations de sa voix monocorde correspondaient à des fautes de frappe dans la dactylographie d'un document dont elle, en greffière d'audience, donnait lecture, sous l'estrade d'un tribunal, en prélude au procès. Et c'était sans doute, dans le genre, une leçon gratuite que recevaient les élèves du cours Marty, situé sur le quai d'Orléans ; le mardi et le vendredi, ils remplissaient la salle de La Reine blanche de leurs projets et de leurs rires, filles et garçons quelquefois d'un physique si exceptionnel que, s'ils avaient réussi, je les eusse reconnus, tant les traits de leurs visages, qui avaient dû se flétrir en pure perte, m'étaient restés présents, fixés par le désir ou l'admiration.

Tandis que Marthe, face au groupe figé des clients et des serveuses attendant la monnaie, continuait à dévider, comme un magistrat, les attendus de son jugement, je m'étais éclipsé en direction des toilettes, incapable d'écouter jusqu'au bout, et soudain solidaire de la coupable, qui, dans le silence de la salle, répondait à la sentence d'exil par une crise de nerfs. La mère supérieure avait dû parler sur un ton analogue à la novice qu'elle renvoyait chez elle, parce qu'elle aimait une autre postulante, mais il était douteux que Marthe eût jamais perdu son sang-froid comme Catherine Venturi, qui, à défaut d'opposer des arguments, répondait par des hurlements sans varier dans l'insulte : « Sale gousse ».

Si aimé qu'il fût de la patronne, Marceau fréquentait surtout par commodité La Reine blanche, où il prenait son petit déjeuner à l'anglaise — il n'avait qu'à traverser la chaussée de la rue du Pont-Louis-Philippe, en sortant de chez lui. Marceau ne mélangeait pas les amours et les amitiés, alors que, pour nous autres, les premières semblaient une politesse rendue aux secondes. Son ironie en demi-teinte de garçon bien élevé arrêtait la curiosité, y compris celle de la patronne, qui, en échange de ses prêts d'argent — à condition de ne pas en abuser — de sa disponibilité, de sa discrétion et de ses élans d'affection qui l'amenaient à coudre un bouton de chemise pour un célibataire ou à lui repasser son pantalon, mieux encore que Mme Neufchèze, la vieille blanchisseuse du quartier, qui se souvenait des bateaux-lavoirs, voulait tout savoir de la vie de chacun. À trop finasser, éluder, on se condamnait à ses yeux, on s'interdisait d'accéder jamais au cercle des intimes admis à boire un verre dans son appartement et, plutôt que de la décevoir, je m'inventais des malheurs, quand je n'avais à lui proposer que des anxiétés d'employé de bureau qui s'est attribué des diplômes pour enrichir son CV. Quelquefois, dans la vie, sous l'aiguillon de la nécessité, en prétendant être ce que je n'étais pas, je finissais par le devenir dans le feu de l'action ou de la mise à l'épreuve.

Le mensonge m'élevait au-dessus de moi-même, m'obligeant à me rejoindre. Sommé de justifier mes prétentions, je gagnais parce que je n'avais pas le choix. Quant à avouer mes malheurs avec l'Autrichien, j'aurais eu honte de le faire devant une femme qui conduisait ses amours aussi vite que sa décapotable ; à juste titre, cela ne m'aurait valu que mépris.

Un coude sur la tirette adaptée au tiroir-caisse, le visage penché sur le vase, où il y avait toujours cinq roses, deux doigts le long de la joue, les deux autres repliés à la hauteur du menton, que soutenait le pouce, Marthe signifiait par son impassibilité qu'il était interdit à quiconque d'interrompre son tête-à-tête avec un client qui avait du vague à l'âme et la séduisait à proportion du nombre des secrets avoués. Le livreur, qui se présentait chaque semaine, serait-il descendu à la cave renouveler le contenu des fûts de bière à la pression qu'elle n'aurait pas cillé, malgré l'ouverture de la trappe dans le sol, le roulement des tonneaux sur les dalles de ciment et le ronronnement du monte-charge.

Peut-être Le Narval, où j'étais entré par hasard cet après-midi-là, avait-il lui aussi sa petite bande, avec ses rites, ses plaisanteries, ses mots de passe, ses instants de bonheur collectif ; ou peut-être, puisque le mobilier était assez neuf pour que l'on imagine un changement récent de propriétaire, était-elle au moment de se constituer, et, sans doute, si je revenais chaque jour, avais-je une chance d'être adopté. Peut-être le couple qui, près de la porte, n'arrêtait pas de se dandiner comme pour un slow à distance, en était-il l'un des piliers. Des couples, on en avait vu de plus désassortis, à La Reine blanche. Dans mon verre, la boisson, qui n'avait plus rien de son goût d'autrefois, était maintenant d'une teinte unie ; aucune forme ne s'y agitait plus.

Les bras croisés, la serveuse s'était adossée aux parastades, à l'extrémité du comptoir opposée à celle du guichet des tabacs, où, à travers la vitrine aux briquets, se découpait la silhouette du patron vaguemestre, qui n'avait pas quitté ce poste depuis la remise du courrier à son destinataire. Il était facile d'intercepter le regard de l'employée, qui affectait de voyager en tous sens dans la salle. La promesse que j'aurais tout de suite mon verre de sauvignon m'avait été déjà faite avec empressement, j'avalais la première bouchée, lorsque Vincent parut accomplir au ralenti, pour les besoins de quelque démonstration, ce mouvement interdit dans les compétitions de judo, mais recommandé dans les rixes, et consistant à frapper l'adversaire à la gorge avec le tranchant de la main. Il ne cherchait sans doute, par ce large et grave mouvement du bras parti des épaules avant de se déployer dans l'espace autour de lui, qu'à solenniser un refus, et un enfant qui s'entête eût résisté sans mal à pareille poussée. Mais — soit malaise subit, soit volonté de dramatiser la chose — la femme bascula en arrière, perdit l'équilibre, tombant à la renverse. Au cri qu'elle avait lancé succéda le bruit du présentoir métallique chargé de journaux d'annonces gratuits, qu'elle avait entraîné dans sa chute, son foulard, soudain dénoué, répandu sur le carrelage à ses pieds. La serveuse, qui, de surprise, avait failli lâcher la bouteille de vin qu'elle débouchait à mon profit, se recroquevilla, comme prête à bondir. Vincent s'était baissé. D'une main — l'autre toujours crispée sur la poignée de son sac de sport — il saisit le foulard par les deux pointes et souleva la blonde avec, la mettant debout tel un chien que l'on force à se dresser sur ses pattes de derrière, si l'on élève très haut sa laisse. Et, quand elle eut retrouvé l'équilibre, il lui assena une paire de gifles, qui fit un bruit de battoir sur du linge. Alors qu'un simulacre de violence lui avait arraché un gémissement, cette fois, la femme vacilla à peine sous le choc, et ce ne fut pas elle mais la serveuse qui s'exclama, tour à tour, « ordure » et « ma chérie », presque dans le même souffle, évoquant ces phrases musicales où, pour traduire la simultanéité de sentiments intérieurs contrastés, un accord *forte* est aussitôt suivi d'un *piano dolce*.

Des talons aiguilles martelèrent le plancher derrière le comptoir, tandis que Vincent, sans se départir de sa nonchalance, franchissait le seuil, et refermait la porte comme s'il bouclait des prisonniers derrière lui, son regard au-dessus des lettres blanches sur la vitre, niant par son indifférence ce que l'on voyait à l'intérieur de la salle : un tableau qui donnait raison à Marthe quand elle déclarait que seule une femme, par sa tendresse et sa compréhension, était en mesure d'assurer le bonheur d'une autre femme. (En outre ne s'y entendait-elle pas mieux qu'un homme à la faire jouir, ce qui ne me paraissait plausible que par rapport à mon expérience personnelle ?)

La serveuse serrait contre sa poitrine la blonde, secouée de sanglots, qui avait enfoui le visage au creux de son épaule, et qui, avec ses mèches en désordre devant les yeux et sa silhouette gracile en comparaison de la carrure de sa protectrice, res-

89

semblait à l'une de ces pouliches qui, au flanc du coteau vers lequel le verger de ma cousine Élisa allongeait une pointe, accouraient, crinière au vent, dans un brusque accès de peur, pour poser la tête sur le garrot de leur mère.

La serveuse marmonna : « Tous des salauds, et qui nous prennent pour se les vider », en écho aux marmonnements du patron, enfin descendu de son tabouret, bonhomme courtaud à l'air martial, aussi chauve que s'il s'était poncé le crâne et qui avait une curieuse peau de salsepareille — ocre semée de plaques rouges. À entrechoquer de la sorte bouteilles et verres, ne faisait-il pas passer dans l'exécution de ma commande de sauvignon que l'on avait oubliée une condamnation de l'incident, élargie par ses soupirs à la vie même ? Le chat, tiré de son sommeil, reproduisait une posture que j'avais souvent observée chez Wolfgang, en compagnie de qui s'était achevé mon séjour à Rome. Il bâilla avant de s'étirer, le dos arqué, les pattes de devant presque à la verticale de la tablette sous le vase, que je supposais emprunté à un cimetière. Après quoi, il observa le couple qui, à pas comptés, s'avançait dans sa direction. La serveuse, un bras glissé autour de la taille de la blonde, soutenait celle-ci, qui était en larmes, mais des larmes sans gémissements ni sanglots que je n'aurais pas remarquées si les deux femmes, unies dans le courant de la consolation, n'avaient dérivé du côté du guéridon sur lequel l'animal avait sauté comme pour leur signaler, en témoin secourable, un coin à l'écart où se réfugier. Elles le déçurent sans doute à s'installer ainsi, côte à côte, avec l'air d'accommoder des robes à panier à l'étroitesse de la banquette, sans faire attention à lui, qui, du coup, regagna sans hâte son observatoire. Avait-il perçu le craquement d'un quignon de pain sous la dent ? Maintenant, il toupinait sur lui-même. Préférait-il le jambon au pâté de campagne, ou, tel Wolfgang, n'aimait-il ni l'un ni l'autre ? Savait-il distinguer à quelques mètres la nature des aliments qu'on lui réservait ? En dépit du bruit que je faisais avec les lèvres pour l'appeler, il ne se décida pas à me rejoindre. Un plateau à la main et traînant les pieds, le patron, qui marmonnait : « ... Peut pas toujours avoir le côté beurré de la tartine, celle-là. Pétasse, va », chaloupait entre les guéridons, un verre de vin à mon intention dans une main, et dans l'autre, pour la victime, ce qui, d'après la couleur, la vapeur et une rondelle de citron, était un grog, et la routine aussi peut-être. Les deux femmes ne chuchotaient plus que par moments. Cependant, la serveuse, emportée par la satisfaction de marquer un point, dit assez haut pour que j'entende : « Je t'avais prévenue quand il a eu cette voiture. Il n'a pas les moyens de s'en payer une. Alors ? Je te l'ai dit tout de suite : ce type, je le respire pas. Moi, tu sais, les mecs qui se prennent pour leur photo... »

Les chats, que déduisent-ils de la tonalité de certaines phrases ? Que captent-ils de nos sentiments, ou de notre état d'esprit ? J'avais aimé croire que Wolfgang, indifférent à mes siestes, alors que, la nuit, il me rejoignait pour dormir, roulé en boule contre le traversin, le nez enfoui dans l'orbe de sa queue, dès que j'avais éteint la lampe de chevet, devinait quand c'était par lassitude ou accablement que, dans la journée, je m'allongeais sur la courte-pointe. En pareil cas seulement, assis sur son derrière, les oreilles dressées à l'imitation de ses congénères aux abords de la chambre du pharaon, il se postait à l'extrémité de la rangée de coussins couleur chocolat, comme le bout de ses pattes, de sa queue et du masque de velours qui paraissait ajusté à son museau. Et il veillait en sentinelle sur le sommeil sans rêves d'où je n'émergeais que pour le voir sauter du lit, et disparaître du côté de la salle de bains, où il s'était ménagé une cache derrière la machine à laver utilisée par Miss Mopp surtout pour sa famille. Sa fourrure était si vaporeuse que, lorsqu'il s'éloignait à travers la pièce, on se figurait qu'il marchait sur de petits nuages en forme de pantalon. Nous dormions ensemble, sans nous toucher, pareils à ces vieux couples qui s'aiment toujours, mais qui ne font plus l'amour, parce qu'ils riraient d'eux-mêmes à l'idée des simagrées auxquelles il faut désormais se livrer pour réveiller le désir, alors qu'il est d'une volupté plus sûre de se fondre ensemble dans l'unité du sommeil, en écoutant la pluie tomber dehors sur un monde d'indifférence sans limites. Dans le silence qui s'était appesanti, à peine troublé par les toussotements du patron, la blonde cria soudain, à demi soulevée sur la banquette : « Ah ! non, ça ne va pas se passer comme ça », et se tut comme on lâche la pédale pour prolonger le son, avant d'ajouter, de sa voix peut-être raffermie par les gorgées du grog que sa voisine lui faisait boire avec des délicatesses de mère : « Je le tuerai. » Le rouge du foulard, qu'elle avait noué autour du poignet, était identique à celui de son vernis à ongles.

« C'est ça, beauté, envoie une circulaire », répliqua le patron. Le dos tourné à la salle, son torchon sous le bras, il examinait à présent le verre à pied qu'il venait d'essuyer à la lumière d'une applique où son crâne lisse avait le luisant d'un bonnet de bain : « Avec la préméditation, tu n'y coupes pas : c'est du quinze ans minimum aux assises. Des années, tu en as encore beaucoup à perdre ? »

Quinze ans, pensai-je : la durée moyenne de la vie d'un chat, selon le vétérinaire qui avait soigné Wolfgang sans être parvenu à évaluer son âge par l'examen de sa dentition ; en raison des soins auxquels ses maîtres l'avaient, à coup sûr, habitué de bonne heure, même les molaires du fond ne présentaient aucune trace de tartre, et la gencive était d'un rose de géranium.

Il aurait dû mourir avant que je le rencontre, Wolfgang. Tant pis si le verbe n'était approprié qu'aux humains : qui vivait ou avait vécu avec un animal m'aurait compris. Nous étions au printemps pour le calendrier, mais, depuis un mois, il bruinait autant que dans la plaine du Pô en novembre, et ce samedi-là, au début de l'après-midi, j'étais allé dans le quartier de Trastevere afin de restituer un foulard, bien plus discret que celui de la blonde du Narval, à une amie qui, la veille, l'avait oublié à mon domicile pour mon embarras, puisque, ce foulard, je le lui avais offert à l'occasion de son anniversaire.

La veille de mon emménagement chez la colonelle, où, à une fenêtre, on avait une vue sur les toits ocre de l'île Tiberina, un fonctionnaire international, tout à la joie d'avoir enfin obtenu son rappel et qui espérait Paris pour son prochain poste, m'avait averti que Rome, ce n'étaient pas plus que cinq conversations, et encore si l'on incluait dans le nombre celle d'un prélat d'origine belge qui semblait être au monde noir, à l'aristocratie locale, ce qu'un prêtre-ouvrier est au prolétariat. Seulement cela ? Quand on l'invitait à déjeuner, il était fréquent que monseigneur Van Acker répondît, ses agendas à la main, extirpés de son veston de clergyman, et qui ne provenaient pas d'une papeterie de quartier, à en juger par leur cuir : « Pas ce jour-là, j'ai un conseil d'administration », et s'il n'avait pas eu le temps de s'arrêter chez lui, où deux religieuses s'occupaient du ménage, il arrivait au restaurant muni de sa serviette en havane noir, dont il fermait à clé le rabat, malgré la résistance et le volume des documents à l'intérieur, les pages couleur saumon du *Financial Times* ou celles du *Wall Street Journal* dépassant toujours de la poche à soufflets.

Grâce à Maureen, ma meilleure amie là-bas, une amie comme en avaient parfois des étrangers de mon genre dans une ville où nul ne s'interroge sur le passé de personne, si les apparences sont sauves, et les invitations rendues, je ferais assez vite la connaissance de cet homme qui était, à la lettre, inévitable dans une certaine société, et aurais peine, la première fois, à dissimuler ma curiosité pour un visage d'ancien boxeur, tout en ravines, creux et bosses, surmonté des bouclettes mi-grises mi-rousses d'un ecclésiastique du siècle dernier, comme s'il avait emprunté une perruque à des fins de travestissement, et où la couleur originale, à reflets de châtaigne, subsistait juste assez pour avertir du danger de s'approcher de trop près des flammes qui lui avaient déjà brûlé les cils. On l'aurait cru : trop blonds, ils étaient presque invisibles. La réputation de mondain, dont le prélat n'avait pas l'air de tenir compte, on ne la devinait guère à partir de sa carrure et de sa grosse voix de vicaire flamand, traversée par des éraillements de chanteur de blues, et qui donnait à tout ce qu'il disait une couleur de bonhomie ou de sarcasme. À présent, je n'étais pas loin de soupçonner que, cette réputation, il s'en servait à l'instar des papillons de l'Amazonie qui empruntent les taches vénéneuses de leurs congénères afin de s'en protéger, mais qui se serait permis de trancher s'il n'avait pas la subtilité d'un Marceau ? Alors que j'y avais mis du temps, très vite, il n'aurait pas échappé à celui-ci que Van Acker, instruit, dès le matin, par une lecture fouillée de la presse internationale, depuis les éditoriaux jusqu'aux faits divers, devant qui on ne prononçait pas un nom sans lui inspirer une anecdote, une remarque, un trait, n'émettait cependant aucun jugement de fond, laissant à ses interlocuteurs le soin de se prononcer, à la lumière du renseignement qu'il venait de fournir, sa vivacité et son énergie soudain suspendues au bord de la conclusion, diluées dans le sourire d'une personne impérieusement aimable, inlassablement serviable, obstinément conciliante, qui ne se communiquait jamais à ses yeux d'une grisaille et d'une pâleur accordées aux paysages, aux ciels de sa terre natale. Si animée que fût sa figure, ronds et enveloppants ses gestes, son regard était d'un homme en arrière de la conversation en cours, et pourtant il la surveillait comme le lait sur le feu, prompt à secourir une mémoire défaillante ou un vocabulaire déficient, et à écourter, par une boutade, un sujet qui l'agaçait. En public, je ne lui avais vu une expression franche de blâme que le jour, pour moi décisif, où il avait relevé trois fautes de grammaire imputables au latiniste du Vatican — sa bête noire — dans l'inscription qui ornait la stèle du tombeau d'un cardinal de curie, décédé deux mois plus tôt. Ce ne pouvait être l'ancien patron, dont la disparition avait stoppé sa carrière, l'amenant à travailler sous les ordres d'un autre qui, si l'on y faisait allusion, le rendait silencieux.

Nous étions une douzaine à dîner chez sa plus vieille amie la comtesse Vallica, ancienne belle-mère de Maureen. Van Acker avait récité l'inscription, d'une voix qui colorait de mépris les fautes comme au crayon-marqueur, personne ne les ayant décelées jusqu'à ce que je sorte de mon silence, qui était un parti pris autant que ma nature, et dont je me trouvais très bien. Le prélat avait salué d'un bravo chacune de mes corrections, le buste penché en avant pour mieux m'entendre, parce que je rougissais et balbutiais depuis que m'était apparu le ridicule d'une remontée de connaissances grammaticales. Aurais-je roté à cette table même, la honte n'eût pas été plus vive. Pour la première fois, Van Acker, qui jusque-là m'accordait des politesses de routine, si légères qu'on s'était senti, à plusieurs reprises, obligé de renouveler les présentations, m'avait fixé droit dans les yeux, mais quant à interpréter son regard je ne m'y serais pas risqué. Toujours chez Mimi Vallica, un soir où il s'en allait avant l'heure de Cendrillon, au grand regret des invités qu'il tenait sous le charme de ses récits, il avait déclaré : « Pardonnez-moi, j'ai l'air de m'enfuir. Mon cher patron, depuis qu'il est de la secte espagnole, les dossiers, il les lui faut à sept heures du matin. Imaginez-vous ça... » Et le ton était mi-figue mi-raisin. La secte espagnole ? Quelle secte ? Il y avait toujours un flottement dans l'assistance lorsque, la plupart des invités déjà assis, le prélat commençait à réciter le bénédicité, debout à la droite de l'hôtesse. La raison pour laquelle il me témoignait une sympathie particulière et repérable même dans le débit d'une politesse universelle jamais en décrue, je la cherchais encore. Dans les affaires, j'allais vérifier combien il était utile de se recommander de son amitié, ce qui, au surplus, n'étonnait presque jamais mon interlocuteur, comme s'il avait été prévenu que, tôt ou tard, nous aurions à traiter ensemble. S'il dînait chaque soir en ville, étant de toutes les réceptions du corps diplomatique, Van Acker, en marge de son travail au bureau, dont la nature échappait même à ses intimes, avait aussi la responsabilité de l'aumônerie d'une institution où l'on éduquait de jeunes aveugles, et c'était signe de confiance, quand il vous sollicitait de verser un don à l'établissement.

Van Acker se refusait à dire la messe autrement qu'en italien ; aucune langue ne se rapprochait plus que celle-là du latin. On l'avait supprimé du rite, quelle absurdité ; quant à célébrer l'office face aux fidèles selon les nouvelles dispositions, il s'y résignait mal : depuis que le prêtre tournait le dos au tabernacle, au mystère, il avait, lui, le sentiment de faire une conférence. Sa plus ancienne amie à Rome — mais il y avait à boire et à manger dans ce que racontait Mimi Vallica — m'avait assuré que le goût de Van Acker pour l'aristocratie remontait à une apparition qu'il avait eue dans son enfance. Apparition non mystique mais profane — celle d'une princesse de la famille royale de son pays qui inaugurait l'annexe d'une école dont il était l'élève en classe de maternelle. Et lui, fils d'un mineur, avait été choisi pour remettre le traditionnel bouquet de fleurs à la visiteuse, et réciter le compliment d'usage. L'altesse l'avait tenu par la main tout le temps que devait durer la cérémonie. Lorsque ses parents avaient envisagé de le placer en apprentissage, le petit Van Acker, passionné par l'étude, s'était, après des cris et des pleurs, réfugié dans sa chambre ; d'autres larmes étaient tombées sur la page arrachée à l'un de ses cahiers, où il avait exposé son cas, son chagrin de ne pouvoir devenir prêtre, ne doutant pas une seconde que l'on se souvînt encore de lui ; ne l'avait-on pas caressé, cajolé, appelé par son prénom, à la fin ? Probablement la supplique, dont l'écriture indiquait d'emblée l'âge de l'expéditeur, n'était-elle jamais parvenue à la destinataire. Sans doute avait-elle été interceptée par un bureaucrate qui avait hésité à refuser le coup de pouce à une vocation religieuse, alors qu'il se fût résigné au sort d'un gamin empêché par la pauvreté de recevoir de l'instruction. Le bourgmestre de la localité s'était présenté au domicile des parents ; le mois suivant, Pierre-Paul Van Acker entrait au petit séminaire enveloppé de la rumeur d'une naissance illégitime mais princière qui justifiait son admission. Et cette rumeur allait rendre, à chaque étape, ses professeurs attentifs à son avenir, et le protéger de ses condisciples jusqu'à son ordination, avant de lui faciliter l'accès de l'Académie grégorienne, à Rome — enfin Mimi Vallica l'avait affirmé, qui s'était ensuite étonnée : « Monseigneur déteste qu'on le raconte. Il cache que ses parents l'ont envoyé pendant un an chez un tailleur. Mais oui, il a manié l'aiguille et les ciseaux. C'était un enfant délicat, rêveur, très sensible. Il est normal que ses parents aient préféré, pour lui, un atelier aux galeries au fond de la mine. Monseigneur, il n'avait pas que la vocation, il avait aussi l'étoffe d'un grand couturier, ajoutait la comtesse, qui était d'une génération où l'on connaissait assez bien le français pour jouer sur les mots. À présent, il ne veut plus se souvenir qu'il a suivi des cours de coupe, alors que cela reste entre nous — même ma belle-fille n'est pas au courant. Est-ce que Balenciaga n'était pas un grand artiste ? »

Mon interlocutrice s'interrogeait en examinant ses doigts boudinés, avec le dépit qu'il n'y eût plus un millimètre d'ongle à ronger. Son attention ne se maintenait jamais longtemps sur le même sujet ; elle sautait les transitions, les associations d'idées, de sorte qu'il en coûtait un effort, maintenant, pour établir un lien avec ce qui précédait, et qu'elle-même avait peut-être déjà oublié. « Les derniers temps, je n'avais plus les moyens de m'habiller chez Cristobal. Dans ses robes un peu trop dramatiques, n'est-ce pas ? mais quel génie dans la coupe — je paraissais mince. Il est mort six mois après mon mari. » Comme si Balenciaga ne s'était pas consolé d'avoir perdu ses commandes.

C'était à cause de Van Acker que, parfois, je pensais qu'il y a, d'un côté, les personnes célèbres, et, de l'autre, les personnalités, et que, si tant de gens disparaissent de toute mémoire, cela provient de la malchance de n'avoir jamais rencontré de témoins à leur hauteur. Il n'y aurait eu que Marceau pour décrire avec exactitude une politesse d'ancien régime modernisée par un accent plébéien, égale pour chacun en apparence, et cependant riche de nuances adaptées à tous et à tout, à l'intérieur d'un regard scrupuleusement vidé d'expression, mais d'une intensité sans défaillance, qui, aussi vite que celui de ses confrères, se détournait de son interlocuteur, une fois la conversation engagée. Le redoublement de ses sourires, qui n'avaient plus de destinataire précis, un surcroît de chaleur dans ses intonations coïncidaient avec une évasion en esprit, au moment même où s'établissait le tête-à-tête sous les dehors de la confidence. Marceau aurait su dire cette sorte de vivacité qui augmentait avec l'éloignement, qualifier le rose de ce teint, à mon avis le rose des coussinets de chair qui viennent aux pattes des chatons.

J'avais connu Monseigneur — ainsi le désignait-on, partout, à la française — grâce à la comtesse Vallica, qui disait : « Je suis sa Perpétua », par allusion à un personnage de servante de curé, dans un classique italien que je n'avais aucune intention de lire. Une femme de son âge ne s'exposait pas à la médisance si elle escortait dans ses déplacements un ecclésiastique qui était son contemporain et que les tracas de la vie quotidienne désorientaient. Mimi Vallica secondait même Van Acker dans le choix des tissus pour les soutanes, manteaux et douillettes, chez le tailleur de la via dell'Affogalasino, qui semblait être le Balenciaga de la curie, et ignorerait toujours que les remarques ou observations de son client, d'une pertinence qui étonnait lors de la prise des mesures et du premier essayage, étaient celles d'un ancien apprenti.

Lorsque, de par ses fonctions, Van Acker avait été amené à rédiger, d'une semaine à l'autre, une communication au sujet de la maladie qui maintenant frappait Marceau, un soir, il m'avait, d'un signe de tête, commandé de le rejoindre dans l'un des angles de la terrasse de l'appartement où un verre était servi avant le dîner. Dans quelle maison était-ce ? J'avais oublié. Au lieu de débiter les amabilités qu'il s'imposait d'accorder à chaque invité tour à tour, et où se déployait son art du compliment allusif, une mémoire de politicien en campagne qui a un mot en situation pour le plus obscur de ses électeurs, dans le brouhaha autour de nous, le prélat, une main sous le menton, s'était interrogé quant au mode de transmission du virus. Il n'en avait aucune idée, et l'avouait. S'en étonner ? Ni les orphelins aveugles, ni les douairières à qui, selon les malveillants, lorsqu'elles étaient alitées, il apportait dans sa custode la communion à domicile, comme on livre la pizza, ne risquaient de l'instruire beaucoup sur l'origine de la baisse des T4. À quelle impulsion avais-je cédé ? J'avais répondu à sa curiosité presque à la cantonade, sur le ton de la camaraderie de chambrée, et les mots employés avaient cette crudité qui est souvent à la mesure de l'embarras qu'on éprouve soi-même. Puis, j'avais fourni l'équivalent scientifique de ces termes.

« Il est inutile de traduire pipe ou *blow job* », avait murmuré Van Acker, qui venait de m'écouter, le menton toujours appuyé sur son poing fermé, autour duquel bouillonnaient les fanons de son cou. De l'autre main, qu'il avait gardée pendant le long du corps, il arrachait par instants, dans un geste de larcin, des feuilles à l'extrémité de la plus basse branche de l'un des arbustes en pot rangés contre la balustrade, assez hauts pour empêcher de voir la rue. « Parfait. Je pense avoir compris, avait-il conclu. Cela peut se dire en latin : *Intromissio membris in anum*. Tout ce qui existe au monde a été déjà nommé en latin — sauf cette maladie. Au bout de combien de semaines doit-on faire ce test ? Je m'en voudrais d'être imprécis même devant des confrères. »

La lumière de la lune, prisonnière des lignes géométriques d'un cèdre dans le jardin en contrebas, nimbait sa chevelure à l'artiste, faisant luire sa croix pectorale, qui se balançait au rythme de ses gestes, en haut de son estomac en forme de bréchet. Il n'avait jamais aussi longuement soutenu mon regard que le soir où Maureen, sortie de son silence par une allusion à un roman qu'elle achevait de lire, comme, du coup, la conversation par un phénomène sans précédent s'élargissait au genre en soi, il avait déclaré son admiration pour Timothy Cronson, et, à un moindre degré, pour le vieux Georges. Et le nom de ce dernier, dans la bouche d'un évêque, à l'étranger, avait, une seconde, produit le même effet que le doigt de l'écrivain dans ma braguette, naguère. Il m'arrachait à ma rêverie, à cette différence près que, cette fois, j'avais réagi aussitôt, et, la gorge nouée par le trac, commencé de réciter le dernier paragraphe de l'*Histoire de Jim*, que Van Acker, m'interrompant avec une brutalité sans exemple de sa part, s'était chargé de terminer, ses yeux plongés dans les miens jusqu'au terme de sa tirade : « L'*Histoire de Jim* ? On n'a pas écrit de plus beau roman sur la grâce — la possibilité de la transformation du mal en bien à chaque seconde. Voyez-vous, il n'y a que deux péchés : le désespoir et l'avarice. Les autres peuvent même être fructueux. L'orgueil fait naître de grandes choses quelquefois : la sainteté, par exemple. Qu'est-ce qu'il y a de plus prétentieux, je vous le demande, que de vouloir devenir un saint ? L'impardonnable, c'est de croire un jour que l'on a touché le fond, et que l'on ne remontera pas... »

L'air de s'excuser d'une digression professionnelle, car il n'abordait jamais le chapitre de la religion, et jamais n'émettait de jugement sur quiconque, l'index pointé vers Maureen, qui s'apprêtait à lui verser encore du whisky, il avait ajouté, l'œil au plafond comme si des phrases y étaient inscrites : « Mais, bien entendu, Cronson est supérieur, et de beau-coup, à votre compatriote — est-il encore de ce monde, Bartemont ? Il était déjà très en vogue lors-que j'ai lu l'*Histoire de Jim* au séminaire, avec l'auto-risation du supérieur. Après cela, je crois qu'il n'a plus rien publié de bon, seulement des niaiseries — de la littérature édifiante dans le genre de Pierre L'Hermite. Vous êtes tous trop jeunes pour avoir entendu parler de ce curé français qui écrivait pour gâter définitivement le goût des fidèles. » Van Acker, qui couvrait du plat de la main son verre à moitié plein, empêchant qu'on ne revînt à la charge, détes-tait les histoires édifiantes parce qu'elles truquaient la réalité. Par comparaison, l'obscénité lui semblait moins obscène. « On oublie trop que l'Évangile est un livre dur, et même méchant — je vous en prie, que ça ne sorte pas d'ici. Un chrétien ne saurait être édifié que par le spectacle des passions — sans quoi, voyez-vous, il sera sans défense devant la ten-tation de l'expérience concrète. Cronson a magnifi-quement fait ça. Pensez donc, il a été reporter, chroniqueur de théâtre et de cinéma, secrétaire d'un industriel, soldat, correspondant aux armées — et j'en saute. Espion ? On le dit. Peut-être, quand il a été agent consulaire en Extrême-Orient. Mon vieil ami Harold Acton, qui était à Pékin sous le Komintern — Harold qui avait toujours ses cheveux — se souvient d'avoir aperçu Cronson à l'ambassade de son pays dans un rôle pas très clair, mais il convient de faire la part de la jalousie entre écri-vains, chauves et chevelus, obscurs et célèbres. »

À cause du Quirinal, du Vatican et de la FAO, il y avait pléthore de diplomates ; pas un dîner sans deux ou trois.

« Cher ambassadeur, dans cette pièce, il n'y a que

vous pour avoir une égale connaissance des problèmes de notre siècle, et de la nature humaine », avait
poursuivi le prélat, qui, lorsqu'il s'emparait du micro,
se préoccupait toujours de recruter des alliés dans
l'assistance, et si possible d'associer en chemin à sa
thèse chaque auditeur, quitte à lui prêter quelques-
uns de ses propres arguments, que celui-ci n'aurait
pas eu l'esprit d'avoir, mais que, devant le succès
général, le bénéficiaire était heureux d'épouser.
L'ambassadeur ainsi interpellé, qui avait dû présenter ses premières lettres de créance au nom de
l'avant-dernier des Savoie, souriant de satisfaction,
hochait la tête avec vigueur pour appuyer chaque
phrase de la suite, mouvement qui gonflait encore
ses bajoues ensanglantées par une couperose qu'on
aurait crue consécutive au rasage hâtif d'une barbe
en collier. Ce que l'on se rappelait de certains, dont
on n'avait même pas retenu le nom, était aussi
curieux que vain.

« Timothy Cronson, ça, oui, c'était un homme, et
non pas votre Bartemont, un adolescent prolongé qui
a eu des troubles spirituels dans les toilettes du collège, et n'en est jamais sorti. Si j'étais sûr de ne pas
vous ennuyer avec Cronson — j'allais dire Timothy,
et j'en aurais le droit, je pense — je vous raconterais
comment j'ai été amené à le rencontrer. Je ne pré-
tends pas que nous soyons devenus des amis, mais
enfin nous avons quand même échangé quelques
lettres. On m'a fait remarquer que je suis cité dans
la biographie qu'il a autorisée de son vivant. Arrê-
tez-moi. Cela n'a, au fond, aucun intérêt, sauf, peut-
être, pour ce garçon, qui se rappelle l'*Histoire de
Jim...* »

Le temps de savourer les protestations qui fusaient
autour de la table, Van Acker, qui m'avait qualifié

de garçon, puisque, par système, il rajeunissait chacun avec autant de complaisance qu'il se vieillissait
lui-même, prenait le virage sur l'aile. Il assurait qu'il
avait eu la charge de recevoir l'écrivain le jour où le
pape Montini, grand lecteur de romans, lui accordait une audience privée, honneur qui s'était déjà
produit et se renouvellerait. En l'absence du préfet
de la maison pontificale, tombé malade, Paul VI
n'avait pas voulu d'un simple prélat d'antichambre
pour accueillir un visiteur qu'il plaçait très haut
dans son estime. On avait mobilisé Van Acker, qui,
ensuite, une phrase entraînant l'autre, devait raccompagner Cronson à pied du Vatican à l'hôtel de
La Minerva, qui était, par tradition, l'hôtel des
Anglais. Le whisky dans son verre avait la même
couleur que ses cheveux, quand ils n'étaient pas
gris ; n'étaient-ce pas des épis de maïs que ses boucles, que l'âge n'avait pas encore blanchies, évoquaient également ? Elle manquait un brin de
conviction, l'apostrophe lancée à Maureen : « Ma
chère, si je vous laissais faire, je boirais autant que
Cronson. Aux fautes des artistes, toutes les indulgences — ils paient déjà très cher d'être ce qu'ils
sont. À La Minerva, Cronson a vidé trois verres ballons de vodka devant moi, et il avait encore un rendez-vous avec des journalistes, et un dîner. Je
n'aurais pas tenu le coup. Qui sait si un artiste qui
ne se suicide pas mérite d'être pris au sérieux... »

Est-ce qu'on savait soi-même, étais-je tenté de dire
pendant qu'il développait sa thèse à toute vitesse, de
crainte de lasser son auditoire de bridgeurs des deux
sexes, où les voix chevrotantes étaient, ce soir-là, les
plus nombreuses : Dieu, à la fin, nous réservait peut-
être une surprise. Écrire, peindre, dessiner, sculpter
et pourquoi pas danser, comme l'avait fait Thérèse

d'Avila, ou encore chanter, ce serait à chacun selon son envie, lorsque le Jugement dernier nous réveillerait. Van Acker doutait de l'existence de l'enfer et du purgatoire, même si, une heure par jour, et à condition de glisser un pourboire au gardien, on montrait, dans telle église de Rome, des fragments de tissu brûlés au contact des mains de damnés qui étaient apparus pour réclamer des prières aux vivants. La mort n'était qu'un long sommeil, une parenthèse de vide avant la résurrection de la chair, si ce n'était pas cela la foi n'avait aucun sens. Et tant pis si l'on ne gardait pas le secret. Van Acker, qui n'entendait pas dissimuler ses propres faiblesses, espérait bien être récompensé dans l'autre monde par une voix de ténor. À son arrivée à Rome, où il allait préparer son doctorat en théologie, il avait jugé sa voix si déplaisante, quand il chantait à l'autel, que, par charité à l'égard des fidèles, il s'était résigné à prendre des leçons chez un professeur de chant. L'alcool et les cigares cubains de contrebande achetés à mon ami Nanni, et que je lui offrais à l'approche de la Noël, n'étaient pas pour atténuer ses éraillements dignes de Joe Cocker chantant *Feeling Alright*, mais, tel qu'on le connaissait, sans doute redistribuait-il une partie des cadeaux dont le surchargeaient les familles du patriciat auquel il servait officieusement d'aumônier, si bien qu'il s'était constitué une sorte de carnet de bal, toute personne inquiète de sa santé le retenant déjà pour l'éloge funèbre, comme si elle eût été à même de goûter son éloquence à ce moment-là. Ne m'avait-il pas proposé, dans l'année, une caisse de champagne ?

Était-ce pour ne pas paraître dupe des fréquentations que je lui voyais qu'un soir, dans l'ascenseur, presque au moment d'atteindre la terrasse sur le toit de l'un de ces immeubles des beaux quartiers qui avoisinent la via Roncilione, il m'avait dit, sa main prête à saisir la poignée de la porte : « Un prêtre chez les possédants, c'est un végétarien condamné à ne manger que du gibier faisandé. Jésus, rappelez-vous, a aimé le jeune homme riche qui venait à lui, mais le jeune homme n'est pas resté. » Se justifiait-il auprès de moi de ses fréquentations ? Comment le croire ? Peut-être se parlait-il à lui-même ou essayait-il une réplique destinée à un autre auditoire que celui qui nous attendait.

Le titre d'évêque de Capri — avec lequel il était entré dans l'annuaire pontifical —, on le lui avait peut-être décerné comme une fin de non-recevoir à des ambitions plus hautes que son intelligence aurait certainement soutenues. Le premier dimanche de septembre, lors de la fête de la Madone, il se rendait dans son diocèse de quasi-fiction afin d'y célébrer une messe, et de présider la procession qui, un jour par an, lui rendait sa charge de pasteur. En général, un industriel de ses relations, qui filait ensuite vers la Grèce rejoindre son amie, l'y conduisait à bord du yacht qu'il louait pour l'été. L'année du chat, l'année de Wolfgang, j'avais participé à la croisière en compagnie de Maureen. Van Acker, qui, depuis la mi-août, était chez des amis, à proximité du lac d'Albano, nous avait rejoints à Anzio pour embarquer. Le vingt-cinq mètres avait respecté l'itinéraire classique, l'escale à l'île de Penza, et à l'île de Procida, qui est un grain de café à demi torréfié — du vert s'y accroche encore. Plus de transparence dans l'atmosphère était-elle imaginable ? Cela ne se concevait pas au moment où, mal réveillé, je regardais se rapprocher la côte de Capri, dessillé soudain, au pied des falaises, par cette lumière particulière à l'endroit qui persuade que l'on est nu, aurait-on toutes ses hardes sur le dos comme un routard. La satiété ne conduit-elle pas à un certain dégoût ? M'avait accablé le sentiment que nul recours n'est jamais possible, ni contre le soleil ni contre quoi que ce soit. J'aurais donné cher pour me replonger dans la grisaille boueuse d'une autre île qui était à Paris. Tel se développait mon malaise qu'en était cassée mon admiration pour la beauté du paysage, au-dessus des maisons basses et blanches de la Marina Grande, à mi-chemin de la médina et de la crèche provençale. À qui le confier, sinon à Van Acker, qui s'était levé encore plus tôt que moi-même ? Accoudé aux bordées, en short mi-long couleur kaki de fonctionnaire colonial, le crâne modelé par un chapeau de pluie, toutes ses taches de rousseur aux joues, aux avant-bras et aux mollets, ravivées dans la fournaise, et qui attestaient une ascendance germanique, il observait maintenant la manœuvre : nous abordions idéalement par tribord, et par un temps que les marins appellent un temps de curé. L'air était immobile, chargé d'effluves de mazout ; un marin, sur le côté avant, s'apprêtait à envoyer l'amarre, tandis que s'abaissait la passerelle de l'haliscaphe, ce bâtard de caboteur et de yacht qui nous flanquait à gauche. « Napoli-Capri », lisait-on sur sa cheminée, qui paraissait émerger de l'amoncellement de bagages et de touristes, dont le nombre — défi aux normes de sécurité — promettait, quelque jour, un naufrage de bateau grec qui a la clientèle des comités d'entreprise.

« Je crois comprendre, avait dit Van Acker, entre haut et bas, sans se retourner, lui qui était d'une politesse sans faille. Ce n'est pas par hasard que le

nom du Diable signifie celui qui porte la lumière —
Lucifer. Et puis, les îles nous réduisent à n'être que
nous-mêmes. C'est ce que nous redoutons le plus.
Aussi l'horreur véritable, vous l'admettrez, serait de
ne pouvoir mourir. Mon Dieu, n'être que soi-même
à jamais, cela vous laisse songeur, mon petit ? Qu'il
y ait une existence consciente *ad æternam* vous fait
peur ? ... »

Le prélat le déduisait de mon silence ; il ne m'avait
pas encore regardé.

Les vagues nées du passage de la barque, où le
capitaine du port se tenait à l'avant, ne parvenaient
pas à scinder les flaques de mazout, qui avaient la
matité de l'huile répandue à la surface de l'eau,
dans l'assiette au-dessus de laquelle, autrefois, Lili,
l'ouvreuse du Rex, récitait, la sueur au front, la prière
qui chasse le mauvais œil. Puisque je la savais
encore par cœur, n'aurais-je pas dû y recourir par
précaution, la nuit précédente, avant de tenter
l'aventure avec Maureen ? Il est vrai que tous deux
ne l'envisagions pas, quelques minutes avant que
ces jeux de mains n'eussent commencé en forme de
plaisanterie, à la faveur de la proximité de nos cou-
chettes, pour vite s'achever en caresses, dont le
résultat m'avait rempli d'orgueil et d'espoir, dissipant nos rires. Sûr de la victoire, je m'étais trop
longtemps maintenu en elle, qui avait, au préalable,
entamé à genoux la série des concessions. Et sans
doute avions-nous échoué en raison de l'excessif
souci d'une jouissance à l'unisson. Peut-être, en
amour, fallait-il un égoïsme sans faille pour que
l'autre eût, incidemment, une chance d'éprouver du
plaisir. Les seins de Maureen, qui répugnait à pratiquer le bronzage intégral, étaient d'une blancheur
de lait, leurs aréoles comme ces pastilles de chocolat

que l'on propose, en province, sous le nom de béguins. « Ce n'est pas un drame » avait-elle dit, en relevant sa mèche blanche à la tempe. « N'y pensez pas », répétait, comme en écho, Van Acker, qui m'avait mis la main à l'épaule, et se préoccupait toujours de la menaçante hypothèse d'une certaine éternité.

S'il retirait soudain son chapeau, était-ce pour saluer l'exploit du jeune homme en maillot qui avait reçu l'amarre, et poursuivait sa tâche, pressé de toutes parts par la foule des passagers de l'haliscaphe déferlant sur le quai, où des flaques de cambouis luisaient dans la poussière ? Alors que je ne m'étais jamais inquiété de son âge jusque-là, soudain le prélat m'avait paru d'une vieillesse et d'une fragilité de patriarche maintenu en vie par l'habitude, ses boucles couleur paille de fer collées aux tempes tels des lauriers défraîchis, imbibées de sueur — la sueur qui avait aussi éteint ses yeux à l'ordinaire si lumineux, comme la rosée couvre de cendres les braises de l'incendie de la veille.

« Allons nous préparer, avait-il soupiré, en détachant le regard du quai. Si nous en avons le temps, je vous emmènerai voir les lézards bleus aux Faraglioni. Vous savez bien, ces rochers dans la mer — vous les apercevez de Capri même. Les lézards bleus sont les seuls de cette couleur qui soient au monde, et les paroissiens les plus originaux que j'aie eus. Un jour, sûrement, les croyants seront encore moins nombreux... Je vous montrerai aussi quelque chose de curieux que les guides ne prennent pas la peine de signaler. »

Avant de descendre à terre, Van Acker avait revêtu une soutane blanche qui ne devait pas passer inaperçue à la Quisisana, où une chambre avait été retenue pour la durée de son séjour.

Au bout du quai, à la hauteur de la billetterie des haliscaphes, une vieille femme, aux cheveux blancs noués en chignon, au teint de cire, somnolait sur une chaise, dans l'ombre étroite de la baraque où elle vendait des boissons sans alcool et des fruits de saison. Je lui avais acheté trois kilos de pêches, aussi colorées que celles du verger de ma cousine Élisa. À bord de l'espèce de taxi, une carriole bâchée de plastique, aux banquettes de fiacre, tirée par un moteur de scooter, en route vers les hauteurs de Capri, j'en avais mangé trois ou quatre d'affilée, sous le regard de Maureen, qui cherchait le mien pour la première fois depuis le fiasco dans notre cabine, et où se lisait une indulgence maternelle qui m'humiliait plus qu'un reproche et me gâchait maintenant un autre plaisir : c'était comme si Élio fondait dans ma bouche, qui, malgré mon désir, ne s'était jamais, par le passé, unie à la sienne. Pressée de se rasseoir et de se rendormir, la marchande avait fourré directement dans la poche de sa blouse noire les billets pliés en quatre que je lui avais tendus. Sa surprise si, le soir, elle comptait sa recette avec autant de soin que ma mère, soucieuse ensuite d'en consigner le montant sur le carnet réclame d'une marque d'apéritif encore présente dans ma jeunesse au bout d'un rayonnage oublié de La Reine blanche... De la silvery ? Plutôt de la red delight, la fermeté de la chair achevait de m'en persuader.

Le lendemain, l'industriel propriétaire du yacht en tête, nous participions tous à la procession, qui se déroulait après le coucher du soleil, à l'heure où la côte de Sorrente n'est plus à l'horizon qu'un

trait noir dans la brume de chaleur. Sous ses habits
sacerdotaux, coiffé de la mitre, escorté d'enfants de
chœur un peu montés en graine, Van Acker resplen-
dissait, la crosse à la main, le cameraman de la
télévision locale marchant à reculons devant lui,
son appareil à l'épaule, satisfait de fixer sur la pellicule cette expression d'une intensité qui est l'apa-
nage de certains bébés et des joueurs de poker. Elle
ne diminuait pas chez Van Acker, même lorsqu'il
chantait afin de favoriser le travail du preneur de
son et de stimuler le chœur des fidèles en train de
faiblir, et, pas de doute, son timbre était d'un chanteur de blues. À peine s'était-il tourné dans sa direction, le groupe de Japonais qui avait jailli d'une
placette, menaçant de couper en deux le cortège,
allait s'arrêter pile. Quel livre de classe avait été
illustré de la reproduction d'un tableau où un pon-
tife en tous ses atours se portait à la rencontre des
envahisseurs et du martyre ? Le prélat avait apprécié mon enrôlement de plein gré dans la troupe de
costauds appelés à transporter la Madone d'une
église à l'autre, de San Stefano à San Costanzo, où,
l'omoplate sciée par l'une des barres en bois, titu-
bant de fatigue, j'avais cependant remarqué le bénitier sculpté dans une antique colonne de marbre. La
statue s'alourdissait-elle de toutes les supplications
et les peines des vieilles femmes, qui, indifférentes
au crépitement des pétards, au sifflement des fusées
dans le ciel du crépuscule, reprenaient de tout leur
cœur, mais non sans couacs, égosillements, quintes
de toux, le *Salve Regina*, et parmi lesquelles j'avais
reconnu la marchande du port de la Marina
Grande ? Dans les ruelles en pente, à travers la difficulté d'accorder mon pas à celui de mes acolytes,
aveuglé par la sueur, j'avais retrouvé la fatigue et la

112

tension des défilés de l'armée. À la sacristie, tandis que deux curés, ronds de manières comme de corps, aux empressements puérils, dans chaque oreille un buisson de poils comme en ont les animaux à fourrure, l'aidaient à se dépouiller de ses ornements, et me faisaient découvrir que, désormais, une mitre peut se plier en quatre pour être glissée dans une mallette, Van Acker m'avait soufflé : « Demain matin, rendez-vous à huit heures, à la Quisisana », par-dessus le crâne hâlé du prêtre agenouillé devant lui, telle une couturière aux pieds de sa cliente, des épingles à la bouche, ou la petite main qui, derrière le rideau de la cabine d'essayage, déshabille le mannequin vedette après les applaudissements.

La soutane aussi blanche que l'aube qu'il revêtait à l'autel, et qui recouvrait un prie-Dieu dépaillé, il se penchait pour la prendre, lorsque la glace d'une armoire, s'ouvrant toute seule sur les trésors d'un trousseau de mariage, avait soudain saisi et isolé de l'assistance le prélat, le chanoine et les deux vicaires, outre Maureen, les épaules couvertes de sa mantille d'épouse d'un homme d'État reçue en visite au Vatican, qu'elle portait pendant la procession. Rien sur elle, presque rien n'était ridicule.

Arrivé par principe cinq minutes à l'avance, mécontent d'avoir quitté ma cabine à jeun, encore mal réveillé — le dîner de la veille, en compagnie des notabilités de l'île, s'étant prolongé jusqu'à minuit — j'avais néanmoins noté que Van Acker s'examinait à la dérobée dans l'un des miroirs du hall, dont les baies découpaient une mer presque verte au-delà d'un belvédère en demi-cercle. Blanches, les espadrilles, où le prélat allait nu-pieds ; blanc, son pantalon aux plis nets ; blanche, sa chemise aux manches retroussées sur ses avant-bras, et fermée jusqu'au col romain, qui, par sa rigidité, comprimant les chairs, lui créait une amorce de goitre, et d'une blancheur qui excluait la paille, son chapeau cerclé d'un ruban de crêpe noir. Sa croix pectorale, qui n'était pas celle — en or — des fastes de la liturgie et des sorties en ville, ressemblait aux bijoux fantaisie en vente dans les magasins de fripes et de babioles qui, à Capri, alternent avec les boutiques créées — noblesse oblige et aussi les milliardaires encore réfugiés dans l'île — par les joailliers, les bijoutiers, les chausseurs en renom. Sur le perron, les courbettes d'un serveur qui surenchérissait dans l'empressement nous avaient signalés à la curiosité d'un couple de lesbiennes américaines de grand format, aux cheveux courts et dorés, en tailleur-pantalon blanc, l'air de deux ébauches successives du même visage de tragédienne qui vieillit en beauté sous les applaudissements, leur élégance cependant détruite par l'accent qui afflige, en général, toutes leurs compatriotes à partir de la puberté. Elles étaient en conversation avec le portier, presque aussi cramoisi que son uniforme. Leurs regards luisant de gourmandise sociale me gênaient d'autant plus par leur insistance que Van Acker, aggravant notre apparence d'intimité, avait glissé son bras sous le mien et, conscient du risque d'être abordé, marmottait : « C'est clair. Elles doivent imaginer un évêque anglican en vacances avec son secrétaire — l'Église anglicane est une absolue couveuse pour cette variété de poussins et ne se perpétue peut-être qu'à travers eux. Aurions-nous tellement mauvais genre tous les deux ensemble ? Ces dames ont elles-mêmes des têtes à être des épiscopaliennes de la catégorie très portée sur les rites et l'encens. Elles se sont trompées d'île, les malheureuses. La leur est en Grèce. On devrait suggérer à notre ami de les embarquer sur son yacht, puisqu'il va dans cette direction et qu'il dispose maintenant de nos cabines. Mais ce serait un bien mauvais service à lui rendre. Elles lui souffleraient sa petite amie sans qu'il s'en aperçoive. Les plus jaloux des hommes n'y voient que du bleu, quand ils sont trompés avec des femmes. Vous vous rappelez, évidemment, ce que dit Balzac... »

Telle était la politesse de Van Acker, qui prêtait toujours son propre savoir à son interlocuteur. J'ignorais que Balzac eût soutenu que le sentiment le plus fort au monde est le sentiment d'une femme pour une autre, et le souvenir des emballements de Marthe ne contrariait pas cette thèse.

« Balzac a tout compris, tout exploré avant les autres. Timothy Cronson en a convenu devant moi, il n'y a plus à en discuter », avait conclu le prélat, et, sans lâcher prise, de m'entraîner vers la ruelle à gauche, le long de laquelle des branches d'orangers et de citronniers s'unissaient par-dessus les murs pour former une voûte en perpétuel mouvement qui fait danser les taches de soleil sur les pavés d'une propreté suisse. Mais, si l'on pense flairer des senteurs qui émanent de la nature, on en est détrompé cent mètres plus loin : une parfumerie-distillerie aussi étroite qu'un corridor a installé ses panneaux au débouché du sentier qui serpente le long des falaises. Sentier, même si, sur cette portion, des plaques en faïence semées de fleurettes qu'on croirait empruntées à une villa pompéienne, comme les huit colonnes de San Costanzo l'ont été au péristyle d'un temple, affirment : VIA KRUPP. Sentier bordé d'hôtels dissimulant leur destination derrière des haies de tamaris au flanc de la montagne, et, de l'autre côté qui descend en gradins vers le rivage, de maisons au toit en berceau ou en coupole aplatie ; elles se ratatinent entre des potagers de banlieue sous les tropiques, afin de ne pas amoindrir la splendeur du panorama, où, par un mélange de netteté dans les reliefs et les formes et d'intensité dans la polychromie, chaque détail on le prêterait volontiers au pinceau d'un peintre naïf. Le ciel paraissait encore plus haut que la veille, le vert céladon de la mer annihilait sa couleur.

Le bras de Van Acker me communiquait, par instants, les frémissements de qui, dans sa marche, cherche, grâce à une épaule complaisante, à pallier gêne ou souffrances. La goutte ? Des rhumatismes ? Le prélat, qui dormait peu, travaillait beaucoup, et était réputé pour son coup de fourchette, ne se plaignait jamais d'aucune maladie, malaise ou infirmité. Pour le ménager et mieux inspecter les alentours, j'avais ralenti l'allure : azur chauffé à blanc, jaune des genêts, pourpre des bougainvillées, paradoxale grisaille du ciel, vert Nil des palmiers et des coulées de glycines, ocre mélangé de craie des rochers pareils à des éponges imbibées de café au lait ; et si j'avais su définir ce que je captais de l'ensemble — une sorte d'immuabilité s'accompagnant de défi, une affirmation presque ironique d'éternité — j'eusse été très fort. Comme du bonheur passait avec la brise, et cela, du moins, m'était accessible.

« Du fait de vos origines, le paysage ne vous étonne sans doute pas trop... »

Van Acker était sorti de son silence, comme inspiré par la grandeur de Balzac de laquelle il ne s'était pas encore écarté, à l'instant où se détachait sur le chemin, à gauche, un escalier aux degrés à peine marqués conduisant à une grille. Un homme encore jeune, vêtu d'un uniforme de l'administration, proche de celui d'un gardien de prison, avait quitté son banc, en toute hâte, afin de retirer les chaînes et le loquet qui pendaient à la serrure. Il ouvrait exprès pour nous, et sur ordre, ce jardin public qui était, en fait, une succession de terrasses dallées, de minuscules parterres de gazon ornés de géraniums, au-dessus duquel, défiant l'aridité du sol, les bosses du relief et l'à-pic d'une falaise, pins parasols et cèdres ont des contorsions de danseuses orientales. L'employé, qui s'était incliné pour baiser l'anneau épiscopal, dans le tintement du trousseau de clés contre sa jambe, émettait grognements et nasillements, le sourire aux lèvres, et une expression de béatitude s'était peinte sur son visage en sueur, lorsque Van Acker lui avait parlé avec les doigts, non sans le ralenti de qui se réhabitue à la pratique d'une langue étrangère. Avant d'être l'aumônier d'une institution réservée aux aveugles, s'était-il intéressé aux sourds-muets ? Il ne s'en expliquerait jamais, par la suite. « Nous sommes dans les jardins d'Auguste, ou présumés tels », annonçait-il, sa gesticulation achevée, et, tandis que l'infirme, agité de contentement, regagnait son siège, la grille refermée, il allait s'accouder au bord d'un parapet, respectueux pour moi de la pause que les guides accordent aux touristes face à l'objet de leur excursion, source de tant de littérature.

« Les Faraglioni », avait-il dit, quand il s'était redressé, après avoir poussé un soupir tel que je lui avais offert mon bras, mais il négligeait l'aide, occupé à désigner du doigt, comme s'il y en eût eu besoin, les deux *panettoni* aux contours brûlés qui, en contrebas, surgissent de la mer à quelques encablures du rivage, et que la transparence de l'air rapprochait encore de nous. Une barque chargée de passagers s'engageait dans le chenal qui sépare les deux rochers, et au pépiement des oiseaux, au bruissement des feuilles et à un roucoulement de tourterelles dans les parages se mêlait le ronronnement d'un moteur pas assez puissant pour créer un sillage d'écume à la surface d'une eau si claire qu'on en aurait juré : comme dans une piscine de palace, on avait installé et allumé des projecteurs tout au fond. Le lit de sable, dans l'aquarium de l'amateur, n'était pas aussi net ; on en aurait compté les grains à cette distance.

« Ces rochers seraient les originaux de Charybde et Scylla, m'était-il dit. Il y a de cela très longtemps, de vieux paysans m'ont assuré que leurs propres parents tombaient quelquefois sur des serpents bleus comme les lézards. Mais si Maureen a insisté pour vous emmener à Naples aurons-nous le temps ? À présent, veuillez me suivre... »

À grandes enjambées, une main en l'air, un tricotage de doigts ayant dispensé l'infirme, déjà prêt à bondir, de se lever, le prélat avait gagné le belvédère au-dessus de nous, en surplomb d'un précipice hérissé de figuiers de Barbarie, se dirigeant vers un pont de jardin japonais. La grille à laquelle il aboutissait, se découpant sur un roc, on imaginait un trompe-l'œil, mais elle s'ouvrait pour de bon, et donnait accès à une terrasse insoupçonnée sous l'ombre des oliviers, plus penchés que des saules pleureurs. Au milieu de la plate-forme carrelée comme une cuisine provençale dans une revue de décoration, nous ne distinguions encore dans l'un des angles, à flanc de montagne, que le premier bloc de marbre, la face d'un prisme triangulaire, quand le monument est composé de trois de ceux-ci, superposés de façon irrégulière, chacun d'eux de la hauteur d'un mètre environ, les graffiti au charbon et à l'encre, les autocollants se raréfiant au fur et à mesure que le regard s'élève. Et l'on devait, à l'instar de Van Acker, qui avait repoussé son chapeau sur le front, renverser la tête en arrière pour découvrir le médaillon de bronze tout en haut, auquel branches et palmes, qui remuaient sous la brise, faisaient un incessant hommage de disciples au Christ entré sur un ânon dans Jérusalem. Quoique plus poupin que nature, et cependant l'aspect d'un lépreux, parce que l'air marin en avait corrodé les traits, le personnage, on l'aurait identifié même sans le secours de l'inscription : « CAPRI A LENIN. »

« Voilà », avait soupiré le prélat, qui s'épongeait le visage avec une pochette à initiales en relief. La sueur n'atteignait pas encore le menton, attirée dans les rides comme l'eau du fleuve en crue qui en chemin dévie et se subdivise à travers toutes les fissures du terrain qu'elle inonde. « Voilà ce qui se produit lorsque des intellectuels juifs se lassent d'attendre le Messie, et que nous autres perdons de vue, pendant des siècles, ceux auprès de qui nous sommes en service. J'ai essayé de l'expliquer à Maureen, c'est peine perdue. Maureen lit beaucoup certes, mais elle est restée très anglo-saxonne, et puis la province vous déshabitue de penser. Surtout quand on n'en est jamais vraiment sorti. »

Serrant son cou entre l'index et le pouce, il avait mimé une strangulation : le dernier évêque qui eût résidé dans l'île — San Costanzo étant leur cathédrale — on l'avait pendu après la révolution, en punition de ses sympathies républicaines. Van Acker avait ensuite fouillé ses poches pour s'agacer, au total, d'avoir oublié ses lunettes dans sa chambre, et m'inviter à lui lire quelques-uns des graffiti, si je parvenais à les déchiffrer : « Je vous dispense des obscènes, qui sont toujours les mêmes, et aussi des sentimentaux, qui sont, en vérité, plus obscènes que toutes les cochonneries que l'on saurait dire et faire. » Bien peu échappaient aux deux catégories et, tracé au crayon feutre ou à l'encre, déjà pâlis pour la plupart, aucun ne survivrait à la saison qui avait suscité élans, serments, désirs. Néanmoins, entre deux autocollants, j'avais relevé, qui s'écartait de tous les genres : « Vladimir Ilitch, nous te vengerons. Nous sommes le nombre. L'avenir nous appartient. » Et la proclamation que j'avais ânonnée, comme le moine chargé de la lecture d'un ouvrage de piété durant les repas au réfectoire, avait provoqué un ricanement dans mon dos : « Et qui sait si nous-mêmes ne changeons pas... Quoi qu'il en soit, la cruauté de ces gens-là aura été courte dans le temps. Celle des chrétiens n'a pas de fin, soit dit entre nous — peut-être parce que le christianisme n'était pas fait pour l'Occident. Voyez, par exemple, l'enthousiasme avec lequel les Aztèques ont accueilli un dieu qui se laisse crucifier... Mais c'est une autre histoire. Les communistes ont eu au moins le mérite de conserver une certaine Europe dans le réfrigérateur pendant une soixantaine d'années. Ils l'ont tenue à l'écart de la civilisation mercantile. On ouvre un supermarché, on ferme une église — j'exagère à peine... »

Il y avait eu un silence pendant lequel les tourterelles s'en étaient donné à cœur joie, de sorte que Van Acker avait dû hausser le ton, où allait s'introduire une nuance de solennité : « J'ai eu l'honneur et le privilège d'être le secrétaire de Monseigneur... »

Le prélat prononçait les noms étrangers avec un si parfait accent d'origine qu'on ne les comprenait pas toujours ; celui-là s'achevait en « *buch* » ou « *burg* » et désignait un prophète favorisé dans ses prédictions par sa naissance et sa formation. N'était-il pas fils de banquier ? N'avait-il pas étudié pour être inspecteur des finances ? À quoi s'ajoutaient le bon sens et l'esprit d'observation : en vérité, les marxistes ne s'étaient trompés que de siècle. La paupérisation, ils l'avaient annoncée pour le XIXe, parce qu'ils étaient hors d'état de prévoir les industries de substitution. Et la paupérisation risquait de se réaliser aujourd'hui, car il n'y avait plus d'inventions capables d'occuper les ouvriers mis au chômage par le progrès technique. « Tout cela est aussi simple que la rotation de la Terre et, bien entendu, on a eu la peau de l'hérétique, mais votre génération, mon petit Diego, a des chances de s'apercevoir qu'il ne s'est pas trompé… La misère a de beaux jours devant elle… »

La suite s'était perdue dans des marmonnements, qui, pour le peu que j'en attrapais de compréhensible, témoignaient de préoccupations auxquelles, pas plus que Maureen, je n'avais le moyen d'accéder. En outre, quand il y avait tant de douceur dans l'atmosphère, et que, tout proche, un roucoulement de tourterelles reprenait plus fort, j'avais seulement envie de goûter la minute présente, où, dans une espèce d'allégement général de la vie et de la mémoire, mon échec d'amant avec Maureen, quelques heures plus tôt, perdait de son importance. Les yeux levés vers le médaillon, le prélat soliloquait — un travers qui lui était reproché maintenant, et que certains, sans charité, attribuaient à l'âge. Par quel raisonnement en était-il arrivé à la conclusion : « Nous assistons à la revanche de Luther » ? Ces paroles prononcées à la cantonade, une main à son chapeau afin d'en modifier l'inclinaison, signifiaient, en toute hypothèse, que nous allions rentrer à la Quisisana — bonne nouvelle pour qui n'avait pas eu de petit déjeuner. L'air s'était rempli de battements d'ailes ; qui ou quoi effrayait, maintenant, les tourterelles ? Le soleil avait réactivé l'odeur des plantes, dans une densité et une variété de pot-pourri.

Le sourd-muet s'était levé de son banc dès que nous avions retraversé le petit pont, et à son tricotage de doigts Van Acker avait répondu, sur un mode identique, par un message qui augmentait, si c'était possible, le ravissement de l'infirme.

Au retour, nous avions flâné le long de la via Krupp. Deux piscines d'hôtel se proposaient en contrebas, d'une eau plus bleue que le ciel. Van Acker ne devait ensuite ouvrir la bouche qu'au moment où, pour m'obliger à m'arrêter, de nouveau il me prenait par le bras. D'un mouvement du menton, où une touffe de poils blancs comblait une fossette de séducteur — une négligence du barbier qui était monté d'Anacapri pour le raser dans sa chambre — il avait désigné le campanile, là-bas, au bout du plateau succédant aux planches de jardin. « La Chartreuse... À présent, c'est une école. Les moines sont morts, ou ils ont défroqué. Il faut les comprendre : trop de beauté tue la foi, et aussi l'inspiration, ce qui est peut-être du pareil au même. Tous les romanciers qui se sont installés dans l'île y ont écrit leurs plus mauvais livres, y compris, hélas ! le romancier que j'admire le plus. J'étais pourtant certain qu'il y avait en lui cette part indestructible de malheur qui préserve le talent. Mais Capri vous joue de ces tours... Ils étaient bien naïfs les révolutionnaires qui avaient tenté de créer, ici, une école des cadres du Parti. L'avenir est inconcevable à Capri. Ne compte que la minute présente. S'il y a un endroit sur terre où, très vite, on ne désire plus rien, c'est exactement Capri, et voilà bien le danger. En ma qualité d'évêque du lieu, bien que je sois un pasteur sans peuple... »

Van Acker, qui me tenait par le coude, tel un judoka immobilisant son adversaire debout, s'était éclairci la voix, mais, au lieu de poursuivre sa pensée, m'avait poussé vers l'endroit où une étroite frange de trottoir reprenait devant un magasin que ni panneau ni enseigne ne signalaient, une autre parfumerie ; celle-là, je ne l'avais pas remarquée à l'aller. Sur le seuil, son chapeau de curiste à la main, le prélat, par l'ampleur du geste, avait associé au patron, un jeune homme en blazer et cravate malgré la chaleur, trop grassouillet pour avoir un âge précis, la femme de ménage occupée à passer une serpillière au pied du comptoir que surmontait un alambic en verre d'un mètre de haut flanqué de ses tubulures. Dans l'entrecroisement des senteurs, une dominante de tilleul me ramenait au seuil de l'antre du vieux Georges, comme toujours ce parfum. Celui que l'on se contentait d'appeler *Professore* avait commandé cinq lotions après-rasage, quand il eut flairé les gouttes versées sur les rondelles en carton qu'on lui avait, au fur et à mesure, placées sous le nez, approuvant d'un signe de tête l'empaquetage de quatre flacons dans du papier-cadeau, la ficelle dorée, et le sac en plastique. Le cinquième, il me l'avait tendu d'un air qui interdisait le moindre remerciement. Parce que, durant ces préparatifs, je m'étais approché du comptoir, intrigué par l'alambic, le patron, qui avait accepté le chèque de son client sans regarder la signature, allumerait une flamme sous l'appareil avec un briquet, sa main, sur laquelle étaient tombées deux gourmettes en or d'une épaisseur de menottes, caressant les flancs jusqu'au trou de charge qu'il avait rempli — mais de quoi ? Elle suivait ensuite le col de cygne par où circule la vapeur, qui, dans le condenseur, s'attiédit et se transforme à travers un serpentin refroidi par l'eau, avant d'aboutir à un essencier de la taille d'un flacon. Et le siphon à quoi servait-il ? Quelques minutes ne s'étaient pas écoulées qu'une voix à l'accent napolitain, pleine de gentillesse, avait nourries de renseignements techniques, que des effluves de tilleul diluaient le souvenir du vieux Georges pour remplir la boutique ; un verre d'alcool m'aurait infligé la même sensation de vertige, j'étais à jeun. Le patron, qui en avait fini, nous observait dans l'attente de compliments ; Van Acker n'avait pas manqué de lui en trousser un sur son habileté, quoique pressé de partir, son sac en plastique sous le bras, conscient que la femme de ménage louchait maintenant sur son anneau pastoral. « Tout de même, avait-il bougonné, au bout d'une dizaine de mètres dans la via Krupp, vous ne croyez pas que le parfum a été fabriqué sous nos yeux ? Il était déjà dans le double fond de l'appareil — quelques gouttes. On s'est contenté de le répandre par la vapeur dans le magasin. C'est à l'image de l'Italie : on a l'odeur de tout, et la réalité de rien. Retenez cependant qu'au bout des opérations il y a une cire, et que, celle-ci traitée par l'alcool, on obtient l'absolu. Voilà au moins un domaine où les hommes le touchent, l'absolu. Vous n'aurez pas tout à fait perdu votre matinée... »

Dans la ruelle de la Quisisana, le prélat, qui avait

recommencé de traîner la jambe, refusait cette fois mon aide. Elles ne nous revoyaient pas bras dessus bras dessous, les Américaines, qui étaient toujours là, ne se privaient pas de nous observer de nouveau, le cou tendu, et leur demi-sourire introduisait une nuance de menace dans l'expression de leur visage, où il y avait quelque chose de l'officier de marine descendu à terre, la blancheur des habits et leur coupe masculine favorisant l'illusion. Qui étaient-elles pour avoir obtenu qu'on leur installe une table devant l'entrée de l'hôtel, à l'endroit où l'élargissement de la chaussée crée une placette favorable aux attroupements des visiteurs montés à pied de la Marina Grande, à la manœuvre des taxis rebroussant chemin et des chariots à bagages, seuls véhicules admis dans la zone piétonne, conduits par des portiers en livrée, debout à l'avant, une main sur un serre-frein de carriole, semblant s'éviter par jeu à la dernière seconde, comme les pilotes des autos tamponneuses à la foire ? Les deux femmes qui gagnaient en beauté à se taire, les yeux braqués dans notre direction, avaient chacune un verre à la main ; le parasol en miniature qui le surmontait était un honneur que l'on n'accorde pas aux jus de fruits. La remarque émanait de Van Acker, qui avait ajouté, une main devant la bouche : « Si elles boivent déjà, à cette heure-ci, après le dîner elles seront ivres mortes. Dieu le veuille ! Cela me dispensera de réentendre ce qui m'a réveillé cette nuit. Ces personnes ont loué la suite qui est juste à côté de la mienne. À trois heures du matin, j'ai vraiment cru qu'un malade était au bout de son agonie, derrière la cloison, et j'ai téléphoné à la réception pour offrir mes services. Je m'en veux encore de mon ridicule... »

La plus âgée ne ressemblait-elle pas à une actrice ? N'était-ce pas l'actrice elle-même ?

« Non, Monseigneur, si nous pensons à la même, elle est morte, ou alors tellement vieille qu'elle ne doit plus voyager...

— Quelle importance, mon petit Diego ? Ce qui compte, c'est qu'elles ont un air à faire peur, m'étais-je entendu répondre, entraîné tout à coup dans le hall de la Quisisana, dont les miroirs renvoyaient l'image d'un vieux monsieur en canotier qui se dépêchait de placer un suspect en état d'arrestation. En est-il de douces parmi ces femmes-là ? J'aimerais en être persuadé, mais je n'en ai jamais connu. Que c'est drôle, en définitive, de ne pas vouloir d'hommes dans sa vie, et de tout faire pour leur ressembler. Le phallus imaginaire provoque plus de dégâts que le réel, ce qui n'est pas peu dire. Évidemment, il ne vous a pas échappé combien la contribution de ces femmes-là aux arts est inférieure en qualité et en abondance à ce que fournissent les hommes que vous savez... »

Comme si je pouvais être familier de réflexions de ce genre qu'interrompait maintenant le geste de soulever le canotier, parce que, sur notre passage, un homme encore jeune avait incliné le buste, de manière à révéler une tonsure dans une chevelure de chef d'orchestre — du musicien il avait également la queue-de-pie et les sueurs de la fin de concert, aggravées par le cabotinage.

« Mon cher directeur, c'est toujours un plaisir de descendre chez vous. Votre gardien de nuit est à la hauteur de votre établissement. Quelle gentillesse lorsque je l'ai dérangé inutilement cette nuit... »

Les narines grandes ouvertes à la brise qui circulait soudain sous le parasol déployé au-dessus de nos têtes, le prélat avait mordu dans l'un des croissants de mon petit déjeuner d'une abondance qui aurait plu à Marceau. On l'avait servi à l'extrémité de la terrasse, côté mer, où la côte de Sorrente ferme l'horizon avec la netteté de trait d'un dessin japonais. Mais Marceau était aussi loin de mes pensées que les autres clients de La Reine blanche, ce matin-là. Même le lézard en travers de la via Krupp, au milieu du carrelage qu'on imaginait mieux luire dans une cuisine, le lézard de la grosseur d'un bébé iguane, vert et non bleu, ne m'avait pas rappelé Catherine Venturi par son profil de saurien et son regard fixe, quand il s'était immobilisé pour nous contempler, avant de disparaître dans le lierre du mur en face, à la vitesse de la main qui trace un paraphe au bas de la lithographie exécutée en série. En partageant mon petit déjeuner avec Van Acker, je pensais surtout à l'hôte imprévu que j'avais laissé, place des Muses, à la garde de la femme de ménage ; et j'avais promis à Miss Mopp de lui téléphoner avant midi.

Dès lors que le maître d'hôtel, posté en sentinelle devant la baie vitrée, nous couvait du regard, Van Acker n'avait pas avalé une deuxième bouchée qu'on apportait un second pot de café et une tasse, et, lorsque je remplissais celle-ci, mon instinct m'avait averti de ne pas relever la tête tant que ne serait pas achevé ce grommellement. *Mezza voce*, mon interlocuteur hésitait entre le grondement du fumeur au réveil et l'éraillement même du vieux guitariste qui parfois s'emparait du micro dans la *balera* où je suivais Maureen, à la fin de la semaine. Lui non plus n'aurait rien eu à envier à Joe Cocker.

« Je ne suis pas sûr, disait Van Acker, que notre amie comprendrait la signification de notre pro-

127

menade. J'apprécie beaucoup sa discrétion. Le muet que nous avons vu tout à l'heure est plus bavard qu'elle. Elle nous change beaucoup de nos amies... Hélas, si intelligente qu'elle soit, tant qu'elle n'a pas renoncé définitivement à plaire, il y aura toujours chez une femme l'envie de prononcer une phrase de trop pour briller. Et puis, même comblées comme vous pensez, toutes les femmes ont leurs épisodes d'hystérie — toutes. »

Van Acker avait toussé pour s'éclaircir la gorge : « Même Maureen, qui n'est pourtant pas plus causante que vous par tempérament, n'est pas à l'abri de ça. Non, merci, mon petit Diego. Pas de sucre. Mais je reprendrais volontiers un croissant, avec votre permission... »

Sur le port de la Marina Grande, où le soleil presque blanc, la mer presque verte et une odeur d'algues pourrissantes ramenaient mes pensées à des paysages de mon enfance, la marchande de fruits était assise dans l'ombre qui, le matin, paraissait doubler la profondeur de sa baraque. Elle s'éventait par saccades avec une feuille de carton, comme pour marquer le temps d'une musique qu'elle était la seule à entendre, et d'ailleurs l'un de ses pieds chaussés de savates semblait battre la mesure, par moments.

Ma mère avait de l'élégance, habillée telle une ouvreuse à l'instigation de Lili, du Rex. Ma mère ne s'asseyait jamais sur la chaise derrière son étalage, si des clientes, fatiguées par les courses, ne se privaient pas de l'utiliser. Elle mettait un point d'honneur à se tenir toujours debout dans une rue passante. Aussi le soir avait-elle les jambes lourdes et dormait-elle les pieds surélevés par le traversin placé sous le matelas. Il était arrivé que le sommeil la surprît pendant qu'elle récitait son chapelet ; à genoux, piquant du nez sur la courtepointe, elle s'endormait. Plusieurs fois, tiré du sommeil par une fringale, et poussé vers la cuisine, où un réfrigérateur n'avait pas encore remplacé le garde-manger, un rai de lumière sous la porte de sa chambre m'ayant alerté, j'entrais, je saisissais ma mère par les épaules et la soulevais, balbutiante, comme je l'avais vu faire aux héros de films qui enlèvent leur promise, pour l'étendre sur le lit en cuivre doré, dont les barres gémissaient en écho aux bredouillements de la dormeuse écrasée de fatigue. Était-ce lourd, cinquante kilos et quelques, pour un mètre soixante-dix ? Une nuit, son peignoir en pilou s'était ouvert, sa combinaison remontée si haut, trop haut, que j'avais en hâte pressé la poire de la lampe de chevet, poursuivant, dans le noir, des gestes d'infirmier que l'obscurité même, et le tremblement de mes mains, rendraient encore plus indiscrets qu'un regard. L'image des jambes fermes, longues, fines et blanches ne se ternirait pas, ni l'étonnement qu'elles fussent si belles qu'on les imaginait d'une autre personne, d'une autre vie. Je datais l'événement du fait de sa coïncidence ou presque avec la découverte de ma myopie par la médecine scolaire. Mon adolescence avait basculé dans le flou. Encore un handicap ; j'en avais été désespéré et refusais de porter des lunettes ailleurs qu'à la maison. Au collège, elles provoquaient des sarcasmes, et je n'avais déjà que trop de raisons de me battre avec mes condisciples. Par besoin d'une revanche, j'avais résolu de travailler en latin, où, pour la grammaire, il ne fallait que de la mémoire, à défaut d'exceller en français, où me manquaient et le vocabulaire et l'imagination, et tout ce que Marceau avait eu en abondance — mais qu'en avait-il fait ?

Marceau attirait les femmes beaucoup plus que les hommes, et, à l'occasion, acquiesçait à leur désir par un effet de la sensualité facile que nous avions en partage, par gentillesse, et, surtout, par envie de donner à la sympathie en train de naître cette nuance de tendresse, cette promesse de complicité pour l'avenir qui, dans l'amitié et la jeunesse, s'obtiennent seulement si, quel que soit le sexe de l'autre, une fois, on a été nus ensemble dans le même lit. Je lui avais vu promener de superbes filles dans sa Duetto, et qui n'avaient pas l'air idiotes — Marthe, naturellement, les remarquait aussi, son regard filant au-dessus du vase aux cinq roses, près de la caisse. Beaucoup ne se résignaient pas à admettre que tant d'obligeance et de prévenance, tant d'autorité dans l'apaisement ou le conseil fussent dénuées d'arrière-pensées, n'aboutiraient à rien, et, si leur déception ne tournait pas au ressentiment, elles devenaient des amies que d'un geste, d'un mot on eût ramenées aux sentiments des débuts. Quelques-unes, qui n'étaient pas des plus pauvres, lui avaient proposé le mariage en connaissance de cause, sans doute parce que, assez souvent, les femmes ne s'estimaient pas trompées quand leur mari couchait avec un homme, tant les passions du genre étaient au-dessus de leur entendement, réduites dans leur esprit incapable d'en concevoir la violence à des erreurs d'étalons parqués dans le même pré, en période de monte, sans que le sentiment fût jamais de la partie. À mes yeux, c'eût été une sorte de revanche que de pouvoir présenter Maureen à Marceau, Maureen qui était d'un monde tellement différent de celui où j'avais vécu jusque-là que, les premiers temps, à le voir apparaître à travers sa conversation et mes premiers dîners en ville, je me croyais au cinéma. Un soir, l'expression avait convenu à la lettre. Grâce à Maureen, j'avais été invité chez un Américain qui, arrivé à Rome sous l'uniforme des GI, ne l'avait plus quitté, et à travers qui, si grandes étaient sa culture, son éducation et son intelligence, que l'on eût imaginé Brooklyn, son lieu de naissance, comme une nouvelle Athènes, Van Acker ne se cachant pas de l'admirer. Il avait acheté une maison dans l'île Tiberina, sur la partie gauche quand on tourne le dos à Trastevere. Tout au long du repas, une impression de déjà-vu m'avait tenaillé, tant et si bien, que je l'avais avouée le lendemain à Maureen, qui s'était mise à rire. N'avais-je pas eu conscience d'être replongé dans une scène de *L'Avventura*, d'Antonioni ? Et, de fait, ce film, en dépit de l'ennui qu'il m'inspirait, je l'avais vu cinq ou six fois, pour être agréable à quelqu'un que je convoitais — si proche encore, lui aussi, de l'Autrichien au physique, et qui en traquait la programmation jusque dans les cinémas d'art et d'essai en banlieue. Le maître de maison avait prêté son bel appartement au metteur en scène, et le décor, depuis, n'avait pas changé.

Maureen, à Rome, était plus encore qu'une conversation — un silence dans le caquetage universel et provincial à la fois où, à la longue, les chagrins de la vie s'endormaient comme des tumeurs couvant leur éruption. J'étais parti sans lui dire au revoir, convaincu qu'elle-même souhaitait qu'il en fût ainsi. Quelle force la clouait à cette ville, où parfois, au réveil, elle reprenait un somnifère pour dormir jusqu'au début de l'après-midi, abréger une journée qui, sans la lecture, eût été seulement meublée par la visite du masseur de shiatsu, les téléphonages de quelques amies, que, souvent, elle écoutait sans lâcher son livre, ou de son ancienne belle-mère, qui avait pris son parti dans le divorce — exemple sans précédent d'une Italienne dénuée de complaisance à l'égard d'un fils. La comtesse Vallica, qui me réservait toujours un accueil chaleureux, me prêtant plus que je n'en avais, en raison de ma réserve, était une femme de haute taille et de forte corpulence, volubile sans perdre de sa majesté, habile à se faire des bonheurs de tout, mélomane, dont on ne soupçonnait pas l'extrême vieillesse, parce que la vie et l'obésité semblaient lui avoir restitué l'inachèvement des traits du nourrisson, et sa carnation également. Veuve de la musique, avant tout, nostalgique de la carrière de pianiste qu'elle aurait dû mener, si sa famille d'abord et la maternité ensuite ne s'y étaient opposées, dès qu'elle avait une surface plane sous la main — nappe ou accoudoir de fauteuil — et que la politesse l'obligeait à se taire, ses doigts, malgré l'encombrement des bagues, égrenaient les notes d'une gamme ; et elle continuait de se couper les ongles à ras. Un métier lui était venu, après la mort de son mari, de l'amoindrissement même de sa fortune, qui avait compromis son train de vie : Mimi Vallica organisait le hasard en affaires. Voulait-on rencontrer une personnalité politique, un journaliste influent, un haut fonctionnaire, un magistrat ou un industriel ? Il participerait au dîner qu'elle organiserait dans son appartement, qui surplombait l'escalier de la place d'Espagne. On avait, à l'avance, réglé le prix de la soirée, sur lequel la maîtresse de maison, qui détenait l'un des plus beaux carnets d'adresses de la ville, prélevait un pourcentage, de même que sur la transaction éventuelle entre les parties et les intérêts rapprochés par

132

son intermédiaire. Cela se savait, et ne se disait pas, mais chaque invité — en général, un solliciteur en puissance — entrait dans le jeu avec d'autant plus d'allant qu'il était certain d'en bénéficier lui-même tôt ou tard. Van Acker n'était pas le dernier à y participer, lui, pour aider une amie avec laquelle il formait une espèce de ménage, et qui l'accompagnait dans ses déplacements ; et je ne cessais, au cours du repas, d'admirer son habileté à conduire la conversation de manière que la maîtresse de maison pût entamer l'un de ses morceaux de bravoure qui ne lassaient pas, parce que toujours adaptés à la psychologie et aux préoccupations de l'invité d'honneur et reliés par un détail à l'actualité — ils étaient comme des saynètes classiques dont l'intérêt est renouvelé par la mise en scène. Par exemple, le récit du dîner improvisé, juste la veille ou l'avant-veille de l'entrée en guerre de l'Italie, pour deux célèbres acteurs américains de passage à Cinecittà et qui, avec le temps, était devenu dans sa bouche, et sans qu'elle eût à le proclamer, par le seul effet de son accent vibrant, un défi au régime en place, un pari sur la victoire des Alliés. Dans la relativité de Rome, et par rapport à son propre milieu, la comtesse Vallica se classait à gauche, et il n'y avait aucune raison de douter de la sincérité de son effroi rétrospectif, quand elle se rappelait avec une grimace et ce geste — passer le bout des doigts sur ses avant-bras de catcheuse pour effacer la chair de poule — l'officine de la Gestapo installée dans l'immeuble contigu au sien, qu'elle m'avait montré. Et alors, invariablement, surgissait un hommage au rôle d'un certain père Mariotti, un jésuite, qui obtenait parfois la libération d'un otage ou d'un suspect. Était-ce afin de suggérer sans avoir à le dire — et le dire c'eût été sans doute exagérer ou mentir — qu'elle-même avait secondé les efforts de ce religieux qui n'intervenait que si les prisonniers n'étaient ni juifs ni communistes ? Van Acker, dont elle m'avait raconté, sous le sceau du secret, les origines et l'enfance, se taisait une fois la machine lancée, plus rose que jamais, son sourire qui ne s'adressait à personne creusant les rides de son visage, où son regard bleu, sans plus d'expression que d'habitude, était pareil à ces flaques sauvées pour refléter le ciel dans les ravines au fond du lit des rivières presque à sec des étés de mon enfance.

« Naturellement, le père Mariotti téléphonait à Dollmann, continuait Mimi Vallica, qui reviendrait comme toujours à la charge. Monseigneur, vous avez connu vous aussi Eugen Dollmann, qui était si élégant, et qu'on rencontrait partout. Avant la guerre, il passait pour être archéologue. On l'a vu revenir dans une tenue d'officier SS... »

Une fois, à la tombée du jour, la voiture de ma société confiée à la seconde même au gardien du parc de stationnement qui enlaidit le mur d'enceinte de la Villa Borghèse, j'avais aperçu, au-dessus de la foule en pleine ascension de cette pente, la chevelure d'argent de Mimi Vallica briller comme une carpe qui a sauté hors du bassin, et cela bien avant que l'ancienne belle-mère de Maureen n'eût posé le pied, avec la lenteur des obèses, sur la dernière marche de l'escalier de la Trinité-des-Monts, deux sacs-poubelles contre ses flancs. Les sacs étaient quasi de la même couleur que sa djellaba, et le ciel au-dessus du moutonnement des toits de la ville, à cette heure-là, semblait peint en toile de fond. Par discrétion, j'avais tourné la tête du côté de l'église de la Trinité, et de l'hôtel Hassler, à proximité duquel deux cars de police stationnaient en permanence. La comtesse m'avait interpellé sans façons, de sa voix qui, rendue sifflante par le passage à travers un appareil dentaire, reproduisait dans l'aigu le bruit du tissu que l'on déchire. À peine l'avais-je déchargée de son fardeau, que, un bras glissé sous le mien, elle se retournait pour désigner l'immeuble d'un rose sale, à gauche, en contrebas : vers la fin de la guerre, c'était là qu'il y avait eu une officine de la Gestapo, une annexe du quartier général de la Villa Volkonski, qui était maintenant la résidence privée de l'ambassadeur de Grande-Bretagne. Elle revoyait deux jeunes filles en uniforme qui, un matin, se recoiffaient dans les reflets des vitres de la porte-fenêtre au fond de la terrasse. L'uniforme était allemand, les jeunes filles italiennes. Quels détails étais-je en train de perdre au sujet de ce père Mariotti ? On nous bousculait, on parvenait à nous séparer, l'essentiel avait dû m'échapper, lorsque la comtesse, qui me dominait d'une tête, et m'avait rattrapé par le bras comme un enfant, avait désigné du doigt l'étroite maison ocre à deux étages coincée entre l'église et le palace, son porche abrité sous une arcade que fermait une grille.

« D'après vous, qui occupe la plus jolie garçonnière d'Europe, du moins par la vue qu'on a ? demanda-t-elle, avec son sourire qui montrait toujours plus de dents vraies ou fausses que de cœur. L'ennemi numéro un de Monseigneur, le latiniste du Vatican. C'est un évêque espagnol. Vous supposez bien que ce ne sont pas seulement des problèmes de grammaire qui les opposent. Notre Monseigneur à nous est convaincu qu'il a été, après la guerre, dans la filière qui procurait des passeports aux anciens nazis et fascistes pour leur départ en Amérique du

Sud. Il y avait une chaîne de couvents pour ça. Vous avez remarqué l'autre soir que Monseigneur n'aime pas beaucoup parler de cette période. Si vous amenez un jour la question sur le tapis, *acqua in bocca* en ce qui me concerne. Je suis honteuse de vous avoir embarrassé de mes paquets. Rendez-les-moi. Nous y sommes… »

L'avait-elle contractée dans la fréquentation de Van Acker ? La comtesse avait la particularité de fournir sans préambule la réponse à des questions qu'elle ne paraissait pas avoir entendues quand on les lui avait posées quelques semaines plus tôt, et aussi de cueillir à froid son interlocuteur par une réflexion qui ne laissait le temps ni d'éluder ni de mentir. Le procédé ne m'étonnait plus depuis longtemps, ce soir où je découvrais que, sur le coup de sept heures, aurait-elle eu ensuite un dîner, elle s'imposait comme exercice physique de monter, sinon de descendre, les poubelles jusqu'à l'hôtel Hassler — qu'il vente ou qu'il pleuve — se mêlant aux garçons, aux filles, aux routards à la dégaine de groupies de la décennie précédente, assez nombreux pour rendre invisibles les premiers degrés de l'escalier de la Trinité, tels les spectateurs d'une pièce aux figurants sans nombre qui se fût jouée sur la place d'Espagne. Tant que je ne l'aurais pas renseignée, elle attribuerait l'odeur douceâtre du hasch, qu'elle humait en chemin, à une nourriture apportée de leur pays par ces étrangers, à travers lesquels — soudain nostalgique des petits-enfants que son fils n'avait pu lui donner — elle jugeait avec sympathie la jeunesse. Assez souvent les garçons ne lui proposaient-ils pas une bouchée, une gorgée de ce qu'ils mastiquaient ou buvaient eux-mêmes, parce que son essoufflement, ses rondeurs, la simplicité

136

de sa mise, son fardeau de pauvresse et son âge les avaient touchés, et persuadés qu'elle transportait ses hardes au Lavomatic de la via Cistina ? L'apitoiement que l'on inspirait, non plus que la haine, on s'interdisait même de l'envisager. Dès que la comtesse apparaissait dans l'axe de la porte à tambour de l'Hassler, quand elle avait contourné les deux baraques de marchands de glaces, de boissons, café et cartes postales, surgissait le portier, dont elle avait casé le fils à la mairie. Il la saluait, un doigt aux dorures de sa casquette, et, sans un mot, s'emparait des sacs-poubelles, s'éloignant ensuite à reculons, tandis que la domestique, qui la suivait à distance — mais, sans bagues ni bijoux, sa patronne n'avait pas à craindre les voleurs à la tire, tant elle avait l'air d'une obèse de foire, avec ses savates qui claquaient — déposait dans un angle de l'esplanade le sac rempli des ordures malodorantes ou pesantes. Bras dessus bras dessous, les deux femmes de corpulence presque égale, et qui, à force de se côtoyer dans une profonde affection réciproque, se ressemblaient sans que l'on parvînt à distinguer l'originale de sa copie, s'en retournaient à la maison. Ce à quoi j'avais assisté avec l'indifférence des familiers devant l'accomplissement d'un acte de routine : je faisais des progrès en civilité.

« J'aimerais bien qu'elle s'en sorte », m'avait dit un soir, en français, Mimi Vallica, sans même nommer son ancienne bru, à qui, dans l'intimité comme en public, elle parlait le plus souvent en anglais — son vocabulaire était riche, son débit rapide, mais sa prononciation semblait vouloir prouver coûte que coûte l'origine latine de certains mots. Anglo-canadienne, élevée par des religieuses francophones, Maureen avait divorcé de son fils, un avocat, qui ne parvenait à ses fins qu'avec des prostituées, et, encore, si j'avais bien compris, ne devaient-elles être ni trop jeunes ni trop belles. Était-ce une raison pour une mère d'ignorer à ce point son existence ? La dissolution du mariage par l'Église s'était fondée sur l'impuissance.

N'était-ce pas un après-midi où nous marchions au bord de la mer, à Fregene, que Maureen m'avait raconté comment, au terme d'une procédure qui avait traîné tant que Van Acker ne s'était préoccupé de l'accélérer, assise sur une chaise basse, elle avait subi de la part des trois juges du tribunal ecclésiastique, vieillards aux épaules enveloppées de la pourpre d'une mosette, des questions plus concevables sous le porche d'un hôtel, avant la passe, lorsque se négocie le bon vouloir de la partenaire. Sous la voûte où, tout en haut, se dégageait tant bien que mal de l'humidité un Christ pardonnant à Marie-Madeleine, le procès avait duré trois jours pendant lesquels, tour à tour, seize amis de Maureen avaient raconté ce qu'ils savaient d'elle et de sa vie privée, tous d'accord, tous de mèche pour déclarer que, selon ses confidences, le mariage avait été un moyen de rester à Rome et de porter un titre. Ainsi se prouvait l'arrière-pensée, le vice de forme qui, dès le départ, invalidait le sacrement. Le voyage et le séjour à Rome des seize témoins — quelques-uns accourus des États-Unis et du Canada, des anciennes de Vassar College à leur tête — on en devinait le coût, qui avait été à la charge de Maureen. Le jugement rendu en sa faveur, le tribunal avait communiqué à Maureen, sous la forme de deux cahiers dactylographiés, à la couverture jaunasse de papier recyclé, les dépositions qu'il avait recueillies à l'audience, et il y avait assez de lecture pour que, un mois durant, elle ne cessât de pleurer. Elle ne se reconnaissait dans aucun de ses portraits dressés par des témoins qui, sous l'emprise d'un interrogatoire appuyé à des siècles d'expérience, vidaient leur cœur et leur sac en découvrant parfois eux-mêmes le contenu. Ici affleurait l'envie, là des rancœurs, plus loin une blessure d'amour-propre ; entre les lignes couraient des procès parallèles qui ne seraient jamais clos, des malentendus que l'on eût cherché en vain à dissiper. Avant de les détruire, Maureen, qui ne me parlerait jamais d'elle-même et de sa famille, non plus d'ailleurs que de la nature de ses revenus, m'avait confié ces documents, qui la dispensaient de raconter de vive voix le passé ; j'y eusse ajouté un portrait qui, à ses yeux, eût été sans doute aussi inexact, aussi blessant que ceux que j'avais lus et relus si bien que j'avais encore en mémoire la formule d'introduction : « *Anno Domini 198..., die 30 mensis Julii, hora 9,15, in aula huius Sacri Tribunali...* » C'était bien le moins d'emporter un peu de latin de Rome. Mais si les documents mentaient tantôt à dessein, tantôt de bonne foi, je n'allais pas, de mon côté, prétendre que je connaissais mieux que ses propres amis de jeunesse la femme qui disparaissait souvent pour des voyages dont elle ne révélait jamais la destination, et qui cachait ses lectures. Celles-ci l'eussent singularisée dans les maisons où elle me faisait inviter, et où l'on ne remarquait jamais de bibliothèques, si, en revanche, les tables basses s'ornaient parfois de sculptures modernes. En gros, c'étaient des maisons où le tableau justifiant que l'on eût intrigué pour y être reçu était toujours à trente mètres de l'endroit où l'on se trouvait soi-même, à quelque endroit que l'on se trouvât.

139

Les coq-à-l'âne de Maureen m'avaient beaucoup déconcerté au début de notre amitié ; je redoutais de faire les frais d'un humour que je n'avais pas, le flairant jusque dans les remarques sur la pluie et le beau temps. Quel intérêt avait-elle à ma compagnie ? Je m'interrogeais toujours, puisque je n'étais même pas ce représentant de la tribu qui, par son charme, sa disponibilité, à l'instar de l'Autrichien, sa culture et ses curiosités, atténue la solitude d'une femme qui vieillit et qui, si elle est riche, aime parfois s'entourer d'artistes, leur faisant d'ailleurs perdre plus de temps qu'elle ne leur facilite la vie, comme elle le devrait. Dans une ville où l'on se tutoie au bout de cinq minutes, nous avions maintenu le vouvoiement jusqu'au bout — à quoi, d'ailleurs, l'invariable usage du français entre nous se prêtait. Du goût de Maureen, et d'une vocation rentrée de décoratrice, témoignait l'aménagement d'une bâtisse ocre de Trastevere, qui était devenu un quartier à la mode. Une écurie avait occupé le rez-de-chaussée et, dans les greniers, elle avait créé un étage si bas de plafond que je pensais toujours à l'appartement de Marceau, lorsque, malgré mes précautions, ma tête heurtait la poutre maîtresse traversant le salon. Là encore, l'amitié de Van Acker pour la jeune femme avait eu son rôle. Le pâté de maisons, sinon la rue tout entière, appartenait à l'Œuvre des pieux établissements, qui gérait le patrimoine immobilier ayant appartenu à des Églises nationales — l'espagnole, la française et la portugaise — quand elles étaient, à Rome, plus importantes que l'ambassade de leur propre pays, et surtout beaucoup plus charitables. Par tradition, les loyers étaient modiques ; l'Œuvre louait à qui bon lui semblait, et qui lui semblait bon n'était jamais dans le besoin.

140

Maureen, qui, avec des paravents en damas brodé cachant les appareils et la douche, achevait de transformer en boudoir, où je devenais claustrophobe, une salle de bains sans fenêtre, m'avait acheté, sous les platanes déguenillés des puces de porta Portese, deux ou trois objets assez jolis, outre une paire de fauteuils qu'elle avait fait retapisser, et je laisserais le tout à la femme de ménage, la seule personne de qui j'avais pris congé dans les formes. J'oubliais la mère de Nanni, parce que c'était une mère proche de la mienne par son ancien métier, et Van Acker lui-même, avec qui je n'étais pas assez lié pour que ma disparition de but en blanc eût d'autre sens pour lui que celui d'une goujaterie.

Une audience obtenue, la semaine précédente, auprès de son secrétariat, cet après-midi-là, j'avais dû décliner mon identité à chaque palier devant l'huissier, avant d'arriver à son bureau, au dernier étage d'un palais hors du Vatican, à la façade grisâtre, aux corniches et encorbellements de la même blancheur que les tombeaux et dalles du cimetière des Anglais. Aucun de mes questionneurs ne semblait être un religieux. À la fin m'avait guidé dans le dédale un huissier au menton en galoche, qui guettait dans mon regard la surprise, parce qu'il était le sosie d'un vieux présentateur de variétés à la télévision. Se serait-il arrêté à la hauteur de la porte dont le capitonnage atténuait le crépitement d'un téléscripteur, je n'aurais pas été étonné. Après avoir gratté le panneau, tel un chat, avec ses ongles bien trop longs chez un homme, il s'était effacé sur le seuil d'une pièce assez vaste, haute de plafond, éclairée par deux fenêtres, qu'il aurait fallu ouvrir toutes grandes, et non pas entrebâiller, pour dissiper cette odeur de tabac refroidi. Dans un voisinage de garde-meubles, des armoires métalliques contrastaient avec du mobilier en bois différents, qui auraient eu besoin du plumeau et de la cire, sauf le demi-cylindre d'un marron brillant comme de la nougatine derrière lequel, à mon entrée, Van Acker s'était soulevé à moitié, par une esquisse de politesse qui, empreinte de familiarité, valait plus que son accomplissement entier. Elle laissait le temps de remarquer, dans un angle, un lit-cage refermé sur un matelas qui, entre les traverses, se boursouflait telle une galette, une console d'ordinateur au-dessus de laquelle était suspendu l'agrandissement d'une photo en noir et blanc de l'avant-dernier pape, dont le regard devait aux cernes de l'hépatique de paraître fixer l'invisible, et son expression le disputait en solennité à celle de l'autre admirateur de Cronson. « Les bienfaiteurs deviennent rares, avait dit Van Acker de sa grosse voix rauque, à la seconde où je m'asseyais. Mes vieilles amies que l'on me reproche tant meurent les unes après les autres. Et remarquez qu'il n'y a personne pour me remercier, lorsque j'empêche des fortunes en tableaux et en immeubles d'atterrir dans les séminaires intégristes d'Europe et d'Amérique du Sud. Cela ne servirait à rien de relancer les héritières — les filles et les belles-filles gardent leurs sous pour les liftings et les toilettes. J'en faisais part, l'autre jour, à notre brave Mimi Vallica, qui, sans les dîners d'affaires et l'aide de Maureen, ne paierait pas tous les mois ses domestiques... »

Le cœur des femmes, en général, ne s'était-il pas endurci depuis qu'elles avaient la maîtrise de leur corps ? La ruse apprise durant des siècles de soumission, additionnée à la méchanceté de l'espèce humaine, produisait d'effrayants mélanges, dans certains milieux.

L'enveloppe que je lui avais tendue, Van Acker la tenait maintenant comme une feuille de papier que l'on agite pour que l'encre sèche. Mon chèque était libellé au nom de l'institut des jeunes aveugles qu'il protégeait, et c'était bien peu, en regard de la citoyenneté romaine que je lui devais, de la cordialité qu'il m'avait toujours réservée, des services rendus sans que j'eusse à les demander, et du perpétuel cadeau que constituait la possibilité de me prévaloir de son amitié, en guise de caution, dans mon travail. En quoi sa bienveillance à mon égard se justifiait-elle ? Le chèque soldait aussi un mystère. « Ah, puisque j'y pense, continuait-il, en sortant, si vous glissez quelques billets au concierge, parce qu'il n'y a pas de tronc sous la statue de la petite madone, il ne les refusera pas. Il est redevable de cinq enfants à la méthode Ogino. Si les murs n'avaient pas des oreilles, je vous décrirais les conditions de travail qui sont infligées aux laïcs employés du Saint-Siège. C'est honteux. Le vicaire du Christ est le plus mauvais des patrons qu'il y ait sur terre. Soyons sans illusions, les lois sociales ont plus fait en cinquante ans pour améliorer le sort des hommes que vingt siècles de charité chrétienne... »

Van Acker, ses pognes posées à plat sur un buvard — mains musclées de paysan nordique, mais les ongles polis, bombés — ne semblait nourrir aucune crainte particulière, bien que son regard voyageât au plafond comme à la recherche de micros dissimulés dans les caissons, et, quand il déplorait l'absence de toute convention collective, lui-même respirait l'autorité d'un ancien officier de carrière recruté pour le poste de chef du personnel en vertu de son aptitude au commandement. Il n'avait plus rien du vieillard qui m'avait touché par sa lassitude et sa fragilité, un été à bord d'un yacht, et pas plus de l'évêque à la tête d'une procession, un soir d'été à Capri, et peu du causeur à la courtoisie inlassable, au sourire permanent que l'on rencontrait en ville, comme si, habillé en clergyman, il avait abandonné une partie de sa personnalité dans les plis de sa soutane. Toute son attitude me signifiait que j'étais moins reçu dans son bureau que déféré devant sa juridiction, appelé à enregistrer des consignes qui ne sont pas à discuter : « Ainsi, vous nous quittez, avait-il poursuivi, sans baisser le ton, et avec un coup d'œil vers le portrait de l'avant-dernier pape. Dommage : il n'y a jamais assez d'étrangers à Rome pour faire oublier les indigènes. J'entends par étrangers ceux qui ne sont pas italiens. J'avais jeté mon dévolu sur un appartement de l'Œuvre qui vient de se libérer. Il vous aurait plu, j'en suis sûr. Maureen vous en préparait la surprise. Elle était déjà à envisager de supprimer certaines cloisons… » Maureen serait affreusement déçue, et puis elle oublierait. Ici, les vivants allaient encore plus vite que les morts. Ruines et monuments ne m'avaient sans doute jamais trompé : nous étions dans une ville sans mémoire, en fin de course, la capitale artificielle d'un pays qui n'était, en fait, qu'un protectorat de l'Amérique.

Van Acker, soudain en proie à une quinte de toux qui le rendait écarlate, comme seuls les blonds savent l'être, semblait, une main en l'air, rattraper les mots qui le fuyaient : « Écoutez, reprenait-il, un pays dont la figure de proue est un industriel, un carrossier milliardaire, dans quel état moral voulez-vous qu'il soit ? C'est une chance qu'il ne pèse pas plus, pour la marche du monde, que mes pauvres Flandres, où, au moins, les gens sont sympathiques, honnêtes, chaleureux et, surtout, sans prétention, car ceux d'ici, pardon... »

Le prélat avait poussé un long soupir, avant de se mettre à réciter, d'une voix où l'ironie plaçait les guillemets : « Et je rends grâce aux dieux de n'être pas romain », et, à traîner sur les syllabes, par l'effet du contentement de soi ou la crainte du trou de mémoire, il accordait au souffleur le temps de compléter : « ... n'être pas romain / Pour conserver encore quelque chose d'humain. »

Son regard qu'on ne saisissait jamais, son regard qui devenait si étrange lorsque, en raison de l'éclairage, on ne discernait plus les cils par excès de blondeur, le prélat l'avait plongé dans le mien avec autant de curiosité que le soir où, sorti de ma réserve habituelle, j'avais machinalement rectifié la faute de déclinaison commise dans le marbre, au détriment d'un défunt cardinal, par le latiniste du Vatican, faute si criante que mes souvenirs en lambeaux de collégien suffisaient à la corriger. À l'instar de toutes les personnes qui ont de la conversation, s'en servent par métier, et doivent l'adapter à la variété des auditoires et des interlocuteurs qu'ils affrontent, Van Acker, qui savait compartimenter la sienne, se trompait quelquefois de tiroir, emporté par le plaisir, proposant de la théologie à l'industriel et de l'économie au mondain, oubliant aussi que, dans la salle, un spectateur de l'improvisation précédente risquait de le juger gâteux. J'avais appris ces deux vers à la longue, sans me décider jamais à lui demander : de qui sont-ils ? de peur de me diminuer dans son esprit par l'aveu de l'ignorance d'un classique. La main droite du prélat s'était détachée du buvard, pour balayer l'air devant lui :

« Enlevez les juifs, qui sont, par parenthèse, les authentiques Romains de souche — ils étaient déjà là sous Jules César — qui avons-nous de fréquentable ? Les intellectuels ? Ne me faites pas rire : ce sont les singes de Paris ou de New York. Et, pour ne pas trop les accabler, j'ajouterai que les intellectuels au fond sont à peu près les mêmes partout. Dès qu'ils ont étalé leur connaissance des théories, ils croient qu'ils ont déjà fait la révolution, et ils partent se reposer à la campagne. En Italie, comme en Angleterre, il n'y a vraiment aucune classe sociale où l'on ait envie d'entrer — vous avez dû vous en apercevoir. Les juifs ne sont, hélas ! pas assez nombreux pour que les esprits fermentent et s'aiguisent entre eux... »

Le prélat s'excusait de répéter, par un travers de l'âge dont il s'avouait conscient, qu'il n'y avait pas eu une idée neuve à Rome depuis que saint Paul avait débarqué à Trastevere. On comprenait que Maureen eût choisi l'ancien faubourg des pêcheurs ; elle s'évadait de son milieu sans avoir besoin de partir. Drogués, voleurs, filles, immigrés, Africains, comment ne pas préférer leur voisinage à celui des résidents des Parioli ?

Nous étions dans une ville où même les pédérastes ne sont pas intelligents et manquent de sensibilité, et tentais-je de capter le regard de mon interlocuteur, ce disant, qu'il le posait sur le lit-cage dans le coin pour enchaîner : « Enfin, à quelque chose malheur est bon. À Rome, vous aurez appris plus vite qu'ailleurs que les gens ne sont jamais à la hauteur où on les place. À propos de Trastevere, je voudrais préciser... »

Van Acker ne refusait jamais de remplacer dans ses fonctions l'un de ses confrères qui rechignait souvent à interrompre ses vacances pour présider la procession de la fête patronale du quartier, en septembre, le dimanche suivant son retour de Capri. Ainsi avait-il fait la connaissance d'une tenancière de café, une certaine Maria Toselli, dont la foi étonnait dans ce milieu de gens simples où l'on ne cessait d'être croyant que pour sombrer dans la superstition et les horoscopes : elle confectionnait, à ses frais, les gâteaux destinés à garnir le buffet de la paroisse après la cérémonie. Sans doute, dans son établissement, couvrait-elle quelques actions que la police désapprouvait, mais, quoi, il n'y avait pas à confondre les lois de la société, par essence transitoires, avec l'enseignement de l'Évangile, qui ne variait pas. Ni à blâmer les gens modestes qui prenaient des libertés avec les règlements pour se nourrir à leur faim.

Pendant qu'il déchirait, à la façon des soldats, le coin d'un paquet de cigarettes blondes qui paraissait tombé de sa manche, avant de me le tendre — sans doute n'apportait-il pas au bureau les boîtes de cigares que nous étions nombreux à lui offrir — Van Acker avait remarqué : « On nous accorde le tabac, qui est autrement dangereux, et l'on interdit le cannabis, qui est une drogue inoffensive. Comprenne qui pourra... Et si le shit portait la prière aussi efficacement que la musique des grands compositeurs ? Je ne serais pas trop âgé, maintenant, pour toute expérience inédite, je suis persuadé que l'excellente Maria Toselli accepterait de m'en fournir. S'impose-t-il vraiment de proscrire toute dilatation de l'être si elle favorise l'accès au divin ? Il y a aussi une sensualité spirituelle... »

Van Acker s'était levé dans un raclement de chaise,

afin de se diriger vers la plus imposante des armoires en fer, qu'il avait décadenassée en un tournemain ; la vibration de la porte qui eût comblé un bruiteur de cinéma chargé des grondements de l'orage, se prolongeant lorsque le prélat regagnait son fauteuil, d'un pas lent, deux mignonnettes de whisky et deux verres entre les doigts, dans une attitude d'Auvergnat qui remonte de la cave. « À la guerre comme à la guerre, avait-il dit, qui posait le tout sur son bureau. Nous boirons sec. »

Nous avions trinqué les yeux dans les yeux, par-dessus le meuble qui, placé contre la porte, eût permis de soutenir un siège, puis la main ornée de l'anneau épiscopal s'était abattue sur l'enveloppe où j'avais glissé le chèque ; ensuite le prélat s'en servait pour écarter du paquet de cigarettes les crayons à la mine pointue qui traînaient entre un classeur en bois à trois cases remplies de papier à lettre et une feuille de buvard rouge, où se décoloraient des cercles de tampon encreur. Van Acker s'abstenait de fumer en public, mais il se rattrapait au bureau : sa voix le prouvait, autant que l'odeur dans la pièce. L'exercice auquel il se livrait maintenant l'absorbait tellement qu'il était justifié de ne pas me dévisager, quand il reprenait, après un coup d'œil à la mignonnette encore pleine : « Puis-je vous le dire ? Vous auriez été bien inspiré d'emmener Maureen dans vos valises. C'est une grâce sans prix, quand un couple commence au point où la plupart ne finissent que dans la meilleure des hypothèses — par l'amitié. Inutile de m'objecter que ce ne sont pas mes affaires. Vous auriez raison, mais je ne changerai pas, à mon âge — le mariage d'amour n'est peut-être qu'une idée à l'usage des pauvres. Sans cela, que leur resterait-il ? Quoi qu'il en soit, je vous remercie de votre générosité. Nos orphelins auront une pensée pour vous, et moi aussi, demain, pendant la messe. Allons, je vous raccompagne. On se perd dans nos couloirs. Et puis vous risqueriez de tomber sur Son Éminence. Elle est curieuse de tous et de tout, Son Éminence, et bavarde avec ça, bavarde. Elle vous mettrait en retard... »

Le genre féminin, conforme au protocole, mon interlocuteur semblait l'employer de la pointe de sa langue, le déguster par jeu, tel un chat rassasié la tranche de jambon qu'il n'a pas pu s'empêcher de dérober, mais son regard, malgré la vivacité du ton, gardait cette transparence opaque à laquelle j'étais habitué. Debout, il avait vidé son verre avec un clappement, et s'était ensuite essuyé les lèvres du revers de la main gauche, auquel les taches de son donnaient à la peau l'aspect de l'écorce de châtaigne.

Était-ce la coutume dans son dicastère de fermer à clé la porte de son bureau pour une courte absence ? En tout cas, Van Acker n'avait pas, dans le silence du corridor, cherché à atténuer le tinte-ment de son trousseau, qui, sous sa tenue de clergy-man, le gênait peut-être autant qu'un holster. Quand utilisait-il son lit pliant ? Sous les arcades du rez-de-chaussée jusqu'où il m'avait reconduit, sans piper mot, après s'être arrêté à la hauteur d'une niche qui, dans le mur, abritait une statuette de la Vierge, identique à celles surmontant l'arc de tant de porches des vieux quartiers, le prélat, avec un élan imprévisible, m'avait donné l'accolade du per-sonnage officiel qui vient d'épingler une décoration au revers de la veste du récipiendaire et, la distance rétablie aussitôt par l'équivalent d'un pas de tango, allait ajouter, l'œil sur la statuette à la joliesse et aux atours de poupée, derrière la vitre où son sourire et sa couronne se dégageaient des reflets : « Pas de regrets, et surtout pas de nostalgie, jamais de nostalgie — la nostalgie nous prive de notre destin. Nous pouvons toujours recevoir infiniment plus que ce que nous avons perdu. Toujours. »

Sur les dépêches du probable téléscripteur, derrière une porte, au deuxième étage, les phrases réduites à l'information se formaient sans doute à la même cadence que dans la bouche de Van Acker, dont la rapidité du débit supprimait presque entièrement l'accent belge. Son haleine sentait le mélange de tabac et de whisky : « Vous partez, vous ne reviendrez plus jamais. Je dois donc vous infliger quelques recommandations. Vous n'y couperez pas, c'est mon métier. Mais je ne serai pas aussi long qu'un mari de dix ans — c'est une expression flamande, et, d'après ce que j'ai entendu à confesse, lorsque les gens se confessaient encore, elle contient la vérité du mariage. » Il m'était recommandé de prier de temps en temps, ne fût-ce que pour avoir une place de parking. Peu importait l'objet de la demande, la prière dépassait toujours ce que l'on pensait solliciter, n'aurait-on cru ni à Dieu ni à Diable, parce qu'un homme qui avait la capacité de rentrer en lui-même, une heure par jour, devenait presque invincible. Et elle était à fuir, la souffrance physique, qui dégrade et détruit le jugement, assurant des conversions au rabais. Quelqu'un l'avait endurée à notre place, une fois pour toutes, sans exiger, loin de là, qu'on l'imite. Et le mieux était de consentir à ses défauts et faiblesses sans trop d'histoires ; de quoi étions-nous responsables, au total ? De presque rien. Il était scientifiquement établi que si une femme enceinte mangeait de l'aïoli, non seulement le nourrisson, pour prendre le lait, sucerait sans encombre la tétine du

150

biberon imprégnée de ce goût, mais que, toute sa vie, l'adulte raffolerait de la mayonnaise.

Si le visage de Van Acker demeurait impassible, ses yeux bleus brillaient aussi fort que s'ils avaient eu leur autonomie derrière un masque de mi-carême dissimulant un individu dont il eût été vain de chercher à percer l'identité. Sans transition, le prélat m'avait remercié de lui avoir, au moment opportun, fourni des éclaircissements au sujet de la maladie moderne qui était sans remède. Grâce à mes informations, il avait édifié quelques-uns de ses confrères, et non des moindres, qui étaient tombés des nues en découvrant le problème, preuve que la Providence usait de tous et de tout : je n'étais pas venu inutilement à Rome. Soudain, la voix, guère moins indifférente que l'expression de la figure, où la bouche, pour ce demi-sourire qui ne le quittait jamais en ville, conservait un froncement des lèvres comme pour téter ou proposer l'exemple d'un stigmate de la mondanité, avait grimpé d'une octave : « Bonjour, ma révérende mère. Auriez-vous l'amabilité de m'attendre une minute ? »

C'était bien la première femme que je voyais depuis que j'étais entré dans l'immeuble, la religieuse, plus jeune que vieille et pas du tout laide, habillée de bleu, qui se dirigeait vers l'ascenseur et avait salué, au passage, par une inclinaison de tête longue comme un sous-entendu. D'une stature de carabinier, quand la majorité de ses congénères qui allaient d'habitude par trois dans la rue, parce qu'un tiers mettait une garde à l'éventuelle passion d'un couple, étaient plutôt rase-mottes, celle-ci balançait un lourd porte-documents au bout du bras, qui eût soulevé avec une égale facilité poids et haltères, et, à son apparition, un malade eût à la

151

gravité de sa mine deviné l'imminence des derniers sacrements. Immobile, elle retenait l'index sur le bouton d'appel de la cabine, comme en un geste de sursis qui accordait à mon interlocuteur le temps de me souffler : « Pie XI disait que l'état de religieuse aggrave l'état de femme, qui, déjà, au naturel, est ce qu'il est. Mais, sans l'aide des femmes, le christianisme n'aurait pas réussi à supplanter le culte de Mithra. Rappelez-vous la conversation que nous avons eue. Prenez soin de vous. Et n'oubliez pas l'important : dans le malheur d'exister, si nous supprimons la part que nous devons à nous-mêmes, c'est déjà un énorme progrès. » Sur ces mots, le prélat s'éloignait, tandis que l'huissier, le sosie du présentateur de télévision, se portait à ma rencontre, empochant vite son pourboire. Dans la cour, au pied d'une vasque où l'eau ne coulait pas plus fort que le Manneken-Pis n'urine, le chien du concierge se léchait le sexe avec avidité. Quelle conversation ? Mithra, quel dieu était-ce ? Que signifiait consentir à ses défauts ? Si Rome était sans mémoire, le prélat commençait peut-être à s'embrouiller dans la sienne.

Mon avion décollait au début de la soirée ; je n'aurais pas d'excédent de bagages. Lorsque j'étais parti, Rome se reprenait à voter en majorité pour le parti fasciste ; les lieux de drague étaient plus dangereux que jamais ; sur les flancs des autobus, les mots « entrée » et « sortie » se doublaient maintenant de leur traduction en anglais.

On m'avait présenté à Maureen à la fin d'un dîner où je me trouvais assis, en bout de table, entre un familier de la maison et une compatriote, décelable, en tant que telle, à une certaine expression de supériorité. C'était une femme plutôt élégante, que sa taille obligeait à porter des talons plats, faute de quoi, ses fortes attaches aidant, elle eût risqué de ressembler à un travesti, et jeune elle l'était assez pour le vieux sénateur issu de l'université qui l'entretenait — un politicien qui, à force d'avoir été tenu à l'écart des affaires en raison de sa médiocrité, apparaissait maintenant comme un homme neuf et d'avenir, au terme d'une série de scandales et de trafics qui touchaient tous les noms, sauf le sien. On me l'avait montré en ville : un état semi-permanent de dépression, depuis le suicide d'un fils, lui donnait un grand air de profondeur. La Française, qui était chroniqueuse de mode, ayant comme moi échoué à Paris, espérait rebondir à partir de Rome, où longtemps elle avait dû se contenter des repas à bas prix mais bourratifs du Cercle de la presse étrangère, qu'elle hantait à la recherche de piges, d'intérims et de remplacements. Le sénateur y avait prononcé une conférence, qu'elle avait suivie assise au premier rang, ses pieds de grenadier ramenés sous la chaise. La Française invoquait son protecteur pour un oui ou un non, se disculpant par l'ironie, et un mépris qui n'était sans doute pas joué, d'un rappel destiné à éveiller le respect à son égard, ou à lui éviter des humiliations. Mon voisin, qui avait tendance à bâiller depuis l'apéritif, était un prince qui faisait l'acteur, et s'apprêtait à caser sa carcasse d'athlète alourdie de graisse dans la suite d'un film sur la Mafia qui avait eu du succès, et, en prévision du tournage, il se laissait pousser la barbe. (Y avais-je jamais réfléchi, à l'emploi du verbe « faire » en italien ? On « faisait » l'acteur ou l'ingénieur hydraulique ou le garagiste, on ne l'était pas. On n'adhérait pas, on mimait. Quelle distance se marquait ainsi ?) Pour l'instant, le prince en question, qui nous avait prodigué les sourires et les grimaces dont on use à l'étranger pour être bien vu, quand on ne sait pas la langue du pays, avalait sans entrain la dernière bouchée de hors-d'œuvre, délégué qu'il était sans doute à cette place afin de compenser par sa présence la médiocrité du sort qu'un tour de table respectueux des préséances réservait à deux recrues pas plus remarquables l'une que l'autre — deux candidats en observation. C'est alors que Maureen était entrée dans la salle à manger par la porte du fond, que l'on discernait mal des boiseries où s'arrêtait, le long du bâti fixe, la tapisserie en trompe l'œil représentant Hercule appuyé à une massue — et notre voisin achèverait de ressembler au demi-dieu lorsque sa barbe serait de même longueur. L'élégance de la retardataire m'avait frappé, et son allure, et sa taille que, le menton levé, elle ne diminuait pas, et ma propre pensée qu'elle avait des seins qui tiennent dans une main, de ceux qui, presque de la dureté des pectoraux de nageur, bougent seulement sous la caresse les repoussant de bas en haut, et mon imagination, qui, d'habitude, n'allait jamais bien loin avec une femme, me suggérait pour ce sillon la commodité d'un autre fourreau. Beauté, était-ce bien le mot, en dépit de la régularité de ses traits, et même, sur le moment, j'avais cru l'inconnue plus âgée qu'elle ne l'était, sans doute à cause de l'étrangeté que lui conférait une mèche toute blanche sur une tempe ; on aurait dit le fragment d'une perruque de marquise du répertoire qu'elle eût négligé d'arracher, par une distraction de comédienne pressée de quitter la scène, s'il n'y a pas eu

154

de rappels. Voilà ce que j'avais pensé, à tort ou à raison ; que savais-je des comédiennes et du théâtre, de ses coulisses et de ses emplois ? Guère plus qu'au sujet de la retardataire, qui portait une tunique gris tourterelle sur une jupe violine, de l'exacte teinte des grains dont la poussée crève l'écorce de la grenade ; toutefois, dans la marche, lorsque la lumière ne jouait plus à la surface, elle avait l'aspect du cuir. Je reverrais toujours Maureen habillée de la sorte, si différente des autres et, cependant, à son apparition, niée par leurs regards, comme si elle n'était vue que par mes yeux à la recherche des siens, d'une clarté qui m'avait tout de suite saisi. Quelle femme fréquenterais-je et avais-je fréquentée plus longtemps ? Rien ne m'autorisait à espérer que ce serait celle-là, qui se penchait pour déposer un baiser, du bout des lèvres, sur les taches de son marbrant le crâne chauve d'un convive à qui la mort n'aurait eu que peu de chair à retirer, et encore se devait-elle de le frapper avant la fin du repas, le vieil homme, l'unique invité qui parvînt à boutonner son smoking. Son habit était sans doute plus lourd que lui-même, qui, sans s'arrêter de parler, avait eu le geste du dormeur écartant une mouche de son front. Çà et là, tandis qu'elle allait occuper une chaise restée vide, et que le maître d'hôtel lui apportait directement le plat de viande, avant d'ouvrir une bouteille de vin blanc à son intention, on avait prononcé le nom de Maureen, qui, dans le brouhaha, se faufilait, telle la note récurrente de l'œuvre ou une basse qui continue au milieu du tintamarre des cuivres. L'inconnue, dont la manière de manger sans bouder son plaisir nous était une leçon à tous, se rajeunissait en imposant à son visage, à ses lèvres les mouvements du sourire, qui découvraient une admirable denture. Elle s'était contentée de saluer à la ronde, l'avant-bras gauche replié, la paume ouverte, ses doigts remuant à peine. Le dessert avalé en vitesse, pendant que chacun, selon l'habitude locale, criait plus fort que le voisin à défaut d'argumenter, le regard perdu, indifférente aux bruits, elle s'était déchaussée, pointe contre talon, afin de se diriger vers l'un de ces canapés de cuir qui produisent un bruit de pet quand on s'assoit dessus et, peut-être, ce bruit, par des associations d'idées obscènes ou comiques, aurait-il diminué l'intensité du charme que je subissais, mais comment l'entendre dans le vacarme, où s'effaçait jusqu'au bruit des fourchettes sur la vaisselle en porcelaine ? Aussitôt allongée, Maureen s'était endormie en quelques secondes, une main devant les yeux, telle une baigneuse qui s'abrite du soleil. La bouteille de vin, placée devant son assiette, était aux trois quarts vide.

On pensait à ces enfants qui entrent et sortent à leur gré dans la salle remplie du tumulte des adultes, tout à la poursuite de leurs rêves et de leurs jeux secrets, entre les jambes des grandes personnes, qui ne leur ont guère prêté attention depuis leur baptême, et ne s'aperçoivent pas, à la fin, qu'ils s'empiffrent, boivent au buffet, ou se moquent d'eux-mêmes. Le boire, le manger et, maintenant, le dormir n'avaient cependant pas rajeuni à ce point la dame bronzée, aux yeux pâles, qui m'attirait comme jamais aucune autre femme auparavant. Non pas du désir, mais de l'élan, outre ce sentiment de solidarité que la Française n'avait pas réussi à m'inspirer. Celle-ci avait tiqué à l'apparition de Maureen. Son jugement, qui, en matière de goût, était d'autorité, elle l'avait exprimé à mi-voix, sans tarder, par un réflexe professionnel, l'admiration plus forte que l'antipathie à l'égard d'une concurrente qui la distançait définitivement. Si chic qu'elle fût elle-même par obligation, la Française était, autant que les autres femmes autour de la table, dont la date de naissance n'était plus connue que de leur chirurgien et du livret de famille, renvoyée, par comparaison, aux élégances des *balera* que je fréquenterais ensuite en compagnie de Maureen justement. Et je comprenais soudain que Maureen éclipsait toutes ses rivales — quand bien même elles apparaissaient d'une beauté égale ou supérieure à la sienne — parce que leur jeunesse, résultant de l'incessante et coûteuse interdiction faite à la chair de suivre son cours vers la corruption, était d'une jeunesse sans jeunesse, comme celle des portraits de femmes que l'on admire dans les musées et dont la perfection, à la longue, nous trouble et nous angoisse en ce qu'elle a de définitif, d'irrévocable, reflétant cette immortalité qui n'est plus la vie. Or la vie, avec ses menaces pour le chef-d'œuvre qui, du coup, s'humanise, elle se montrait, triomphait en panache dans la mèche blanche à la tempe que l'invitée à la jupe violine ne prenait pas la peine de teindre. C'était, du moins, ce que j'avais ressenti, grands mots ou pas. Mon attitude amusait-elle mon voisin ? En devinait-il la cause ? La pression de son coude sur le mien me transmettait un sentiment de complicité ou de sympathie, tandis que la Française, découragée de participer à une conversation où aucun de ses arguments n'avait d'écho, me glissait à l'oreille :

« Il y a au moins une femme qui vous intéresse, ce soir. »

Et combien, elle ne l'imaginait pas, pour n'avoir jamais sans doute admiré la vedette en premier plan, sur l'écran d'un cinéma de quartier dont les fauteuils grinçaient au rythme des péripéties du film pour lequel Lili, l'ouvreuse du Rex et la cartomancienne de nos veillées, la pourvoyeuse d'Esquimau et de prédictions revigorantes, me procurait des billets exonérés.

Tandis que Maureen s'enfonçait dans le sommeil, comme le prouvaient la régularité de son souffle et le glissement de sa main du front à la poitrine, un fait décourageait à jamais la Française de s'immiscer dans la conversation : à Venise, on venait d'enterrer dans une église une certaine Léa, et cet honneur réservé autrefois aux reines, et qui se perpétuait aujourd'hui encore pour les évêques, était la récompense d'un legs. Avant de sombrer dans le coma, Léa avait, devant notaire et témoins, parce qu'elle se méfiait de ses héritiers, donné son collier de perles, l'un des plus beaux qu'il y eût en Europe, afin qu'il fût mis autour du cou d'une statue de la Vierge ; toute sa vie, qui n'était pourtant pas d'une pratiquante, elle en avait eu la dévotion et obtenu des grâces, en particulier pour son fils, qui avait guéri d'une leucémie. Qui l'avait raconté se taillait maintenant un succès à décrire la cérémonie qui avait eu lieu la nuit — maçons, croque-morts, membres de la famille et prêtres chaussés d'espadrilles, tout affairés, mais en silence, autour d'une colonne du transept.

Maureen ne pouvait avoir entendu cette remarque du vieil homme qu'elle avait baisé sur le front, sans dégoût ni bravade, avec la tendresse de la petite-fille pour un aïeul : « Et alors ? Marie et Léa sont deux juives converties. Forcément, elles se comprennent. » Une enfance inattendue avait envahi son visage, vers lequel, peu à peu, tous les regards qui avaient nié son arrivée allaient converger, tandis que les échanges descendaient jusqu'au chuchotement des témoins de l'ensevelissement nocturne à la lueur des torches que je croyais voir. Quelques-uns se retournaient pour la contempler, attentifs à ce que les pieds de leur chaise ne grincent sur le parquet dans la rotation. Le silence avait sans doute réveillé la dormeuse, qui s'était extirpée des profondeurs du canapé, les jambes en avant comme un gymnaste au cheval d'arçon, sa jupe remontée jusqu'à l'élastique du porte-jarretelles, ses chaussures enfilées d'un coup pour se diriger vers la tapisserie d'Hercule, sans plus regarder les gens que tout à l'heure, et bien que, en chemin, elle eût enfoui son visage dans le cou de certaines invitées, qui en paraissaient ravies comme d'une faveur et lui tapotaient la joue, la tête droite, sans se retourner afin de ne pas compromettre, devant les commensaux, la vue frontale de leur figure, qui leur avait coûté tant de soins et de dépenses.

On en était à la distribution des places dans les voitures rangées sur l'esplanade, où le gravillon diminuait d'épaisseur à mesure que l'on se rapprochait de l'allée conduisant au portail, dont l'ouverture se commandait depuis le vestibule. On comprenait qu'un dîner du même genre s'achevait dans les parages, et pas précisément dans une maison amie, et qu'en raison de cela des couples s'étaient séparés, l'un ayant laissé l'autre se débrouiller pour regagner le centre-ville.

« Il n'y a qu'à attendre la benne à ordures. À quelle heure passe-t-elle par ici ? » avait demandé, dans mon dos, une voix qui s'exprimait en français, une voix neutre. Je m'étais retourné. D'après les raccords de maquillage et la netteté brillante des lèvres d'un rouge très foncé — presque la teinte de sa jupe — Maureen sortait de la salle de bains, et la maîtresse de maison, qui, malgré ses tentatives, n'était pas parvenue à me caser, l'avait — les prunelles soudain rétrécies — sollicitée de me raccompagner : la compagnie de radio-taxis m'imposait une heure d'attente. Mais le « oui, bien sûr » d'acquiescement, en italien, s'enchaînait à une phrase adressée à l'Hercule du cinéma, qui s'était approché d'elle, le visage tendu pour l'embrasser, et qu'elle repoussait, frottant un doigt replié au menton râpeux qui présentait la fossette du séducteur : « Comment vas-tu tromper les femmes, si tu te mets à ressembler vraiment à ce que tu es, petit maquereau ? »

Nous avions roulé en silence jusqu'à la place des Muses. Je me sentais à peu près aussi valeureux qu'un panier déposé sur le siège avant en vue des courses au supermarché, le samedi matin. Maureen, qui avait freiné pile à la hauteur de mon immeuble, les mains sur le volant, sans tourner la tête ni voir apparemment la main que je lui tendais, s'était contentée d'énoncer, entre haut et bas, comme des réflexions dont elle se réservait le fruit : « Dans toutes les rencontres, quelle que soit la rencontre, le premier qui ouvre la bouche dit toujours une bêtise. Diego n'est pas un prénom très français. Je ne boirai jamais plus de vin blanc. Bonne nuit... »

Ce n'est pas Marthe Sainte-Maure que Maureen aurait prise au dépourvu ; tout de suite, elle aurait tenté sa chance, sans s'inquiéter d'éventuelles rebuffades. Quand elle flambait d'amour, elle était incapable de le dissimuler, fût-ce en présence du mari ; j'avais été amené à le constater, à mesurer, à travers son exemple, combien l'audace paie, et les efforts et la constance et la force d'une déclaration d'amour, qui était ce que les gens — même les mieux pourvus — entendaient le moins souvent dans leur vie.

Il y aurait eu beaucoup à dire sans doute de mes rapports avec Maureen — à quoi bon, maintenant ? La prédiction de Van Acker avait dû s'accomplir : Maureen avait déjà oublié le couple que nous formions ensemble en ville, en vacances, à la campagne, et dans ce hangar, à Fregene, qui abritait un restaurant de poissons où, sur la terrasse tendue de filets de pêcheur, en buvant du vin blanc, nous écoutions le ressac de la mer, si particulier à l'automne. Nous allions déjeuner là, dès que l'amitié se resserrait par à-coups, quitte à passer ensuite un mois sans nous revoir ni même nous téléphoner. Et le repas suivant se déroulait sans que nous échangions une seule phrase.

Je préférais Fregene à Ostie. Bien qu'il y ait presque toujours du vent, à partir d'avril, j'avais un faible pour cette bourgade sans renommée qui tient à la fois de la station balnéaire pour les familles et de l'agglomération agricole. On l'atteignait après avoir traversé un paysage identique à celui de la région des vignes et des vergers que j'avais sillonnée dans mon adolescence et qui, somme toute, se trouvait sous la même latitude. Sur le bord de la route, des paysannes vendaient leurs fruits et leurs légumes, l'amoncellement des cageots diminuait presque de moitié la largeur de la chaussée, obligeant à ralentir. Je ne quittais pas des yeux le pouce qui, au moment de la pesée, truquerait le poids dans la balance romaine, selon une méthode que ma mère reprochait à ses collègues. Des senteurs d'eucalyptus aromatisaient l'atmosphère, et, peut-être parce que de l'huile de ces végétaux longtemps on avait extrait certains remèdes de bonne femme, leur odeur me transportait dans les officines de pharmacie de mon enfance, les panneaux en bois de la devanture dépliés le matin et repliés le soir. À maintes reprises, nous avions ramené en voiture, aux abords de la ville, à Torre-in-Pietra, une fille d'une vingtaine d'années, à l'accent nasal et chaud des Siciliens, aux cheveux décolorés, jolie, rieuse et vive, qui, au croisement de la voie ferrée et d'un chemin de terre bordé de troènes, proposait aux automobilistes des services de bouche, et pas davantage. Auparavant, elle accordait le complet aux ouvriers et employés du domaine agricole de Torre-in-Pietra, qui fournit en produits laitiers l'agglomération romaine. Mais c'étaient, à la fin de la semaine, des passes occasionnelles, pour arrondir son salaire de vendeuse. Il fallait la régularité, l'assiduité, quand on visait la cagnotte afin de s'établir ; Annarosa en avait convaincu son fiancé, qui, mécanicien dans un garage, ne s'en sortait qu'en servant d'intermédiaire dans la vente des voitures accidentées. L'air de toujours retenir une blague au bord de ses lèvres, qui, seules, étaient peintes dans la cire ambrée de son visage, Annarosa ne se séparait jamais d'un parapluie pliable — son arme contre les hommes et les éléments — ni d'un réticule déformé par une de ces boîtes de préservatifs dont elle déplorait la cherté et la fragilité sous ses ongles longs. Aussi, quelquefois, pensions-nous à lui en apporter deux ou trois, que nous achetions à la librairie spécialisée de la via Paola, près du château Saint-Ange ; elle avait ri de l'épaisseur d'un caoutchouc qui, plus résistant que celui de l'article ordinaire et d'une couleur anticipatrice du sperme, était parfumé à la vanille. Dès qu'elle tombait sur un client assez obligeant pour faire un détour, elle accourait boire un café à notre table, nous donner des nouvelles de son fiancé, qui tardait à se remettre d'un accident de moto. Le tuyau du goutte-à-goutte et tous les plâtres qui corsetaient le blessé empêchaient Annarosa de l'embrasser à sa guise, lors des visites à l'hôpital, hors la vue de la famille du malade, devant la porte de la chambre, une infirmière aux aguets contre un pourboire, lorsque, faute de mieux, elle donnait à son ami ce plaisir même que ses clients payaient. Ç'avait été un événement, le jour où, intimement enduite de vaseline pour plus de commodité, elle avait pu s'allonger sur lui, dans cette position qu'il refusait jusque-là par fierté de mâle. Annarosa, toujours de bonne humeur, que le patron du restaurant, sa femme et ses deux filles jumelles embrassaient à la bonne franquette, s'imaginait déjà derrière le comptoir d'une blanchisserie, secondée par une sœur aînée qui avait perdu sa jeunesse à travailler en usine à Turin. Trois années en chandelle sur un talus, à la sortie de Fregene, un champ de tournesols d'un côté, un bosquet de troènes de l'autre, s'étaient soldées par l'acquisition de bons de l'État. Annarosa avait maintenant ses habitués, préférant de beaucoup les vieux aux jeunes, les premiers plus longs à venir, mais combien plus gentils que les seconds, d'une vigueur que le bien-être se généralisant avait, à son avis, augmentée. À l'un d'eux qu'elle avait accepté en entier, parce qu'elle souffrait de l'indisponibilité de son fiancé, elle n'était pas parvenue à dissimuler sa propre jouissance. Sous ce prétexte, il serait parti sans payer, si un paysan n'était passé sur la route, au volant de son tracteur, barrant la chaussée.

Annarosa avait été enchantée de recevoir et de

faire réajuster à sa taille, menue, des vêtements que Maureen ne portait plus, bien qu'ils fussent neufs — si tant est qu'une femme riche use jamais ses vêtements —, et Maureen, le jour où elle verrait l'un de ses tailleurs sur Annarosa, qui montait dans la cabine d'un camion, comme soulevée de terre par la poigne d'un géant, aurait un rire qui se terminerait par une sorte de sanglot et un démarrage sans ménagements pour son passager. Je ne séparerais jamais la scène d'une odeur de fleurs de troène après la pluie qui m'avait communiqué une sensation de bonheur si forte que ma montre-bracelet s'était arrêtée, bien que la pile fût un achat de la veille. Le corps, qui n'était pas engagé dans mon amitié avec Maureen, quelquefois, à ma stupéfaction, répondait de manière favorable, pressante et plutôt gênante si nous étions serrés tous les deux à l'avant de la petite Fiat, comme cet après-midi où la branche de l'essuie-glace, que l'on venait de mettre en marche, proposait une image de mon état et de ma situation. En dépit de précédents heureux, je ne m'étais jamais décidé à me fier à des promesses déjà rassurantes lorsque j'étais cet adolescent aux rêves humides qui, anxieux de s'évaluer, va aux putes : je détenais bel et bien le pouvoir de chaque homme auprès d'une femme, ne me manquait que la passion, ou le cynisme de certains qui avaient cherché asile dans le mariage, ou y faisaient une fin. À mon âge, j'en étais encore émerveillé.

Mes inclinations, je n'en avais jamais eu honte ou peur — me découvrir myope, lors d'une consultation de la médecine scolaire, m'avait autrement affecté — mais, par bouffées, j'éprouvais un sentiment d'injustice, et, cela, du strict point de vue social. C'était assez, déjà, d'être pauvre, il fallait encore, pour compromettre la partie à l'issue incertaine, que s'ajoutât une particularité appelée à compliquer le jeu. Quelque don aurait sans doute rejeté à l'arrière-plan ce par quoi on tendrait à me résumer. Je ne m'en découvrais aucun, et n'en pressentais pas davantage en germe. Je ne rejoindrais pas les illustrations de la tribu qui, par un talent ou un autre, en imposaient aux détracteurs, et, cependant, plus j'ajournais le moment d'avouer la vérité à Élio, plus augmentait ma certitude que nous étions à l'unisson, tant il me paraissait logique que l'amour, par sa force, créât la réciprocité, une sorte de droit de propriété sur la personne qui l'avait provoqué. Le nombre de flirts féminins que mon cousin entretenait ne m'inquiétait pas, ni les déclarations anonymes d'amour qu'il recevait, quelques-unes si précises dans leurs souhaits qu'il refusait de me les lire.

D'habitude, vers la fin de l'après-midi, sauf le samedi, où les achats pour la maison et le coiffeur l'occupaient, Maureen était encore à la maison ; ou elle lisait ou elle répondait au téléphone, si l'on sonnait une suite de coups convenus, dont le nombre variait sans cesse. Et, lorsqu'il était connu de trop de gens, elle changeait de numéro. Ce jour-là, via dei Portafieri, il n'y avait eu, pour m'ouvrir la porte, que la femme de ménage philippine, surnommée par elle Miss Mopp, et que j'employais aussi depuis qu'une amie de l'ex-belle-mère de Maureen l'avait licenciée au nom des principes religieux : n'avait-elle pas interrompu une grossesse ? Le foulard déposé dans l'antichambre, j'étais reparti aussitôt afin de profiter de l'éclaircie. Ou j'irais dans ce café exploité par la mère du meilleur ami que j'avais à Rome — je m'y approvisionnais, pour mes cadeaux, en cigarettes et en alcools de contrebande — ou je pousserais jusqu'à la place en bordure du Tibre. Par tous les temps, des taxis y entouraient la mélodramatique statue d'un compositeur sans génie, vêtu comme le père Germont de cette représentation de la *Traviata* que j'avais vue en compagnie de Marthe et de la femme mariée qui, depuis des mois, la désespérait par une alternance de concessions et de dérobades. Marceau s'était démené pour nous procurer des billets d'orchestre, conscient de l'enjeu de la soirée. On aurait cru que le ban et l'arrière-ban de la tribu s'étaient donné rendez-vous à l'Opéra, où je n'étais encore jamais allé. Chacun tournait la tête, et puis se penchait vers son voisin, l'air de s'étonner que le semblable, dont la traque dans la foule requiert tant de patience, fût soudain devenu cohorte, légion, majorité, pléthore. Et quelquefois, dans une même rangée de fauteuils, certains assis côte à côte composaient des allégories des saisons de la vie peintes au moment où en culminent les avantages et les défauts : la jeunesse avec son arrogance et son vide, la maturité avec ses certitudes, la vieillesse avec ses replâtrages et sa sensualité que l'urgence décuple. Dans le smoking qu'elle avait loué, non seulement Marthe n'était pas ridicule ou équivoque, mais sa féminité se trouvait augmentée par le noir et le strict de l'habit, qui, d'une taille choisie exprès au-dessous de la sienne, soulignait sa poitrine et l'étroitesse de ses hanches. Son invitée, qui ne me lâchait pas le bras et me chuchotait des banalités à l'oreille sur un ton de petite fille, nous avait fait endurer le supplice de ses hésitations et de ses minauderies, sous la pluie, place de l'Opéra, décelant un défaut à chaque restaurant qu'on lui proposait pour le souper. Se vengeait-elle de la musique lyrique qui l'avait ennuyée autant qu'elle m'avait accablé ? Ou bien jouissait-elle du sentiment de puissance né de la certitude d'être aimé quand on n'aime pas soi-même, et que l'on mène le jeu non sans un certain mépris pour la victime ? Marthe, si forte dans la vie ordinaire, et qui maintenant rongeait son frein, multipliait les concessions, en la regardant avec la piété vague qu'inspire une capitulation sans limite de durée. Qu'avais-je à juger ? De mon côté, je continuais de souffrir mort et passion pour quelqu'un qui n'avait que la consistance d'une ombre. Marceau était dans une loge avec trois amies qui n'avaient pas acheté leur robe en solde. Les femmes ne renonçaient pas à lui courir après. Son destin me paraissait sûr. Lieutenant Laumière, j'étais au garde-à-vous. Après le passage de la maladie, combien de fauteuils vides, si l'on essayait de reconstituer l'assistance de ce soir-là, qui m'avait laissé le même sentiment de malaise que toute troupe homogène — anciens d'un collège, vétérans de l'armée, jardiniers ou chirurgiens — inflige à chacun de ses membres dès qu'il réfléchit ?

Donc, à Trastevere, où la bruine transperçait mes vêtements, décidé à courir jusqu'à la station de taxis, j'avais auparavant salué le vieil Armando, qui se rencognait sous un porche, son éternelle casquette de jockey ne suffisant pas. Armando, que Maureen et la mère de Nanni employaient à l'exécution de menus travaux, vivait de trente-six métiers. Le dernier en date ? Vendre des feuilles de journaux

aux couples, qui en tapissaient les vitres de leur voiture avant de faire l'amour, dans les parcs de stationnement ou sur les bords du Tibre. Grâce à une procuration, il touchait aussi la pension de l'un de ses frères dont le décès n'avait jamais été signalé. Armando, qui ne s'émouvait de rien, avait avancé la tête à la manière d'une tortue, lorsque, soudain, alors que déjà je m'élançais, des cris avaient rempli la ruelle déclive débouchant, à ma droite, sur la place d'une église qui est à Rome ce que Saint-Julien-le-Pauvre est à Paris — le plus ancien des édifices religieux de la ville. À la hauteur d'un tabac, une femme tout en corsage, les bras nus, mais la tête couverte d'un carré en plastique noué sous le menton, et des lèvres violettes et violentes, comme si elle avait mangé des mûres, semblait haranguer quatre ou cinq hommes du même âge qu'Armando et, par instants, leur désignait du doigt la voiture garée devant sa boutique. Encore une commerçante qui éclatait contre les voitures en stationnement illégal ? Et si j'allais acheter les cigarettes à cette braillarde, car la mère de Nanni Toselli, qui avait des cartouches de Marlboro de contrebande sous son comptoir, quand je ne lui faisais pas la causette pendant une heure ou deux, se plaignait ensuite à son fils que je la batte froid en son absence. Nanni en était blessé, Nanni qui était toujours aux petits soins pour elle, et lui téléphonait chaque dimanche d'Amsterdam, où il était en train de s'établir, écourtant de plus en plus ses séjours à Rome. Son nouveau métier lui donnait au moins pignon sur rue. Aux yeux des autorités, ses papiers étaient en règle, et juridiquement inattaquable son association avec un de ses compatriotes qui, par surplus de précaution, avait épousé une Hollandaise. Il avait le droit de faire de la publicité pour ce qui était un commerce comme un autre, et tout aussi légal.

« Préviens-moi une semaine avant ton arrivée, me disait-il. Je te réserve ce qu'il y a de mieux. Ce que tu cherches, quoi que tu cherches, je te le trouverai, si je ne l'ai pas chez moi. » J'étais en permanence son invité dans son établissement, que sa mère réduisait au restaurant qui le doublait, très fière que l'on eût baptisé celui-ci en son honneur — Casa Maria. Il s'enrichirait, il réussirait maintenant dans la vie, son fils, qu'une institutrice avait repoussé. Elle était toujours charmée qu'il lui apportât encore un ballot de linge sale à laver et à repasser et, d'après quelques réflexions sur la négligence dont faisaient preuve les femmes de ménage, on la devinait prête à remplir pour moi le même office.

Les mères, que cherchent-elles jamais à savoir des fils ? Ils restent, à leurs yeux, des hommes affaiblis. La mienne était morte sans se poser de questions au sujet de mon célibat ni avoir la moindre idée de la nature de mon métier.

« Il est dans les bureaux », disait-elle. Les mères ne demandaient peut-être qu'à ne pas voir et à ne pas comprendre. Maria Toselli, qui était originaire d'un village du Latium célèbre pour les matraques, cannes et badines qu'on y fabriquait avec la peau séchée des testicules de taureaux, comment n'aurait-elle pas eu à la bonne un individu qui parlait en connaissance de cause de la cueillette des pêches, à laquelle, pour sa part, jusqu'à son mariage, elle avait participé tous les étés ? Et puis de qui n'étais-je pas le fils ? Elle n'avait pas toujours géré ce café, qu'elle avait hâte de céder pour retourner à la campagne ; elle avait, jusqu'à son veuvage, vendu fruits et légumes au marché de Campo dei Fiori, à l'ombre de la statue de Giordano Bruno, et, pour lui avoir tourné le dos chaque matin pendant vingt ans, elle ignorait toujours qui elle représentait. Longtemps avant d'être informée de mes antécédents familiaux, Maria Toselli, que l'on trouvait plus facilement à Trastevere si l'on demandait Ma' Maria qui prête de l'argent à un taux raisonnable, m'avait accueilli chez elle avec autant de simplicité que Nanni m'avait adressé la parole, sans détourner les yeux du paysage que nous regardions défiler, debout, côte à côte, dans le couloir du dernier wagon, rattrapé au pas de course sur le quai, à Milan. Le crépuscule et la brume absorbaient la laideur de la banlieue au-dessus de laquelle l'orage crevait d'un coup. Dans le faisceau lumineux des lampadaires, le long de la voie, les fines gouttes de pluie restituaient le grouillement des moustiques autour de l'ampoule éclairée. Des maisonnettes se détachaient de la pénombre, parce que les fenêtres s'étaient allumées l'une après l'autre sur le devant de leur façade, comme on cligne de l'œil.

« La femme prépare la soupe, avait murmuré mon voisin, qui gardait une main dans la poche. Le mari va rentrer. Les gosses sont déjà à table. Ils n'entendent même plus les trains. Ils sont ensemble, et ça leur suffit. Nous autres, on court à droite et à gauche, mais qu'est-ce qu'on aura jamais de mieux ? Les Français disent toujours, ils répètent tout le temps — j'ai oublié... »

La remarque me forçait à avouer ma nationalité à travers mon accent, dans une réponse lâchée par automatisme : « C'est la vie. » M'en récompensait-il ? Il avait posé sa main libre sur mon bras, pour m'inviter au bar du wagon-restaurant. Pourquoi pas ? Je m'ennuyais, et la signature à Milan d'un contrat inespéré me remplissait de bienveillance. Sans nous être encore présentés l'un à l'autre, nous avions devisé à bâtons rompus, ne cherchant pas mutuellement à nous plaire et à nous flatter, indifférents aux silences, quand il s'en installait un, à croire que nous reprenions une de ces conversations entre amis qui n'ont, en réalité, ni commencement ni fin.

Elle m'avait séduit d'emblée, la spontanéité sans théâtre de ce garçon, grand, mince, les cheveux châtains déjà mêlés de gris à la trentaine, pas très à l'aise dans son costume trois-pièces, et à qui des pommettes hautes conféraient une expression de perpétuelle ironie, en contraste avec la lenteur et la gravité de sa voix. Son infirmité et sa manière de s'en accommoder me rappelaient Tony, à qui je pensais de loin en loin. Nanni se tenait de trois quarts devant son interlocuteur, une épaule plus haute que l'autre, comme entraîné par le poids de sa main mutilée — la gauche — qu'il dissimulait dans la poche de sa veste. Il y avait un peu, dans son attitude, du joueur de rugby qui s'échappe de la mêlée, tête baissée, le ballon serré contre sa poitrine. Avais-je trahi ma curiosité ? Je m'étais senti rougir lorsque, installés en vis-à-vis à des coins fenêtre, le regard de Nanni, qui s'était de nouveau rivé à la vitre, avait fondu sur moi en une fraction de seconde pour me surprendre en flagrant délit d'inquisition.

« Qui ne connaît pas les trois petits escaliers n'est pas romain », avait-il dit, après un silence qui m'avait paru ne devoir jamais finir, et l'avait fait redevenir un étranger. C'était miracle si, malgré cela, j'avais saisi la balle au bond : ces trois escaliers-là, qui conduisaient à la prison de Regina Cœli, avaient même inspiré une chanson, un *stornello*. Voulait-on que je la fredonne ? Nanni avait levé sa main valide, comme pour me dispenser d'apporter la preuve, et, se méprenant sur le sens du geste, le marchand ambulant de boissons avait arrêté son chariot dans le couloir. « Deux bières », avait commandé Nanni, qui commençait à peine de m'étonner par sa faculté d'improvisation en toute circonstance, et son calme de vieil enfant raisonneur. Et lorsque le marchand rendait la monnaie : « Oui, j'ai eu un accident là-bas. Regina Cœli, faut connaître mais pas y rester. À cause de ma blessure, j'ai été transféré à Arezzo. Si jamais tu y allais un jour — j'ai vu des types très bien en prison — tu verrais la différence. Tu dirais une grande maison à la campagne, et, dans le parloir, il n'y a pas de parois vitrées pour séparer les prisonniers des visiteurs. La femme que tu as en face de toi, tu peux la toucher, lui caresser le visage. L'essentiel, c'est que tu parles tout bas, sans écouter la conversation des voisins, ou laisser croire que tu l'entends. À Arezzo, ça m'a été plus facile qu'à Regina Cœli d'être libéré. D'ailleurs, le juge n'avait aucune preuve. »

Nanni avait porté la boîte à sa bouche, et, avec les dents, tiré si fort, si vite sur la languette du couvercle que de la bière moussait dans ses narines et sur l'arête de son nez aquilin. L'essuyer aussitôt du revers de la manche n'était pas d'un client régulier de ce tailleur de la via Condotti, au nom repérable dans le carré de soie cousu au bord de la poche intérieure de sa veste, qu'il avait déboutonnée. La bière avalée à petites gorgées successives, Nanni — désireux sans doute de prouver que la force de sa main valide palliait la paralysie de l'autre — avait écrasé et malaxé le pack dans son poing, roulant en boule, tel du papier à cigarette, le fin métal du cylindre, qu'il allait ensuite modeler en forme de coquille, pendant qu'il en arrivait aux raisons de son voyage. Il avait espéré une explication avec sa fiancée, une fille qui vivait dans le Nord, et que ses parents, sur la foi de racontars, avaient dressée contre lui, bien qu'il n'eût subi ni procès ni condamnation.

« Elle aurait été sur le trottoir, et pas institutrice, moi, je l'aurais quand même épousée, affirmait-il, l'œil sur le pack, qui entre ses doigts se métamorphosait en coquille Saint-Jacques. Tu es d'accord, non ? Ce qu'on était avant qu'on se soit connus, ça n'a jamais aucune importance. »

Il me tutoyait depuis que nous nous étions assis dans le compartiment.

Le monde recommence à zéro, chaque fois qu'un couple se forme ; Nanni ne l'avait peut-être pas exprimé en ces termes, mais c'était ainsi qu'on le comprenait. Et puis soudain, avec l'instabilité d'humeur propre aux gamins, il avait remué les doigts de sa main à la hauteur de son visage, et était parti d'un rire sourd, désaccordé de la juvénilité de son comportement : « Pose ta main là-dessus, avait-il ordonné, penché en avant, désignant l'accoudoir de mon fauteuil. Tu vas voir comment faisait Mamma lorsque nous étions tous les deux au parloir, à Arezzo. Ne bouge pas. Reste tranquille. Regarde-moi seulement droit dans les yeux. Essaie de parler sans remuer les lèvres. Ça s'apprend vite en prison. On y va ? Je suis ta mère et, toi, tu es en prison, à ma place. »

J'avais obéi : la main de Nanni avait recouvert la mienne et entrepris de la caresser imperceptiblement. Manipulation des cageots et des légumes, lessives, eau de Javel, cuisine, la main de ma mère n'était pas moins rugueuse au toucher, pour autant que je m'en rappelais les effleurements ; presque toujours je m'étais dérobé à son contact. Les doigts de Nanni, collés aux miens, mais qui en remuaient la peau, étaient fiévreux ; son expression d'ironie, due à la forme de ses pommettes, n'entamait pas l'impassibilité de son visage. Ses yeux, dans la fente rétrécie des paupières, ne reflétaient que tendresse et douceur, tandis que, pour donner l'exemple, m'inciter à l'imitation de son murmure, il choisissait de me raconter Regina Cœli, où les sept corps de bâtiment jaillis tels des rayons du noyau central de la prison — une rotonde — ont été baptisés par les détenus les « bras ». Après son arrestation, Nanni avait été envoyé au numéro un, qu'on appelait Villa Paradiso : une solitude sans interruption, pas de chauffage, un lit, une table, ni télévision, ni radio, ni courrier, ni journaux. En guise de WC, un trou à même le sol qui exhalait des odeurs à périr, qu'il fût bouché ou non. La nuit, on entendait les hurlements des prisonniers que les matons, distribuant les châtiments de la journée, venaient rouer de coups dans leur cellule, parce qu'ils avaient manqué à la discipline, ou causé du scandale, qui par une crise de nerfs, qui par ses protestations. À l'arrière-plan se maintenait comme le bruit d'une troupe qui piétine au lieu d'avancer la sourde mélopée des Noirs, qui remplissaient les étages du numéro trois, où c'était le vouer à la mort par une perforation intestinale que d'y enfermer un Européen, surtout s'il était jeune — comprenais-je ? Un travesti âgé de dix-huit ans n'y avait pas survécu à la semaine. À la suite de son accident — en dirait-il jamais l'origine ? — une fois soigné à l'infirmerie, Nanni, grâce

174

à sa mère, qui savait toujours vers qui se tourner, s'était enfin trouvé admis au numéro quatre, le quartier, le refuge, l'asile des pistonnés, des politiciens, des riches et des mafieux d'un certain grade, sans l'approbation desquels on n'entrait pas plus qu'un roturier au Cercle des Trois Saisons — parce qu'il était fermé en été — où Van Acker, qui disposait d'un couvert, en sa qualité implicite de membre d'honneur, avait toujours hésité à me conduire. Au numéro quatre, la nourriture était apportée de l'extérieur et servie par des détenus, qui intriguaient pour obtenir cette faveur ; elle leur valait des restes bien meilleurs que l'ordinaire des autres. Pour présider les repas, le plus ancien, qui était, en général, un *capo*, quittait son pyjama de soie et s'habillait comme pour aller au restaurant ; à table, il avait lui seul le droit de parler, de lancer la conversation, s'il était d'humeur à le faire. Quelle stupéfaction lorsque Nanni, à qui je répondais maintenant par les mots en français qui me traversaient l'esprit, s'était permis une remarque sur le temps dehors, alors qu'on ne lui demandait rien. Il avait frôlé le renvoi. Don Carmelo — un Napolitain — n'avait pardonné qu'en considération de la jeunesse de l'offenseur, des souffrances que sa blessure lui infligeait encore, et de la qualité des recommandations que Maria Toselli avait collectées par le biais d'intermédiaires. Don Carmelo avait la manie de se croire un peu médecin, il appliquait à chacun son tensiomètre, et c'était lui plaire que de solliciter un examen du fond de l'œil, de lui décrire les symptômes que présentait, à l'extérieur, un proche ou un ami, afin qu'il pût établir un diagnostic ; et, d'ailleurs, celui-ci correspondait souvent à l'avis du médecin traitant. Don Carmelo entretenait avec soin son corps d'un mètre quatre-vingt-cinq, tout de poils et de muscles et pesant le quintal, ne mangeait de la viande que le jeudi et le dimanche, s'il veillait à ce que ses compagnons en eussent chaque jour au moins pour le dîner. Le samedi, un coiffeur qui avait manqué de tuer son amant d'un coup de rasoir venait le manucurer, soigner ses pieds plus délicats que ceux d'une femme. À l'occasion, il le suçait également, le dégorgeait pour son équilibre et alors les codétenus se tenaient debout, le dos tourné, le front contre la paroi, tels des pèlerins devant le mur des Lamentations. Le matin, il effectuait une centaine de pompes et autant de répétitions d'un exercice qui renforce les abdominaux. Il avait incité le benjamin de la cellule à lire et à se rebâtir une musculature durant sa détention. À présent, Nanni appréciait le bien-fondé de ses conseils, qui ne se discutaient pas plus que des ordres, et il lui en était reconnaissant : la prison était comme une bête qui vous dévorait avec une bouche sans dents ; si on ne lui opposait pas de résistance, si l'on n'avait pas une idée ou un projet pour la contrecarrer, on coulait à l'intérieur de soi-même, et on n'en remontait plus qu'à l'état de loque, à qui est même passée l'envie de se masturber.

« Pas question de fumer lorsque Don Carmelo n'avait pas une cigarette à la bouche, et sur le tabac aussi il se limitait », avait chuchoté Nanni, dont l'index atteignait mon poignet, sa voix descendue si bas dans le registre adopté depuis le début qu'elle en attrapait, par instants, la raucité préludant au spasme en amour. Pour la réplique, je récitais des noms de station de métro, afin de reconstituer dans l'ordre des haltes de la ligne Porte d'Orléans-Porte de Clignancourt, et celles de la portion de trajet entre mon domicile et Lamarck-Caulaincourt, où, à la fin de la semaine, à mes débuts, je me remplumais chez mon ami Tony, qui m'avait décidé à tenter ma chance à Paris, après le bac. Sur ces entrefaites, un homme que sa sacoche, suspendue à l'épaule par une courroie, désignait comme l'un des contrôleurs du train était entré dans le compartiment, pour se carrer dans une place côté couloir, aveugle à notre manège d'amoureux, Nanni ne relâchant pas la force de la caresse, bien au contraire : ma main disparaissait sous la sienne, qui donnait une idée du magnétisme d'un rebouteux. « Grâce à Don Carmelo, avait-il continué, sans que bougent les lèvres, j'ai fini ma préventive à Arezzo. Là-bas, on est assez bien, il n'y a qu'une centaine de détenus, et puis ce n'était pas une femme qui dirigeait la baraque comme à Regina Cœli — les femmes, quand elles prennent la place des hommes, elles sont pires que nous. À Arezzo, le directeur avait créé une salle de gymnastique. J'y allais le plus possible, et j'ai acheté des livres de classe — des livres de tout, des livres qu'une institutrice ne serait pas capable de comprendre. J'ai même appris un peu d'anglais, avec des disques… »

Soudain, il s'était rejeté en arrière, le poing fermé en signe de victoire, les yeux dilatés de contentement. « Mamma faisait comme ça au parloir, s'esclaffait-il. Est-ce que tu as senti quelque chose ? » Sous mes doigts, je découvrais un billet de cent mille lires plié en quatre.

« C'est la vie », avait dit Nanni en français, sur un ton de victoire obligeant notre voisin à lever la tête au-dessus de son journal, qui était — cela me resterait — le quotidien du parti fasciste. Dans la vitre s'inscrivait contre la nuit le panneau bleu à lettres blanches qui signale la gare de Rome-Trastevere, où le train ne s'arrêtait pas. Une heure plus tard, je dînais chez Maria Toselli, qui avait renvoyé les habitués et le barman du soir, pour improviser un repas dans l'arrière-boutique, et elle ne m'avait pas semblé une étrangère, cette femme plus grande que petite, toujours coiffée avec soin, les ongles vernis à défaut de rouge aux lèvres, réservée et chaleureuse à la fois, à son corsage un éternel camée reproduisant la couleur de ses yeux. Son bavardage en sourdine, nourri surtout de la paraphrase en mineur des propos qu'elle venait d'entendre, dissimulait la volonté de retenir seulement ce qui lui plaisait, d'arrondir les angles, de temporiser et de ne fâcher personne, alors que la solution, pour elle, était déjà arrêtée avant l'exposé du problème. Ma' Maria, qui gardait souvent les bras levés et repliés, les paumes ouvertes à la hauteur des épaules, comme si elle avait à étendre du linge sur une corde, traitait avec autant d'empressement que si elle les connaissait de toute éternité les hôtes ou clients amenés par son fils, et ne posait jamais de questions. Elle avait, une octave au-dessous, la même voix grave que Nanni, les mêmes pommettes d'Asiate, le même visage ovale, où, dans son cas, le soleil de Campo dei Fiori avait laissé de l'ocre et de curieuses rides perpendiculaires sur les joues. Attentive à se faire légère, et y parvenant, bien qu'un perpétuel demi-sourire attestât sa vigilance de chaque instant, ne m'évoquait-elle pas Élisa, la cousine de ma mère, propriétaire des vergers maintenant devenus stériles, qui refusait toujours de prendre parti en public et agissait en sous-main ? Ma' Maria ne s'autorisait pas la cigarette en public, et, dans l'intimité, fumait comme les petites gitanes de la rue, le bras le long du corps, mais l'index et le majeur, qui serraient une

Marlboro de contrebande, écartés tout raides de la robe, de crainte d'en brûler le tissu.

Devant elle, à table, apprenant que j'avais vécu à Paris, où il ne doutait pas que je retournerais un jour, Nanni m'avait demandé avec empressement : « Tu es allé à Vitry ? À Nogent ? » avant d'enchaîner sur un bilan de ses activités professionnelles, qui, dans l'ensemble, ne rendaient pas inéluctable un retour à Regina Cœli, relevant plus de la débrouillardise que de l'illégalité. Il les jugeait trop diverses pour y persister, une fois atteint son objectif : la constitution du petit capital qui permettrait de monter une affaire à l'étranger, et même deux, là où des amis l'attendaient, car il n'y avait de succès nulle part sans le soutien d'un groupe. Nanni promettait de s'en expliquer au moment opportun. Ma' Maria, deux doigts dressés afin de conjurer le sort, ne s'empêchait cependant pas de murmurer : « Un bel établissement... » Il en avait déjà beaucoup trop dit, Nanni, à ce quidam dont il n'avait pas encore mémorisé le patronyme, et à peine le prénom. Pourquoi tant de confiance et de franchise ? Je ne comprendrais jamais.

Plus tard, Nanni et sa mère identifieraient d'emblée et à l'unisson cette buraliste de Trastevere qui était, en somme, leur concurrente dans la vente du tabac, et qui, par un après-midi de bruine, criaillait sur le pas de sa porte. Avant d'abandonner l'auditoire qu'elle avait rameuté et de rentrer dans sa boutique, les mains en porte-voix, elle en avait lancé de raides aux adolescents qui remontaient la ruelle en direction de la place, veillant, pour la beauté du jeu, à ce que le ballon sur lequel ils tapaient avec nonchalance ne rebondît pas d'une façade à l'autre. Elle ne s'était pas vite calmée, la buraliste, qui avait secoué sa coiffe d'un geste rageur, avant de l'enfouir dans un tiroir, et plus qu'à me servir elle tenait à détailler les raisons d'une colère qui gonflait encore à sa tempe une veine aussi bleue que celles de l'agneau écorché vif. Pour rester à l'abri, j'avais feint l'intérêt, la bruine s'étant transformée en pluie battante — la pluie qui donne aux recoins de la ville, dans sa partie historique, entre le fleuve et le Janicule, un aspect boueux de chantier archéologique à l'abandon faute de crédits. Il me déprimait toujours un peu le contact des gouttes d'eau tombées des corniches, quand elles s'écrasent sur le crâne avec un floc de fiente de pigeon : elles démontrent sans appel qu'une chevelure hier encore bouclée a perdu de son épaisseur, contre les apparences dont on se contente le matin, après s'être examiné dans la glace. Plutôt que d'être à chaque pas ramené à cette réalité, mieux valait écouter la buraliste : depuis une semaine, matin et soir, apparaissait, ici et là, un chat sans analogie avec les chats errants du quartier. N'avait-il pas une tête large et ronde, un nez écrasé, le poil long, les extrémités et la queue d'une couleur différente du reste, et des yeux bleus, selon certains qui avaient réussi à l'approcher à un mètre ? En outre, il portait un collier, quoique personne, aux alentours, n'eût signalé la disparition d'un animal de compagnie. Malgré sa forme trapue, on devinait sa maigreur. Quelle difficulté pour le nourrir, il fuyait toute approche. L'un des joueurs de football l'avait traqué d'abri en abri, parvenant, ce fils de putain, à lui décocher un coup de pied dans le ventre qui l'avait expédié sous la voiture, où, à présent, il n'en menait sans doute pas large. Si l'on ne craignait pas de se salir à genoux sur les pavés, on parvenait à l'apercevoir, recroquevillé contre le mur, plus que jamais sourd aux appels, insensible à la nourriture dont on avait garni l'assiette posée près de la roue avant. Heureux s'il était encore en vie au retour du conducteur. Mais que faire en attendant, alors que, probablement, chaque minute comptait ?

Il me vint une idée que la femme aux lèvres violettes eût été incapable d'appliquer elle-même, en raison de sa corpulence, qui lui interdisait de s'allonger sous le véhicule, comme de pénétrer à l'intérieur pour se glisser le long des sièges et atteindre l'une des portières parallèles au mur. Une fois ouvertes, celles-ci laisseraient assez d'espace au bras que l'on a plongé. Par bonheur, le chauffeur n'avait pas bloqué les portières ; j'étais arrivé, non sans contorsions, à ce moment où il y aurait eu à craindre le coup de griffe ou la morsure d'un animal apeuré. Ma main avait longuement remué dans le vide, tâtonné le long de la façade, où se décollait l'affiche d'un candidat fasciste à une élection locale, et gratté la terre sur les pavés. Soudain, j'avais eu l'impression d'enfoncer les doigts dans les replis d'une serpillière humide et tiède.

Tout de suite, la buraliste se frotterait les avant-bras pour montrer qu'elle en avait la chair de poule, car la chose que — dans une posture de Persée, la tête de Méduse au poing — je balançais sous son nez n'avait guère plus de réactions que si elle eût été suspendue à un croc de boucher. Ses yeux étaient clos. Sa fourrure aplatie par la pluie, et qui avait peut-être été à dominante claire, s'était imprégnée de cambouis et de tous les liquides, couleurs et sucs qu'on attrape à fouiller les poubelles, où atterrissent les restes de cuisine, des odeurs d'huile, de sauce tomate et d'œuf régnant dans cette partie du quartier. Sous la plus belle lumière qui soit au printemps, on y est dégoûté de la promenade par des relents de pizza qu'un restaurant aggrave tous les cinquante mètres.

Sur le parquet, derrière le comptoir, on avait déployé les pages centrales d'un exemplaire défraîchi de l'*Unità*. J'y avais, avec précaution, déposé la loque qui m'évoquait à présent ces renards que de vieilles élégantes portaient encore autour du cou lorsque j'étais enfant — témoignage mangé aux mites d'une richesse de rentes et de fermages dont le souvenir, joint à l'impérieuse politesse des manières, valait à ces femmes un tour de faveur dans la file d'attente chez le droguiste, ou devant l'étalage de ma mère, qui avait en mémoire les alliances des anciennes familles jusqu'au siècle dernier, puisant de la philosophie, pour nos conversations à table, dans les revers de fortune d'autrui. Et peut-être aussi un sentiment de revanche, quand elle ajoutait à la commande des légumes plus très frais et des fruits tavelés, qui seraient payés par un sourire de reconnaissance.

La buraliste de Trastevere, qui, afin de s'en débarrasser, s'était dépêchée de servir le client entré sur mes talons, m'avait proposé une cigarette, avant d'en allumer une pour favoriser sa réflexion. Que faire ? Le vétérinaire, qui avait son cabinet à cinq minutes d'ici, dans le ghetto, respectait le repos de shabbat. Certes, il n'opérait jamais de miracle — il n'avait pas très bien soigné le chien d'une voisine — mais on aurait pu au moins espérer de lui le geste qui s'impose lorsque la médecine n'est plus d'aucun secours. Mon interlocutrice était, faute de mieux, décidée à laisser l'animal en paix, la nuit entière, à l'endroit où nous l'avions placé. Demain, on verrait bien. Ne disait-on pas qu'un chat avait sept souffles de vie ? Je m'entendais encore marmonner, avec l'espoir de n'être pas compris, que, si l'on voulait bien envelopper le blessé dans un linge et dénicher un chauffeur de taxi complaisant, je me faisais fort de me rendre à la clinique vétérinaire qui se trouvait dans un sous-sol, rue de Roumanie — je passais devant chaque matin, en allant au bureau. La veille encore, à la halte du feu rouge, j'avais remarqué qu'une femme franchissait la grille et descendait les trois marches, un caniche dans les bras. Pour l'heure, nous avions sans doute intérêt à examiner de près la médaille suspendue au collier — le cuir en était étrangement neuf. C'est ainsi que, agenouillé devant la buraliste, le nez à la hauteur de mollets gainés de bas à varices qui sentaient l'embrocation, j'avais lu le nom de Wolfgang, gravé au verso, en lettres gothiques. Le recto était presque aussi râpeux que du papier d'émeri, les inscriptions étaient grattées selon le procédé utilisé pour effacer les numéros d'identification sous le canon des revolvers que, parfois, sur commande, Nanni procurait aux amateurs qui se réclamaient de certains parrains. Des cigarettes aux téléviseurs, sans oublier des médicaments en provenance de l'étranger, l'éventail des marchandises de contrebande que l'on vendait sans trop se cacher, dans l'arrière-salle du café de sa mère, était assez large, bien que, depuis qu'il dirigeait une affaire à Amsterdam, où, sans le dire, il s'était établi par paliers, le négoce se fût ralenti. Après s'en être servi lui-même en vain pour son grand-père qu'il adorait, Nanni était devenu également l'un des rabatteurs de la filière que les cancéreux utilisaient pour être admis dans un hôpital qui avait la réputation de faire des miracles aux portes de Paris. Et cette filière, on en parlait comme de la cent douze, le numéro même du formulaire de la Sécurité sociale qui était à remplir et s'obtenait à l'arraché. Les lignes d'autobus qui, en banlieue, décrivent des cercles autour de la ville n'avaient plus de secret pour Nanni, qui, s'il n'avait vu ni cherché à voir aucun monument, s'était, en revanche, créé un réseau d'amitiés à Vitry parmi des immigrés italiens, exerçant tous un métier en rapport avec le bâtiment. « Si, un jour, tu as besoin d'eux », disait-il, un pouce en l'air pour saluer des compétences, persuadé que, tôt ou tard, je quitterais Rome. Depuis notre rencontre à bord du train de Milan, mon regret était grand de n'avoir jamais été dans la situation de solliciter de lui un service qui lui permît de prouver son pouvoir. Il aurait cependant assez mal pris, parce que c'eût été trop féminin, que l'on voulût mobiliser ses informateurs à Trastevere en l'honneur d'un chat. À la rigueur, pour un chien de chasse qui eût fait ses preuves...

Pourquoi s'être donné la peine de gratter l'adresse et tous les renseignements concernant les propriétaires, plutôt que de simplement détacher la médaille du collier et de la jeter dans le caniveau ? Wolfgang : ce prénom à consonance germanique poussait à imaginer que le chat avait sauté d'une voiture appartenant à des touristes, ou bien qu'on l'avait volé et que, à la première occasion, il avait échappé à ses ravisseurs. J'avais échafaudé plusieurs hypothèses, assis à l'arrière du taxi jaune, conduit le pied au plancher par un cousin de la buraliste, qui, sur le pas de la porte, avait assisté à notre départ avec des gestes et des recommandations de mère qui prend congé d'un fils en route vers la caserne — elle m'avait très vite tutoyé. Dans quelle histoire m'étais-je embarqué, une cartouche de cigarettes contre la poitrine et, sur les genoux, ce paquet enveloppé d'une serviette de bain qui, tout à coup, faiblement, inexplicablement, ronronnait tel un chagrin à feu doux, une tendresse qui se mettrait à bouillir, un bonheur de tourterelle à Capri ? Plus encore que mon oreille remplie d'invectives d'automobilistes, de coups de klaxon et de crissements de pneus, c'était ma main qui percevait ce bruit. Par moments, des griffes, en se rétractant, traversaient l'étoffe de mon pantalon, que je doutais de sauver du nettoyage avant d'arriver à destination. À plusieurs reprises, j'avais heurté de la tête le dossier du siège avant, sans dommage pour Wolfgang.

Immobile derrière son bureau métallique, aussi muet que son assistante au calot d'infirmière, plus médecin que s'il eût composé le personnage, blouse et gants de salle d'opération compris, l'homme avait beaucoup d'un acteur qui, jouant le rôle d'un chirurgien, aboutit à l'arrogance par excès de sobriété. Il était dans la soixantaine argentée de celui qui s'expose à être qualifié de vieux beau, comme si quelqu'un de beau avait le devoir d'enlaidir avec l'âge, afin d'être pardonné, et semblait loucher pour prendre à témoin la femme en robe du soir, un réticule à la main, coiffée d'un diadème, dont la photo, barrée d'une dédicace, avait fait le vide autour d'elle, au centre de l'un des rayonnages surchargés de boîtes de médicaments aux noms anglais. J'avais déposé mon paquet sur le bureau du docteur Sonino, qui, enfin, quoique sans hâte, ouvrait un tiroir et en tirait une feuille blanche pour y transcrire l'état civil de l'animal, noter aussi mon identité, mon adresse et mon numéro de téléphone.

« Wolfgang », répéta-t-il en levant la tête.

Au sein des plus grandes catastrophes, il y avait

toujours, sans doute, un bureaucrate occupé à les définir dans un formulaire, au lieu d'envisager de les combattre, et cela avec le calme même des employés des chemins de fer allemands qui, les pieds sous la table, dénombraient, la plume à la main, les passagers des convois en route vers le *Lager*. « Connaissez-vous *The Naming of Cats* ? C'est le premier poème d'un recueil... » T.S. ELIOT

L'assistante avait dans le regard l'expression d'une femme qui entend son mari entamer son répertoire d'anecdotes et qui, à force, en concevra plus de haine que toutes les trahisons et mesquineries qu'il lui a infligées. Depuis combien d'années savait-elle que, dans ce poème, il est question des trois noms différents que doivent avoir les chats ? Le premier est celui de tous les jours ; le second est un nom fier et bizarre qui puisse faire tenir sa queue perpendiculaire et ses moustaches toutes raides, quelque chose comme Adalgisa, Doliphène ou Abraxa. Il faisait nuit, il pleuvait, un taxi attendait, un animal se mourait peut-être, et j'étais tombé sur un con ou un fou, un anglomane dont l'élocution pâteuse de dormeur qui parle en rêve n'annonçait pas pour bientôt la fin du discours. Il se terminait cependant. « Et le troisième nom n'est connu que du chat lui-même, mais jamais il ne vous le dira. Quand vous voyez un chat en profonde méditation, c'est qu'il réfléchit làdessus, qu'il jouit de sa supériorité sur vous. Enfin, c'est ce que pensait le poète. Vous savez, lorsque j'étais étudiant à Londres, je l'ai aperçu devant un restaurant à Chelsea. Mais je n'ai pas osé l'aborder. Il poussait un fauteuil où était installé son ami. »

J'allais exploser, mais la consultation commençait. Les doigts du vétérinaire voltigeaient au-dessus de la table d'auscultation, tels ceux d'une ménagère qui saupoudre de farine la pâte où elle va découper des tagliatelles. La bête était encore vivante, en dépit de son apparente inertie et du nombre probable des lésions, la gale des oreilles et l'ulcération des globes oculaires n'étant que broutilles, sous réserve d'inventaire. À supposer que l'on parvînt à la sauver — il faudrait sans doute y passer la journée du lendemain, qui était un dimanche — ce serait à la suite d'examens approfondis et, conséquence de la chirurgie, au prix d'une hospitalisation qui risquait de durer. L'honnêteté commandait de m'avertir que la dépense ne garantissait en rien la guérison. Quelquefois, on apportait à la clinique, pour les faire piquer, des animaux blessés qu'on avait ramassés dans la rue — chiens victimes d'automobilistes, chats tombés d'une terrasse, animaux de basse-cour que des cuisinières avaient massacrés sans parvenir à les tuer, faute du tour de main nécessaire. Des poules, des coqs à moitié plumés, des lapins, et, à tout prendre, un persan, qu'était-ce sinon un lapin idéalisé ? Pour celui-là, dans la meilleure des hypothèses, le traitement à domicile serait d'une application délicate, contraignante, harassante.

« Rien que pour les yeux, des gouttes de collyres différents, toutes les heures, prévenait le docteur Sonino, une seringue enveloppée de papier cellophane entre les doigts. Est-ce que vous aurez le temps et la patience ? Vous êtes célibataire, n'est-ce pas ? »

Plus je l'écoutais, plus il m'apparaissait que cette condition était également la sienne ; nous venions à cet instant de nous deviner, et il continuait comme s'il avait un cheveu sur la langue : « Réfléchissez bien. Que je sauve ou non ce chat, les soins vous aurez à les payer. La mort, elle, ne coûte rien

187

— enfin, ni plus ni moins qu'une corde ou une balle pour les hommes. »

Parce que l'image de la buraliste agitant la main flottait encore devant mes yeux, j'avais, sans répondre, sorti et ouvert mon portefeuille, duquel s'était échappée, un volet après l'autre, ma collection de cartes de crédit, et le docteur Sonino, toujours sans me regarder, avait, autant qu'il le pouvait, ébauché un sourire, comme si la femme sur la photo eût incliné la tête pour approuver la question : « Combien voulez-vous ? » Le chauffeur, qui patientait dehors depuis une heure, je l'avais aussitôt chargé d'apporter à Trastevere, en échange du règlement d'une seconde course, la nouvelle que les soins commençaient tout de suite par une perfusion, et la promesse que je téléphonerais dès que possible. En réalité, je n'avais pu le faire que trois semaines plus tard, lorsque, contre un chèque à cinq zéros pour le solde, on m'avait rendu une bête aussi changée à son avantage que, somme toute, l'une des amies de Maureen que, pour son plus grand plaisir, je n'avais pas reconnue quelques mois après avoir dîné chez elle, l'avant-veille de son départ pour la Suisse, où, dans une clinique de Lausanne, elle allait suivre une cure de rajeunissement à base d'organes prélevés sur des moutons. Et, sûrement, la comparaison l'aurait flattée : redevenu d'un blanc crème de *cappuccino*, une goutte de café au lait sur chaque flanc, Wolfgang s'avérait appartenir à une race dont les spécimens de choix trônaient aux expositions inaugurées par des femmes qui laissaient leur portrait là où l'on soignait leurs persans de compétition et leurs chiens de manchon. Le sauvetage, la pension et les radiographies en série m'avaient coûté aussi cher que ces fins de semaine où je payais deux billets d'avion aller-retour. Le panier en osier doté de barreaux sur le devant, vers lequel Wolfgang avait pointé le museau avant d'y entrer sans qu'on l'y invite, n'était pas compris dans la note, puisque le docteur Sonino avait suggéré : « Vous me le rendrez un jour, en passant... » Et, dans la rue de Roumanie, dont les immeubles sont longés de jardinets, le panier sous le bras, le monde, tout à coup, m'avait paru chaud comme après un verre de vin. Tandis que je montais les marches conduisant à son local en sous-sol, le vétérinaire, soudain délivré de son bredouillement, avait lancé : « Il plaisait beaucoup à mon ami. Il a l'habitude de m'imposer les mâles aux yeux bleus. Si vous n'étiez pas revenu, nous aurions adopté celui-là. » Il était encore temps de me retourner et de le prendre au mot, car je n'avais encore rien décidé, sinon d'informer Trastevere du miracle.

Lorsque je l'avais appelée, la buraliste, qui avait cet accent romain transformant le *l* en *r*, devait hurler : « Le chat ? Mais quel chat ? » pour couvrir les criailleries des enfants qui sans doute lui achetaient des bonbons au comptoir. Je n'avais pas insisté. Jusqu'à son adoption par l'un ou l'autre — Maureen peut-être — je m'occuperais moi-même d'un animal pour la convalescence duquel le vétérinaire avait rédigé une ordonnance, dont il eût été intéressant de soumettre à Marthe l'écriture imitant racines et radicelles à fleur de terre dans un champ labouré. Cela exigeait d'enfourner, matin, midi et soir, dans la gorge du rescapé, qui ne se privait ni de se débattre ni de griffer, gélules, pilules et cachets entiers ou sectionnés en deux, de mélanger des gouttes à la nourriture. Les collyres m'étaient épargnés ; à la clinique, Wolfgang avait été borgne, ses paupières cousues l'une après l'autre, afin de hâter la cicatrisation. Mon emploi du temps, voire ma façon de vivre s'en étaient trouvés modifiés, mais je n'allais en évaluer le bouleversement qu'à mon retour à Paris, lorsque je visiterais ces appartements à louer qui sont vides, et qui, à chaque pas de notre inspection, se peuplent, malgré nous, des fantômes de ceux que nous avons perdus. Quoi qu'il en fût de mes occupations dans la soirée, en sortant du bureau, je rentrais directement à la maison, où, maintenant, je m'abstenais de recevoir qui me plaisait parce qu'il me plaisait, selon une habitude contre laquelle Maureen et Nanni n'avaient cessé de me prévenir, Nanni m'ayant même proposé de me fournir un automatique pour faire impression, le cas échéant ; nul besoin de remplir le chargeur. Mais, si je m'attribuais une qualité sans mentir, c'était l'absence de peur physique, à supposer que ce fût une qualité, car elle ne dénotait peut-être qu'un défaut d'imagination. Incapable, auparavant, de préparer deux œufs sur le plat, je m'appliquais à cuisiner, comme un jeune marié en proie à l'enthousiasme des commencements, si c'était cuisiner que de chauffer des noix de viande hachée dans un four à micro-ondes et de minuter, grâce à un livre de gastronomie, la cuisson des différents légumes, découvrant l'usage de la couloire pour les faire égoutter.

Pour m'accueillir, Wolfgang, qui, au préalable, s'était étiré ou avait bâillé, sautait de l'un des fauteuils achetés sous les platanes de la brocante de Porta Portese, au creux desquels il avait vécu une journée de siestes alternant avec les visites à la cuisine, où étaient sa gamelle et son bol d'eau minérale, l'eau du robinet favorisant l'apparition du tartre. Quand il n'avait pas posé ses pattes sur l'un des accoudoirs, dans une attitude de curieux à sa fenêtre, il lacérait, sous mes yeux, avec application, le tissu neuf à fond rouge, ayant sans doute deviné mon indifférence à l'égard des meubles et des objets, et désireux peut-être d'en éprouver les limites. Maureen avait été tout de suite informée de son arrivée par notre commune femme de ménage, et je l'entendais encore me dire, d'une voix unie : « Si vous étiez une femme, j'aurais craint que vous n'ayez plus qu'un seul sujet de conversation à l'avenir, comme... »

Elle avait nommé deux ou trois de ses amies qui s'étaient entichées d'un animal, la plus ébranlée par la passion tricotant des couches-culottes pour un fox-terrier femelle. Désormais, lorsqu'elle passait me chercher parce que nous étions du même dîner, et que les apparences d'une liaison nous arrangeaient tous les deux, au lieu de monter chez moi boire un verre et m'apprendre à désassortir la cravate du costume, Maureen restait à m'attendre dans sa voiture, au bas de l'immeuble. Elle souffrait d'une allergie au poil des animaux de compagnie — il réveillait son asthme. De la sorte, elle s'épargnait, sans le savoir, de constater la mise en pièces de ses fauteuils sous les griffes, jour après jour. Elle ne verrait jamais les yeux de Wolfgang, qui, tels les siens, parcouraient, selon l'intensité de la lumière, les degrés séparant le bleu gris du bleu indigo, si, le moment venu, elle me prêterait sans étonnement la pelle et la pioche oubliées dans la partie du rez-de-chaussée de sa maison de Trastevere qu'elle avait renoncé à aménager. À l'époque pas si lointaine, selon Maria Toselli, où des troupeaux de moutons et de chèvres en transhumance traversaient Rome, l'Œuvre des pieux établissements acceptait même des maraîchers comme locataires. Là, on respirait encore une odeur de campagne qui me ramenait dans l'ancienne bergerie où, aux heures chaudes de la journée, pendant la cueillette des pêches, je faisais la sieste avec mon cousin, et dans certains hangars du quartier de mon enfance où, derrière les portes en bois de châtaignier à la ferronnerie grossière, rouillaient les carrioles des citadins, qui, jusqu'au lendemain de la guerre, étaient encore à moitié des paysans, et cédaient les produits de leurs jardins à des revendeuses telles que ma mère.

Je n'avais pas l'esprit d'investigation : il m'avait fallu, pour traduire, être de retour à Paris, échouer et rêvasser dans un bistrot, à deux tables d'une femme mûre en pleurs à la suite d'une paire de gifles assenées par un jeune homme pour qui elle avait probablement cessé d'être une commodité. Au bout de combien d'années m'étais-je aperçu que le nom de la rue de Maureen, à Trastevere, signifiait « rue des Porteurs-de-Foin » ? Pelle et pioche avaient été nécessaires à l'enfouissement de l'urne en plastique imitant le bronze et l'antique, et lourde des cendres de Wolfgang — si lourde que ça ? Elle était plus dure à creuser que la terre du verger de ma cousine Élisa, la terre de la Villa Doria Pamphili, sous un pin parasol, à mi-chemin de la pièce d'eau et du monticule contre lequel s'adosse la statue sans tête d'un centurion aux jambes de maître nageur, qui, d'après le nombre des fêlures, et une épaule plus haute que l'autre, a dû être reconstituée à partir de morceaux disparates. Mon manège avait attiré deux fillettes, comme sorties d'un collège anglais, qui traînaient une corde à sauter. Leurs rires, d'abord, leur expression recueillie, ensuite, m'avaient protégé de la curiosité des promeneurs, qui s'étaient

192

figuré sans doute que j'initiais mes propres enfants à un jeu. Si elle m'avait interrogé, j'aurais essayé d'expliquer à Maureen que j'avais moins eu le sentiment d'ensevelir Wolfgang que de l'ajouter au circuit souterrain qui partout, à Rome, espère le passage d'une excavatrice, la surprise d'un marteau-piqueur, afin de réapparaître au jour, dans une ville où c'est la mort seulement qui naturalise l'étranger, l'exilé, le voyageur.

Un soir, étant rentré à la maison un peu plus tôt qu'à l'ordinaire, je n'avais pas trouvé Wolfgang derrière la porte. Miss Mopp n'avait-elle pas oublié de fermer le vasistas qui, dans ma chambre, s'ouvrait à vingt centimètres au-dessus d'un toit de tuiles, lequel était lui-même au niveau de l'attique de l'immeuble voisin, qui, au moindre rayon de soleil, attirait les chats du voisinage, parvenus jusqu'à ces sommets on ne savait trop comment ? En réalité, Wolfgang était allongé à l'intérieur de la baignoire, la gueule ouverte, ses flancs se soulevaient par saccades. Sous la caresse de la main, il avait gémi, haletant de plus en plus. Il était presque aussi flasque que ce samedi de pluie où je l'avais gardé sur mes genoux, ainsi que, de nouveau, je m'apprêtais à le faire, à l'arrière d'un autre taxi jaune. Car, au téléphone, c'était le docteur Sonino, retenu par une urgence à sa table d'opération, qui m'avait répondu, malgré l'heure. « Ah, oui, le chat étranger », avait-il finalement dit. Son élocution ne m'étonnait plus ; il avait payé un lifting par une légère paralysie faciale, et ce retroussement à une commissure des lèvres, comme chez un fumeur qui garde son mégot au coin de la bouche. Il l'avait avoué sans aucune gêne, un jour où j'appelais pour avoir des nouvelles, s'excusant par ce détail de se faire mal entendre.

Wolfgang n'avait pas réagi lorsque, muni d'une tondeuse de coiffeur, il lui avait rasé l'une de ses pattes de devant, afin d'isoler une veine et de greffer sur celle-ci la broche du goutte-à-goutte qui alimenterait l'organisme, et cela à tout hasard, faute de pouvoir établir un diagnostic dans l'immédiat. Il avait ensuite marmonné que les éleveurs de persans étaient, pour la plupart, des escrocs, indifférents aux conséquences de la consanguinité, dans l'espoir de fixer traits et caractères racoleurs, et faisaient, en toute impunité, venir au monde des merveilles surtypées et sans résistance physique, condamnées à mourir du premier virus qui passe. Agacée sans doute par la prolongation de sa journée de travail, l'assistante, qui devait connaître l'antienne, m'avait suggéré de prendre Wolfgang dans mes bras, avant de me conduire au sous-sol, où, le long d'un couloir de catacombes éclairé d'une loupiote d'hôtel borgne ou d'hôpital, se superposaient des cages à barreaux métalliques, qui m'avaient rappelé celle grillagée des commissariats destinée à l'hébergement provisoire des naufragés de la nuit — suspects, sans-papiers, filles, rescapés des bagarres, ivrognes et travestis. Ici, on plaçait les animaux en observation, au sein d'un confort que la police, d'après mon expérience, ignorait. La cage de Wolfgang était la dernière, tout au fond, tapissée d'une litière sur laquelle je l'avais étendu ; il respirait déjà un peu mieux. Dans cette semi-obscurité de chapelle, trouée par une lueur de cierge, ses yeux, placés à la hauteur des miens, étaient d'un bleu intense, presque phosphorescent, et je m'étais éloigné à reculons jusqu'au pied de l'escalier, incapable de rompre avec ce regard qui me suivait et où se lisait, sur champ d'azur, la confiance des créatures qui ignorent le mal.

Quel souvenir Wolfgang conservait-il de ses anciens maîtres, des jours et des nuits à errer de cachette en refuge, et du coup de pied qui l'avait projeté sous une voiture ? Ne se sentait-il pas abandonné pour la seconde fois ? Je fus tenté de réclamer l'une des chaises de l'antichambre, afin de passer la nuit dans cette cave, mais, bien qu'il n'y eût aucune dérogation qu'un pourboire n'obtînt à Rome, je m'en abstins par crainte du ridicule, alors que le sentiment du ridicule est déjà une victoire de la société sur l'amour. Vers deux heures du matin, la sonnerie du téléphone m'avait tiré du lit ; d'une voix qui dénotait le soulagement d'être libérée d'une corvée, l'assistante m'avertissait que c'en était fini, malgré tous les efforts ; et que, dans l'attente de ma visite, la dépouille allait être placée dans un congélateur. Et je n'avais pas réussi à me rendormir ; lorsque la femme de ménage était arrivée, depuis une heure déjà, je faisais les cent pas devant la grille, au rez-de-chaussée. Des honoraires pour la consultation et les soins ? Pour les refuser, le docteur Sonino avait préféré le geste à la parole, bien que, depuis ma première visite, son bredouillement se fût atténué, et que sa bouche eût retrouvé son dessin naturel d'amertume. Il n'y avait plus qu'à régler les frais de l'incinération, à laquelle veillait l'assistante, qui, ensuite, envoyait par coursier, à domicile, et la note et l'urne, dont on choisissait le modèle dans un catalogue, si l'on ne se fiait pas au goût du praticien. Ce dernier, debout derrière la table d'auscultation, l'air triste et endormi, les joues creusées pour dominer un bâillement, n'était-il pas au moment de présenter ses condoléances ? L'assistante, penchée au-dessus de la machine à écrire, et qui tapait d'un seul doigt, ne cherchait-elle pas, par sa frappe lente, à souligner chacun de ses mots : « Quand il a vu le vôtre, mon ami a voulu un chat de cette race. Nous sommes souvent trop faibles, monsieur. Avec les animaux, on n'a de chagrin qu'à la fin… »

Dehors, sur le trottoir opposé, un passant agitait bras et mains, criant des chiffres dans un téléphone portable — le spectacle était encore nouveau.

Mon compagnonnage avec Wolfgang avait duré quinze mois, et je m'étais dit que — excepté avec l'Autrichien, bien sûr — je n'avais jamais vécu aussi longtemps avec quelqu'un. Il faisait un temps magnifique, pour rien. Pour ma peine, le même soleil régnait sur les jardins de la Villa Doria Pamphili, qui sont à l'abandon — comme tous les jardins et squares de la ville. D'avoir bêché, pioché, sarclé, autrefois, dans les vergers de ma cousine Élisa m'avait peut-être laissé un certain savoir-faire : j'avais su détacher d'un bloc, intacte, une plaque de gazon et m'apprêtais, après m'être épongé le front, à la replacer, afin de rétablir l'unité de la surface, lorsque l'aînée des deux fillettes, qui s'intéressait aux instruments alourdis, comme mes chaussures, de mottes de terre, s'était enquise, de sa voix zézayante :

« Qu'est-ce qu'il y a dans la boîte ?

— Un chat », avais-je répondu à genoux. La plaque glissait avec l'aisance d'un élément de puzzle sur la couche de pierraille que j'allais ensuite tasser en appuyant dessus mes deux mains aux doigts élargis. Son pourtour maintenant dessinait plus ou moins un cœur sur le sol.

« Comment il était, ce chat ? » avait repris la cadette, qui en loucherait bientôt de surprise : « Des yeux bleus comme les miens ? » avant que je ne conclue qu'il avait été le roi des chats, mon chat, dont les journaux avaient d'ailleurs parlé.

« Alors, qui ça sera le prochain ? » avait continué l'aînée, dont l'accent n'était pas romain. Comment l'aurais-je deviné ? Qui pouvait préjuger du résultat des élections ? Consulter tous les chats du monde exigeait beaucoup de temps.

« On le dira à la télé », devait trancher la cadette, qui s'était baissée pour soulever le manche de la pelle. L'argument selon lequel il importait que le secret fût gardé pour éviter un enlèvement, car les chats n'eussent pas eu l'argent nécessaire au paiement d'une rançon, semblait convaincre par sa logique. D'une voix qui était lente du fait de la faiblesse de mon imagination, j'avais annoncé la tenue d'un congrès qui aurait lieu, une nuit, dans les ruines du Forum, et d'où l'élu repartirait en carrosse avant le point du jour, escorté de carabiniers à cheval qui le suivraient jusqu'à l'aéroport de Fiumicino ; il était possible que le futur roi ne fût pas du pays, tout comme le pape du moment.

Je me heurtais à l'incrédulité en abordant la thèse du docteur Sonino sur les trois noms du chat, quand une jeune fille avait dévalé la pente sous le pin parasol. Elle était aussi typée que Miss Mopp, la femme de ménage, plus jolie encore, vêtue d'un jean et d'un chemisier blanc qui semblaient la réduire jusqu'à l'os, des tennis aux pieds, sous le bras une trousse de bain. Sans un regard pour la bêche, ni pour la terre remuée, ni pour moi-même, elle avait brossé du revers de la main le bas de la jupe plissée des fillettes, qui l'accueillaient sans surprise ni intérêt et ne protesteraient pas qu'elle les entraîne à sa suite, après leur avoir saisi le poignet. Mais, à

197

plusieurs reprises, elles allaient se retourner, un sourire aux lèvres, un doigt dessus.

Le dimanche qui avait suivi l'enfouissement de l'urne dans la terre de la Villa Doria Pamphili, j'étais allé, par curiosité, assister à la « messe des animaux » que l'on célébrait à l'église des Florentins, située à l'angle de la via Giulia et du corso Vittorio-Emanuele. Quand on me l'avait dit, je n'y avais cru qu'à moitié. L'officiant était un homme encore jeune, qui s'exprimait avec une pointe d'accent germanique, et que la pauvreté de son vocabulaire italien faisait prêcher court et bien. Deux fiacres stationnaient dehors. Le poil luisant, les chevaux mangeaient leur picotin, bien différents de leurs congénères, dont l'état, en général, ne persuadait pas de l'existence d'une société protectrice des animaux. Je n'entendrais plus d'autre messe à Rome.

Depuis l'année précédente, on me proposait de retourner au siège de ma société, à Paris, et de prendre d'un bloc toutes les vacances qui m'étaient dues. J'étais comme ces fonctionnaires qui partaient aux colonies pour décrocher un avancement qu'ils n'auraient jamais obtenu sur place ; je recevais ma récompense, et ce n'était pas trop tôt. Paris me manquait chaque jour davantage ; j'avais rêvé que je traversais la place de la Concorde sous une neige dont les flocons, en touchant le sol, tintaient comme des billes de flipper quand on marque des points ; et l'obélisque était scié à mi-hauteur, ce qui rendait incompréhensibles des hiéroglyphes que je me sentais fort de déchiffrer. À l'inverse de Nanni, je n'avais pas, à Rome, une mère qu'il fallait sevrer, habituer à l'éloignement par des absences qui se prolongeaient de plus en plus. Tout m'encourageait à partir, jusqu'à la menace de l'hiver. Nulle part au monde, sans doute, il n'est aussi boueux qu'au bord du fleuve, qui, à l'étiage, entre ses berges à pic et avec ses roches à découvert, a l'air d'une mare aux eaux croupies que, dans son reflux, la mer a laissée au pied des falaises.

À Rome, avec Wolfgang, s'était enrichie la collection des regards qu'on n'oublie pas et qui, par intervalles, même si l'on s'en défend, reviennent nous fixer avec leur lumière inévitable, la mémoire, semble-t-il, n'ayant pas de paupières. Ce qui avait fait pleurer la blonde du Narval, qui, à sa table, libérée de l'étreinte consolante de la serveuse, achevait sans aide de boire son grog à petits coups, c'était sans doute moins la violence d'une paire de gifles que ce qu'elle avait lu dans les yeux du jeune judoka, dont la brutalité attestait l'intimité qui avait existé entre eux : on n'était jamais aussi dur qu'envers les personnes que l'on avait aimées, que l'on aimait peut-être encore, ou avec lesquelles on avait fait l'amour. Ma vie se résumait peut-être à quelques regards.

Pensais-je à ma mère ? Presque aussitôt j'étais ramené à un certain après-midi, alors que mon visage portait les balafres des premières tentatives de rasage, et, si je ne réussissais pas à interrompre tout de suite la projection de ce film dont je ne connaissais que trop la suite, il se produisait comme une contraction du temps : c'était jadis, c'était l'an passé, c'était hier, et soudain c'est à présent que je sens tanguer sous mes pieds la plate-forme arrière de l'autobus sur laquelle, par jeu, j'ai sauté à l'instant où le véhicule, dans un tremblement de ferraille, démarrait de l'« ARRÊT DU VALLON. FIN DE LIGNE », comme l'indiquait, cloué au tronc d'un platane, un panonceau tout cabossé pour avoir servi de cible à des tirs à la carabine. On était obligé de traverser cette levée de terre aussi dénudée par le vent qu'une étendue australe, d'enjamber les carcasses des voitures provenant du garage situé de l'autre côté de la nationale, quand on remontait de la petite crique en contrebas, par le sentier bordé de cactus, semé d'étrons, de bouteilles de soda vides et de préservatifs usagés à l'aspect de méduses, que même, en plein mois d'août, n'empruntait jamais, à bord de son tricycle, le marchand de glaces aux douze parfums, si rares étaient les baigneurs. Dans ce faubourg de la ville, qui se serait soucié de construire une villa à proximité de hangars, de ruines d'anciennes usines ou forges étagées de chaque côté de la dépression caillouteuse où, l'été, s'évaporait un torrent, et que striait, de-ci de-là, à l'horizontale, la bande brunâtre d'un jardin potager réclamant la patience du paysan chinois ? Le sol était avare et pour cause : à deux kilomètres, en amont, dans un tournant, se cachait une carrière d'ardoise. Nous étions en juin — le prouvait, sur les talus, le jaune des immortelles d'Italie, qui fleurissent ce mois-là et sentent si fort. L'abandon et la solitude de ces lieux convenaient à un adolescent qui aurait eu honte de montrer son corps en public au bord de l'eau, et demeurait cependant convaincu que le hâle le rendait séduisant et tout à fait viril. On entendait le ressac de la mer, languissant mais régulier, le cri des mouettes, dont j'avais cherché les nids dans les rochers du promontoire, et qui, lorsqu'elles allaient se poser le long des fils télégraphiques, ressemblaient, de loin, à des notes de musique dessinées sur une portée par une main d'enfant. Dès que tombait la brise, qui l'emportait, de la merde sèche, de l'air salin, du métal surchauffé, des algues desséchées, du cambouis et des immortelles, comme dans les parfums de luxe dont l'exquisité et l'unité résident en des composantes qui, à l'état brut, autonomes, soulèveraient le cœur ?

Cette odeur, elle m'assaillirait, plus tard, aux abords de la plage d'Ostie, où, en raison de la couleur du sable, on croirait fouler les œufs d'esturgeon en décomposition, sous les cocotiers, qui ont l'air postiches, et les parasols, qui sont de couleurs différentes, afin qu'on ne se les vole pas d'un établissement à l'autre. Si je ne l'accompagnais pas il fallait au moins que je vienne chercher Maureen, en sortant du bureau. Son ancienne belle-mère louait de toute éternité une cabine au Maximus, qui, dès le mois d'avril, servait de point de ralliement aux oisives de Rome, qui ne voulaient pas jouer au bridge dès l'après-midi, et aux épouses de diplomates. Il était de bon ton, et presque obligatoire, de se montrer sous les vérandas d'un établissement qui, en réalité, était digne d'un club de vacances qui solde les séjours à la fin de l'été. La mer était plus belle dans la crique aux ordures, où j'avais appris à nager tout seul, et que je quittais pour sauter dans un autobus.

Des autobus analogues à celui derrière lequel j'avais couru cet après-midi là, afin de me prouver que j'avais du souffle et de la désinvolture, circuleront encore dans les rues de Paris lorsque j'y arriverais, inchangés depuis l'époque où, d'après les photos d'archives, des policiers en pèlerine embarquaient à bord les juifs qu'ils avaient cueillis par surprise à leur domicile.

C'était il y a longtemps que je tendais au receveur un billet aller-retour aussi rose que son front dégarni sous la casquette, qu'il avait repoussée du revers de la main. Faute de voyageurs, on avait brûlé deux stations l'une après l'autre. Peut-être me livrais-je à ma rêverie favorite : mon père n'était pas mort ; tel le père de l'un de mes camarades de classe, sur-nommé de ce fait l'Américain, il amassait une for-tune au Venezuela ; ce soir, il rentrait ; nous étions riches ; je payais une voiture de sport à mon cousin Élio. La baignade favorisait l'euphorie.

Plus encore que d'habitude, j'avais éprouvé dans l'eau, où l'on pèse deux fois moins que sur terre, cette légèreté d'être que je désespérais de connaître dans la vie, qui, d'ailleurs, ne me l'accorderait jamais. Afin de perfectionner mon crawl, je m'étais aven-turé jusqu'au plateau rocheux qui, à travers l'eau claire, présentait la teinte et les reliefs du gâteau au chocolat à l'instant où ma mère le retirait du four — car, certains dimanches, j'échappais au gâteau de riz, qui devait me poursuivre pendant mes deux années de pontificat dans une boîte religieuse, ainsi qu'à l'armée. Assis derrière le chauffeur, à la place qu'une pancarte attribuait aux femmes enceintes et aux mutilés, sans doute pensais-je à la prochaine récolte de pêches chez Élisa, sous un soleil qui aurait redoublé de rage, aux fins de semaine que je passerais avec mon cousin, et à nos siestes parta-gées sur les sacs de jute bourrés de fanes de maïs. Avant un mois, Élio aurait quitté pour les vacances la maison d'enfants où il était moniteur d'éducation physique — sa mère préférait dire instituteur et, très vite, n'en doutait plus. N'était-ce pas un orphelinat, l'annexe d'une œuvre charitable, puisque des religieuses s'occupaient de l'office, de la buanderie et de l'infirmerie ? À trente kilomètres de la ville, dans les collines, cet établissement avait l'avantage de soustraire Élio au monde, aux affections concurrentes de la mienne, et, comme je n'avais pas encore rencontré Marthe en rupture de cloître, les sœurs brigittines me semblaient la garantie de la pureté d'une existence où ma jalousie, interdite d'expression en public et ignorée de l'intéressé, n'eût puisé aucun aliment.

Un jour, j'aurais quelqu'un à qui parler de ces choses, et de nos amours en général, pareilles à la bruyère qui fleurit mais ne germe pas ; et quelqu'un comprendrait. Un jour.

Il y avait un arrêt d'autobus à proximité de l'immeuble où ma mère louait, au rez-de-chaussée, un local ne méritant le nom de magasin que si l'on abusait du terme : l'échoppe du cordonnier, à droite, la guérite de la Loterie nationale, à gauche, étaient plus larges et plus profondes. Pour ranger à l'intérieur les derniers éléments de son matériel, avant de déplier les panneaux de bois d'une devanture guère plus vaste qu'une porte, ma mère était obligée de reculer sur le trottoir.

Dans la traversée du centre, beaucoup de passagers étaient montés, en majorité des femmes ; l'une d'elles, à qui j'avais cédé mon siège, serrait contre sa poitrine un nourrisson au bavoir d'infante qui dormait. C'était soudain, un jour du printemps dernier, que l'autobus XVII — numéro maléfique à Rome, où les hôtels l'ignorent — avait freiné de manière à favoriser la manœuvre d'un camion de déménagement mal parti pour se dégager d'une ruelle adjacente. Le plus simple eût été de descendre et de poursuivre le chemin à pied. Déjà, j'apercevais la silhouette de ma mère, qui, dans les couleurs du veuvage, l'été aidant, avait consenti au blanc pour son chemisier, et n'irait jamais plus loin. En juin, elle vendait surtout des petits pois, des fèves, des nèfles et des cerises. Tout à coup, cinq ou six gamins se détachèrent de la foule, en se bousculant ; l'aîné heurta un cageot qui dépassait de l'étalage, et le renversa. De ma mère, qui avait ouvert les bras en signe d'impuissance, on devinait la véhémence de la protestation. Elle piqua au vif le maladroit, qui, revenu sur ses pas, le menton levé, la mine arrogante, fut rejoint par deux de ses camarades, et, comme si cela s'était produit hier, j'eusse été en mesure de les décrire, tandis qu'ils saisissaient deux autres cageots et en éparpillaient le contenu, avec le geste qu'on avait pour vider par-dessus la barrière un seau de nourriture dans la bauge des cochons. Ils détalèrent, contents d'eux-mêmes, juste au moment où réapparaissait, indifférent à la bousculade, notre professeur de mathématiques, un étranger au pays qui logeait à l'hôtel, un mulâtre encore jeune, outrageant par le bariolage de sa tenue dans un pays où les hommes s'habillaient volontiers de noir — nœud papillon, chaussures bicolores et veste bleu ciel — prêt à chanter dans une comédie musicale, aurait-on dit, mais qui ne nous faisait rire d'aucune façon, malgré son habillement, tant son persiflage, l'efficacité de ses remarques qui fouillaient nos âmes, son autorité et la clarté de son enseignement en imposaient. Lorsque, selon l'usage, il s'était inquiété de la profession de mes parents, je lui avais répondu : « Commerçants », l'air de suggérer un père encore en vie, des employés et une boutique.

Mon devoir eût été de rattraper les fuyards. Maîtriser l'un d'eux et en obtenir des excuses n'était pas un exploit hors de ma portée, et le talocher pas davantage — je les dominais tous par la taille. Cependant, je n'avais pas bougé. Le camion de déménagement lui ayant enfin laissé la voie libre, l'autobus s'ébranlait, les battements de mon cœur s'accéléraient à proportion de sa vitesse et, quand il était passé devant l'étalage en désordre, ma mère, qui, à genoux, ramassait des nèfles, avait levé les yeux, non pour implorer mon aide, puisque ma présence lui était cachée par les reflets sur la vitre, mais pour prendre les passagers de la plate-forme à témoin du traitement qu'on lui infligeait. Une main crispée sur la poignée qui pendait du plafond, l'autre serrant un maillot humide, j'avais détourné la tête ; son regard, où je n'étais pas entré ce jour-là, me transperçait maintenant à une table de bistrot, en face d'une blonde qui cuvait son grog et un chagrin d'amour, guère moins abîmée au physique que moi-même. L'autobus s'éloigne, le nourrisson pleure. Immobile, et, en quelque sorte, au garde-à-vous, je suis, quoi que je veuille, hors d'état de m'arracher au spectacle qui a beau rapetisser à chaque tour de roue — il ne s'effacera jamais : ma mère, de nouveau à genoux, reçoit l'aide d'une cliente, d'une petite vieille qui vient de suspendre son sac à provisions au treillage enveloppant le tronc d'un arbre de Judée, qui a résisté à l'urine des chiens. Mon trajet s'est allongé ; en conséquence, le receveur me réclame un ticket supplémentaire. Dans l'immédiat et par la suite, ce sera l'unique sanction, ce sentiment qu'un autre a éprouvé au troisième chant du coq. Un adolescent devine-t-il jamais que, dans la vie, le drame, c'est qu'il n'est jamais de sanction, parce qu'il n'y a pas de juge ? Le soir, ma mère avait servi le dîner en silence ; elle n'avait pas soufflé mot de l'incident, mais, après la vaisselle, vite expédiée alors qu'elle favorisait notre conversation quotidienne, s'était couchée sans avoir récité un chapelet. Ou je me trompais fort ou, de ce jour, elle y avait renoncé, puisque je n'aurais plus par la suite l'occasion de la soulever par les épaules, endormie au pied du lit, ni d'admirer ses jambes dans les remous du peignoir commandé à La Redoute.

Donc, mon judoka parti, l'atmosphère au Narval, où je buvais maintenant du sauvignon, s'était détendue. La blonde plongea le nez dans un mouchoir et souffla dedans avec une énergie que l'on devinait associée, au départ, à un projet moins trivial — par exemple, changer de vie. Je ramassais dans mon assiette les dernières miettes de mon sandwich, puisque le chat noir à collerette blanche n'en voulait pas, quand elle se pencha pour s'examiner dans le miroir du poudrier qu'elle avait tiré d'une bourse aux mailles aussi dorées que les mèches voletant devant ses yeux : « Mon Dieu ! » s'écria-t-elle presque aussitôt.

« Qu'est-ce qu'il y a ? » maugréa la serveuse, qui s'était levée dès que j'avais ramassé le ticket des consommations sur la table. Elle en négligeait la plainte qui s'élevait dans son dos — « Mais regarde... De quoi j'ai l'air ? » — et répliquait sans se retourner : « Tu as l'air de ce que nous sommes, toutes autant que nous sommes — des vide-couilles. Excusez-moi, monsieur, si je suis grossière. Je ne parle pas pour vous. Mais quand on a eu deux maris... »

L'expérience me préservait d'un étonnement : le coup reçu, l'hématome qui en résultait ne remontait à la surface qu'au bout d'une heure ou deux, je n'excluais pas de me découvrir, à mon tour, des bleus un peu partout après l'empoignade sur le tatami. D'un air incrédule, la femme passa un doigt le long d'un sourcil dont l'arc, en sa perfection, avait dû lui coûter plus d'une retouche et bien des minutes de patience, une pince à épiler entre le pouce et l'index : la chair avait enflé et commencé à bleuir autour d'une orbite au fond de laquelle, avant demain, son œil s'ouvrirait à demi au milieu d'un coquard.

« Va aux toilettes, je t'apporterai des glaçons — tu te frotteras avec. Ensuite, tu iras acheter de l'arnica », ajouta la serveuse, sur le ton d'un entraîneur sportif qui refuse de dramatiser les bobos de ses protégés. Elle avait saisi par la peau du cou le chat, qui, sautant de table en table, était arrivé à celle-ci pour donner un coup de patte au tube de rouge à lèvres, qui allait tinter sur le carrelage. Wolfgang eût détesté d'être attrapé ainsi. Il ne se prêtait aux tripotages et aux caresses que s'il était d'humeur à les rechercher, et encore ne supportait-il pas longtemps le contact d'une main plongée dans sa fourrure sans se mettre à souffler et à remuer la queue, l'insistance des doigts réveillant sans doute dans les zones sensibles le souvenir des mauvais traitements qu'il avait subis.

Si embarrassée qu'elle fût par le poids de l'animal, qu'elle serrait contre sa poitrine, et dont les pattes arrière et la moitié du corps coulèrent lentement à l'intérieur de la poche de son tablier, évoquant le bébé kangourou à demi enfoui dans le ventre de sa mère, la serveuse s'arrangea pour saisir

au passage le billet que je lui tendais. D'un hochement de tête, je la dispensai de rendre la monnaie.
Elle sourit et murmura : « Vous au moins, je suis
sûre, vous ne leur faites pas de mal, aux femmes »,
pendant que le chat profitait du relâchement de
son étreinte pour se jucher sur une de ses épaules
et toiser les clients qui entraient à la queue leu leu.
Ils étaient quatre, d'âges différents, qui avaient ce
plissement des paupières particulier aux gens en
train d'évoluer de l'ombre à la lumière, de l'anonymat de la rue à la chaleur d'une maison où l'on a un
prénom, un passé, des complices et des habitudes ;
je n'avais sans doute pas eu tort d'imaginer que ce
café abritait une bande analogue à la nôtre, autrefois, chez Marthe. Le courant d'air qui provenait du
dehors était glacé. Dans sa main gauche, aux ongles
d'un rouge cerise, la blonde tenait toujours le miroir
du poudrier à la hauteur de son visage, qui s'était
vidé de toute expression. Ses yeux, qui s'étaient élargis, semblaient fixer des lointains, quelque point
d'un spectacle dont la vision réservée à elle-même,
qui avait eu du mal à l'admettre, la laissait sans
voix. Puis, ses lèvres commencèrent à remuer en
silence, comme pour l'une de ces prières récitées au
pied du lit par l'enfant, et que l'adulte se remémore
avec difficulté dans les situations de péril où il ne
reste plus que la foi.

Une mésaventure analogue ne risquait-elle pas
de survenir à Maureen, si elle continuait d'aller
dans les *balera* ? Ce mot, qui me revenait dans une
rumeur de tango et de scintillement des faisceaux
lumineux cherchant quoi avec insistance au
plafond, était-il employé hors de Rome ? Et pour
combien de temps encore ? Des *balera*, il en existait
encore quelques-unes. Nous avions eu la curiosité

de les découvrir, la fille d'une amie nous en ayant parlé comme de curiosités, elle-même bien décidée à s'amuser aux dépens de leur clientèle, si nous acceptions de lui servir de chaperon. Et, de fait, lorsque nous étions entrés, nous avions eu beaucoup de mal à maîtriser le fou rire qui nous avait saisis, proportionnel en intensité à un sentiment de gêne. Au Minuit, qui aurait nos préférences — une sorte de hangar au fronton de temple protestant, serré entre deux immeubles, dans une rue en pente du quartier Monti où les voitures supprimaient la chaussée, on payait dix mille lires le billet d'entrée, qui donnait droit aussi à un plat de pâtes et à un verre de vin. Le réduit où l'on était accueilli, pas plus grand qu'une loge de théâtre, des draperies de velours bleu sans cesse en mouvement le long des parois, annonçait la boîte de nuit classique des films en noir et blanc et de la jeunesse de Marthe, et, une fois soulevé le rideau dissimulant une porte capitonnée, on mettait le pied sur le parquet en bois d'une salle immense, aux girandoles et lampions de fête de village — du moins au début de la soirée, lorsque n'étaient pas encore occupées toutes les tables et les chaises rangées de ce côté-là, de même que, sur la gauche, le buffet, où l'on se présentait muni d'une assiette creuse en carton. L'un des trois serveurs en veste blanche, presque des gamins — et j'oubliais un nain imberbe, aux traits d'enfant, juché sur un escabeau — la remplissait du contenu de sa louche cyclopéenne retirée de l'une des soupières, dont la vapeur introduisait une note de campagne, un parfum de basilic, dans le mélange de senteurs que j'essayais d'identifier par des reniflements, avant que l'accoutumance ne les dissolve. Ils promettaient des révélations imminentes, elles allaient se produire lorsque mes narines ne percevaient plus rien. Un muret divisait la salle, isolant la piste de danse ; des lanternes en papier, qui, à l'heure invoquée par l'enseigne de l'établissement, deviendraient l'unique source de lumière, pendaient d'un ciel en trompe l'œil où s'étiraient des nuages d'été. L'orchestre occupait une estrade, au fond à droite. Au-dessus de la tête des musiciens, le moins âgé ayant pu jouer sous la direction de Toscanini, un décor en carton-pâte évoquait la grotte d'une crèche de Noël ; Nino et les membres de sa formation en étaient les santons, et quelques-uns eussent assez bien figuré les Rois mages, du fait de la dignité de leur maintien, de leur teint de Maure, du crêpelé de leur chevelure grise, de l'éclat et du nombre de leurs chevalières et bagues, dont l'or s'accordait à toute la passementerie de leur uniforme lie-de-vin. L'accordéoniste était aveugle ; l'aîné, qui secouait des maracas, sifflait si bien que, lorsqu'il était en forme, il feignait d'exécuter un morceau à la flûte. Pour quelle raison appelait-on *liscio* la musique qu'ils jouaient avec une ferveur sans relâchement ? Étaient-ils « lisses » au regard du rock et de ses dérivés, qui laissent entière liberté au corps en ses déhanchements et gestes ? Le tango, avec ses chocs percussifs, enchaînait sur une valse d'allure symphonique, que dissipait paso doble ou rumba, qui déchaînait cuivres, tambourins et maracas, toutes ces danses imposant la succession harmonieuse de figures immuables. Vers la fin de la soirée étaient surtout réclamés des tangos ; je découvrais cette danse, et, peu à peu, l'appréciais, dispensatrice de la nostalgie de ce que l'on n'a pas vécu, qui fut beau et cependant à l'image de chaque vie, avec ses temps égaux, marqués, suivis d'un ralentissement où l'on cède au plaisir lorsque déjà survient une accélération, comme si la fatalité qui va son chemin reprenait les rênes, après avoir consenti à une brève halte dans le bonheur.

« Il n'y a que des vieux », avait averti la fille qui nous avait conduits au Minuit comme au zoo. À ses yeux, vieux, on commençait à l'être à partir de cinquante ans ; était-ce par courtoisie à notre égard qu'elle ne plaçait pas la barre plus haut ? Dans la foule, d'où montait une houle de rires et d'exclamations, lorsque l'orchestre s'accordait une pause, bien peu montraient la couleur de leur chevelure à l'état naturel. Et sans doute aurait-on persisté à imaginer quelque sauterie dans une maison de retraite, une réception en l'honneur des anciens du quartier organisée par la mairie ou un parti politique, si l'on n'avait senti dans l'atmosphère autant d'ardeur et d'allégresse, qui amenaient parfois les serveurs à danser entre eux derrière le buffet. Sans quitter son escabeau, le nain tournait sur lui-même, les yeux mi-clos, avec un air d'extase, et les rides de son visage n'étaient plus que les craquelures du vernis sur la face d'un vieil ange oublié au bas du tableau. Les hommes étaient habillés comme au jour de leurs noces, quelques-uns en smoking. Ils s'épongeaient le front avec leur pochette de soie, qu'un vague sourire aux lèvres ils repliaient sans hâte, de manière à dissimuler le soudain coup de pompe, l'accès de tachycardie ou l'élancement d'un rhumatisme sous-estimé. Les femmes, souvent en robe longue et s'y empêtrant faute d'habitude, pareilles à des gamines qui ont vidé les armoires des aînées pour la mi-carême, indifférentes à la cruauté du décolleté, arboraient la coiffure de leurs vingt ans, quand elles n'avaient pas recours aux perruques ; et leur maquillage était celui, violent, des ballerines. Aussi m'avait-il fallu une longue observation pour identifier la veuve de colonel qui m'avait loué une chambre non loin de l'île Tiberina, et ce soir métamorphosée par une robe de gitane à volants. La hauteur des talons faisait de presque toutes des géantes, qui rapetissaient au moment où, retirant leurs chaussures, elles ne dansaient plus que pour elles-mêmes, leurs partenaires à bout de souffle. Était-il possible qu'il y eût un si grand nombre de blondes dans la ville ? Lorsque nous étions venus la première fois, nous avions, pendant plusieurs minutes, évité de nous regarder, afin de ne pas céder au fou rire au spectacle de ces retraités de la municipalité, de la Poste ou de l'armée pratiquant le baisemain, et de leurs compagnes qui ressuscitaient des manèges de coquetterie d'antan, et jouant moralement de l'éventail. Mais lorsqu'un septuagénaire à la solennité de croupier derrière une table de « chemin de fer » s'était approché pour inviter Maureen, devançant l'un des jeunes gens que l'on distinguait, à la longue, dans l'assistance, déjà nous nous sentions à l'aise, gagnés par l'atmosphère. Tout ce monde, heureux de son outrance, semblait dire « Prenez-moi tel que je suis » ou « tel que je me rêve ».

À l'heure où s'allumaient les lanternes au plafond, l'assistance, dans la pénombre, n'était plus qu'une masse mouvante ronronnant de satisfaction tel un énorme félin ; nous étions tous les trois sur la piste, et j'esquissais des figures de paso doble dans les bras d'une grosse dame, à qui, du bout des doigts, le nain, sur son tabouret, adressait des baisers, comme un hommage de bourdon à la reine des abeilles. À la sortie, fourbus, nous n'avions échangé aucun commentaire. Nous étions retournés régulièrement au

Minuit, Maureen et moi, sans le révéler jamais à notre guide ou à qui que ce fût. L'établissement n'ouvrait que le vendredi et le samedi soir ; et souvent nous y étions encore pour la fermeture, à l'aube. Nous avions fini par nous lier à quelques couples, qui, ensuite, s'empressaient de nous saluer à notre arrivée et nous offraient un verre de vin blanc, à quoi nous répondions par la commande d'une bouteille de champagne, qui nous valait l'estime des serveurs. Nos interlocuteurs, entre deux danses, nous parlaient d'eux-mêmes avec élan et confiance, comme pour garder en vie le personnage qu'ils avaient été, et charger les étrangers que nous étions de le faire connaître là où ils n'iraient jamais. Il était entendu, sans qu'il y eût à le préciser, que chacun rentrait de son côté, on se saluait l'un l'autre par un clin d'œil ou un geste de la main et l'on s'éclipsait dès que j'avais réglé l'addition. À différentes reprises, par un jeu de circonstances, que je ne sollicitais pas, j'avais vu un garçon monter dans la voiture de Maureen, ou la suivre à bord d'un scooter. Les jeunes qui fréquentaient le Minuit, sans doute y étaient-ils à notre exemple d'abord venus par curiosité, avant de céder au charme de son atmosphère bon enfant. Un soir, via dei Portafieri, Maureen avait lâché l'unique allusion qu'elle ferait jamais à ces rencontres. « Ses deux frères étaient déjà rentrés à la maison, de gentils garçons plus jeunes que lui », m'avait-elle dit à propos du partenaire de l'avant-veille, sur le ton de qui s'accommode de l'imprévu, et ses yeux pâles, soulignés de noir, qui me fixaient, avaient le brillant des glaçons au fond d'un verre.

« Au lit, je n'ai pas eu l'impression qu'ils me faisaient la charité. »

Elle passait négligemment les doigts dans ses

cheveux, comme si elle se fût interrogée sur la nécessité de garder blanches ses deux mèches à une tempe. Elle n'était jamais aussi belle, même en négligé, que dans ce décor de château restauré à la campagne, où les meubles, par leur massivité, accentuaient l'élégance de sa silhouette, retirant toute pesanteur à sa présence, ses mots, ses gestes, dont la lenteur sans apprêt redoublait la grâce.

Je m'étais abstenu de resservir à Maureen les conseils de prudence qu'elle me prodiguait en matière de drague, et, de me la représenter entre deux jeunes hommes qui, devant l'aubaine, ne se retenaient plus, pour leur plaisir autant que pour le sien, m'avait donné un pincement au cœur.

Elle s'était retournée, les doigts toujours dans ses cheveux, sa main, déjà, recouvrait le cendrier en pâte de verre, difficile à distinguer en raison de sa couleur du marbre de la console, et puis, faisant volte-face, comme horrifiée par la déformation de son visage dans le miroir convexe de la sorcière accrochée au mur, elle avait élevé au-dessus de sa tête l'objet sur lequel ses doigts se crispaient. Et, dans ce mouvement arrêté de justesse, sa blouse en gaze de soie argent à longues manches bouffantes métallisée à s'y méprendre par l'entrecroisement sur elle de la lumière des lampes semées à travers la pièce, le bras avait tracé dans l'air un sillage de sabre qui s'élève avant de trancher et ensuite tremble de s'abattre.

« Allez-vous-en, mon cher, sinon... », menaçait doucement Maureen d'une voix qui modelait les voyelles, à croire que, tirées de quelque substance dure, elle s'appliquait à en effiler la pointe : « Allez-vous-en. Vous n'êtes qu'une sale tante. Une de plus... »

J'étais sorti à reculons, et en silence, notant que,

214

depuis ma précédente visite, un buste de femme, au fond à gauche, avait été affublé d'un masque de velours noir. Dans l'escalier, j'avais perçu le fracas du verre qui s'était brisé sur les tommettes, suivi d'un bruit sourd qui provenait peut-être d'un coup de pied flanqué à un guéridon. Le samedi suivant, sans explications de part et d'autre, nous retournions ensemble à la *balera* du quartier Monti.

À présent, je croyais saisir la nature de la sorte d'ivresse, de l'oubli heureux que j'y avais connu. Au milieu des danseurs, pour qui le bal était le but de la semaine, se préparant en vue du prochain à peine en étaient-ils sortis, j'avais éprouvé, avec toute la violence qui le caractérise, le bonheur des dernières fois dans la vie, quand il n'y a plus que la vie, dont il ne faut pas laisser se perdre une seconde. Le bonheur n'était peut-être que l'affaire des vieux. Qui m'avait dit, une fois, au Minuit : « Il n'y a pas de retraite quand on danse » ? Un homme ou une femme ? Ou peut-être le nain sur son tabouret.

Lorsque je sortis du Narval, où désormais le chat de la maison, noir à collerette blanche, se promenait dans un serpentement soyeux le long du comptoir, se frottant au passage, entre les verres, à la poitrine ou à la manche de chaque client, en animal habitué à la gentillesse de l'homme, je me redis que le numéro de téléphone de Marceau, dans la liste fournie par mon agenda parisien, que j'avais conservé telle une assurance de retour, n'était pas le seul à être encore valable. Il y en avait bien un autre qui m'importait — le premier, d'ailleurs, que j'eusse formé sur le cadran, n'en étant arrivé à Marceau que d'échec en échec, mais ce n'était pas une réponse, le message que je connaissais par cœur à force de l'avoir entendu, et où perçait dans l'accent une intention de parodie : « Nous sommes absents. Après le signal sonore, veuillez laisser votre nom, la date et l'heure. Nous vous rappellerons à notre retour. » Quelques secondes s'écoulaient, et puis : « Pour Lola — petite pute, précise bien à l'agence immobilière que tu viens de ma part. »

Elle n'avait pas changé, la voix de Tony, de celui qui m'avait accueilli à Paris, à mes débuts, et que j'avais connu par hasard, un dimanche où, sur le bord de la route, je guettais le passage de l'autobus du soir, bras et jambes rompus de fatigue pour avoir fait du zèle dans la récolte des pêches, chez Élisa et son fils. Et dans cette voix se combinaient le nasillement imputable à un bec-de-lièvre, d'intermittentes intonations de fumeur qui, au réveil, se racle la gorge, et les accents d'une ironie qui ne se relâchait en aucune circonstance : on n'avait jamais vu Tony ni silencieux ni triste. Le « nous » de son répondeur signifiait soit qu'il hébergeait un ami en ce moment, soit que sa mère avait été contrainte par l'âge de rejoindre son fils, d'abandonner l'appartement de la famille situé à la lisière du bois de Boulogne, qu'il détestait comme tout ce qui concernait son enfance — ce en quoi nous n'étions pas très différents. Il ne passait plus qu'en coup de vent dans l'immeuble où il avait vécu jusqu'à son admission à l'École des beaux-arts, et c'était au principal pour s'inquiéter du sort de la vieille concierge qui, autrefois, avait emmené en promenade aux alentours, à des heures de la soirée où il ne risquait pas de subir l'insistance des regards, un gosse qui maintenait soigneusement rabattu le capuchon de son duffel-coat sur son visage souvent recouvert de pansements. Pour sa mère, il n'était qu'Antoine, et lui-même refusait le diminutif, écrivant son prénom en entier, quand il logeait sa signature entre deux traits, au bas de ses dessins à l'encre de Chine. Il n'était pas inimaginable non plus qu'un profiteur eût pris goût à son hospitalité, à la suite de tant d'autres — moi-même en bonne place sur la liste ; Tony n'était pas homme à pousser dehors qui ensuite n'aurait pas su où aller dormir.

À La Reine blanche — où sans lui je ne serais jamais allé, parce que, entre Seine et Marais, elle était aux marges des quartiers de la jeunesse — qui ne savait où dormir la nuit suivante, avait rompu, tout à l'heure, la liaison assurant le gîte sinon le couvert, ou encore recevait des parents auxquels il ne pouvait offrir un lit ou payer l'hôtel, s'adressait à Tony. Quelquefois, un dragueur lui confiait l'oiseau rare capturé à son arrivée de province ou de l'étranger, comme dans les contes des Mille et Une Nuits le sultan délègue la belle esclave circassienne à la garde d'un eunuque. Quand on n'était pas parvenu à mettre la main sur lui, et que la journée s'avançait, on posait sa candidature auprès de Marthe, qui, elle, n'était pas facile à circonvenir, ayant peut-être gardé du couvent l'habitude d'établir une hiérarchie entre les nécessiteux. Insensible à la beauté d'un visage masculin, et même portée à s'en méfier, ignorant peut-être que l'unique plaisir que l'on connût à Tony était de contempler le corps de son hôte endormi, elle entrait dans les détails comme si elle avait eu à remplir un dossier, s'inquiétait de la date de départ, et lorsqu'une tête ne lui revenait pas, par trop de séduction où elle flairait l'arnaque, elle réclamait les papiers d'identité. Plutôt que d'en passer par certains de ses interrogatoires, je serais allé dormir à l'Armée du Salut.

On n'obtenait que chez elle, à condition de bénéficier d'un traitement de faveur, tel Marceau, et on n'y avait droit que dans certains palaces, l'équivalent, en variété et en abondance, des petits déjeuners que Tony préparait à son retour du marché aux puces, où il se rendait à l'aube. Il les servait à son invité encore au lit, dont il avait guetté le réveil, le plateau en argent massif avec service complet et fleur piquée dans un vase en équilibre sur son avant-bras droit, les doigts agrippés au rebord comme des serres à l'envers, sa main gauche étant réduite à un moignon en forme de demi-lune. Et mieux valait ne pas penser à ce qu'elle avait été à l'origine, avant l'intervention du chirurgien qui s'était acharné sur ce corps jusqu'à l'adolescence, afin de le rapprocher le plus possible de la norme, et ne pas chercher à établir la raison pour laquelle Tony refusait les bains à la piscine et à la plage. Je le tenais de Marthe : à deux reprises, quand il était enfant, sa mère, si fière d'un fils aîné champion d'escrime, qui, n'étaient les études, eût poussé jusqu'aux Jeux olympiques, avait essayé de se suicider aux barbituriques.

Par délicatesse, on résistait à la tentation d'avancer la main, on détournait les yeux au moment où, dans un tintement de porcelaine, Tony posait son chargement sur la petite table d'appoint que, du pied, il avait poussée vers le lit ; il justifiait la recrudescence de son rire, qui avait déjà retenti devant la porte de la chambre, par quelque anecdote sexuelle glanée, la veille, à La Reine blanche. Il l'enjolivait en allant à la fenêtre tirer sur un cordonnet, qui faisait se lever les rideaux à fond bleu, tels des rideaux de théâtre — et peut-être reproduisait-il les gestes du butler de son père, son père qui vivait encore et qu'il ne mentionnait jamais. Puis, il laissait son invité du week-end au plaisir de savourer les croissants achetés quelques minutes plus tôt à la boulangerie, au bas de l'escalier de Lamarck-Caulaincourt, pour filer à la cuisine et remplir la gamelle que chaque matin — sa voisine de palier chargée de la relève en son absence —, il apportait aux chats du cimetière Saint-Vincent, situé sous les vignes de Montmartre, où il s'était gagné le droit de se comporter comme chez lui. Et il n'y avait pas eu d'autre moyen que d'acheter une concession perpétuelle dans cet îlot de verdure cerné d'immeubles qu'un provincial de mon genre risquait de ne jamais découvrir s'il n'habitait pas le quartier.

Nulle part au monde, sans doute, les morts ne dormaient leur dernier sommeil sous une surveillance des vivants aussi constante, et n'y recevaient, l'été, par les fenêtres ouvertes, des échos de la vie aussi aptes à décourager l'espoir d'une résurrection. Quelquefois, sur les tombes, les inscriptions étaient écrites *en mousse* ; j'en avais repéré une qui, en indiquant : « DÉCÉDÉ À MONTMARTRE », rappelait l'époque où la colline formait une commune. Avant d'obtenir une place, Tony avait dû patienter sur une liste d'attente, graisser la patte de quelques fonctionnaires, et, dans l'intervalle, grâce aux pourboires, s'était gagné la complaisance des gardiens, qui, sans prise sur les riverains prompts à jeter par les fenêtres — des dizaines de fenêtres — les reliefs de la table enveloppés de papier journal, interdisaient aux promeneurs de nourrir les chats. On était moins rigoureux, à Rome, au cimetière des Anglais, à peine plus petit, d'un charme préservé des regards par un mur d'enceinte et l'éloignement des immeubles.

Le père de Maureen était enterré au pied des ruines de la tour, dans l'alignement de la tombe de Shelley, qui, d'après les inscriptions sur les sépultures des alentours, semblait avoir attiré, avant la guerre, tous les chefs de département d'anglais des universités nord-américaines. Chaque fois que j'y étais allé, un « gouttière » tricolore dormait sur la tombe du poète ; et si l'on insistait dans la caresse, il consentait à ouvrir un œil.

Sitôt qu'on lui signalait une nouvelle portée, Tony emmenait les chatons chez le vétérinaire pour les stériliser, les vacciner et les tatouer, mais il s'était toujours refusé à en adopter un. Peut-être aurait-il changé d'avis s'il avait connu Wolfgang, que je ne manquerais pas d'évoquer, bien qu'il en aille du bonheur et du chagrin comme de certains métaux précieux qui s'oxydent à l'air libre. Entre tant de qualités, il y aurait eu à souligner chez lui une intuition de devin qui le poussait à offrir la consolation appropriée dispensant de l'aveu explicite ; maintenant, j'étais sûr qu'il avait percé ma nature au premier coup d'œil, et que nous ne nous étions connus sur le bord d'une route que parce qu'il l'avait cherché. Se réveiller, le matin, dans son quatre-pièces de l'avenue Junot, où régnait le même luxe sobre que dans l'appartement de Marthe au-dessus de La Reine blanche, dépaysait autant qu'un voyage. En sa compagnie, toute journée commençait gaiement, et du reste, dès que l'on entrait dans le cercle dont il occupait vite et sans ostentation le centre, son sourire, qui, pourtant, ouvrait sous le nez comme l'ancienne cicatrice d'un coup de sabre en lieu et place de bouche, faisait oublier qu'il était ce qu'il était et qui m'avait frappé de stupeur, la première fois, par une fin d'après-midi de juillet, achevée la récolte des pêches de l'année — la dernière pour Élio. Mais qui, à l'âge de mon cousin, redoutait la maladie, y songeait seulement, pour lui-même ?

L'autobus qui traversait la plaine en direction de la ville, le chauffeur s'arrêtant à un signe de la main, était en retard, à moins qu'il ne fût déjà passé avec son chargement d'ouvriers agricoles ivres de fatigue, au sommeil traversé de râles et imperméable aux caquètements de la volaille prisonnière de paniers en osier tombés des genoux des vieilles femmes en noir. Le regard que les automobilistes et les camionneurs lançaient à mes cageots — ne contenaient-ils pas de la green lady, cette année-là ? — n'encourageait pas beaucoup les espoirs d'un auto-stoppeur. J'étais en nage, et sans doute me félicitais-je d'avoir, durant la sieste qui suivait la pause du casse-croûte dans la propriété d'Élisa, réussi, une fois encore, à frotter ma jambe contre la jambe d'Élio, dont les yeux, en été, semblaient plus verts que d'habitude, par contraste avec sa peau hâlée — et plus tard, à travers l'Autrichien et quelques autres, combien me coûterait d'erreurs, de tristesse et d'affronts la clarté marine de ces yeux-là ? Peut-être me réjouissais-je également à la perspective de prendre tout à l'heure une douche chez moi, où certaine porte qui donnait sur la salle à manger avait cessé d'être verrouillée en permanence pour les besoins d'une fiction. Depuis quelques semaines, elle s'ouvrait non plus sur un débarras, mais bel et bien sur une salle de bains, installée par un maçon qui travaillait au noir. La baignoire sabot, il l'avait récupérée dans un hôtel que son entreprise achevait de rénover ; une nouvelle couche d'émail en avait assuré l'éclat du neuf. J'y prolongeais volontiers ma toilette, et, si je me représentais Élio avec trop de précision, sous l'afflux des images, je ne me retenais plus. Dans ces circonstances, où je disposais de mon corps nu en toute tranquillité — la porte fermée à clé, ma mère en faction derrière son étalage sous les arcades — c'était un plaisir que ne sanctionnaient ensuite ni la tristesse ni la lassitude, comme si, la chaîne de la goulotte soulevée entre deux orteils, l'eau savonneuse emportait ce qui va avec les simulacres. Tandis que baissait le niveau commençait l'attente d'une satisfaction supplémentaire : le petit frisson sans prix, pendant la canicule, qui m'indiquait que ma peau avait séché toute seule. Mon amour dépassait de partout, comme les vêtements que ma mère, dans les liquidations de stock, les soldes, achetait d'une taille ou deux au-dessus de la mienne, en prévision de ma croissance. En ancienne vendeuse d'un magasin doublé d'un atelier de retouches, elle s'y entendait à raccourcir les manches et à rallonger la jambe du pantalon. Cette voiture de tourisme stationnait à ma hauteur depuis une minute déjà ; néanmoins, je ne me décidais pas à me détacher du tronc de ce peuplier noir signalant en arrière du talus, à moins de deux cents mètres, la présence de la rivière, qui, dès le mois de juin, était à sec, et au bord de laquelle m'avait déposé, avant de bifurquer vers les collines, le camion à gueule de bouledogue piloté par l'un des ouvriers agricoles que notre cousine Élisa louait à la journée. Elle nous recommandait de les surveiller de près, parce qu'ils avaient tôt fait, dans leur paresse, de garnir de fruits tavelés les alvéoles des plateaux achetés à la coopérative de la plaine ; et il y allait de son crédit que les fruits fussent d'une présentation irréprochable. Les deux hommes étaient coiffés de ces calots en papier que l'on se confectionne sur les chantiers avec le fond des sacs à ciment. Le plus jeune, qui ne dépassait pas de beaucoup la vingtième année, avait un profil de médaille, des yeux d'un bleu qui étonnait chez un Sarde, des dents d'animal en bas âge, des cheveux identiques, pour la couleur et l'implantation, à ceux de mon cousin, leurs pointes blondies par le soleil sur les tempes, où elles se détachaient avec des mouvements de plante grimpante dont les extrémités, sous l'effet de la brise, s'écartent du mur. Tant que nous n'avions pas atteint la rivière, ce garçon, dont la fatigue physique semblait s'envoler avec le chant, attaquait des romances d'avant-guerre, et aussi *Strangers in the Night*, en anglais, qui ne me touchait pas moins. La bizarrerie de son accent n'eût été sensible qu'à des oreilles anglo-saxonnes ; nous, il nous bluffait, et nous admirions l'étendue de son registre, la puissance d'une voix qui alertait les chiens jusqu'au bas des collines. Il vantait la docilité de sa maîtresse — une femme mariée qui, afin de le rejoindre, parcourait des kilomètres à pied dans les champs. Menaçait-il de rompre ? Aussitôt, elle se procurait pour lui de l'argent ; lorsque je vivrais avec l'Autrichien, je la comprendrais mieux. Elle était mère de deux enfants.

« Lorsque je m'en irai, je lui en planterai un troisième », nous avait-il annoncé une fois, et il était parti d'un grand rire enfantin qui multipliait les fossettes sur son visage fait au moule, avant de décrire, en détail, le moyen qui endormirait la méfiance de cette femme — il l'avait déjà expérimenté avec une autre. Penché à la portière, les mains en porte-voix, il avait crié en français : « Souvenir, souvenir… Tout pour toi, rien pour la blanchisseuse. » L'écho lui avait répondu, et ensuite les chiens, qui, maintenant, semblaient ricaner comme des hyènes au crépuscule. Par leur silence, son compagnon, qui conduisait, les mâchoires serrées, et Élio, dont la jambe touchait la mienne par intervalles, à cause de l'exiguïté de la cabine aux odeurs mêlées de transpiration et de foin, désapprouvaient telles paroles et tel comportement, regardant droit devant eux ; ils fixaient ou la piste, qui eût mieux usé une chenillette de l'armée, ou la pointe du thermomètre solidarisé au bouchon du radiateur — si l'eau dépassait les quatre-vingts degrés, on tombait en panne. Alors, le jeune homme s'était mis à chanter ; il avait enchaîné les couplets jusqu'à ce que les cahots nous préviennent que nous approchions de la rivière dont le lit semé de cailloux et de pierres plates suggérait une portion de désert. Le Sarde s'appelait Oreste ; il chantait aussi : « Viens, il y a un chemin dans le bois », que je réentendrais au Minuit, non moins remué que Mme Sogno et les autres, sans oublier le nain, qui, sur son escabeau, avait la franchise des larmes.

C'était l'une de ces journées de canicule dans la plaine au terme desquelles on doutait que la nature, le lendemain, parvînt à reprendre ses couleurs. À cette heure où tout avait un relief exact mais sans ombre — arbres, rochers, buissons — et où les grillons n'étaient pas encore disposés à recommencer de chanter, le camion des ouvriers agricoles, qui laisserait Élio chez sa mère, avait disparu en geignant dans un nuage de poussière. J'attendais à une dizaine de mètres de la nationale. Le feuillage du peuplier me protégeait des rayons d'un soleil qui refusait de plonger complètement derrière la plus haute colline à l'ouest, du côté où Élio avait son école. L'air sentait le goudron qui a fondu — une odeur qui me toucherait plus tard, aux abords des chantiers de travaux publics, dans les villes et les pays si différents que je traverserais, et je devais en parcourir des villes et des pays ; Lili, l'ouvreuse, ne s'était pas trompée.

Une femme conduisait la voiture, qui était maintenant à l'arrêt. Son nom, que j'avais su, m'échappait aujourd'hui, mais je la revoyais très bien, la grosse brune aux bracelets, plus imposante encore d'être vêtue d'une robe bleu clair, sans manches, qui comprimait ses formes, sous les aisselles des taches de sueur qui étaient comme l'ombre du bras. L'inconnue était descendue sur la chaussée, son sourire transformé en bâillement pendant qu'elle s'étirait et que son passager, la tête penchée à la portière, me criait des mots que je n'enregistrais pas, tant j'étais médusé par le surgissement de sa figure de gargouille à la lumière. La rencontre d'un Martien m'aurait moins secoué ; Lili du Rex ne me refusait aucun film de science-fiction ou d'horreur.

Je n'avais pas encore répondu que, mince, souple, assez grand, en quelques enjambées, l'individu me rejoignait, et, toute sa dextérité concentrée dans une seule main et sa force dans un seul bras, après avoir posé un genou à terre, d'un bond où son corps s'était élancé, parvenait à soulever l'un de mes cageots et à le serrer contre son flanc droit. Son tricot était blanc, sa peau couleur pain d'épice. À la réflexion, n'avais-je pas affaire à un mulâtre, tel le professeur de maths, qui supportait mal une affectation prolongée dans notre lycée. Terrible M. Hilaire, qui avait été contraint de vendre sa voiture, puisque, même dans les garages, on crevait régulièrement ses pneus ; au moindre murmure, il distribuait des retenues à tort et à travers, nous criant : « Vous échouerez au bac, et vous resterez au pays, comme tous les ratés », menace qui ne m'entamait pas pour deux raisons. D'abord, parce que j'étais assez doué dans la matière qu'il enseignait, si, en français, je n'étais que moyen ; ensuite, parce que je ne concevais pas de m'éloigner jamais d'Élio, sans espérer, pour autant, une transformation de nos rapports. À dix-sept ans, une vie de renoncement n'était pas pour me rebuter ; je ne me connaissais pas encore. M. Hilaire, qui était assez beau, ne souriait jamais, Tony, lui, constamment et son sourire aidait à oublier sa laideur. Plus tard, il soutiendrait que nous nous étions arrêtés en chemin dans un bar-dancing proche d'une maisonnette de garde-barrière, et que j'avais insisté pour payer les consommations. C'était conforme à mon orgueil, et à de provisoires possibilités financières : le dernier dimanche de la récolte des pêches, Élisa ajoutait de l'argent de poche aux cageots que j'emportais à la maison, l'un d'eux réservé à nos amis les Pinto, nos meilleurs clients de la journée. Devant un verre, donc, j'avais appris que Tony était professeur de dessin dans un collège à Paris, qu'il passait une partie de l'été dans le village aux environs duquel sa mère possédait encore une oliveraie héritée de ses ancêtres, et où elle comptait un cousin dont la conductrice en robe bleue était la fille.

Un détail supplémentaire me revenait au sujet de celle-ci, dont les traits s'étaient effacés : ses cheveux étaient retenus par un élastique. Par l'intermédiaire d'une amie, elle avait procuré à Tony, que je m'efforçais de ne pas regarder, la possibilité d'exposer ses œuvres dans le hall du meilleur hôtel de la ville où j'habitais. Tony s'y rendait pour effectuer l'accrochage ; le vernissage aurait lieu le surlendemain, et sans doute y avais-je assisté, mon blazer du dimanche sur le dos, malgré la chaleur. L'hôtel était dit « des Étrangers », tout comme le quartier alentour — et qui, de l'hôtel ou du quartier, avait influé sur la dénomination de l'autre, je ne le saurais jamais. La bâtisse, où un architecte eût distingué la superposition de plusieurs styles, aucun n'étant simple, présentait sa façade à colonnes doriques au sommet d'un jardin en pente semé de palmiers et de bougainvillées. Un air de colonie se dégageait de l'ensemble, qui, d'après certains voyageurs auxquels je l'avais recommandé, avait maintenant cédé la place à des immeubles de rapport.

Que le journal local eût publié une photo de l'exposition, cela allait de soi, puisque tout ce qui avait lieu dans cet établissement — conférences, réceptions, présentation d'un nouveau modèle de voiture — alimentait la chronique. La propriétaire, pas moins forte par sa carrure que la cousine de Tony, occupait soudain le premier plan de la scène, peut-être à cause de la croix en diamants qui pendait au bout d'une chaîne entre ses deux seins embalconnés ; peut-être à cause du parfum qui m'avait saisi quand elle m'avait embrassé à mon tour au bas du perron, où elle se tenait pour nous accueillir ; peut-être, enfin, parce que, levant les yeux vers l'échafaudage qui s'élevait à un angle du bâtiment, au bruit de la poulie hissant jusqu'au dernier étage un seau rempli de plâtre, j'avais deviné la provenance de notre baignoire.

Des trois jours au cours desquels je n'avais pas quitté d'une semelle Tony et sa cousine, qui rivalisaient de fantaisie et m'apprenaient à rire, me restait, dans sa fraîcheur, l'impression que j'avais éprouvée — l'impression que des adultes sans préjugés, libres de leurs mouvements et de leurs sentiments, peuvent produire sur l'esprit d'un adolescent que tout entrave, et qui n'épuise pas l'émerveillement d'avoir retenu l'attention d'autrui. Dès que l'on est en confiance, comment se retenir de parler de qui occupe le cœur en entier ? Comment ne pas vouloir, au moins en paroles, relier entre eux les gens que l'on aime, surtout à un âge où le rêve serait de les avoir tous autour de soi, de n'en être jamais séparés, comme si nous avions une personnalité assez riche pour servir d'aimant, de point de ralliement ? Je m'étais risqué à citer Élio et j'avais compris que j'eusse été approuvé si j'en avais dit davantage, parce que, planté dans le hall — sur quels murs ses dessins étaient-ils accrochés ? — Tony avait lancé un compliment sans ambiguïté au fils de la patronne de l'hôtel, qui feuilletait un registre derrière le comptoir de la réception flanqué du concierge, et qui reçut un coup de coude, telle une sommation de se taire.

Comment me serais-je abstenu de parler à ma mère de mes nouveaux amis ? Il se produisait trop peu d'événements dans notre existence pour dissimuler pareille rencontre au bord de la route. Gagnée par mon enthousiasme, touchée par ma description de Tony — description pourtant sans insistance —

elle avait proposé de quitter son étalage plus tôt qu'à l'ordinaire, le lendemain soir, et de préparer un dîner auquel eût été convié également notre voisin, M. Salvy, qu'elle jugeait capable de soutenir une conversation avec des étrangers instruits : en cas d'urgence, et si les gens en valaient la peine, il acceptait de sortir de son mutisme ; on en avait eu des exemples. Circonstance favorable, sa femme — même sans la nommer, ma mère avait fait les cornes — depuis deux semaines ne quittait pas le chevet d'un moribond. Bien que notre intérieur eût été reblanchi et, pour une part, modernisé, grâce au rappel de la pension, j'avais inventé que Tony avait décliné l'invitation, parce qu'il était retenu toute la soirée à l'hôtel des Étrangers. Qu'aurait-il pensé du service à café en métal argenté, au sucrier veuf de son couvercle ? Sa cousine — la première femme qui eût fait allusion, devant moi, au désagrément d'être femme le vingt-huitième jour — n'aurait-elle pas souri à entendre ma mère hausser soudain le ton, comme reprise par l'habitude de vanter à tue-tête, sur le trottoir, la qualité de sa marchandise ? Et si Tony apportait à la maison quelques échantillons de son art ? Je sentais qu'ils eussent diminué le crédit que ma mère attribuait à toute personne dont la fonction était liée à l'enseignement. Comment aurait-elle réagi devant telle eau-forte qui représentait un adolescent à la tête difforme, assis par terre, les jambes croisées, au milieu d'un fourmillement d'insectes, et regardant monter de son bas-ventre l'espèce de champignon atomique en train de se former au-dessus de son sexe recroquevillé comme un escargot ? Faute de vocabulaire et d'éducation en matière d'art, je qualifiais de surréalistes ces dessins, qui, à ma mère, eussent surtout semblé l'œuvre d'un esprit malade. Mais ils me plaisaient, et Marceau, lui aussi, en aurait une grande opinion. Ce n'était pas seulement pour lui être agréable que je demandais à Tony, chaque fois que j'allais dormir avenue Junot, de m'ouvrir ses cartons, qui, depuis ce temps-là, avaient dû remplir de haut en bas l'armoire normande où il les rangeait. Sur une étiquette de cahier de classe, crayonnée de manière à créer une perspective, une date apparaissait comme au bout d'une lorgnette, et, quelquefois, entre les lèvres d'une vulve. L'exposition à l'hôtel des Étrangers n'avait-elle pas été, pour lui, l'une des dernières auxquelles il eût consenti ? Très vite, Tony, à qui son traitement de professeur servait d'argent de poche, avait, sans s'arrêter de dessiner pour le plaisir, renoncé à démarcher les galeries, ne montrant son travail que si on le sollicitait ; ce qui me scandalisait un peu. Aurais-je eu un don quelconque, l'univers entier en eût été averti.

Son répondeur saturé d'appels, n'ayant peut-être même pas enregistré le premier des miens, vers la Noël, je décidai de monter jusqu'à l'avenue Junot, et d'y laisser une carte de visite avec un mot dessus, dans une enveloppe que je confierais à la gardienne, pour plus de sûreté. On savait avec quelle désinvolture Tony, qui avait toujours refusé l'embauche d'une femme de ménage, estimant que pas une ne serait assez méticuleuse à son goût, traitait son courrier. À La Reine blanche, les serveuses ramassaient parfois ses lettres sous une banquette. Un soir, il rentrait à la maison pour découvrir que, faute de paiement, l'électricité lui avait été coupée. Tel un animal à la recherche des rassurantes odeurs familières qui délimitent son territoire, il ne me déplaisait pas de retourner dans ce quartier, tout d'escaliers et de pentes, auquel m'avaient toujours ramené en pensée les pentes et les escaliers de Rome — pentes et escaliers n'étaient-ils pas associés au souvenir de bons moments ? Je ne regagnais l'appartement que j'avais loué, et où, depuis le début des travaux, l'ameublement se réduisait à un lit, une table et une couple de chaises, qu'une fois les ouvriers partis, vers huit heures du soir. C'étaient des relations de Nanni, qui appartenaient à la colonie italienne de Vitry et, à travers parents ou amis, à la filière utilisée par leurs compatriotes cancéreux pour aller se faire soigner ici. Lorsque les relents de peinture réveillaient ma migraine, je n'avais qu'à traverser la chaussée, et à contourner le car de tourisme dissimulant l'entrée d'un hôtel.

À moins qu'il ne vécût avec sa mère, Tony, sitôt qu'il rentrerait de voyage, me proposerait à coup sûr d'occuper la chambre d'amis tant que j'en aurais besoin. À Paris, qui d'autre pouvait se rappeler à la fois et ma mère derrière son étalage sous les arcades et le jeune homme que j'avais été lorsque je cueillais des pêches dans la propriété d'Élisa, au lieu-dit la « Côte de l'Homme de fer ». Ma mère était morte l'année précédant mon installation à Rome ; Élio disparu, Élisa semblait avoir demandé à la maladie, qui l'avait entendue, de vite abréger une existence que, sans l'avouer, elle ne supportait plus, de sorte que je ne savais pas qui possédait à présent le verger, si verger il y avait encore, car les arbres, faute de traitement chimique, avaient dû crever de la cloque ou de la rouille. Depuis ce jour de juillet où j'attendais l'autobus de la plaine, à l'ombre d'un peuplier, on avait eu le temps de remplacer à deux reprises des arbres qui sont stériles au bout de quinze ans. Dans les papiers de ma mère, j'avais déniché une photo où le blanc était devenu neige, et le noir de la poix, et qui conservait en son milieu la trace d'une pliure ; il m'avait bien fallu une minute pour deviner que les deux jeunes femmes assises dans une pose étudiée, au bord du rivage, étaient les deux cousines, qui avaient passé leur jeunesse ensemble, et, ensemble, travaillé dans un magasin d'articles féminins qui disposait d'un atelier de retouches.

Avant que son allergie au poil des animaux de compagnie ne l'eût, à cause de Wolfgang, dissuadée de monter chez moi, un soir où elle était venue me chercher pour que nous allions à l'un de ces dîners au cours desquels nous faisions figure de couple, Maureen, toujours en avance, avait, pendant que je me changeais, examiné le document qui traînait au milieu des paperasses, sur mon bureau. Pour la beauté et le genre, elle avait rapproché cette brune à l'expression mélancolique d'une actrice italienne célèbre au lendemain de la guerre, et puisque mes liens avec ces personnes n'étaient pas niables, l'index sur la bouille ronde d'Élisa, j'avais affirmé que c'était elle ma mère, et qu'elle se trouvait en compagnie d'une camarade non identifiée. Et Maureen, qui se reprochait de n'avoir pas distingué tout de suite un air de famille avec Élisa, s'était amusée à imaginer, pour l'inconnue, quelques destins possibles. Aucun d'eux n'incluait une carriole sous les arcades d'un boulevard, tous m'irritaient, la prolongation du jeu me blessait, et je m'étais mis en colère, comme dans les couples où l'on cède pour le futile, parce que l'essentiel ne saurait plus être dit. Sous la photo, j'avais découvert, réunis par un trombone, une vingtaine de chèques envoyés à ma mère, et que celle-ci n'avait jamais présentés à l'encaissement. « Qu'ai-je dit de si extraordinaire, s'était étonnée Maureen. Cette fille est assez jolie pour être devenue entraîneuse dans un cabaret en province. Vous la préférez ouvrière et vieille à cinquante ans, avec les varices de la station debout ? »

On apercevait, au bout de la rue, la dentelle de fonte peinte en vert d'une bouche de métro, ses sinuosités reproduites même sur le panneau portant le nom de la station, que je réapprenais. Le long des trottoirs, à la hauteur des rideaux de fer qu'on avait tirés, bancs et comptoirs recouverts de bâches témoignaient de l'existence d'un marché où se serait accompli le vœu de ma mère — n'avoir à travailler que le matin, pour éviter, quand elle se levait à l'aube, le coup de pompe, vers deux heures de l'après-midi, qui l'obligeait parfois à dormir à l'intérieur de son cagibi, assise sur une chaise, dans le couloir délimité par les sacs de pommes de terre, jamais en quantité suffisante pour une marchande, car elles sont d'une vente régulière toute l'année, avec des pointes vers la fin du mois. De quoi ma mère déduisait que beaucoup, en ville, s'alimentaient de féculents et de pâtes, sacrifiant la nourriture à un habillement jamais trop luxueux ni trompeur. Une seconde, je crus l'entendre crier le prix de la salade et des fèves, et je me serais bouché les oreilles si cela s'était reproduit.

Il se trouvait que, en direction de Montmartre, la ligne était directe, et ne l'aurait-elle pas été je n'avais aucune envie d'être détourné du plaisir de penser à mes retrouvailles avec Tony par un chauffeur de taxi qui, à la faveur des embouteillages, m'eût à coup sûr raconté ses rancœurs et parlé de ses traites pour l'acquisition d'un pavillon en banlieue. Les chauffeurs semblaient tous, à présent, avoir quitté un autre métier la veille et considérer l'exercice de celui-ci comme une déchéance. Derrière son hygiaphone, l'employé eut un sourire en coin, à écouter ma demande qui fleurait le touriste. Ignorais-je que les wagons de première classe étaient supprimés depuis des années ? Du moins, la station Lamarck-Caulaincourt n'avait pas changé, avec son escalier en colimaçon déconseillé aux cardiaques, son ascenseur en panne, et l'issue entre deux volées de marches, deux immeubles de la rue Fontaine-du-But, dont le nom, évocateur de l'ancien verdoiement de la colline de Montmartre, m'avait souvent arrêté. Et elle était toujours là, toujours en buste à la fenêtre du kiosque situé au pied de l'escalier rejoignant la rue au-dessus, la marchande de journaux, toujours identifiable de loin au flamboiement de sa crinière. Si Maureen était auburn, et d'un roux d'automne le judoka du Narval à la main leste, elle, c'était de la nuance poil-de-carotte qu'elle se rapprochait le plus. Les femmes qui avaient de bonne heure adopté un maquillage outrancier finissaient par déjouer l'âge et n'être plus que cette singularité empêchant de l'évaluer avec précision en raison même de son éclat. Que retenait-on de son physique, sinon des cheveux souples et soyeux qui descendaient en vagues jusqu'au bas du dos ? L'immuabilité du sourire, que fondait peut-être la conscience du dernier atout : une denture qu'on ne voyait en général qu'à des Africains ? Les ongles étaient de la couleur des lèvres, preuve qu'un bâton de rouge la retouchait à intervalles réguliers, la bouche en forme d'accent circonflexe, sous un nez mince et corbin,

qui assurerait à cent ans encore un air de jeunesse
et d'effronterie au visage, où, dans la chair très
blanche, les quelques rides ressemblaient à des fils
noirs oubliés par la couturière sur un mannequin
de cire. Les femmes qui allaient danser au Minuit, à
Rome, et que j'avais appris à admirer pour leur
entêtement à être heureuses, et leur spontanéité,
se maquillaient de la sorte. Tony, qui, en signe de
sympathie, lui achetait quantité de revues, qu'il se
contentait ensuite de feuilleter, s'interrogeait quelquefois sur le passé de celle-là ; d'après lui, elle
cultivait un genre excluant, malgré les apparences,
qu'elle eût jamais travaillé dans le monde du spectacle ou fait le trottoir — trop de genre n'en désignait aucun. Pour l'heure, tout en m'englobant
dans son sourire, elle poursuivait sa palabre avec
une cliente au chignon blanc d'une grosseur de
green lady en avril, qu'un imperméable trans-
parent, informe, enveloppait comme une couche
de glace pilée recouvre une truite sur le banc du
mareyeur ; dessous, ses lainages et sa robe d'un
grisâtre d'écaille complétaient l'illusion. Je m'avan-
çai jusqu'à frôler son sac en papier, rempli de provisions, au nom d'une grande surface, et sur lequel
se cabossait le slogan : « Le bonheur à moindre
prix. »

« Mais si, je vous assure, disait-elle soudain, en
martelant chaque mot. C'est dans les statistiques.
Aujourd'hui, à part les vieux, la plupart des hommes, à Paris, meurent de ça. J'en ai déjà eu deux
dans mon immeuble... Quand on exagère, Dieu
vous punit. Bien fait... »

On en savait des choses au sujet de gens que l'on
connaissait à peine, de silhouettes, quand il était
impossible de se remémorer tant de corps que l'on

avait possédés. Rien ne m'avait fait oublier que la marchande de journaux, dans ce quartier où je m'étais borné à passer des fins de semaine chez Tony, était d'origine alsacienne, et que, l'hiver, pour mieux résister au froid, elle portait sous sa robe des collants de danseuse. Et l'erreur de la croire un peu folle, si, la tête penchée à droite, ses lèvres en mouvement sans que diminue son sourire, elle paraissait soliloquer, je ne la commettrais pas : elle s'adressait à son chien, qu'elle avait l'habitude de comparer à une chaufferette — un setter irlandais toujours couché à ses pieds, en dépit de la vivacité de la race, sa truffe, à la belle saison, brillant au ras du sol, hors de la baraque, où il n'avait guère plus d'espace qu'il n'en aurait eu dans la boutique de ma mère, une fois les marchandises rangées, et que je n'en avais eu moi-même, jadis, pour me laver de pied en cap dans une lessiveuse, le dimanche matin. Il était, en somme, à sa maîtresse ce que la chancelière avait été au vieux Georges, prisonnier de Liliane, condamné aux travaux forcés du roman, dont le comportement avait cessé de me choquer depuis longtemps. Il y avait un âge où l'on s'apercevait que, dans la vie, seul le plaisir ne trompait pas. On agissait en conséquence et l'on saisissait toute occasion qui se présentait.

« Et votre chien ? dis-je à la marchande de journaux.

— Muchacho », s'écria-t-elle, après m'avoir obligé à répéter ma question, l'esprit sans doute encore plein de la controverse avec sa cliente, qui s'éloignait maintenant en direction de l'escalier ; elle avait laissé tomber derrière le comptoir ses mains maculées d'encre d'imprimerie. « Ça alors, vous vous souvenez de mon pauvre Muchacho... Il y a dix ans

236

qu'il est mort, mais, par moments, je crois encore qu'il se frotte contre ma jambe. Oublier une bête pareille, vous pensez... » Son sourire, qui vouait au chômage les dentistes, s'était élargi au point de créer autour des paupières un filet de rides qu'on n'eût pas sans cela soupçonnées. « Un moment, s'il vous plaît », ajouta-t-elle, qui diminuait de taille, sous mes yeux, descendait sur ses talons, la masse de ses cheveux soudain déversée sur une épaule dans un mouvement de rideau qu'on écarte, son regard continuant de fouiller mon visage, telles ses mains quelque tiroir au compartiment du fond duquel elle réussit à extraire une enveloppe matelassée. Saisir la photo qu'elle contenait, entre le pouce et l'index, de peur de la salir, n'allait ni sans lenteur ni sans solennité, de même que d'en recouvrir, au milieu d'une étagère sous la caisse, la couverture d'un magazine où s'étalait un portrait d'Élisabeth d'Angleterre, un diadème sur la tête. « Vous le reconnaissez, mon Muchacho ? » Le chien, saisi par l'objectif quand il dévalait l'escalier, avait, en travers des marches, une posture d'arrêt comme à la chasse ; sans doute l'avait-on sifflé dans l'espoir d'obtenir son immobilité par un effet de surprise. « Muchacho », répétait son ancienne maîtresse en contrepoint de ma contemplation du document, ses yeux pervenche tout grands ouverts sous le coup d'un bonheur qu'augmentaient mes hochements de tête. « Excusez-moi si je ne vous remets pas, reprit-elle. J'en vois défiler tellement, je finis par confondre les visages. Vous avez habité ce quartier ? »

Ce n'était pas tout à fait mentir que de l'affirmer, et, puisque je l'avais provoquée, j'écoutai bouche bée l'énumération des qualités et caractéristiques d'un animal qui avait étonné le vétérinaire par sa longévité, et n'aurait jamais de successeur ; en promener un de cette vitalité, matin et soir, exigeait des loisirs et des forces qui manquaient maintenant à mon interlocutrice ; en outre, on ne remplaçait personne.

« Je l'avais offert à mon mari, poursuivit-elle, de sa voix qui la rajeunissait mieux que ses fards. Il s'ennuyait à la maison — dans son état, comment serait-il sorti ? Malheureusement, il n'aura profité de Muchacho que pendant six mois... Et l'ascenseur aussi, c'était trop tard pour lui quand on l'a installé.

— Vraiment, vous n'avez pas eu de chance, et lui ne méritait pas ça, murmurai-je, parce que ces formules passe-partout coïncident le plus souvent avec la réalité.

— Ça, vous pouvez le dire, soupira-t-elle, son sourire démenti tout à coup par le vague du regard qui se dilatait. Quel homme merveilleux c'était — vous vous rappelez, n'est-ce pas ? Après tout ce qui lui est arrivé, il n'y avait pas une marque sur son visage jusqu'à l'extrême-onction. J'allumais la lampe de chevet pour le regarder dormir. Il était le même que le jour où nous nous sommes rencontrés. »

La raison pour laquelle il avait gardé la chambre, en gros on la soupçonnait, et sans doute sa veuve me l'aurait-elle détaillée, si j'avais attendu que s'achevât son brusque silence. Lorsque, afin de couper court, je tendis un billet, elle hésita avant de le prendre et d'abandonner son attitude de guetteur scrutant le ciel. Je serais parti sans payer, elle ne l'aurait pas remarqué.

Je montais l'escalier, la tête tournée vers elle, nous échangions encore les mimiques des amis qui se séparent sur le quai d'une gare, et, la photo toujours en évidence, cachant le portrait d'une reine, il semblait que le kiosque aux couleurs de tous les magazines du monde était devenu un cénotaphe à la mémoire du chien.

En haut des marches, qui sont la moitié de la rue Fontaine-du-But, je m'arrêtai, surpris. Ma mémoire avait supprimé la place dominée par la statue d'un peintre, au croisement de la rue Lamarck, de l'avenue Junot et de la ruelle qui devient un cul-de-sac une fois fermée la haute et épaisse porte en fer, d'un vert sombre et d'une majesté de coffre-fort, derrière laquelle l'étranger que n'a pas alerté, dans la vitrine de l'unique boutique — celle d'un fleuriste — l'apparition de croix de toute taille et de visages de Golgotha, parmi les roses et les couronnes de perles fines, imagine quelque atelier de carrosserie, un dépôt de meubles, ou encore le jardin d'un hôtel particulier, si, au printemps, un marronnier a étendu l'une de ses branches au-dessus du pylône, à droite. Et cette place, que je revoyais avec la fraîcheur d'un amnésique relisant un chef-d'œuvre, a l'air de doubler le square en pente, où, un dimanche, comme il allait acheter des croissants pour mon petit déjeuner, il avait découvert une portée de chatons sans leur mère. Les orphelins, par exception, en dépit de son horreur du désordre, il les avait nourris chez lui, le temps de les caser. Un dimanche, également, nous avions vu une femme entre deux âges, très élégante, qui, sur un banc, parlait à un mongolien faisant l'effet d'être tout au plus âgé de quinze ans ; d'une main gantée, elle arrangeait l'écharpe rouge qu'il portait autour du cou. Parce que le regard de Tony, qui semblait avoir vissé un monocle à son œil, voire un télescope, avait plongé dans le mien avec une sorte de passion scientifique, je m'étais senti rougir, honteux de ma curiosité à l'égard d'un infirme, étalée en présence d'un ami dont la laideur me réapparaissait soudain, en sa singularité, aussi puissamment qu'au premier jour, lorsque, d'une voiture, il avait sauté sur la chaussée, marchant ensuite à grandes enjambées vers moi, qui attendais à l'ombre d'un peuplier, sans soupçonner que cet inconnu à l'aspect repoussant déboulait dans ma vie afin d'en accélérer le cours. Sans doute pour créer une diversion, sous prétexte que nous risquions d'arriver en retard à La Reine blanche, où d'ailleurs Marthe n'officiait jamais les jours fériés, Tony avait hélé un taxi, alors que nous nous éloignions du square en direction du métro.

La place et la statue retrouvées resurgit, au sujet du peintre représenté en tenue de rapin, un détail que je tenais de Tony ; n'était-il pas professeur de dessin ? N'enseignait-il pas aussi l'histoire de l'art dans une école privée ? Il s'agissait d'un peintre de maternités qui, au siècle dernier — expression à laquelle on devrait bientôt renoncer quand on voudrait désigner le XIXᵉ siècle — noyait ses tableaux dans des nuages de fumée, comme si les locomotives, orgueil de son époque, passaient sans arrêt sous ses fenêtres ouvertes. Je ne me souciai pas de m'approcher du socle, sur lequel était gravé son nom, que ma myopie m'interdisait de déchiffrer à cette distance.

Au bas de l'avenue Junot, qui monte et tourne vite, m'apparaissait néanmoins, côté soleil, l'immeuble de style 1930 où les parents de Tony, sauf erreur, possédaient plusieurs appartements ; ils en avaient un peu partout à Paris. Oui ou non, son père, qui avait des relations politiques, et peut-être aussi un rôle à l'Hôtel de Ville, vivait-il encore au temps où nous fréquentions La Reine blanche ? Il ne le mentionnait jamais dans la conversation, alors qu'il râlait sans cesse contre sa mère. Un soir, il l'avait traitée avec tant de dureté au téléphone que Marthe, dont, par privilège, il utilisait la ligne personnelle, qui était près du tiroir-caisse, contre le vase aux cinq roses éternelles, lui en avait fait le reproche.

« Regarde-moi, Marthe, l'avait interrompu Tony, qui posait le moignon de sa main gauche sur le comptoir, et le ton était aussi neutre que le permettait un nasillement congénital. Ma mère, est-ce que tu crois que je dois la féliciter ? »

La cliente qui, sur la terrasse, cherchait du regard une place dans la salle avait peut-être imaginé que son entrée suspendrait toutes les conversations. Tony, jouant de son bras infirme comme d'une matraque dont il eût apprécié l'utilité, était parti d'un rire qui avait achevé de nous glacer. Marthe froissait nerveusement les pétales de l'une des cinq roses dans le vase, près du téléphone. Pour la première et la dernière fois, Tony faisait allusion aux tares de son physique. Il nous en dédommageait aussitôt par l'offre d'une tournée générale qu'il était impossible de refuser.

Tony, j'avais bien des questions à lui poser. Qui pouvait être cette Lola qui avait droit à un post-scriptum dans le message permanent du répondeur ? À ma connaissance Tony était le seul membre de la tribu qui ne fût pas au centre d'un réseau d'amitiés féminines. « Je suis son meilleur ami », affirmait Catherine Venturi — qu'on laissait dire cela et le reste. Et, certes, elle était venue chez lui, mais dans des conditions qu'elle taisait. Tony lui parlait toujours avec douceur, sur le mode de la légèreté, comme à une excentrique qu'il ne faut pas heurter de front, de peur qu'elle ne redouble d'extravagance ou ne pique une crise de nerfs. Cependant, on avait senti Catherine Venturi vaciller le jour où, sous prétexte que l'un de ses propres amis peintres avait besoin de quelqu'un pour traduire en français ordinaire la préface du catalogue d'une exposition, Tony lui avait demandé à quel tarif Marceau prêtait son talent quand elle lui soumettait, à des fins de révision, des articles destinés à des revues à mi-chemin de la science et de la philosophie vendues dans les librairies qui acceptaient le dépôt des livres publiés à compte d'auteur. Nous étions quelques-uns dans l'arrière-salle de La Reine blanche, où nous parvenait en écho la protestation de Marthe, derrière son bouquet de roses : « Que se passe-t-il ? Pas de bagarre chez moi, s'il vous plaît. » Hors d'elle-même, le buste en avant, les deux mains posées à plat sur la table, comme un orateur de bistrot, Catherine Venturi criait : « Tony, ce n'est pas parce que tu ne dessines plus que les autres ne doivent rien faire. J'écris, et alors ? Au fond, vous êtes tous jaloux… »

Peu avant son expulsion de La Reine blanche, Catherine Venturi distribuait à la ronde, après l'avoir dédicacé, le tiré à part d'une étude consacrée au sort d'un enfant qui refusait de s'alimenter. Elle ne me l'avait pas offert, et je n'en avais pas été vexé : c'était sans doute trop savant pour que je comprenne. Je l'admettais bien volontiers. D'après le charabia de sa conversation, dès qu'elle abandonnait les anecdotes sur ses patients, que j'entendais comme des pages de roman policier lorsque le crime n'a pas encore été commis, on doutait de la lisibilité de ses écrits, sinon de leur valeur aux yeux des spécialistes. De ce point de vue-là, qui étions-nous pour la juger ?

Contaminé par l'attitude de Tony à son égard, victime de l'accent méridional de Catherine Venturi, qui introduisait le burlesque dans le savoir et eût rendu suspectes les plus hautes opérations de l'esprit par des notes chantantes de cantinière d'opérette, j'avais, à la longue, adopté dans nos rapports la condescendance amusée avec laquelle chacun la traitait. La manie qu'elle avait d'interpréter le moindre lapsus, et d'attribuer à un désordre de l'âme le plus petit rhume provoqué par un courant d'air, m'avait lassé, si désireux que je fusse de m'instruire en l'écoutant. Qui n'aurait-il fatigué, un comportement de dentiste qui ne se séparerait jamais de sa fraise pour la plonger dans toute bouche qui, par malheur, s'ouvre devant lui ? Gêné que l'on fût au courant d'une aide qu'il lui apportait par pure gentillesse, et non contre rétribution, comme il le faisait avec le vieux Georges, Marceau se contentait de sourire, si on l'interrogeait sur l'état original des manuscrits de Catherine Venturi, qui, selon Marthe, rongeait son frein sous les rebuffades et les moqueries, affinant sa vengeance.

« Je sais que certains continuent de la voir. Tant pis pour eux. Elle les aura l'un après l'autre », répétait la patronne à Tony, qui lui paraissait entre tous en danger : tant d'allant, de gaieté et d'activité ne se maintiendraient pas sans éclipses chez un infirme qui avait toutes les raisons du monde de craquer. Et Catherine Venturi avait ramené des prises encore plus importantes que celle-là dans les filets de sa sollicitude, qui se comparait à la bonté du vétérinaire au moment de piquer un animal malade. Mais depuis longtemps Tony ne se tenait-il pas sur ses gardes ? Pourquoi aurait-il dû changer ? De lui procurer un partenaire qui acceptât de l'engrosser avait été son dernier geste d'amitié à l'égard de l'aînée de la bande, qui se rappelait la précédente propriétaire de La Reine blanche —, celle qui avait fait surélever la terrasse par un plancher. Filles et garçons, hommes et femmes — amants de la veille, du jour ou du lendemain — nous échangions des accolades, ne nous serions-nous quittés la veille que pour aller dormir. On sentait dans l'attitude de Catherine Venturi, qui se pendait à son cou, quelque chose d'ostentatoire, et comme un plaisir de se donner à soi-même, autant qu'au public, une preuve de grandeur d'âme par des baisers à bouche que veux-tu au lépreux, au contagieux ou à l'infirme. Et soudain Tony avait rompu avec un rite qu'il n'observait du reste que pour Catherine Venturi, instruit de la répugnance que son contact physique suscitait. L'amie à qui, par l'intermédiaire de sa mère, il avait apporté caution et garantie auprès de la banque lorsque s'était négocié l'achat de son cabinet médical, rue de Rivoli, s'approchait-elle maintenant de lui ? Il prévenait son élan, en brandissant le moignon de sa main gauche, que, presque toujours, il gardait enfoncé dans la poche. À la fin, il lui tournait carrément le dos. Ne la soupçonnait-il pas d'avoir perdu exprès, au cours d'une promenade en forêt, le chaton qu'il lui avait confié, parce que son enfant s'y était trop attaché à son goût ? Et le chaton était de la dernière portée de la plus belle des « gouttières » qui eût jamais vagabondé au cimetière Saint-Vincent de Montmartre. On croyait sans peine Catherine Venturi susceptible du fait, quand on avait écouté le réquisitoire de la patronne.

J'achèterais des dessins à Tony pour les accrocher aux murs de mon nouvel appartement ; lui qui ne concevait que de les offrir aux proches et aux amis

— j'en avais reçu, où étaient-ils ? — me les vendrait aujourd'hui, parce qu'il comprendrait que c'était une revanche où n'entrait aucune générosité — la véritable générosité, presque toujours, consistait à accepter.

Tant d'années après, avenue Junot, dans le vestibule diminué de moitié par une porte à petits carreaux — probable ajout depuis mon dernier passage, au même titre que le digicode et l'interphone — je longeai le bloc des boîtes aux lettres, un doigt en l'air, tel un distributeur de prospectus ou un facteur de village. Le patronyme de Tony se détachait en lettres noires sur une plaque de cuivre brillante, me communiquant le sentiment du voyageur qui, au retour, s'émeut de détails et de riens, dès lors qu'ils appartiennent à son passé et prouvent la permanence des choses. On flairait soudain des odeurs de cuisine : la gardienne devait s'activer devant ses fourneaux. J'allais lui remettre la carte de visite sortie de mon portefeuille, où ma profession était encore désignée de la manière qui me valait, à Rome, d'être salué par le titre de *dottore*. Déjà, j'avais, de la main gauche, plaqué le bristol à la limite de la boiserie, contre le mur peint en faux marbre, qui n'avait sûrement pas eu l'approbation de Tony. Mais cette poignée de porte en forme de lézard, elle pouvait bien avoir été puisée dans le lot des étrangetés, sans utilisation immédiate, que, le samedi à l'aube, il dénichait aux Puces, les plaçant quelquefois sur un rayonnage de sa bibliothèque où la poésie naissait de l'hétéroclite. Déjà, dans l'autre main, je serrais le stylo de Maureen, qui avait le cadeau imprévisible, lorsque j'entendis un toussotement qui ne parvenait certes pas de la rue.

Je pivotai d'un bloc comme au judo, pour effectuer

une entrée, un coude placé sous l'aisselle de l'adversaire. Dans un carreau de la porte, qu'elle touchait de la pointe de son nez aux narines fermées, le long duquel avait glissé une paire de lunettes à double foyer, s'était inscrit le visage de la ménagère au sac en plastique qui, tout à l'heure, m'avait précédé devant le kiosque à journaux, en haut de la rue Fontaine-du-But. Était-elle imputable à sa bouche aux commissures descendantes, et à ses sourcils — l'un arqué et situé très haut, comme par le dérapage d'un crayon, et l'autre presque rectiligne — cette expression hésitant entre le blâme et la curiosité, ou bien la lui inspirais-je ? La femme me scrutait de pied en cap ; je lui rendis sa curiosité. Pendant que, réflexion faite, elle tournait la poignée, je me remémorai certaines circonstances assez dommageables à l'amour-propre où j'avais échappé à des contrôles d'identité grâce au je-ne-sais-quoi de massif et de tranquille qui eût tant rassuré ma mère, et que la vie, par ironie, m'avait confectionné à coups d'échecs et de compromis. À plusieurs reprises, Nanni, qui tâtait sans doute le terrain, avait insinué : « Toi, à la frontière, les douaniers ne te fouilleront jamais », mais j'avais toujours fait la sourde oreille.

D'une voix errante où traînait la banlieue, la femme, qui s'était avancée dans le vestibule, dit : « Vous cherchez quelqu'un ? » appuyant si fort sur l'un des verres de ses lunettes que la monture se confondit avec le sourcil au dessin normal. Selon mon habitude, qui consiste à répondre à une question par une autre, je m'inquiétai de savoir si Tony avait enfin réussi à acquérir la chambre de bonne attenante à celle qui dépendait de son lot ; l'avait-il, à présent, ce studio qu'il entendait réserver aux amis de passage, qui créaient trop de désordre dans son appartement ? Sa mère, redoutant d'établir, sous les toits, une annexe à perpétuité de La Reine blanche, où, d'ailleurs, elle ne s'était jamais aventurée, tantôt refusait de lui avancer les fonds, tantôt, en catimini, dissuadait la copropriétaire de vendre, et leur querelle à ce sujet flambait par intervalles en exutoire peut-être de ce qui n'osait se dire. C'était la carte de visite que je lui tendais, tel un ticket à une ouvreuse, et le stylo décapuchonné entre mes dents, façon étudiant, que la femme regardait maintenant. Son chignon à l'ancienne me l'avait fait juger plus vieille qu'elle ne l'était.

« Je vois que vous êtes tombé sur le répondeur, observa-t-elle enfin. Toujours la même histoire… »

Le ton était d'un médecin qui délivre un diagnostic de routine au plus fort d'une épidémie sans remède. Et, de nouveau, il y eut un silence pendant lequel, à force de tâtonnements, la paire de lunettes trouva son équilibre sur le nez. Par l'entrebâillement de la porte de sa loge, dans la lumière d'une paire d'appliques murales à col de cygne, on apercevait le sac en plastique toujours plein et prêt à basculer au bord d'une table semée de napperons, la moitié d'une cage surmontée d'une coupole, un crucifix dans le même alignement qu'une nature morte aux fruits, et un téléviseur qui, en raison de ses dimensions, avait dû être ou le plus cher de la gamme ou le premier lot d'une tombola. N'avais-je pas fourni la preuve de mon intimité avec l'un des habitants de l'immeuble ? On allait m'inviter à m'asseoir, afin que je puisse rédiger, comme l'EDF, un avis de passage.

Le canari entra dans mon champ de vision, à la seconde où sa maîtresse répétait : « Ce n'est pas mon affaire. Je n'ai jamais eu le double des clés », tout en s'approchant du bloc des boîtes aux lettres. Elle parut écouter l'oiseau, qui s'était mis à siffler alors qu'elle pointait un index vers la plaque de cuivre au nom de Tony, décrivant un cercle imaginaire pour, aussitôt, le doigt tendu, viser le cœur de la cible — le nom même. Les coins de sa bouche se relevaient, ses lèvres commençaient de remuer, lorsque le claquement d'une grille d'ascenseur que l'on referme derrière soi remplit le vestibule. Elle se retourna avec l'expression de qui reçoit un secours inespéré.

Avant de la voir, je perçus, me semblait-il, des effluves de parfum de l'élégante à la démarche souple et décidée, un sac Prada en bandoulière, qui, à la hauteur de la loge, avait jeté par-dessus son épaule un coup d'œil à l'intérieur, comme pour le plaisir de secouer sa chevelure de jeune fille — moins longue cependant que celle de la marchande de journaux, d'une teinte au-dessous de l'auburn de Maureen. Dans le choc de la première impression, lorsque la gardienne eut ouvert toute grande la porte, ce fut, en effet, le visage de Maureen qu'elle me rappela. N'étaient-ce pas les mêmes immenses yeux en amande, dans une figure pulpeuse, les mêmes lèvres ourlées, le même nez droit, les mêmes narines frémissantes ? Immobile, un pied en avant, l'inconnue semblait marquer la pause du mannequin parvenu au bout de l'estrade, où les photographes sont aux aguets et crient : « Pour moi, par ici. » Sous le manteau bleu marine largement ouvert se remarquaient le tailleur en tweed gris-rose, la belle broche fantaisie, les bijoux de style africain mêlant l'argent brut à des pierres dures — Maureen en avait rempli tout un tiroir de sa coiffeuse, où Miss Mopp puisait à volonté pour se parer le dimanche. Même sans les petits talons de ses escarpins en daim noir, l'inconnue eût été, selon la formule de ma mère, en mesure de manger son assiette de soupe sur la tête de la concierge, qui n'était pourtant pas petite et gardait la main sur la poignée en forme de lézard. Et franchir la porte, celle qui me faisait sentir combien Maureen me manquait ne s'y était résolue que sur une réponse à l'interrogation contenue dans son regard, l'un de ces regards qui vous isolent moins qu'ils ne vous rattachent à une sorte d'incessant feuilleton personnel. Le tweed était semé de pointes de vert et de rouille.

« Monsieur cherche M. Tony », s'était résignée à dire la gardienne, qui en profita pour repousser de nouveau les lunettes sur son nez. La voix à la mélodie sociale imprécise quoique charmeuse qui énonça : « Il y a donc longtemps que vous n'avez plus de nouvelles de notre voisin » — ce dernier terme établissant l'égalité avec la propriétaire du canari — était une de ces voix qui, par la netteté de la diction et beaucoup de fermeté dans la douceur, se font comprendre au dernier rang de la salle quand elles murmurent sur la scène.

« Mettez-vous à ma place, intervint la gardienne, en haussant les épaules. Moi, vous savez, dans ces cas-là... » Et nous restâmes à nous dévisager mutuellement pendant quelques secondes, où l'oiseau, sur son perchoir, redoubla de trilles en annonciateur du printemps. Le nom de ce parfum qui m'était familier ne tarderait pas à resurgir.

« Bon, je vous laisse », déclara la gardienne, qui attendit cependant les présentations. L'inconnue retira l'un de ses gants courts et gris pour me tendre la main et déclarer, comme si cela suffisait à dissiper toute hésitation dans mon esprit : « Je suis Françoise Lherminier », et, lorsque nos doigts toujours mêlés, elle ajouta : « Le pauvre Tony a dû vous parler de moi », je compris. L'à-propos avec lequel j'enchaînai : « Si vous avez le temps, allons prendre un verre », m'étonnait encore, mais ce fut ainsi : dès les premiers mots, il n'y eut plus rien que de naturel dans mon comportement à l'égard de Françoise Lherminier. Qui nous aurait vus partir ensemble, après un si bref échange de paroles, aurait peut-être pensé à la simplicité avec laquelle, le marché conclu, le client suit un tapin, bien que nous ne franchissions un porche que pour nous engager dans la rue, traverser en silence la place où s'élève la statue d'un mauvais peintre, les talons des escarpins piquetant aussi fort le trottoir que le carrelage du vestibule. D'un mouvement de menton, je désignai une espèce de pub, aux rideaux juponnés le long de la vitrine, qui se trouve, ou peu s'en faut, à l'angle de la rue du cimetière, juste en face d'un bistrot de quartier aux néons criards. Personne ne perdrait au tamisage des lumières.

Mon choix fut approuvé par une pression sur le bras. Je n'identifierais jamais le parfum de Françoise Lherminier, parce qu'il perdit de sa force dans la salle, où l'âge moyen des habitués devisant à voix basse, quand ils ne se taisaient pas comme nous-mêmes, jouait aussi en notre faveur. Se débarrasser de son manteau, se déganter, s'asseoir — il n'y avait aucune pose dans la lenteur des gestes de mon invitée, qui, par intervalles, me souriait à demi, à croire qu'elle saluait, au rythme de leur apparition, les points de convergence entre l'homme que j'étais et la description qu'on lui en avait brossée. Mais c'était difficile à admettre : Françoise Lherminier avait empoché ma carte de visite sans la lire, et Tony quelle raison aurait-il eue de lui parler de moi ?

Nous attendîmes que le garçon vînt prendre la commande, que le thé eût infusé et fût servi, avant d'entamer une conversation au cours paresseux, hachée de silences, comme celles des vieux couples qui ont leurs habitudes et n'échangent plus que des informations sans se hâter.

Lorsque je l'avais revu, et bien qu'il se fût déclaré chômeur, je n'aurais pas accordé d'attention à la mise de Marceau s'il avait porté le manteau, la veste, le blazer, le pull-over et le jean de tout le monde. La noblesse des tissus et l'élégance de la coupe m'y avaient forcé par contraste. Elles soulignaient l'usure des vêtements, qu'accentuait, de surcroît, l'éclat de la cravate — l'article qu'il est toujours possible de s'offrir quand on n'a plus les moyens de renouveler sa garde-robe, et Dieu savait à quel point, par le passé, mon camarade avait aimé s'habiller. Il en allait de même pour mon invitée, qui m'en avait imposé par son allure ; à y regarder de près, cependant, la jupe de son tailleur pochait un peu, les coudes étaient légèrement avachis. Le luxe était d'hier, le neuf ne caractérisait plus que les accessoires, achetés avec soin pour rafraîchir l'ensemble. On décelait chez Françoise Lherminier quelque chose de la voyageuse qui, empêchée de dormir et de se déshabiller dans l'avion, le train où elle a mal dormi, camoufle sa fatigue tant bien que mal, et, dans son cas, le voyage ce n'était sans doute que la vie, car elle avait une bonne dizaine d'années de plus que Maureen. Il suffisait de l'observer pour apprendre comment on étale de la confiture sur des rôties sans en faire tomber, et comment on mange sans conserver de miettes au coin de la bouche dont les lèvres demeurent fermées.

« Trois ans après, il y a toujours des gens qui

viennent sonner à sa porte, dit-elle, quand elle eut avalé la seconde bouchée, avec un sourire d'enfant qui sollicite l'indulgence pour un acte de gourmandise. C'est naturel. Tony était très hospitalier, et même trop : on abusait de sa gentillesse. Pierre donnait son adresse à Jean qui la communiquait à Paul, et ainsi de suite, jusqu'à tomber sur des indélicats. Personne n'a songé à débrancher le répondeur — ni la mère ni le frère. Je suppose que c'est assez général : une fois qu'on a enterré quelqu'un, on ne pense jamais ensuite à composer son numéro, quoique, je veux être franche, personnellement, je l'aie fait... Une voix, dans le répondeur, c'est mieux que rien, certains soirs... »

Elle promena un doigt sur le flanc de la théière pour vérifier le degré de chaleur ou attirer l'attention sur ses mains, qui, en effet, étaient très belles, mais son regard avait filé vers la porte, quand elle dit : « Des somnifères — de ceux qu'on obtient en échange d'une feuille détachée d'un carnet à souche. Il a annoncé le jeudi qu'il partait à la campagne chez des amis. En somme, pendant quelques jours, j'ai marché au-dessus de sa tête, sans savoir. On n'est entré dans son appartement que le mardi suivant. Il avait calculé large pour que les pilules aient le temps d'agir — exactement comme Évelyne Verneuil l'a fait. Vous avez sûrement entendu parler d'Évelyne... »

Sans doute ne réussis-je pas à dissimuler une hésitation, si, toutefois, au sujet de ma vie à l'étranger, je parviens à placer une phrase, qui parut d'ailleurs glisser sur mon interlocutrice. « Évelyne était une comédienne, une amie, reprit-elle, son regard de nouveau plongé dans le mien. C'était une femme que j'admirais beaucoup. J'ai quelquefois travaillé avec elle, avant mon mariage. Nous étions ensemble au cours Simon. Simon était un peu fou, et même franchement insupportable parfois, mais c'était un merveilleux professeur et un homme très bon, malgré sa franchise. Évelyne et moi avons joué ensemble dans *Nuits de verre*, qui était de l'avant-garde lorsque nous avons débuté, mais elle n'a pas continué dans cette voie. Vous comprenez, au boulevard, on garde beaucoup plus longtemps les rôles de jeune femme. Évelyne était folle de son physique, on la comprenait. Moi-même, si j'avais aimé les femmes...

— Évelyne Verneuil, dis-je, sur un ton senti. En réalité, je n'avais jamais entendu nommer cette comédienne. La cigarette vous gêne ?

— Pas du tout. Je me suis arrêtée de fumer le lendemain de mon mariage, en remerciement à je ne sais qui de ce qui m'arrivait. Mais je crois que je vais recommencer. À quoi bon se priver d'un plaisir ? Évelyne en était à deux paquets par jour, et surtout elle buvait. À force de cures de désintoxication, la peau de son visage s'était toute relâchée. Je la suppliais : "Fais comme la Signoret, montre-toi telle que tu es, le matin au saut du lit. Accepte-toi" », dit Françoise Lherminier, dont les yeux parcouraient la salle, comme si elle s'attendait à voir son amie réapparaître, à moins qu'elle n'y cherchât, pour mon édification, un exemple de décrépitude qui l'eût dispensée de tout développement. Et peut-être y renonça-t-elle en raison de leur abondance, afin de poursuivre, fixant la théière avec autant d'attention que si elle eût été une boule de cristal où fussent surgies les images du passé : « Tu es peut-être ravagée maintenant, mais tu n'es pas moche. Tu n'es pas une garce comme la Signoret. Tu es humaine. Secoue-toi, fonce. Avec ton talent, tu seras la plus grande. Simon te l'avait prédit, souviens-toi. »

La voix prit une inflexion nasillarde qui suggérait la parodie de ce Simon qui était un despote, mais aussi un professeur sans second : « Vous, ma petite, vous n'aurez rien. Rien que des panouilles et des amants, tant que vous aurez cette gueule d'ange. Attendez d'avoir vieilli... »

Le ton redevint lisse, à peine nuancé d'ironie ; et maintenant, dans son regard, je semblais présenter autant d'intérêt que la théière : « Vous savez sûrement comment nous sommes, nous autres les femmes. Souvent, nous préférons l'esthétique à la vérité. Moi-même, j'en parle à mon aise. Dans la situation d'Évelyne, est-ce que j'aurais agi différemment ? Je n'en jurerais pas... » Un silence tomba entre nous, et le coup d'œil jeté aux petits pots de confiture posés sur le plateau fut suivi d'un sourire qui, à l'évidence, ne m'était pas destiné. Françoise Lherminier gardait la tête légèrement penchée de côté, comme une harpiste qui regarde ses mains égrener les notes : « On ne m'invite plus très souvent à prendre un goûter, disait-elle. Mais Tony le faisait, et nous venions ici quelquefois. Je l'ai connu le jour même où l'on a transporté mes meubles avenue Junot. »

Tony riait tout seul devant le tableau que les déménageurs avaient placé contre le mur du vestibule. Sous la lumière frisante d'une torche électrique qu'il venait d'emprunter à la concierge, il examinait la surface de l'œuvre restaurée, décelant, autour des repeints, les couleurs qui n'avaient pas travaillé ensemble, et, en dessous, des fantômes de personnages comme un passé qui aurait eu de la peine à s'avouer.

254

« J'ai retenu deux phrases du petit cours qu'il a improvisé devant moi par plaisanterie, dit ensuite Françoise Lherminier. J'écoutais un homme qui, tout de suite, me jugeait capable de comprendre des choses intelligentes, savantes — alors qu'on m'avait toujours prise pour une gourde, bien que, tout de même, en plus du bac, j'aie deux certificats de licence. J'écoutais, et je remarquais sa main enfoncée dans la poche. Cette bouche, ce bec-de-lièvre, cela ne suffisait donc pas ? "Le temps est une sédimentation." "On ne trompe pas le temps." Voilà comment il me parlait. Le tableau en question est tout ce qui nous restait de la collection de mon beau-père — ce qui avait de la valeur, c'est le frère aîné de mon mari qui se l'est approprié. Pourquoi je vous raconte cela ? »

Une ou deux minutes s'écoulèrent dans l'attente d'une réponse que nous étions bien en peine l'un et l'autre de fournir ; une série de renseignements la remplaça. « Je n'ai appris que Tony avait peint et dessiné pour son propre compte que le jour où il a proposé de faire mon portrait. Nous nous fréquentions depuis des années déjà. Nous allions ensemble à toutes les expositions. En art, c'est lui qui m'a ouvert les yeux. Tout ce que j'ai appris grâce à lui, si je vous disais... Souvent, je lui reprochais d'avoir renoncé à peindre, et maintenant je le comprends : je ne crois plus que le talent remplace tout ce qu'on n'a pas. Pour Tony, la liste était longue depuis sa naissance, n'est-ce pas ? Aujourd'hui, je suis persuadée que même le talent a besoin du bonheur... »

Ayant pincé les lèvres avant d'émettre ce jugement définitif, les coudes sur la table, ses deux mains réunies en coupole au-dessus de la tasse, Françoise Lherminier déclarait ensuite : « Nous allions au cinéma et au théâtre ensemble — au théâtre surtout. Il y avait des périodes où il aurait voulu sortir tous les soirs. D'habitude, il me téléphonait une ou deux fois par semaine, trop délicat pour sonner à ma porte : "Françoise, je viens dîner chez vous ?" — il disait "croûter". J'en étais contente, parce que cela m'obligeait à m'habiller, à sortir les milliers de choses qu'on a dans une maison et qu'on n'utilise jamais. Vous êtes bien de mon avis, n'est-ce pas ? À part l'argent, nous possédons toujours trop de tout... »

Quel sentiment cette femme, qui répétait : « Je n'ai jamais ri avec un homme autant qu'avec lui », inspirait-elle à Tony pour qu'il n'eût jamais abandonné le voussoiement, alors qu'il tutoyait aussi vite qu'une duchesse espagnole ou un Romain ? On avait peine, en tout cas, à imaginer un rire à gorge déployée qui eût détruit l'harmonie d'un tel visage, auquel la gravité convenait si bien. Qui était cette Lola interpellée en post-scriptum par le message du répondeur ? « Une de ces personnes qui débarquaient à l'improviste pour manger et dormir — enfin, je suppose. Dans l'ascenseur, on devinait tout de suite ceux qui montaient chez lui. Tous très particuliers dans leur genre respectif, et néanmoins... »

Françoise Lherminier s'accorda une gorgée de thé, faute d'avoir trouvé la phrase juste, mais, le liquide étant encore trop chaud à son goût, elle reposa aussitôt la tasse. « Je ne connaissais ses amis que par leur prénom, enchaîna-t-elle. J'avais des détails sur eux principalement quand ils tombaient malades. Il me semble que ç'a été le cas de beaucoup. Le dimanche, Tony courait les hôpitaux, mais il était hors de question que je l'accompagne. Il voulait me ménager, je suppose. J'aurais pourtant été une bonne marraine de guerre, puisque c'est une guerre, en somme... »

Françoise Lherminier s'arrêta pour sourire au rappel des égards réservés à sa sensibilité. « En revanche, reprit-elle, comme une chanteuse qui s'est arrêtée de respirer afin de donner une ponctuation à sa phrase et la mettre en valeur. En revanche, je serais capable de vous réciter la liste des chats tatoués et vaccinés qui vivaient dans le cimetière à côté. Chacun a sa personnalité. Tony leur apportait de la nourriture tous les matins, les soignait quand ils étaient malades, et ce que ça représente de soucis et de temps, je l'ai appris lorsque j'ai essayé de le remplacer. Quels curieux rapports il avait avec les animaux... Il les adorait, et cependant il n'aurait pas toléré d'en avoir un à la maison. Chez la concierge, au bout de cinq minutes, il ne supportait plus les sifflements du canari. Son côté vieux célibataire méticuleux, je suppose... »

Françoise Lherminier n'affirmait jamais, elle supposait. « Il ne vous a jamais parlé de La Reine blanche ? » demandai-je, conscient que, pour manger des rôties en public et dans les règles de l'art, j'avais encore beaucoup de progrès à faire. Et il me fut répondu avec un étirement rêveur des syllabes, comme lorsqu'on cherche dans des souvenirs de lecture ou que, dans un jeu télévisé, on essaie de gagner un sursis avant de se prononcer sur le fond de la question. « *La Reine blanche*, c'est le titre de quoi ?

— Le nom d'un bistrot, dis-je, en prélude à une description assez précise pour inclure le plancher qui surélevait la terrasse et sur lequel certains s'amusaient à taper du talon, à la manière des danseurs andalous.

— J'y suis : un café qui appartient à une ancienne religieuse, dit Françoise Lherminier. Je ne suis jamais allée chez elle — quelqu'un d'assez curieux, d'après ce que j'ai compris. Est-ce que Tony la voyait plus qu'il ne lui téléphonait ? Je l'ignore. Il paraît que je l'ai croisée une fois dans l'ascenseur, sans savoir qui elle était. Mais, elle, ça lui a suffi pour faire de moi un de ces portraits — et encore Tony ne m'a-t-il pas tout répété... Par pudeur, je suppose... Je n'aurais plus eu, ensuite, envie de la rencontrer, cette personne, pour le peu qu'elle n'avait pas deviné... »

Elle se pencha par-dessus la tasse, une main cherchant la broche sur le corsage afin de la caresser, ou d'en tirer peut-être la protection d'un gri-gri. « Lorsque je m'aperçois, dit-elle, que nous sommes si clairs, si nus aux yeux de quelques-uns, j'ai peur de sortir dans la rue. Lorsque j'étais jeune et, en somme, pas trop mal, j'avais l'impression que le regard de certains hommes me salissait.

— Mais alors, le théâtre ? » dis-je, sans penser que ma réflexion fût intelligente ou opportune, ni prévoir ce redressement du buste qui se maintint jusqu'à l'achèvement de la courte tirade : « Sur scène, on se perd de vue. On a même l'impression de se quitter. On ne reviendra pas en arrière, on en est sûr, surtout lorsque les gens, à la fin, applaudissent, et, alors, vous ne me croirez pas, on en est content pour quelqu'un d'autre... » S'il y avait de l'ironie dans la question qui suivit — « Puis-je vous préparer une tartine ? Je ne l'ai plus fait pour un homme, depuis la mort de Tony » — je n'en perçus rien, occupé que j'étais à étudier la ressemblance entre Françoise Lherminier et Maureen qui m'avait frappé au début, et qui, à présent, me paraissait reposer, au principal, sur un identique théâtre de gestes.

Que faire sinon la manger, quand on reçoit une tartine que l'on a mis quelques minutes à beurrer, à badigeonner de confiture, et il suffisait que je me remémore combien, dans ma jeunesse, je me montrais gauche à table, pour que je le redevinsse, et accueille du coup, avec soulagement, la précision énoncée sur un ton neutre : « En réalité, les amis de Tony, je n'en ai côtoyé que deux ou trois, et encore ils m'ont été présentés sur le palier, sauf... »

Plusieurs mois durant, Tony avait hébergé un jeune Portugais dont l'ambition était de devenir chauffeur de taxi. Que je n'imagine rien de sensuel entre les deux hommes, Françoise Lherminier était au regret de certifier le contraire : elle eût été pourtant profitable à l'équilibre de Tony, une liaison régulière avec un cadet. La semaine où il avait décroché son permis de conduire grâce aux leçons qu'on lui avait payées, ce garçon était parti sans crier gare, emportant un téléviseur, une chaîne stéréo et — geste qui n'avait pas déplu à Tony — quelques-uns de ses dessins enfermés dans une armoire. À la suite de cet événement, qui pendant quelques semaines devait l'assujettir aux antidépresseurs, bien que, par orgueil, il se cachât d'en user, une vieille connaissance de Tony avait débarqué, telle une pom pom girl, avenue Junot, une femme qui était médecin. À vrai dire, pour les procédés, l'éducation, la mise, elle ressemblait plutôt aux infirmières en chef et surveillantes d'étage qui, dans les maisons de retraite, tyrannisent et houspillent les pensionnaires au nom du règlement. À l'écouter, qui était volubile, impérieuse toujours, indiscrète assez souvent dans ses questions, on revoyait également ces gros bourdons qui, à la campagne, les soirs d'été, exaspèrent une tablée en tournant autour de la lampe, malgré les coups de torchon lancés dans leur direction, et s'envolent dans la nuit, par la fenêtre ouverte, au moment où chacun s'est résigné à leur présence. Elle avait disparu de la circulation, du jour au lendemain, tel le Portugais, cette amie qui téléphonait à n'importe quelle heure et, toute à son discours, n'eût pas lâché l'appareil, lui aurait-on annoncé que la maison brûlait ou que soi-même on entrait en agonie. Longtemps après sa disparition, Tony cédait encore à des accès de fureur quand il pensait à son propre comportement, répétant : « Elle m'a eu, moi aussi. J'étais pourtant prévenu depuis l'histoire du chat », mais lorsqu'on essayait d'en savoir davantage, tant à propos du chat que de la femme médecin, il se dérobait. Françoise Lherminier aurait eu beau jeu de lui rappeler ses plaisanteries sur le nombre des patients de ce médecin qui s'étaient suicidés. Elle s'en était abstenue ; elle s'en félicitait encore. Le lendemain de la découverte du corps, Françoise Lherminier avait feuilleté le carnet d'adresses de Tony, où les trois quarts des noms étaient barrés, afin de passer quelques coups de fil au hasard, et cela à la requête de la mère, qui des relations de son fils ne connaissait guère que les gardiens du cimetière Montmartre et deux ou trois autres mères à chats du quartier, quêteuses pour des refuges d'animaux auprès de la femme riche qu'elle était. Il n'y avait pas d'œuvre de bienfaisance à laquelle Tony n'eût conseillé de harceler sa mère et son frère — l'avais-je connu son frère, l'amateur de chevaux, qui était maintenant dans l'import-export ? Au cabinet de la femme médecin —, qu'elle avait tenu à prévenir, malgré les apparences d'une brouille, mon interlocutrice n'était pas parvenue à franchir le barrage dressé par la secrétaire, qui s'obstinait à lui proposer un rendez-vous, comme à une patiente, et, de chaque assaut de sa part, déduisait la nécessité accrue d'une consultation. On avait baptisé Jean le Portugais ; le nom de la femme médecin lui reviendrait d'un moment à l'autre.

« Catherine Venturi », dis-je.

Françoise Lherminier allongea la main vers la paire de gants posés sur la banquette, et les souleva entre le pouce et l'index, l'air d'avoir déniché en dessous le document qui authentifiait ma réponse. « C'est bien cela », continua-t-elle, semblant ignorer que Catherine Venturi avait fréquenté l'immeuble de l'avenue Junot bien des années avant qu'elle y fût elle-même installée. Allais-je révéler que Tony lui avait prêté son appartement deux après-midi par semaine jusqu'à ce qu'elle fût grosse du jeune comptable champion de plongée sous-marine qui s'était dévoué pour lui faire un enfant ? Qu'elle apportait un lit de camp et des draps, afin de limiter les risques de désordre au domicile d'un maniaque de la propreté et du rangement ?

« Catherine Venturi, oui, en effet, reprit Françoise Lherminier, qui continuait de jouer avec la paire de gants. Ces médecins-là sont d'un genre spécial. Ils ont eu eux-mêmes d'énormes difficultés psychologiques. Ils ont été obligés de se faire soigner et, ensuite, ils se sont aperçus qu'ils pouvaient transformer ça en métier qui rapporte. Est-ce que je me trompe beaucoup ? »

Rien n'exprimait moins le doute que ce regard qui, par-dessus mon épaule, fixait la porte sans cesser de m'englober.

« Le petit Jean n'était pas antipathique, il avait

261

même du charme. Je crois avoir deviné pourquoi notre ami s'y était attaché. Un soir où il avait un peu bu... » Et de s'interrompre comme si les mots avaient cessé d'être doux à ses lèvres, qu'elle y eût décelé un élément d'amertume introduit par inadvertance, et qu'elle fût contrainte de serrer les dents après l'avoir avalé. « Un soir où nous étions franchement partis tous les deux — ça nous est arrivé quelquefois, reconnut-elle — Tony m'avait raconté qu'un été, dans le Midi, quand il était encore jeune, si ce mot a jamais signifié quelque chose pour lui... »

Et Tony, qui, pourtant, n'évoquait jamais le passé, avait parlé d'un auto-stoppeur ramassé, en juillet, sur le bord de la route, à proximité d'une rivière à sec, dans le pays où sa famille maternelle possédait encore quelques terrains. Il l'avait pris pour un petit paysan qui revient de la vigne, alors que c'était un élève de terminale — le hâle le vieillissait. Les deux hommes avaient sympathisé à ce point que Tony avait prolongé son séjour, cherchant à être présenté à la famille de l'autre, et, devant la gêne que provoquaient ses questions, il s'était adressé à la patronne de l'hôtel. Elle lui avait indiqué que la mère du garçon était marchande de quatre-saisons sur le boulevard aux arcades, et Tony avait poussé la curiosité jusqu'à aller acheter des légumes à cette femme discrète, plutôt touchante, en jupe noire et corsage blanc, qui avait dû être belle, et répondait en toute confiance, émue qu'un étranger — si bizarre qu'il fût d'aspect — s'intéressât à son métier et aux siens. Devant Françoise Lherminier, Tony se reprochait encore son indiscrétion. Il fallait respecter la pudeur des pauvres qui avaient honte de leurs parents, parce que cette honte appartenait à leur malheur autant que la pauvreté même.

Tony, par la suite, avait aidé ce garçon, qui séchait sur pied en province, à s'installer à Paris, lui procurant une place de pion dans un cours privé, et, pendant des années, ils avaient été inséparables, fréquentant le même café. La vie les avait ensuite éloignés. Cependant, Tony avait continué de recevoir des cartes postales, de loin en loin, mais, comme elles lui faisaient plus de mal que de bien, il s'abstenait d'y répondre. Françoise Lherminier s'interrogeait non sur la réalité de l'histoire — qui n'avait jamais aimé quelqu'un en secret ? — mais sur la vraisemblance des qualités prêtées à ce jeune homme dans beaucoup de domaines. La mémoire embellissait ce que le sentiment n'avait pas déjà truqué au départ, l'alcool achevait l'ouvrage — quelle importance, au demeurant ?

« Nous en sommes tous là, n'est-ce pas ? Ce qui aurait pu être est toujours plus beau que ce qui a été, et tant mieux dans la situation de Tony, puisque rien ne pouvait se produire sentimentalement pour lui. Je crois qu'une femme est capable de s'attacher à un individu disgracié au physique, s'il a de l'intelligence et du charme, mais ces hommes-là, non. Enfin, je suppose... Vous l'avez remarqué ? Le bonheur, on en parle toujours au futur antérieur. Vous comprenez ce que je veux dire ? »

Pas sur-le-champ, parce que c'était trop rapide pour mon rythme, qui est au naturel celui de la rumination, mais je pressentais qu'une vérité passait dans la voix, depuis un moment oublieuse, apparemment, de toute présence, et qui, sans avoir regagné sa couleur et son timbre, ajoutait : « Moi, je voudrais bien qu'on me débarrasse de ce qui a trop été, des événements qui sont comme des rochers dans la vie — impossible de les faire bouger. J'en suis malade dès que j'essaie. J'ai beau m'éloigner, sitôt que je me retourne, ils sont horriblement là pour me boucher l'horizon. Je vous le répète, Tony n'est jamais allé plus loin dans les confidences. On n'était jamais mélancolique avec lui. On riait beaucoup. »

Désormais, personne n'amusait plus Françoise Lherminier, et, entre tous les emplois que j'avais occupés auprès des femmes, celui-là me paraissait maintenant mériter un regret particulier.

« On l'a enterré ici ? » dis-je, le pouce tendu pour désigner le fond de la salle, comme si plusieurs parois et murs, voire un pâté de maisons, ne nous séparaient pas du petit cimetière Saint-Vincent.

« Oui, il avait une concession perpétuelle, répliqua Françoise Lherminier, qui s'amusait à déplacer les petits pots de confiture à la façon des pions sur un échiquier. On n'y pense jamais, à s'acheter une concession. Pourtant... Il est vrai que, même sans luxe particulier, cela vaut aussi cher qu'un studio dans un quartier convenable — je me suis renseignée. Mais, avec un plan d'épargne-logement, on doit y arriver... »

Mon interlocutrice avait insisté auprès de la mère de Tony pour qu'elle respectât la volonté de son fils, qui, sans avoir été écrite, se déduisait d'une telle acquisition. Elle ne s'était pas montrée indiscrète, puisque la vieille dame avait envisagé en sa présence d'effectuer l'inhumation dans l'espèce d'hôtel particulier que la famille possédait au Père-Lachaise depuis trois ou quatre générations. La semaine suivante, elle était partie en voyage ; à la veille de son quatre-vingtième anniversaire, elle demeurait d'une

264

beauté dont le dixième eût suffi à Tony, et elle avait un peu le style et la vitalité des Américaines qui parcourent l'Europe, après avoir crevé sous elles, comme des chevaux, deux ou trois maris qui ont laissé des pensions. Ayant dit de son fils, avec un soulagement qui ne se cachait pas : « Maintenant, il n'est plus différent des autres », elle n'avait rien ajouté de plus, sauf pour inviter Françoise Lherminier à choisir, dans l'appartement, l'objet, le tableau ou le meuble qu'elle eût souhaité conserver en souvenir de son voisin.

Le couvercle de chaque pot était examiné avant d'être revissé avec le même soin, tout en parlant : « Je suppose que les chats de Montmartre sont désormais au courant. Ils se chauffent au soleil sur la dalle de Tony. À présent, vous savez tout. Que c'est gentil de m'avoir invitée... Grâce à vous, il y aura eu pour moi un petit événement. D'habitude, la veille fait passer le jour, et je ne regarde pas le lendemain. Ne croyez pas que je me plaigne. L'essentiel mis à part, j'ai tout ce qu'il me faut. Comme les autres, et vous-même, peut-être... »

Il y a un certain ton, commun à toutes les femmes, qui laisse présager l'imminence du moment où, décidées qu'elles sont à partir, elles vont sortir de leur sac un bâton de rouge à lèvres. Cependant, une demi-heure plus tard, nous en étions encore à nous regarder sans nous voir, à écouter le brouhaha des voix qui avait enflé depuis l'arrivée d'un groupe de consommateurs qui nous enlevaient le rôle de cadets. En prélude à la séparation qui ne se décidait pas, Françoise Lherminier s'était mise à jouer avec sa paire de gants, une fois retouchées ses lèvres, dont elle avait mangé le rouge en même temps qu'une tartine. S'aviserait-elle jamais que cette nuance de rouge, nuisible en sa matité, par effet de contraste, à la blancheur de ses dents, laissait distinguer la porcelaine de certaines jaquettes de l'émail naturel ? Elle avait aussi raison pour ce qui était de la possession des meubles et des objets, et me comprendrait de soupirer après des pièces vides, fraîches, blanches où les pas sont sonores, et qui entretiennent l'illusion de recommencer à partir de ce zéro au-dessus duquel, en fait, on ne s'était pas beaucoup élevé. À cette heure-ci, dans mon appartement, maçons et peintres s'apprêtaient à quitter leur tenue de travail et blaguaient dans leur dialecte entrelardé d'argot parisien, Italiens de Vitry qui ne grugeraient pas le client parce qu'il était un ami de Nanni. Wolfgang n'aurait pas manqué d'espace pour les galopades dont il avait parfois la fantaisie.

Lorsque nous nous séparâmes au bord du trottoir, les réverbères s'allumaient rue Caulaincourt ; le feuillage des arbres s'était assombri dans le square, et sur la place autour de la statue. Je proposai à la voisine de Tony de la déposer en taxi où bon lui plaisait, mais elle déclina l'offre sous prétexte qu'elle avait des courses à faire dans le quartier. Nous n'échangeâmes aucune des formules de politesse qu'il est d'usage de débiter en pareille circonstance. À quoi bon ? Nous ne nous reverrions plus, et, sans doute pensait-elle de son côté que c'était mieux ainsi. La voiture bloquée par un feu rouge au sommet de la rue Lamarck, j'observai à travers la lunette arrière Françoise Lherminier, qui, le sac en bandoulière, montait vers l'avenue Junot comme à la rencontre de la nuit. Dans le tournant, il avait existé une clinique, en face de la boutique où l'on vendait des fruits et légumes aussi cher que dans les épiceries de luxe place de la Madeleine, et à ce prix-là ma mère n'aurait pas eu à s'inquiéter du lendemain, toute pensionnée qu'elle fût par les soins et l'entregent de M. Salvy, le « cousin de Victor Hugo », qui avait établi ses droits.

La réfection de mon appartement parisien s'acheva au milieu de la semaine suivante. Sans me prévenir, pour me ménager une surprise, les ouvriers emportèrent tout leur matériel, ayant poussé l'obligeance jusqu'à nettoyer et à cirer le parquet. Dans les pièces vides aux odeurs de diluants, je récapitulai, sans être sûr de ne pas en omettre, les logements que j'avais occupés par le passé. Comment oublier le deux-pièces partagé avec l'Autrichien, qui avait été en quelque sorte ma cellule à Regina Cœli, aucun Don Carmelo n'ayant favorisé ma levée d'écrou avant l'heure, dans un crescendo de chambres à l'hôtel ou chez des particuliers, de studios, de meublés qui avait culminé sur la place des Muses, limitée au nord par ces immeubles qui affirment géométriquement la faillite d'une certaine architecture moderne, leur emplacement en étant toute la valeur ? Et je pensai à Maureen, à ce soir de juin où je l'entendis marmonner quelque chose en latin, accoudée à la fenêtre du séjour où il y avait le divan en daim, bien trop neuf pour être le meuble au rebut dont elle prétendait se défaire. Elle s'y lovait, les genoux repliés sous elle, la jupe repoussée très haut sur ses jambes, pendant que je me douchais, me rasais et me changeais pour l'accompagner à un dîner. Wolfgang n'était pas encore entré dans ma vie ; mais, après sa mort, le pli était pris, Maureen continuerait de m'attendre au volant de sa voiture, en bas sur la place.

Dans la salle de bains, la mousse du savon, qui recouvrait même les pommettes, m'avait persuadé que mon visage gagnerait au port de la barbe, qui en eût atténué l'irrégularité, mais alors le risque d'une apparition des poils blancs, quelques-uns déjà décelés dans la toison du pubis, et le ridicule d'avoir à les teindre ?

« Qu'est-ce que vous dites ? » avais-je crié.

Par l'entrebâillement de la porte, j'observais Maureen, qui me tournait le dos — elle était montée chez moi, par exception, et ce serait la dernière fois. Son tailleur vert, qui lui donnait la silhouette cintrée que les couturiers imposaient à leurs clientes après la guerre, accentuait l'auburn de ses cheveux, et c'était comme un flamboiement au bord de la fenêtre, qui contenait un interminable crépuscule de juin, encore parcouru de cris d'oiseaux. À quelle heure se couchaient donc les martinets et les hirondelles ? Je me le demandais déjà, lorsque, la cueillette des pêches s'étant prolongée, j'appréhendais de rater le passage du dernier autobus de la plaine, encore que, retourner à pied chez Élisa, et partager le lit d'Élio, y jouir de plus de frôlements que sur une paillasse de bergerie, ne fût pas exactement pour me déplaire.

« Ce sont des vers d'Horace, avait articulé Maureen pour se faire mieux entendre. Si vous avez un pantalon sur vous, et même si vous n'en avez pas, venez voir le mont Soracte. » Elle désignait un point bleu au fond de l'horizon, au-delà des marronniers de la place à l'allure de forum de village en vogue, avec ses bancs et les chaises que le marchand de glaces a multipliées le long du muret, et au-delà du vallon où le Tibre décrit une courbe, et mérite au moins le nom de rivière.

« Les religieuses françaises qui m'ont élevée étaient très libérales. Elles nous permettaient Horace. Il a écrit une ode en l'honneur du mont — Monseigneur vous la récitera quand vous voudrez. Il prétend qu'il s'amuse à la traduire, celle-là et les autres, quand il craint que la pratique de l'italien et de l'anglais au bureau ne lui ait gâté son français. Monseigneur est un peu snob — et tellement snob, quelquefois, qu'il n'y a plus personne pour s'en apercevoir... Vous comprenez, ses références ne sont plus les nôtres. Monseigneur est un comédien qui se trompe de pièce. Mais je n'ai jamais su s'il jouait celle d'hier ou celle de demain... »

Elle avait beau fréquenter le prélat depuis une vingtaine d'années, à peine si, à force de coïncidences, d'allusions saisies au vol et de recoupements, elle s'était, très récemment, rendu compte qu'il connaissait les pays de l'Est de long en large. Jamais il ne mentionnait la destination de ses voyages, qu'on apprenait seulement lorsque, sans nouvelles de lui depuis un certain temps, on téléphonait à son bureau.

« La semaine dernière, une amie à la Villa Volkonski a remarqué une chose », continuait Maureen, qui, s'éloignant de la fenêtre où les hirondelles filaient maintenant au ras des volets ouverts, marchait vers le divan — son divan — la tête baissée, le pas précautionneux et irrégulier de la fillette qui glisse d'une case à l'autre du jeu de marelle. « Mon amie l'a entendu parler couramment en russe à un diplomate. Susanna, vous savez, elle n'aura pas à inventer la fusée spatiale, comme disent les Américains. Néanmoins, ça ne lui a pas échappé qu'il est revenu à l'emploi du français, quand il l'a vue se rapprocher. Son interlocuteur en était désorienté. Susanna me prête son chalet à Cortina pour tout le mois de décembre. Vous viendrez ?

— Bien sûr », avais-je répondu depuis la salle de bains, en pensant que Susanna aurait été encore plus stupéfaite de voir le prélat pratiquer avec les mains le langage des sourds-muets. Je mentais. Le principe de mon rapatriement était accepté par ma société, et même fixée la date de mon retour. Sauf erreur, ce soir-là, après le dîner, nous allions retourner au Minuit, et ce serait l'une des dernières fois que nous irions ensemble. C'eût été trop difficile de dire au revoir à Maureen en sachant que c'était un adieu. Si j'avais été généreux, j'eusse souhaité que l'un des hommes qui la suivaient en voiture ou à moto, à la sortie de la *balera*, eût envie de rester avec elle le lendemain matin, ou qu'elle éprouvât le besoin de le retenir. Non seulement on refusait aux gens ce qu'ils espéraient pour leur bonheur ou leur plaisir, mais on redoutait qu'un autre ne le leur fournît à notre place.

Mon séjour à Rome avait-il ravivé mes superstitions, dont monseigneur Van Acker souriait, sans les blâmer tout à fait ? Je ne voulus pas inaugurer la ligne installée la veille dans mon nouvel appartement par un téléphonage à Marceau, comme si la précarité de sa santé pouvait se communiquer à quelque chose de neuf, fût-ce un objet. Persuadé par l'expérience que son fils en serait touché, j'appelai d'abord la mère de Nanni pour lui dire combien les amis de Vitry m'avaient été précieux, et ensuite Nanni lui-même, qui renouvela son invitation avec insistance. Ses affaires marchaient encore mieux qu'il ne l'avait espéré ; la difficulté n'était plus que de procurer un cuisinier italien à la Casa Maria, car la nourriture aux Pays-Bas était immangeable.

Me déciderais-je enfin à lui rendre visite ? N'étais-je pas toujours en congé, et, par-dessus le marché, délivré du souci des travaux de maçonnerie et de peinture ? Logé encore dans un studio, Nanni ne me promettait pas une hospitalité qui m'aurait déçu, mais bientôt elle serait prête, la chambre d'ami, dans l'ancien entrepôt, au bord d'un canal, que l'on s'était engagé à lui louer. Il ne l'aurait pas sans mal, la crise du logement sévissait à Amsterdam. Il envisageait de solliciter à son tour l'équipe de Vitry, qui m'avait satisfait. Au fait, étais-je au courant ? Ses amis m'avaient consenti un rabais sur le solde du devis. Je savais, en toute hypothèse, que je n'éluderais plus longtemps ce voyage.

Lorsque, au téléphone, Nanni s'interrompait pour dire : « Une seconde, s'il te plaît », on était sûr qu'il s'apprêtait à coincer le combiné entre son épaule et son cou, et, de sa main valide, à sortir de sa poche droite un paquet de cigarettes et ce briquet qui, à l'infirmerie de Regina Cœli, où c'était un test supplémentaire de vigueur que de survivre aux soins qu'on y recevait, lui avait été offert par le voisin de lit, avec lequel il partageait les colis de nourriture que chaque semaine sa mère déposait au greffe. Après quoi, j'avais appelé Marceau. Il me répondit avec un tel enjouement que, une fraction de seconde, je n'écartai pas l'annonce d'un miracle : il venait de se soumettre à de nouveaux examens qui s'étaient révélés négatifs ; erreur de laboratoire ou distraction d'une secrétaire qui avait mélangé les dossiers, tout rentrait dans l'ordre. Deux ans plus tôt, une boule de graisse n'avait-elle pas convaincu le médecin de Maureen que sa patiente couvait une tumeur du sein ? Pendant deux ou trois semaines, je l'avais crue bonne pour la filière du cent douze, à laquelle Nanni participait avant de s'établir à Amsterdam. La crainte dissipée, nous avions payé une tournée générale au Minuit, où nous étions restés jusqu'au départ de l'orchestre, annoncé par l'accordéoniste aveugle, qui donnait alors la levée de la *Cumparsita*, et qui, ses lunettes noires au bout d'une chaîne, tombées sur sa poitrine de baryton, la pupille montée très haut dans ses yeux morts, semblait toujours guetter quelque apparition à travers les nuages du plafond, où tournaient les lanternes vénitiennes.

En réalité, Marceau fut chaleureux et ironique parce que c'était Marceau, et je l'entrepris sur le chapitre du travail — le sujet le moins gênant — étant ainsi amené, de fil en aiguille, à prononcer le nom du vieux Georges. N'était-ce pas en rapport avec ce monde de l'édition où Marceau ne semblait plus se soucier que son emploi à mi-temps aboutisse à une embauche définitive ? Et cette besogne, par sa nature, ne se rapprochait-elle pas de l'aide qu'il avait apportée au mari de Liliane, et que j'assimilais à une sorte de secrétariat supérieur, étendu jusqu'à l'enquête sur place qu'un vieillard eût été hors d'état d'effectuer lui-même ? En romancier épris de vérité, il déléguait et payait quelqu'un pour vérifier. Marceau n'avait-il pas, de la sorte, financé, pour une partie, l'achat de sa Duetto ? N'envisageait-il pas de poursuivre ou de reprendre une collaboration de ce genre, afin de compléter ses revenus ? Au lieu de répondre à ma question, Marceau gloussait :

« Comment, toi aussi, tu as connu le vieux Georges ? Où ça ? Comment ? »

272

Marceau avait beau se creuser la tête, elle s'était complètement effacée de sa mémoire, notre visite à l'appartement aux rideaux tirés de la rue de Courcelles, presque aussi sombre que la salle des vapeurs dans un sauna, et où j'avais été présenté comme un garçon boucher qui était libre le lundi, jour chômé dans sa profession, et, de par son état inséparable de l'ignorance, dispensé, en visite, d'ouvrir la bouche. Ainsi n'avais-je pas été distrait par les nécessités de la conversation, dans l'assouvissement d'une curiosité que je n'avais eue et n'aurais jamais pour aucun autre écrivain, bien que, dans ma vie, par l'entremise d'une communauté où le désir supprime la lutte des classes plus sûrement que le communisme, le polytechnicien compagnonnant avec l'ouvrier pâtissier, des occasions d'en fréquenter se fussent présentées en assez grand nombre. La vanité à fleur de peau de ces hommes ou femmes m'avait découragé, et écarté la peur d'être, tôt ou tard, transformé en personnage, comme si j'avais eu assez de richesse, de complexité dans mon caractère, d'exemplarité dans mon existence et de singularité dans mon métier. Cependant, le vieux Georges se classait à part. N'était-il pas le créateur du seul héros de fiction qui eût frappé mon adolescence, peu encouragée à aimer la littérature dans un pays où, déjà, se promener un livre sous le bras passait pour un signe d'efféminement ? « Rue de Courcelles, l'obscurité, le parfum du tilleul, les pieds dans une chancelière, la robe de chambre, la chevelure comme une galette, oui, c'est ça », admettait Marceau.

Nous allions prendre congé, et, pendant que mon camarade continuait, dans l'antichambre, de plaisanter avec la maîtresse de maison, qui hésitait encore à déverrouiller de l'intérieur sa porte de bunker, dissimulée par les draperies du châle, la main du vieillard, aux veines semblables aux nervures de la feuille d'ortie, avait palpé ma jambe.

Je ne l'avais pas inventée, l'imagination n'étant pas mon fort, la lampe qui, dans un coin, surmontait de tous ses pompons une sellette basse et envoyait aux murs des reflets sur les médaillons contenant des portraits de famille. Ni ce visage, qui réclamait le marbre, saisi de trois quarts par l'objectif, et surmonté d'un calot. À qui appartenait-il ? Il s'agissait de la photo d'une jeune femme — je m'en étais aperçu malgré les reflets sur la vitre, la chemise de soldat et le calot, au moment où je croyais encore que la main indiscrète était celle de mon parrain dans la maison, qui me jouait ce tour pour éprouver ma présence d'esprit. « Alors là, je te crois. C'est du Georges pur sucre, s'exclamait Marceau. Il y aura au moins quelque chose qu'il m'aura épargné. L'idée de te présenter comme un garçon boucher, c'est moi qui l'ai eue ? »

Il ne m'écoutait plus, Marceau : il riait de plus belle, et son rire, dans le téléphone, me rendait le jeune homme à la décapotable rouge qui, non sans une certaine affectation, conduit les cheveux au vent, ses lunettes de soleil repoussées sur le front, et emmène ses amis boire un verre au bar de l'hôtel Claridge. Sitôt calmé, il m'informa que Georges — objet de plus de soins qu'un prématuré dans sa couveuse — avait atteint l'âge de quatre-vingt-quinze ans et demi. Des inédits continuaient de paraître sous son nom, et, sur ce détail, Marceau ne cessa de glousser que pour allumer une cigarette.

« Tu fumes, maintenant ?

— J'en ai toujours eu envie, dit-il. Je me le refusais à cause du souffle, des rides, du teint qui se brouille — tout ça... Mais, aujourd'hui, à quoi bon m'en priver ? Je bois, je mange et je fume autant que je veux — enfin !... Double dessert à chaque repas. J'adore le soufflé au chocolat, tu sais. Plus je boulotte, d'ailleurs, plus je mincis — pas mal de femmes voudraient être à ma place. Malheureusement, je ne suis jamais à l'aise lorsque je fume en public. Je crois que les hommes n'ont jamais trouvé les gestes qu'il faudrait pour cela... »

Le claquement d'un briquet à l'ancienne, dont on rabat le couvercle, mit fin à la parenthèse qui n'avait pas dissipé ce qui subsistait d'allègre dans la voix de Marceau depuis le récit du pelotage que le père de Jim m'avait infligé, lui présent et aussi Liliane ; lui, inconscient du manège ; Liliane, c'eût été à vérifier.

« Qu'il m'ait tripoté, dis-je pour revenir en arrière, ça me flatterait plutôt maintenant. Ce que je ne lui pardonnerai jamais, c'est d'avoir fait mourir Jim, et même son frère, puisqu'il devient curé à la fin.

— Ah oui, l'*Histoire de Jim*, reprit Marceau, qui, naturellement, avait oublié la raison pour laquelle j'avais été curieux autrefois d'approcher le vieil homme de lettres. *Jim*, le meilleur de ses romans... Lorsque, pour être dans l'atmosphère, je me tapais la relecture de tous ses bouquins, celui-là ne m'ennuyait jamais. Est-ce que nous étions nés, quand il l'a écrit ? Moi, peut-être ; toi, ce n'est pas sûr. À mon avis, il aurait dû en rester là. Ensuite, il s'est répété. Pauvre Georges... Tout compte fait, c'était une victime. Je suis bien placé pour l'affirmer. Il l'a payé cher, son mariage avec Liliane. Est-ce qu'il ne la connaissait pas déjà sous toutes les coutures ? Il savait bien ce que c'était de vivre avec elle. Liliane avait été comme une belle-sœur, si tu veux. Je crois que tu n'es pas au courant. »

Au courant, je l'étais plus ou moins. Cependant, je laissai Marceau au plaisir de raconter que Liliane avait été la maîtresse de la sœur aînée de Georges, une des premières femmes à être correspondante de guerre et à fonder une agence de photos. Pourquoi n'aurais-je pas cru qu'elle était, quant au tempérament et au caractère, l'exact contraire de son frère : libre, audacieuse, fantaisiste, franche, athée, accueillante à l'imprévu, et d'un courage physique qui l'avait souvent conduite à exposer sa vie pour couvrir les événements, à des heures où les soldats cédaient du terrain — notamment, lors de la contre-offensive des Allemands dans les Ardennes, où des actes de bravoure avaient valu la croix de guerre à Hélène Bartemont, qui supportait la fatigue et l'alcool autant qu'un légionnaire.

« Quelqu'un de remarquable, et, de plus, une fille superbe, poursuivit Marceau. C'est sûrement sa photo que tu as remarquée dans l'antichambre. Les goudous, quand elles sont réussies, elles ne le sont pas à moitié. Tu te souviens de Marthe, de La Reine blanche ? Hélène Bartemont devait être de ce gabarit, mais en plus intellectuel et version grand bourgeois — quoique, Marthe, a-t-on jamais su d'où elle sortait ? Hélène, elle ne le lui a pas envoyé dire, à Liliane, qu'elle se ridiculisait en publiant, qu'elle n'était pas douée. Les rages de Liliane, ça devait être quelque chose... Si elle avait vécu sous le même toit qu'un peintre, elle aurait acheté des pinceaux. De la pure imitation d'hystérique, ce qu'elle écrivait, avec toute la sentimentalité des gens sans cœur... » Mais Marceau n'était pas payé pour en juger ; du moment qu'elle parvenait à se faire éditer, et qu'elle était contente de son propre travail au profit du vieux Georges, qu'aurait-il eu à objecter à un traficotage devenu banal ? Une fois sa sœur morte, qui se chargeait d'administrer la maison et leurs biens dans l'indivision, Georges, parvenu à l'âge où l'on considère, en général, que l'artiste est fini, Georges, couvé, dorloté, consolé, logé, nourri et blanchi par les femmes depuis l'enfance, incapable de visser sans aide une ampoule électrique, craignant la solitude, s'était résigné à accepter le marché que Liliane lui mettait en main : ou il l'épousait ou elle s'en retournait chez elle. Et Georges, qui, en mainte circonstance, avait mesuré sa force de caractère — n'avait-elle pas dissuadé Hélène de boire ? — n'ignorait pas que, pour ce qui était de la vie quotidienne, il trouverait son compte dans l'arrangement : comme imprésario, qui eût mieux convenu que l'ancien et unique amour d'Hélène Bartemont ? Car la liaison avait duré, en dépit de quelques incartades qui s'étaient soldées, entre les deux femmes, par des bagarres de matelots en bordée, pendant que le vieux Georges feignait de dormir, allongé sur son lit, ou se pendait au bras de la gouvernante pour se rendre à l'église, flâner au parc Monceau : des mères du quartier, en jupe-culotte et talons plats, l'accostaient ; quelquefois, il acceptait d'être photographié en compagnie de bambins, dont les descendants plus tard, feuilletant l'album de famille, le prendraient pour le grand-oncle célibataire dont on ne sait plus rien, ni de la vie ni de la mort.

Liliane, on la sous-estimait si, pour la juger, on s'arrêtait à ses dehors de follette. Sous les caprices, le sans-gêne et la muflerie de l'enfant gâté se dissimulaient, pour se manifester à bon escient la ruse, l'âpreté et le réalisme d'une femme d'affaires. Celle qui avait retiré au fisc la possibilité de taxer les tableaux achetés par sa maîtresse, en obtenant que la cancéreuse, parvenue à l'ultime métastase, écrivît sur la bordure du cadre la formule où changeait seulement le millésime, et qui faisait de l'œuvre un cadeau soustrait d'autorité aux droits de succession — « À Liliane, pour son anniversaire » — celle-là, Marceau la jugeait capable d'orchestrer avec succès le retour et le triomphe de Rina Ketty à l'Olympia, devant un parterre de lycéens en baskets. Rina Ketty ? On m'avait raconté que ma mère chantait deux airs de son répertoire — *J'attendrai* et *Sombreros et mantilles* — à la fin des repas de noces ou de première communion, mais j'avais toujours eu du mal à me la représenter sous ce jour, s'il m'était doux de penser qu'elle avait eu, elle aussi, sa part d'insouciance et de jeunesse, une saison, pour la beauté de ses jambes.

Souvent avais-je observé les gens de la tribu — du moins ceux de la variante s'exprimant à l'autre bout du fil, pourvue de la culture, du brillant et des qualités artistiques qui me manquaient — m'étonnaient par leur érudition en matière de music-hall et de cinéma, leur connaissance des chanteurs et chanteuses, comédiens et comédiennes dont les noms, pour le public, s'étaient à jamais perdus. Aurais-je parlé de Françoise Lherminier, l'ancienne voisine de Tony, avenue Junot, et de son amie Évelyne Verneuil, sans doute Marceau aurait-il cité quelques pièces ou films, alors que, de tant d'affiches qui se renouvelaient avec le consentement de Marthe sur les vitres de la terrasse, à La Reine blanche, ne surnageait qu'un titre sauvé par un calembour : *Seuls, les tilleuls mentent*.

Je me contentai d'un rire de politesse et d'approbation, comme si j'étais à même d'évaluer, à travers le comique de l'exemple, l'étendue de l'entregent et du savoir-faire de Liliane, qui, lorsqu'il y allait de son intérêt, était experte en attentions qui vont droit au cœur, habile à se procurer la date de l'anniversaire de chacun. Elle la consignait sur un carnet, en marge des particularités, faiblesses, faits, manies, œuvres, articles de toute personne reçue chez elle et susceptible de lui être utile à l'avenir. Pour la mort des mères, qui était le meilleur des placements, elle écrivait des lettres de quatre pages.

« Dès qu'une femme soutient l'ambition d'un homme, dit Marceau, l'affaire, au départ, est à moitié gagnée, je l'ai vu mille fois. C'est dommage que nous n'ayons pas eu l'appui des femmes, quoique, à ton sujet, je n'aie la preuve de rien. J'ai même l'intuition que, dans l'ensemble, elles ne t'ont pas été aussi hostiles qu'à moi-même », poursuivit-il, pensant peut-être à sa collègue chef de service qui, par dépit amoureux, l'avait fait monter en priorité dans la charrette des licenciements, lorsque ses protecteurs eurent été liquidés et qu'il y avait eu à caser les amis de la nouvelle direction. « Note bien que je n'ai jamais envié la situation de Georges. Il aimait le luxe et, le luxe, il l'a eu, mais à quel prix ? Je n'en aurais pas voulu... Bien sûr, j'aurais peut-être changé d'avis, si j'avais dû vivre jusqu'à l'âge où il est tombé sous la coupe de Liliane. On ne vieillit qu'en se trahissant, si l'on vieillit. De ce point de vue-là, je n'ai pas à m'en faire... »

Dans ces derniers mots affleura l'écho d'une certitude que l'on n'envisageait plus de discuter et qui n'inquiétait même plus. Avais-je remarqué que, chez les vieillards, plus se rapprochait l'heure du départ, plus ils se cramponnaient à la vie, celle-ci fût-elle réduite, pour le meilleur, à la contemplation du fond du lit d'un écran de téléviseur, ou d'un ciel vide à travers la fenêtre d'une chambre d'hôpital, au fil des journées indiscernables entre elles, rythmées par la prise de médicaments, l'arrivée des plateaux-repas, le passage des chariots ? À la veille de sombrer dans le coma, le père de Marceau s'inquiétait encore de la nature du prochain dessert : crème caramel ou compote de pommes ?

Ce père, qu'il n'avait jamais mentionné en ma présence par le passé, ne resurgissait-il pas pour la deuxième fois depuis nos retrouvailles ? Sa disparition et sa déchéance physique semblaient l'avoir beaucoup impressionné, à moins que les incurables de son espèce, s'ils étaient sans illusions sur leur sort, ne fussent déjà en commerce avec les défunts.

« Ils ne nous ont même pas offert un verre, ce jour-là, dis-je, afin de le ramener à Georges et à Liliane. On crevait de chaleur dans leur trou...

— Un trou de deux cent cinquante mètres carrés en face du parc, répondit Marceau. Ils ne nous ont pas proposé un verre, vraiment ? Tu m'étonnes. Ils étaient plutôt généreux — Liliane était du genre à claquer tout son fric. Très souvent, en plus de ma pige, ils m'ont fait des cadeaux, et ils n'y étaient pas obligés. Une admiratrice leur prêtait son chalet en Suisse — un chalet et le personnel à l'avenant, tu t'en doutes — et toujours ils m'invitaient, ils insistaient. Mais qui supporterait cette agitée, matin, midi et soir ? Ça ne m'aurait pas gêné qu'on me remplace pour le travail que je faisais. À la fin, j'en avais ma claque du rewriting. Ça ne m'amusait plus du tout de pasticher, de remuer l'eau du bénitier, mais j'aurais continué volontiers mes visites rue de Courcelles. Georges avait quand même des moments de lucidité, surtout l'après-midi après la sieste, et quand il avait reçu une série de piqûres de Nootropyl. »

280

Georges et ses souvenirs d'homme qui avait fréquenté les célébrités de son temps, Georges et ses confidences sur sa vie intime, qu'il livrait lorsque la sénilité avait levé les barrières de la pudeur. On tenait là un sujet de conversation sans risque. Afin de le réserver pour l'avenir, j'attaquai sur un autre front. « Les travaux dans mon appartement sont terminés, annonçai-je. On va pendre la crémaillère, mais pas à la maison, qu'est-ce que tu imagines ? Je n'ai qu'un lit, une chaise et une cafetière... »

Pourquoi m'échappa-t-il, comme si Wolfgang vivait encore : « En cuisine, tout ce que je sais faire, c'est d'ouvrir des boîtes de nourriture pour les chats », phrase qui, par chance, ne fut pas relevée ? « Je t'invite à dîner. Mais maintenant je ne connais plus les bonnes adresses. Je te suis. »

À Rome, je me serais fait un plaisir de l'inviter dans un restaurant au bord de la mer qui, le soir, ressemblait à ce qu'il avait été — une maison de pêcheurs. Des filets séchaient encore sur la terrasse. On mangeait les tomates du jardin.

« On emmène toujours les gens dans les endroits où l'on a été heureux avec quelqu'un d'autre, dit Marceau. Toujours on espère recommencer. Toi, c'était avec qui ?

— Une femme.

— Ah, je vois. D'après mon expérience, les situations de ce genre ne finissent jamais très bien, dit Marceau, d'une voix qui, présageant la curiosité, précipita ma réponse.

— On ira où tu veux. Tu n'as qu'à choisir. Ne me fais pas faire d'économies. Pour l'instant, j'ai les moyens. »

Et, ce disant, j'eus, accompagnée d'un certain mépris à mon endroit, l'impression que, décidé à accomplir une bonne action et peu sûr d'en avoir encore la volonté le lendemain, j'allais jusqu'au bout de ma corvée, rassuré au surplus par le comportement d'un malade qui ne se plaignait pas. Un malade ? Comme souvent les condamnés à mort à la veille de leur exécution, Marceau était, pour l'heure, un bien-portant. Il avait lancé le nom d'un restaurant qui, à la suite de la publication de plusieurs articles dans la presse anglo-saxonne, risquait de n'être plus fréquentable. C'était le moment ou jamais de le découvrir, cela dans tous les sens du terme : il se nichait dans le passage des Deux-Colonnes qui relie la rue des Petits-Champs à la rue de Beaujolais en contrebas et ressemble à une traboule lyonnaise. Les deux anciennes lanternes de fiacre qui servaient d'enseigne étaient des pièces de collection. Marceau était curieux de revoir le patron, depuis qu'il avait appris que ce commerçant jusque-là sans histoire et successeur de son propre père à la tête de l'affaire, pareil aux daurades changeant de sexe après trois pontes, une fois ses enfants élevés, divorçait pour se mettre en ménage avec le benjamin des serveurs. Serais-je ennuyé de ne dîner que vers dix heures du soir ? L'après-midi — son emploi à mi-temps le lui permettait — Marceau avait coutume de dormir le plus souvent et le plus longtemps possible pour accroître la résistance de son organisme.

« Excuse-moi, si je t'ai réveillé, dis-je.

— Je te préférerai toujours à une ambulance, répliqua-t-il, qui réprimait un bâillement. La réservation, je m'en occupe. Quand on ne te connaît pas, aux Lanternes, on déclare au téléphone que c'est complet. J'en profiterai pour commander le soufflé au chocolat. Je deviens aussi exigeant que papa. Je ne supporte plus de poireauter pour le dessert.

J'espère bien te ruiner, et puis j'ai un renseignement d'ordre pratique à te demander. J'en ai besoin assez vite… »

Son père, pour la troisième fois, et, par l'emploi du diminutif, comme une augmentation de l'intimité entre nous.

Peut-être à cause des deux fenêtres surplombant la rue de Beaujolais, des lueurs derrière un pare-feu, dans l'âtre, et des boiseries sans ornements, on s'imaginait être dans la salle à manger du meilleur hôtel de la sous-préfecture, où les notables fines gueules ont leurs habitudes, eux qui déjà, enfants, tentant en tapinois des glissades sur le parquet, apercevaient sur les murs ces étagères à trois plateaux encombrées d'objets en vieux rouen, ces panneaux ovales formant une collection de gibier reproduit grandeur nature — perdrix, bécasses, sarcelles et vanneaux, comme sortis à l'instant de la gibecière. Vingt personnes n'y produisaient pas plus de bruit que deux à Rome dans un établissement similaire. Lorsque j'étais entré, Marceau, déjà installé à une table dans un coin, un verre de vin rouge à la main, bavardait avec le patron, un ventripotent dans la quarantaine, dont le visage bizarrement émacié disait plus les patiences du laboratoire que le labeur devant les fourneaux. La toque qu'il avait sur la tête semblait la concession d'un homme poli à une soirée masquée à laquelle il n'a pu éviter de se rendre, et où il ne va pas s'attarder. Marceau lui avait commandé la préparation, pour minuit moins le quart, de deux soufflés au chocolat, parce que, ce dessert, dès qu'il est servi dans l'assiette du voisin, on en avait soi-même envie.

« Si tu ne finis pas le tien, je m'en chargerai », dit Marceau, qui, maintenant, souriait à une femme d'un âge moins désirable que ses yeux à fleur de tête, et qui avait l'épaule contre le chambranle de la cheminée, où, dans l'âtre, un regain de flammes se trouva être, soudain, au diapason de ces politesses jaillies, en silence, de deux angles opposés de la pièce. Elle occupait un seul côté de la table, comme le pape quand il a des invités ; qu'avait-elle dit à ses compagnons, que l'on voyait seulement de dos ? À l'unisson ou presque, ils se retournèrent, non sans dommage sans doute pour les pieds de leurs chaises, et le plus jeune, qui avait une figure poupine, un pouce sur le lobule d'une oreille, le petit doigt à la hauteur de la bouche, signifia par sa pantomime cette promesse de téléphoner bientôt que l'on ne tient presque jamais. Dans le sillage de Maureen, on croisait des personnes de même tournure qui sentent la richesse comme on sent des pieds, c'est-à-dire sans que rien, en apparence, ne le laisse supposer. Le trio aurait-il recueilli des rumeurs au sujet de la situation et de la santé de Marceau, quel meilleur démenti que ce sourire encore proche de l'adolescence, ce hâle de champion de ski, l'élégance du costume bleu marine à rayures d'une usure invisible à distance, et les cheveux blondis et non diminués en épaisseur de recevoir entière la lumière d'une applique murale qui semblait communiquer à la pointe des boucles le brillant et l'éclat du cuivre du bec renversé, au bout duquel pendait la tulipe en verre dépoli ? Je m'étais abstenu de complimenter Marceau sur sa mine, afin qu'il n'eût pas à avouer un recours à l'artifice. « Pas de questions, pas de mensonges », répétait sans cesse Maureen.

« Je te les présenterai bientôt », dit Marceau, qui avait lampé son vin, et, balayant du regard la salle, il désigna par un haussement de sourcils le trio, qui, près de la cheminée, avait repris sa conversation, dont il était peut-être devenu la cible. « Si j'organise un dîner pour mon anniversaire, le mois prochain — je t'expliquerai — ils viendront. Ils vont partout. Je t'en supplie, bois un peu. Ne rate pas ce vin, il est plutôt sensationnel. »

Marceau n'avait pas menti : il buvait sec, à présent, et, lui, que j'avais connu soucieux, avant tout, de conserver le poids du sous-lieutenant Laumière qu'il avait été à l'armée, nourri de biftecks salade, de biscottes et de yaourts allégés, son véritable repas de la journée réduit au petit déjeuner à l'anglaise pris chez Marthe, ne boudait plus les plats en sauce, réclamait un supplément de jambon et, entre deux services, tartinait de beurre du pain de campagne. Le sommelier présentait la seconde bouteille de bordeaux, à laquelle je ne devais pas plus toucher qu'à la première, résolu à limiter, au moins par ce sacrifice, l'apport en sucre dans mon alimentation, lorsque Marceau eut quelques mots pour La Reine blanche. Il n'avait plus mis les pieds chez Marthe depuis qu'il avait quitté son grenier aménagé pour louer un duplex dans les parages de l'église Saint-Eustache, près des Halles, où nous avions juste eu le temps de connaître les pavillons de Baltard et la pissotière à six places, qu'on appelait la Mosquée. Il aimait beaucoup ce quartier, où, la veille, il avait été victime d'une méprise qu'il livrait à ma réflexion. Il rentrait chez lui, à la nuit tombante, et, dans la pénombre de la ruelle qui contourne l'édifice, ne s'était-il pas figuré que la longue file d'attente le long des grilles du parvis était constituée des mêmes gens qui, sous les arcades de la Comédie-Française, guettaient l'ouverture des guichets de location ? Dans l'un des sous-sols de la crypte ne donnait-on pas quelquefois des représentations de théâtre ? Il s'était approché, disposé à prendre son tour, si, d'après l'affiche, la pièce en eût valu la peine. Le chômage avait cela de bon qu'on en profitait pour retourner au théâtre et au cinéma.

« Lorsque je me suis installé dans le quartier, dit-il, il n'y avait que des clochards qui traînaient par là — des vieux, des barbus, un litron dans la poche du manteau, des clodos pour touriste, de la figuration, tu vois. Aujourd'hui, ce sont des types comme toi et moi. Les œuvres de la paroisse leur servent un dîner, peut-être pas aussi copieux que celui-là, mais enfin, au restau U, j'ai certainement avalé pire. Je me suis aperçu aussi que l'été les œuvres ne distribuent plus à manger. Ou la faim part en vacances, ou ceux qui la nourrissent la supportent mieux quand il fait chaud. »

Je remplis son verre ; il but une gorgée, les yeux fermés, et clappa de la langue ; le second bordeaux, qui était d'une cuvée différente, surpassait le premier en fruité et en rondeur.

« Marthe aussi avait une bonne cave, observai-je, afin de revenir à nos moutons et à leur bergère. Tu te rappelles la fête à tout casser, chez elle, à l'appartement, la semaine où nous sommes allés tous ensemble à l'Opéra ? Tu t'étais battu pour avoir des billets d'orchestre. Marthe était folle d'une femme mariée, à l'époque. C'est l'année où elle a acheté l'Opel coupé... »

La perche que je lui tendais fut saisie : pendant quelques années, à Noël, comme s'il eût vécu à l'étranger ou en province, Marceau avait envoyé une carte à Marthe, qui répondait toujours par retour du courrier. À plusieurs reprises, il était passé exprès en voiture devant son café, mais comment se garer dans l'île, qui, vu la cherté du loyer et le prix du mètre carré, s'était transformée en réserve de milliardaires ? À travers la vitre de la terrasse, il apercevait Marthe, près du comptoir, et d'après sa silhouette elle n'avait pas beaucoup changé. L'énumération, du bout des lèvres, de quelques habitués de La Reine blanche s'accordait plus à la politesse qu'à la mélancolie incitant à communier dans le souvenir. S'en étonner ? Il fallait toujours un minimum d'avenir pour se complaire à l'évocation du passé. Je m'abstins de raconter que j'étais parti à la recherche de Tony, dès lors que celui-ci avait été omis dans la liste ; le nom de Catherine Venturi avait été suivi d'un éclat de rire, car l'appétit et la bonne humeur de mon invité ne cessaient d'augmenter au fur et à mesure qu'il mangeait et buvait. La cliente qu'il avait saluée de loin en était-elle à ce point intriguée ? De temps en temps, elle levait la tête pour inspecter la salle avec un regard de témoin du crime face à une rangée de suspects, plissant les paupières, on le devinait.

Le serveur, qui était assez jeune et assez beau pour avoir tourné la tête d'un père de famille, apportait un plateau de fromages, lorsque le trio se leva de table et, l'aîné aidant la femme à enfiler un manteau noir comme un manteau de curé, le cadet, qui, précédemment, par gestes, s'était engagé à téléphoner, se plia soudain en deux. Ramassait-il une serviette tombée à terre ? Ce fut avec un pékinois dans les bras que, d'une démarche trop parlante, le masque figé d'un santon serrant contre sa poitrine l'offrande d'un agneau aux abords de la crèche, il s'approcha de notre table. Je fus frappé par l'intensité et la profondeur de son regard entre les deux herses des cils, désaccordé à son visage tout rond, congestionné par l'alcool, où la courbure du nez incitait à la comparaison avec la poignée d'un pot de chambre. Les rides étaient rares mais profondes, telles les estafilades sur un melon qui a crevé au soleil. Et ce regard, pareil à un reliquat de splendeur chez une femme jadis belle, fila de côté, comme au poker quand on a du jeu et qu'on essaie de le dissimuler.

« Mon chou, il y a une éternité qu'on ne s'est pas vus », commença-t-il, d'une voix traînante, pour changer de ton à la seconde devant l'expression qu'on lui opposait. « Tu vas bien ? Tu as du nouveau pour ton travail ? » Toute son exubérance, réprimée par la froideur de l'accueil, passa dans le baiser qu'il déposa sur le front de l'animal à la langue pendante, aussi confiant qu'un poupon, et qui par son nez écrasé évoquait Wolfgang : pékinois et chats persans avaient un air de famille et de mêmes ronflements quand ils dormaient.

« Tout va bien, dit Marceau, qui, les présentations effectuées par ses soins avec la sécheresse d'un rappel à l'ordre, s'était radouci, par une sorte de mansuétude de vainqueur. J'organise une petite fête pour mon anniversaire, le mois prochain. Tu viendras, j'espère, et ton jeune homme aussi, emmène-le. Tu aurais la gentillesse de prévenir Claude et Marie-Pierre qui étaient avec toi ? Ils sont si occupés actuellement que je ne réussis jamais à les avoir au téléphone... »

Comment douter qu'il désignât les deux autres, qui, escortés du patron, se dirigeaient vers la porte, après nous avoir, au passage, gratifiés de sourires — la femme avança même les lèvres pour simuler un baiser. Tapins et gigolos, n'importe quel cheptel d'amour, subissaient en permanence l'évaluation à laquelle j'avais été soumis à la dérobée par le propriétaire du chien, que Marceau, entre ses dents, déclara être la « plus horrible de toutes les créatures », lorsqu'il eut rejoint ses compagnons. Et la porte resta longtemps entrebâillée pour que l'on vît le trio en conciliabule sous la voûte, dans la lumière de la lanterne du même rouge qu'un embrasement d'opéra en coulisse.

La contemplation du spectacle, si bref qu'il fût, m'empêcha d'enregistrer les premières phrases du portrait de l'un de ses acteurs que Marceau avait entrepris : « Touchard, il n'est intéressant que lorsqu'il est ivre mort. Tout à coup, tu entends la voix d'un homme au bout du rouleau, d'un homme qui pleure avec dignité — pleure à en perdre ses verres de contact. Il te serre contre sa poitrine. Il t'avoue toutes les horreurs qu'il a répandues à ton sujet, toutes les crasses qu'il a faites dans ton dos. Il te supplie de pardonner et tu es obligé de le raccompagner chez lui en taxi, de monter jusqu'à son étage, de fouiller ses poches pour trouver les clés, encore heureux qu'il n'en profite pas pour te vomir dessus. À la fin, il te fourre sa montre dans la poche, et tu acceptes parce que c'est toujours le même scénario. Le lendemain matin, il te téléphone au bureau à huit heures pétantes. Il a la résistance d'un Cosaque, une force de travail inouïe. »

Les bras croisés, comme pour bercer un enfant ou un petit chien, Marceau imitait si bien la voix de l'homme au pékinois que l'on aurait cru celui-ci revenu sur le seuil afin de lancer à la cantonade : « Mon chou, je crois que j'ai trop bu hier soir. Je ne sais plus ce que j'ai fabriqué. Heureusement, il y avait ton nom à la date d'hier sur mon agenda. Est-ce que je n'aurais pas oublié ma Patek Philippe dans ton lit ? Un souvenir de maman. Ça me tuerait de l'avoir perdue. Elle t'aimait tellement, ma mère. Souviens-toi… »

À une table voisine, des dîneurs tournèrent la tête de notre côté, le sourire aux lèvres, comme si, à travers la caricature, ils identifiaient le modèle, quoi d'étonnant ? La clientèle paraissait composée d'habitués. Leur espoir que le numéro se poursuivît allait être déçu. « Touchard est aussi dangereux qu'un scorpion, continua Marceau, mais c'est un génie de la banque. En affaires, il a du sang-froid et du nez. Si tu as quelques économies et si tu ne crains pas le vertige, n'hésite pas à les lui confier. Il est capable de décupler la mise sur un coup. Il joue sur les *emerging markets*, en Asie, en Amérique du Sud. »

Marceau, qui, fort d'une bourse attribuée par un organisme européen, avait passé un an à Oxford, parlait l'anglais avec un accent assez chic pour rendre les mots inintelligibles. Bourse, banque, cours de clôture — s'interposa soudain la vision de monseigneur Van Acker traînant des exemplaires du *Financial Times* dans sa serviette de cuir, que Maureen lui avait offerte à l'occasion du quarantième anniversaire de son ordination sacerdotale. Dans les versions de mon passé que je truquais dès que j'y avais intérêt, moi aussi j'étais allé à Oxford dans les mêmes conditions. J'avais confisqué à Marceau ses souvenirs, et, à force de les répéter, j'y aurais cru, que j'avais hissé mes deux valises à bord du tortillard qui brinquebalait. Une heure et demie pour parcourir une centaine de kilomètres, c'était long et d'autant plus fastidieux que je ne parvenais pas à concentrer mon esprit, impossible de poursuivre la lecture du roman qui, la veille, me passionnait ; jusqu'aux titres des journaux trouvés dans le filet du porte-bagages qui me semblaient indéchiffrables. J'avais rendez-vous avec mon tuteur — qui serait-ce ? Comment éviter le ridicule, les impairs ? La lumière mordorée d'octobre m'étonnait par sa netteté en désaccord avec l'idée que j'avais du pays à l'automne. La vieille dame aux lunettes cerclées de fer, qui, sans lever la tête — attentive à abandonner celle-ci, dans ses balancements, au rythme des cahots — continuait de tricoter de la laine d'un rose fluorescent, n'en était pas à un rang de mailles où la nature de son ambition eût été discernable. Est-ce que dans cette rue piétonne, banale, bruyante et commerçante où s'effectuaient mes premiers pas, les badauds devaient se douter que j'étais un *freshman* ? Puis, j'avais remonté High Street dans toute sa longueur, parce que j'étais en avance, libre de scruter à loisir la façade des collèges, d'un gothique local arrangé, comme pour prendre des distances avec ce style en l'aggravant. Les valises ne pesaient presque plus, lorsque j'avais rebroussé chemin, angoissé soudain, parce que, à flâner, je m'étais mis en retard. Soulever le heurtoir de bronze, en forme de nez, placé assez haut sur la porte cochère, et qui donnait son nom à l'établissement, attirer l'attention par un tel tapage ? Pendant quelques secondes, j'avais hésité. Sous les arcades du cloître, les bruits de la ville disparaissaient d'un coup. Dans les jardins, un groupe d'étudiants se livrait à une répétition d'une pièce de théâtre, le passage de la reine mère en tutu ne l'eût pas détourné de son exercice. À ma grande stupéfaction, mon tuteur avait la peau foncée, étant originaire d'une île des Caraïbes.

Ancien de Cambridge, il continuait de porter une cravate à ses couleurs. L'énergie du sportif se dégageait de sa personne à la taille modeste, et son électricité semblait s'être communiquée à ses cheveux crêpelés, en désordre, à sa parole qui ne quitterait jamais le registre de la cordialité. Il m'avait aussitôt invité à boire un verre dans le troisième pub que je remarquerais — pourquoi pas le quatrième, ou le deuxième ? Il y avait pour lui nécessité d'augmenter la part du hasard en ce jour qui, à l'entendre, en comptait si peu.

Jaune la lumière d'Oxford et jaune la pierre qui l'irradiait même en hiver, et que l'on tirait des collines de la région ; jaune la première bière, jaunes les chips au vinaigre, blonds les cheveux de Hugh — inévitable copie d'Élio — unique apport de mon imagination que je ramasserais à la *freshman fair*, où je m'étais inscrit à plusieurs clubs, mais ils n'étaient pas assez diversifiés au gré de mon tuteur : avais-je un préjugé contre l'aviron ?

Maureen avait-elle gobé mes mensonges ? Je les débitais, non sans quelquefois penser que si j'avais reçu tous les avantages à la naissance, au lieu d'en arracher quelques-uns à la force du poignet — dépourvus alors du moindre goût, après tant d'efforts — je serais devenu un jeune homme assez puant. « *Emerging markets*, répétait Marceau, qui variait les intonations, et à qui je n'avouerais jamais que je m'étais approprié ses souvenirs pour bluffer certains. Les marchés émergeants, si tu préfères. On se procure, paraît-il, autant d'émotions qu'à la roulette, si l'on joue gros. »

Lorsque, au début de l'après-midi, je lui avais téléphoné, interrompant sa sieste, il s'était, en conclusion, promis de me consulter au sujet de problèmes pratiques. N'était-il pas en train de me sonder par la bande sur l'état de mes finances ? Comment lui refuser de l'argent ? Autrefois, il m'avait dépanné, presque aussi souvent que Marthe l'avait fait. Déjà, je calculais le montant du chèque, qui n'eût pas vraiment gêné ma trésorerie, tout en me procurant bonne conscience. Généreux ce soir, je le serais aussi une fois pour toutes, dispensé par la suite d'accompagner un malade dont je pouvais, à travers quelques exemples connus à Rome, imaginer la fin, ce moment où le masque d'un déporté annonçait le squelette. Certes, Marceau, le jour où nous nous étions retrouvés, m'avait glissé qu'il ne supporterait aucune dégradation physique, mais il y avait toujours loin des paroles aux actes. Au pied du mur, quand chaque matin est une aubaine, quoi qu'il sût de la vanité des traitements, de la prolongation d'une partie où toujours la mort marquait le dernier but, il se battait avec autant de ténacité que n'importe qui, le lieutenant de réserve Marceau Laumière. Et, si incurables et vieillards avaient les mêmes réflexes, s'appliquerait à lui ce qu'il avait dit du vieux Georges, reine de la ruche romanesque à bout de forces, à qui une ouvrière vorace avait soutiré des œufs jusqu'à sa mort. Je faisais également sa part à la pudeur de Marceau, à qui la politesse avait toujours interdit de se plaindre, de s'ouvrir à ses amis de ses problèmes, ennuis, préoccupations ou tourments, à charge pour ses interlocuteurs de lui rendre la pareille. Quelle que fût la somme que je lui empruntais, si lui-même était en fonds, la main droite levée à la hauteur de l'épaule, comme pour l'esquisse d'un salut à la romaine, il arrêtait mes justifications, mes demi-mensonges, en ouvrant son portefeuille d'un air amusé, avant de se diriger vers sa décapotable, qui, dans la journée, empiétait sur le trottoir devant La Reine blanche.

Pour l'instant, toute anticipation de l'avenir se heurtait au comportement, à l'aspect, à l'expression des traits de l'homme qui, en face de moi, semblait de beaucoup mon cadet, sous la lumière pourtant sans indulgence qui tombait de la tulipe murale, comme l'eau de la corne d'abondance que certaines statues, dans les jardins, ont à une épaule. À ma place, des dizaines de comparaisons puisées dans la peinture lui seraient venues à l'esprit, mais, à présent, je n'aurais pas voulu être dans la peau de Marceau, qui pourtant redoublait d'appétit ; et toujours beurrait, par gourmandise, des tranches de pain complet. La deuxième bouteille de bordeaux serait vide à ce rythme, quand on apporterait le dessert, pour lequel je prévoyais du sauternes. Maureen m'avait un peu dégrossi au chapitre des usages, du bien-boire et du bien-manger ; les sucreries s'accompagnent de vins liquoreux, à moins de choisir l'exact contraire — du champagne brut.

Les anecdotes sur Touchard éclairaient aussi la vie menée par mon invité pendant que j'étais à l'étranger. On devinait les maisons de campagne dont l'aménagement occupe les couples une fois la passion retombée, les festivals de musique à l'étranger où l'on se rend en bande, les croisières en Méditerranée, l'équipage loué avec le yacht, une ou deux célébrités de la couture, quelques femmes fortunées qui s'entouraient, elles et leurs peines de cœur, de cadets de la tribu. On imaginait l'insouciance, les conversations légères avec talent, hérissées de pointes contre les absents, les cures d'amaigrissement à l'approche des beaux jours, les discussions à l'infini sur les mérites comparés de deux cantatrices — rien qui pût m'étonner, qui ne fût déjà vrai à l'époque de La Reine blanche. En était néanmoins rafraîchi l'étonnement que Marceau, familier des bars de palace et des brasseries de Saint-Germain, eût fréquenté ce bistrot de quartier où il n'avait même pas le plaisir de s'encanailler ? Touchard, il aurait pu m'en parler en ce temps-là, voire plus tôt si j'avais vécu à Paris ma prime jeunesse. N'affirmait-il pas : « Lorsque nous étions en khâgne, sans être beau, il était séduisant — le genre ténébreux, taciturne, tu vois. D'une timidité, d'un romantisme pas croyables. Tout à coup, il envoyait anonymement un bouquet de fleurs ou un cadeau à un garçon, sans rien espérer — comme ça, pour le plaisir. Au tennis, il avait un très bon service — et puis, pas un mot, pas un regard dans les vestiaires. Il se tenait à carreau. C'est lui qui m'a procuré deux parrains pour m'inscrire à son club, où il s'affichait avec des filles. Quel changement, si j'y pense… Et maintenant ce pékinois par-dessus le marché… Non, mais on dirait qu'il le fait exprès. Il y a des minutes où je doute que ce soit le même individu… »

Touchard avait-il fait une analyse avec quelqu'un de comparable à la femme médecin un peu exaltée qui, à La Reine blanche, poussait des exclamations sitôt arrivée sur la terrasse ? À un moment donné, ne cherchait-elle pas un volontaire qui lui fît un enfant ?

« Alors, pour Touchard, ce serait le résultat de la cure ? s'interrogea encore Marceau, qui avait renoncé à porter son verre aux lèvres, mais continuait de le tenir à la main. Depuis dix ans, Touchard ne se gêne plus en rien. Il n'a peut-être plus peur d'être celui qu'il a toujours été. Si on guérit les gens pour qu'ils deviennent insupportables et empoisonnent sans remords leur prochain, qu'est-ce que la société y gagne ? Je te demande un peu. Enfin, dans son travail, Touchard est toujours en tête du hit-parade. Je ne te l'ai pas dit ? C'est lui qui m'avait présenté au vieux Georges, lorsque nous étions en khâgne. Je lui dois au moins ça. Si je lui avais confié mes indemnités de licenciement, elles auraient fait des petits. Il me déteste, mais il respecte l'argent encore plus... »

Courtier en titres et en placements, Touchard s'était fait la main, par hasard, avec les capitaux d'un grand-oncle désireux de transmettre son avoir intact à ses héritiers, par-dessus le tamis du fisc. Il s'était piqué au jeu, et avait aimé l'argent, qui délivre les hommes laids du souci des apparences. Et la réussite avait rabattu vers lui, l'une après l'autre, toutes les vieilles personnes de sa famille, du réseau d'amitiés et de relations que fournissent quatre générations de bourgeoisie à Paris. Mais qu'avais-je à faire de Touchard ?

À quelle date effectuerais-je mon voyage à Amsterdam ? Nanni se vexerait si mes vacances s'achevaient sans que je lui rende la visite promise. Qui avait dit des Pays-Bas : « Canards, canaux, canailles » ? Marceau, qui ne se décidait pas à en venir au fait, me croyant attentif à ses paroles, entamait le récit d'un coup de foudre, Touchard — toujours lui — en avait été la victime, Touchard qui ne devait pas être si noir qu'il ne puisse être invité à un dîner d'anniversaire : certaines amitiés de jeunesse, usées par les désillusions réciproques, se maintenaient grâce aux ressentiments et à l'agacement mutuels, à l'instar des mariages où disputes et reproches entretiennent encore la chaleur et le mouvement de la vie. Peu avaient le courage de rompre d'un coup, comme l'avait fait Maureen, après l'annulation de son mariage. J'enregistrais quelques détails au passage, de manière à ne pas perdre le fil et j'en étais à réfléchir sur l'utilité des relations brillantes, quand on est chômeur, lorsque trois mots — « le petit Vincent » — produisirent l'effet de poussières dans l'œil qui arrêtent le pas d'une promenade sans but.

« Petit, façon de dire, précisait Marceau. En réalité, il me dépasse d'une tête. L'idéal pour qui aime le muscle, mais, à mon avis, Touchard est tombé sur un truqueur de première qui cherche à se caser, à sortir de son destin, ce que je comprends. Nous avons tous essayé, n'est-ce pas ? Il va nous venger tous en bloc, Vincent — on compte bien sur lui. Touchard l'a levé dans une boîte plutôt classique, sans *backroom*, où il y a souvent des mannequins qui en ont assez d'être harcelées par les types à longueur de soirée. Il l'a invité à boire un verre chez lui. Jusque-là, rien d'extraordinaire, mais attends la suite. Ce n'est pas du tout ce que tu imagines. Tu m'aides à finir la bouteille ? Allez, juste une goutte. À ma santé, si l'on veut... »

Persuadé d'avoir chat en poche, Touchard, que sa fortune, sinon une thérapie, délivrait peut-être d'une timidité native, avait posé sa main sur le genou de son hôte, assis sur le canapé près de lui, qui, sans bouger, lui retournait une paire de gifles.

« Un trait de génie, commenta Marceau, qui avait croisé les bras sur sa poitrine comme pour contenir sa gaieté. Ne me dis pas qu'à vingt ans et quelques on entre seul dans un endroit pareil sans savoir à quoi on s'expose. Passé minuit, on ne suit pas, sans deviner, un monsieur qui annonce la destination aussi clairement qu'un panneau d'affichage à la gare... » Mais on ne pouvait pas mieux s'attacher Touchard que par cette réaction d'offensé, et comme instinctive, qui devait être aussitôt suivie d'excuses et de gestes d'amitié qui en donnaient plus que ce qui avait été refusé auparavant. La violence même de l'attitude prouvait l'inexpérience du jeune homme — sa virginité en la matière — rendait une éventuelle capitulation encore plus précieuse, retirait le cogneur de la catégorie des gigolos, et, la réconciliation conclue, autorisait l'espoir que s'accomplît, un jour, l'ambition de certains : enlever un homme aux femmes, être celui pour qui serait consentie l'exception, gage de fidélité, motif d'un sentiment de supériorité sur le commun de la tribu réduit à aimer des partenaires à son image. Son désir contenté par un agenouillement, en échange de quelques billets, selon la routine, Touchard eût, après la douche, oublié sur-le-champ le partenaire qui l'avait allumé, dernier en date d'une collection d'ombres, de corps monnayés, guère plus identifiables, dans la mémoire, que ceux des noyés entre deux eaux dont la dérive au milieu des détritus ne s'arrêtera qu'à l'écluse. Et Touchard, une paupière gonflée, du sang à la commissure des lèvres, avait fondu lorsque Vincent, prompt à lui tendre son mouchoir pour obtenir le pardon d'un mouvement qu'il déplorait de n'avoir su dominer, avait invité sa victime à déjeuner, le lendemain. Par exception, Touchard avait quitté le bureau, où, à midi, il se contentait d'un sandwich, l'œil sur l'écran de son ordinateur, l'œil qui n'était pas fermé par une ecchymose.

« Ce pauvre Hervé, complètement cuit, des larmes dans la voix, quand il te décrit le restaurant au menu à prix fixe, "apéritif offert par la maison", qui est dans les moyens d'un p'tit gars, tu meurs de rire », dit Marceau, que ce souvenir enchantait. Jamais il n'avait été si exubérant, et jamais non plus il n'avait bu autant en ma présence. « Les riches, tu sais, ne résistent jamais aux cadeaux. Ce sont même les seuls qui sachent les apprécier... »

Aux dernières nouvelles, Vincent avait rompu avec sa maîtresse, une divorcée qui le relançait jusque dans les cafés et qui, pour être mieux à sa disposition, avait confié la garde de son enfant à sa propre mère, en banlieue, achevant par là de se ruiner dans l'esprit de son amant, qui avait le sens de la famille.

« Touchard, auparavant, tu ne l'entendais parler que du programme des concerts à la salle Gaveau, de la saison prochaine à l'Opéra ou de *la Gazette de Drouot*, dit Marceau. Aujourd'hui, c'est un supplément ambulant de *l'Équipe*. Il achète ce journal depuis qu'il a publié un palmarès où figurait Vincent, à la rubrique de va savoir quoi — je confonds tous ces sports où l'on est en pyjama. »

Touchard n'avait plus à la bouche que les mots « entraînement », « finale », « sélection » et s'apprêtait à recevoir chez lui les parents du jeune homme, qui, selon Marceau, devaient être aussi malins que leur fils et, s'ils ne l'étaient pas, l'astuce leur viendrait dans un appartement, sur la place des Victoires, presque aussi grand que celui du vieux Georges, moins sépulcral cependant, et même pas du tout : Touchard, qui avait un don indiscutable compensait par le biais de la décoration les livres qu'il n'avait pas écrits lui-même. En manipulateurs du passé et du présent des autres romanciers, décorateurs et antiquaires après tout se rapprochaient.

« Tu vois ce que je veux dire ? » Je ne voyais pas bien, mais j'écoutais avec attention l'exposé de la théorie selon laquelle, quand on était au bas de l'échelle, on ne grimpait que par le talent ou le sexe

Le sexe surtout, et surtout dans la tribu. « Les filles riches n'épousent pas les beaux garçons quand ils sont pauvres et sans avenir. Les femmes sont trop réalistes, et, nous, nous sommes les derniers romantiques... Enfin, il y a aussi un mot d'une seule syllabe pour dire ça. »

Le père de Vincent était brigadier-chef de police en banlieue, où sa femme gérait le rayon des fruits et légumes dans un supermarché. Si le serveur, qui promenait un ramasse-miettes sur la table, eût pu, du même coup, absorber les paroles tombées de mes lèvres, j'eusse volontiers triplé son pourboire : « Flic, peut-être, mais marchande de quatre-saisons, ce serait déshonorant, d'après toi ? »

Un silence s'était établi, à la mesure de l'accès de hargne que je regrettais — quelle mouche m'avait piqué ? Marceau recommença à mastiquer consciencieusement un morceau de pain de campagne, quoique au rythme ralenti du poulain qui, dans la touffe d'herbe, a trouvé un élément dont la dureté l'étonne et le rend circonspect. La dernière bouchée avalée, Marceau me scrutait maintenant, le menton dressé, la mâchoire immobile cependant, on devinait, à l'intérieur de la bouche, la langue en mouvement de qui s'assure qu'il n'a pas perdu une dent à pivot. Et elle parut être, soudain, d'une personne dont j'aurais seulement connu jusque-là le frère aîné, la beauté de son visage sur lequel les années cruelles au mien non seulement n'avaient pas eu de prise, mais que, par un supplément de générosité, elles avaient dégagé de la mollesse des blonds. Et, alors, ce qui n'était encore que dans ma tête descendit dans l'estomac, les entrailles et même les bourses, aussi décapante qu'une gorgée de soude caustique avalée par mégarde : la nouvelle que Marceau allait mourir, et que je per-

300

drais mon unique ami, dans une ville où tout était à recommencer, la jeunesse en moins.

La lumière de la tulipe murale, tout à l'heure concentrée sur le front, le nez, les pommettes, avait rempli les orbites d'une eau bleue, bouillonnante, telle la vague qui a couru sous le vent envahir des grottes marines. Le vétérinaire de Rome versait dans les yeux de Wolfgang un colorant qui avait la propriété de se déposer dans les fentes des lésions que l'on se promettait de réduire sans jurer que leur trace, après la guérison, échapperait à l'examen au microscope, ou à la vigilance de l'éventuel jury d'un concours de beauté féline. Et, de fait, elles n'avaient jamais disparu, lézardes de tristesse dans la pupille, ou barreaux à la lucarne d'une cellule, qui, se détachant sur l'azur du ciel, rappellent la réalité de la condamnation, comme c'était le cas pour Marceau.

« Excuse-moi », dit lentement celui-ci, qui, en dépit de notre fréquentation passée, n'en savait pas plus de mon enfance que je n'en connaissais de la sienne. « Je te décris une situation sociale afin que tu comprennes. La mère de ma grand-mère, l'institutrice, était servante au château, dans la Sarthe. On a eu besoin de quatre générations pour en arriver là où je suis. » Marceau, dont la voix n'avait trahi aucun sentiment particulier, se tut, et heurta, à plusieurs reprises, le verre avec son ongle.

Est-ce pour l'empêcher de trembler qu'il se mordit la lèvre inférieure, presque une lippe, en tout cas un élément d'irrégularité qui évitait la fadeur à l'ensemble trop parfait de ses traits ? Il était exactement minuit moins le quart à la montre-bracelet que, par fantaisie ou imitation, Marceau avait toujours portée très haut sur le poignet, voire les manchettes de sa chemise, lorsque le patron en personne, escortant le serveur, présenta les deux soufflés, qui, dans leurs ramequins, élevaient leur dôme saupoudré de chocolat.

« Ça m'étonnerait que tu en laisses, dit Marceau, qui avait retrouvé son sourire. Ils sont aussi bons que ceux de ma mère. »

Sa mère, pour la première fois ; était-il né à Paris ou en province ? Il avait été trop parisien pour n'être pas provincial d'origine. Sans s'interrompre de manger à petites cuillerées rapides, tel un enfant qui se hâte en l'absence des adultes soupçonnés de vouloir imposer un partage, il refusa et le sauternes et le champagne que je proposais. À l'entendre, c'eût été détruire dans la bouche le goût, qui, de fait, méritait l'emphase du chroniqueur gastronomique dont on avait redouté la visite. Avais-je jamais remarqué ces taches de rousseur qui, conséquence de l'empourprement du visage, s'étaient avivées sur les ailes du nez ? Sous le soleil de Capri, monseigneur Van Acker en montrait partout sur le corps, avant qu'il eût échangé son short kaki de coupe militaire contre la soutane blanche. Et Vincent, dans l'effort, la suée du combat, n'en présentait-il pas d'identiques ? Il y avait maintenant trop de coïncidences pour que j'en doute : le partenaire que l'on m'avait donné dans la salle de judo découverte par hasard n'était autre que le jeune homme qui inspirait passion et dépenses à l'ancien condisciple de Marceau en khâgne. Me revenait en mémoire la phrase chuchotée par la serveuse du Narval à l'oreille de la blonde au ciré noir qui n'avait plus vingt ni même trente ans, victime, sous mes yeux, d'une violence dont ce garçon semblait coutumier. N'avait-elle pas dit, la serveuse : « Je t'avais prévenue dès qu'il a eu cette voiture. Il n'a pas les moyens de se la payer

302

lui-même », quand elle consolait sa cliente qu'elle tutoyait, sur une banquette du bistrot où j'étais allé boire un Peppermint et un sauvignon et manger un sandwich, après une victoire qui m'avait épuisé sans me convaincre de ma supériorité physique ?

Compte tenu de l'heure, le vieux Georges passerait à la trappe ; le problème d'ordre pratique sur lequel Marceau souhaitait m'interroger suffirait pour clore la conversation. Je le crus jusqu'à ce que mon invité en vînt à se souvenir de la cuisinière marocaine qui était au service du vieux Georges, et excellait, elle aussi, dans la pâtisserie. On l'aurait embauchée aux Lanternes pour les gâteaux, pendant que le maître de maison et lui-même travaillaient au salon, sous la surveillance de Liliane, qui entrait et sortait en silence, accomplissait de même les gestes qu'il fallait : augmenter la lumière de la lampe, changer le ruban de la machine, apporter un autre diction- naire si elle avait eu vent d'une difficulté — sembla- ble, en sa discrétion qui stupéfiait, à Touchard, qui, en affaires, au bureau, quittait ses manières d'acqui- sition récente pour les gestes et le sérieux du consultant financier.

De nouveaux clients poussèrent la porte du res- taurant ; probablement débarquaient-ils du théâtre. Exagérais-je les choses ? Quelques-uns saluèrent Marceau de loin, et, parfois, avait tardé à disparaî- tre de leur figure l'expression de qui, sur le chemin de l'aéroport et des vacances, tombe sur un feu rouge qu'il n'avait pas prévu. Et le bénéficiaire de ces amabilités à distance, qui raclait avec sa cuillère la couche de caramel attachée au fond du rame- quin, allait déconcerter un peu le serveur, qui devait se rappeler plus de sobriété de sa part : après la commande d'un verre de calvados, M. Laumière, qui avait réclamé le coffret à cigares, choisissait maintenant, non sans une ultime hésitation, un module assez court d'un beau brun rougeâtre, dont il retira la bague en la soulevant délicatement avec un ongle pour ne pas abîmer la cape. Il respectait le rituel que j'avais observé chez certains vieux amis de Maureen et de Van Acker : la flamme du briquet au pied de ce havane en était éloignée presque aussitôt de quelques centimètres, et l'on aspirait avec la lenteur même que l'on apporterait à faire pivoter le module entre les lèvres, sans abandonner l'allumage. Mais, si précautionneusement qu'il l'eût provoquée, la première bouffée, en son attaque d'une âcreté approfondie par la préalable gorgée d'alcool, secoua Marceau comme si on l'avait pris au collet. Il toussa, s'empourprant derechef, et lorsqu'il eut réussi à articuler : « Le cher Georges », comment ne pas supposer qu'il s'étranglait de rire sous une déferlante d'anecdotes dans son esprit ?

Quand il eut retrouvé sa respiration, il m'expliqua, le sourire aux lèvres, de quelle façon il avait procédé pour mettre au point la plupart des romans qui avaient rafraîchi la réputation du vieux Georges, dont il gardait, malgré tout, un excellent souvenir ; la rupture de leur collaboration ne lui incombait pas. Marceau, dès qu'il baisserait les yeux sur ses grandes mains soignées et musculeuses — l'une qui avait alors écarté le cigare de la bouche — ce serait pour interroger, comme en aparté : « Tu me suis ? » bien que ce fût à ma portée d'imaginer la nature d'un travail de nègre dans l'édition, si particulier qu'il fût, en l'espèce. Le cognac que l'on proposait à la table voisine me suggérait même l'image et la distillation en trois étapes. Au départ, le jus de raisin, sans goût particulier, sous l'effet de la chaleur se transformait en gaz, lequel, à son tour, se métamorphosait en liqueur que déjà son arôme authentifie. En outre, Tony, le professeur de dessin, n'avait pas instruit uniquement Françoise Lherminier en matière de peinture : le vieux Georges donnait le canevas, comme le maître de l'atelier, jadis, fournissait, sous forme d'un carton, la *prima idea*, que les élèves transposaient en pratiquant la mise au carreau. Car Georges, si la faculté de concentration dans l'effort quotidien lui manquait, n'en continuait pas moins d'avoir des idées de romans et de nouvelles. Il voyait des personnages, des lieux, rêvait à haute voix une intrigue ; Liliane, qui l'avait sous la main pendant ses heures de lucidité, le stimulait, le relançait, le chauffait, tantôt cajoleuse, tantôt menaçante, d'une avidité pateline de tortionnaire qui espère sa victoire avant l'évanouissement : le chiffre du coffre-fort. Elle prenait des notes en sténo pour composer une manière de script qu'elle n'avait ensuite aucun mal à étoffer. Elle écrivait avec l'intrépidité qui, selon Marceau, caractérise le graphomane que la page blanche attire aussi fort que le réverbère le chien : on n'avait qu'à se reporter à ses propres livres, mais il fallait reconnaître à Liliane une certaine facilité, de la justesse quand elle décrivait les femmes, sans doute parce qu'elle les avait beaucoup aimées. À ce stade qui ne comportait presque pas de ratures, Liliane entreprenait de dactylographier elle-même l'ensemble, pour plus de discrétion, avant de le confier à Marceau, à qui revenait la tâche la plus délicate ; à lui d'assurer la vraisemblance du style. Il avait le don du pastiche ; sans compter qu'il avait admiré, dans sa jeunesse, la première partie de l'œuvre de Georges. Cependant, dès qu'il flairait une commande dans l'air, rue de

Courcelles, il entamait la relecture d'affilée de tous les romans qui avaient eu une valeur littéraire et balisé le retour de l'auteur à la pratique religieuse, à commencer par l'*Histoire de Jim*, qui, malgré la satiété, parvenait encore à l'émouvoir ; il y discernait mieux que dans les précédents livres et les suivants, où déjà l'inspiration avait baissé, les procédés de narration, les tics et les images qui se répètent et sont le signe de la sincérité : il pleuvait toujours au cours des scènes principales dans les rues d'une ville jamais nommée, où il semblait qu'il n'y eût jamais que deux saisons, l'automne et l'hiver. Le héros ou l'héroïne se rappelaient souvent les bords d'un lac, ou des chevaux au pré.

« Tu me suis ? »

Je suivais, assez tenté d'invoquer le jugement de Van Acker sur Georges Bartemont, mais parler du prélat, c'était tirer sur le fil d'une tapisserie qui, à l'aube, n'eût pas encore été entièrement défaite.

Le havane s'était éteint entre les doigts de Marceau, au moment où il précisait que c'était Touchard, très lié à la sœur de Georges Bartemont, qui l'avait conduit rue de Courcelles, et, tandis que son ancien condisciple à Louis-le-Grand, converti aux affaires, s'en éloignait, lui, peu à peu, devenait un familier de la maison, assez ébloui — il en convenait ce soir — d'entendre son hôte désigner par leur prénom, Jean, André ou Salvador, des artistes qui étaient maintenant dans les dictionnaires. Tout avait commencé le jour où Liliane avait sollicité Marceau de jeter, en son absence, un coup d'œil au dernier jeu d'épreuves — texte et légendes — d'un album de photographies consacré aux étranges statues qui ornaient le parc d'un château en Italie. Georges — censé avoir réalisé ces documents lui-même, à l'aide de l'antique Leica de sa sœur — était encore dans le deuil d'Hélène, que, le matin, quelquefois, il appelait à grands cris dans les minutes qui suivent le réveil, et où, tant bien que mal, il rassemblait ses esprits, de découvrir du même coup, par la suite, que sa mémoire défaillait et que sa sœur ne répondrait plus jamais, il éclatait en sanglots, avec toute la force du chagrin neuf et des remords anciens. Alors, Liliane, son épouse de fraîche date, s'installait à son chevet, lui faisait une toilette d'infirmière, le câlinait, lui passait ses disques préférés et, son agitation apaisée, lui retirait ses prothèses, car elle avait observé que, la bouche démeublée telle celle d'un nourrisson, il s'endormait immédiatement, comme si l'avait rattrapé, pour l'envelopper de langes ou le plonger dans un bain de tendresse, le souvenir de l'initial amour maternel qui lui avait inspiré son meilleur livre, d'après Marceau, mais, celui-là, je ne l'avais pas plus lu que les autres — authentiques ou apocryphes — et je doutais qu'il parvînt à éclipser *Histoire de Jim*. En raison de ces crises, on conseillait un changement d'air à Georges, et Liliane était pressée de gagner la Suisse, où elle disposait en permanence de la villa d'une amie, qui n'avait pas toujours été que cela pour elle. Au retour du couple, la besogne de correcteur dont il s'était acquitté avait valu à Marceau de toucher une somme qui tombait à pic : une agence immobilière lui en demandait l'équivalent, en guise de caution, pour louer le grenier qui l'avait séduit dans le voisinage de La Reine blanche. Ce dernier détail m'indiquait l'année, ramenait mon invité à la table du bistrot de Marthe, où je l'avais trouvé, un lundi matin, et comment douter que nous nous étions connus au mois de novembre ? Derrière le comptoir, au bout d'une étagère, posée contre la rangée des bouteilles de liqueurs auxquelles personne, désormais, ne réclamait ivresse ou réconfort — telles la Suze et la Marie-Brizard, avec son étiquette gris argent illustrée du buste d'une douairière en mantille, probable cousine de la veuve Clicquot — il y avait la pancarte : « LE BEAUJOLAIS NOUVEAU EST ARRIVÉ ». La femme de ménage, dont le neveu chantait en travesti, à Pigalle, sous le nom de Paquita d'Alicante — cela me revenait — n'avait pas encore entamé son astiquage des sucriers en forme de boule, sur l'acier desquels nos visages se déformaient. Je débarquais d'un taxi. Nourri et logé pendant quarante-huit heures par Tony, avenue Junot, ce luxe m'était accessible, qui me permettait de m'arrêter chez Marthe avant de me rendre au bureau. (Où travaillais-je à l'époque ?) Le percolateur sifflait ; la tante de Paquita d'Alicante me souriait, la tête levée au-dessus du baquet où elle essorait sa serpillière, et le rouge de son vernis à ongles tranchait sur le chiffon gris de saleté. L'eau qui s'évaporait sur le carrelage, les croissants encore chauds dans leur corbeille, la sciure au parfum de copeaux, le zeste d'une âcreté de bière et les vapeurs de café participaient à l'indéfinissable et revigorante odeur du bistrot après l'ouverture. Qui était ce jeune homme, plutôt blond, à la frontière de la trentaine, bien habillé, cravaté, qui avait droit, pour un petit déjeuner aussi copieux et varié que si Tony l'eût préparé, à une nappe de fil, à la théière, au pot de café et aux œufs frits ? Le raffinement dans la présentation poussait à croire, d'abord, qu'un lien de famille unissait le nouveau venu à la patronne, qui, en ce temps-là, me maintenait toujours dans la zone où, ayant cessé d'être un client, on n'était pas encore un ami. Par curiosité, j'étais passé à côté de la table de Marceau, dont je remarquais que le blazer était taillé dans une toile de jean, et, parvenu à sa hauteur, froissant dans une main la serviette qui n'était pas celle en papier de tout un chacun, il avait dit, avec son fameux mouvement de tête pour rejeter une mèche en arrière — s'en souvenait-il ce soir ? — « Excusez-moi, mais votre braguette est ouverte. On voit Paris et Versailles. » J'avais rougi, avant de le rejoindre, par politesse, dans son rire qu'avait suscité ma réaction : pressé de me reboutonner, je m'étais laissé tomber sur la chaise en face de lui.

« Qu'est-ce que vous voulez boire ? » avait-il continué. Son sourire me l'avait fait prendre pour un poseur, l'un de ces hommes imbus de leurs avantages physiques comme des femmes à beauté égale n'oseraient afficher de l'être. Et il était ridicule de porter son bracelet-montre sur un poignet à revers.

« Tu me suis ? »

Son havane entre le pouce et l'index d'une main, Marceau parut effectuer de l'autre une passe d'hypnotiseur de music-hall réveillant le volontaire qu'il a endormi. Sans doute n'avais-je pas enregistré ses précédentes phrases. Aussi, à peine eut-il enchaîné : « Dieu et la tribu me compliquaient un peu le travail avec Georges, mais, en un certain sens, c'était excitant », par un hochement de tête je simulai la compréhension de celui qui a mesuré l'étendue du problème, la nature des difficultés. La soirée et même la nuit appartenaient à Marceau ; je me devais de l'écouter avec attention jusqu'au bout, même si, n'étant pas du métier, peu m'importait que le vieux Georges fût soumis à des obligations, au nom des impératifs de vente ; Liliane ne cessait de les rappeler au nègre. S'il fallait, sans verser dans la piété, justifier la réputation d'auteur chrétien qui avait fixé une clientèle, et, néanmoins, révéler en filigrane ce goût pour les hommes qui, autrefois, Georges jouissant de toutes ses facultés intellectuelles, d'être seulement suggéré entre les lignes, dans les limites de la décence, avait créé un climat d'étrangeté tout aussi favorable au succès.

« Tu me suis ? »

Marceau regrettait que Georges n'eût jamais exploité ses propres expériences, qui, jusqu'au seuil de la vieillesse, l'avaient conduit assez loin. Bien des fois, au lendemain de la guerre, sa sœur Hélène avait été tirée du lit par ses appels au secours. Elle prenait alors dans l'armoire son tailleur des sorties officielles, qui avait les rubans des décorations gagnées au baroud, pour se précipiter en voiture vers quelque commissariat de banlieue où son frère attendait l'aube et le bon vouloir du fonctionnaire, qui, d'un seul doigt, tapait à la machine la déposition des victimes. Baroudeuse en Chanel, Hélène Bartemont, par son mélange de charme et d'autorité, par sa prestance et des allusions à son passé, impressionnait des officiers de police qui n'avaient guère à leur actif que des rafles de juifs et des arrestations de Résistants. Mais, dans les livres, l'auteur ne supportait que des périphrases quand on abordait ce sujet-là.

« Pour faire comprendre, dit Marceau, qui, après réflexion, avait acquiescé à la commande d'un second calva, j'écrivais des trucs du style : "Ils luttèrent toute la nuit avec des épées toujours neuves." Cette phrase, je ne suis pas près de l'oublier, parce que je l'ai utilisée à plusieurs reprises. "Des épées", non, mais tu te rends compte... Liliane m'avait même félicité... »

Le buste penché en avant et raidi, les bras écartés, les doigts fixés sur la table, Marceau lâchait son rire, dans l'attitude du pianiste à la recherche d'une note qui soudain va fuser et se prolonger.

Les clients de la dernière fournée, à la table qu'avaient occupée les amis de Marceau, près de la cheminée, tournèrent la tête vers nous et, dans ce rire de chahuteur qui les choquait, il y en avait peut-être la preuve : tant qu'on ne savait pas l'heure, à certaines minutes, on oubliait que les jours étaient comptés.

La voix de mon invité tardant à regagner son timbre, sans doute les dîneurs entendirent-ils invoquer Dieu, qu'il était justement interdit au nègre de désigner, en même temps qu'on lui demandait de conduire le lecteur à y penser à un moment ou à un autre du récit. Il usait de subterfuges. Par exemple, un personnage qui courait à un rendez-vous dont les conséquences risquaient d'être ou dramatiques ou déterminantes, surpris par une averse, se réfugiait dans une église, où, faute de mieux, sous l'aiguillon de l'humidité, il arpentait la nef afin de se désengourdir. Peu à peu, des réminiscences et des visages l'envahissaient de leurs bribes, et un sentiment sans contours qui commençait à l'intriguer. Mais un rayon de soleil traversait les vitraux, étalant à ses pieds une flaque de lumière qu'il enjambait après une hésitation — symbole. Il sortait, point à la ligne, l'action du roman proprement dit reprenait. Mais les croyants étaient en alerte.

À court d'idées, Marceau avait même utilisé un souvenir personnel. Localisais-je la chapelle de la Médaille miraculeuse, rue du Bac, où la Vierge était apparue à une religieuse, au siècle dernier ? On y accourait du monde entier. Pour avoir écrit, au nom de Bartemont, une préface à un recueil de récits de pèlerins, Marceau en connaissait depuis longtemps l'existence, l'après-midi où, au carrefour Bac-Saint-Germain, avait piqué droit sur lui un garçon d'une beauté telle que, d'instinct, il s'était retourné pour découvrir l'heureux que l'inconnu comptait rejoindre de ce pas. Mais c'était bien à lui que s'adressait l'élève-ingénieur en hydraulique, à l'allure de joueur de tennis, de nationalité brésilienne, fils d'un émigré allemand et d'une quarteronne, et qui, en apparence, accomplissait un vœu. Ensemble, ils avaient cherché le chemin, et puis ne s'étaient pas quittés pendant deux semaines.

« Fabuleux, dit Marceau, en détachant les syllabes, les yeux fixés sur le verre ballon autour duquel ses doigts se crispaient. Figure-toi qu'il voulait à tout prix que je parte avec lui. C'est la dernière fois que j'aurai plu à quelqu'un de tellement plus jeune que moi. L'effet de la médaille, sans doute. Lorsque tu passeras à la maison, je te montrerai sa photo. Il m'écrit encore. Ça dure toujours plus longtemps, quand on ne se voit jamais... »

Marceau, qui dépensait l'argent de ses indemnités dans ses voyages, avait été tenté de le retrouver, à la faveur d'une escale à Rio de Janeiro, mais, le taxi déjà commandé à la réception de l'hôtel, devait y renoncer. « Nous aurions sans doute fait l'amour, dit-il à mi-voix soudain. Il l'a échappé belle. Je ne me le serais pas pardonné si... »

Grimaçait-il seulement parce qu'il avait vidé son verre cul sec ? Les circonstances de la rencontre, Marceau transformant le garçon en fille sans en modifier les traits, lui avaient inspiré une description de la chapelle et du va-et-vient des pèlerins fort appréciée par Liliane, quand elle avait tapé la version du manuscrit enrichie des ajouts et corrections du nègre, et destinée à l'imprimerie. D'où, ensuite, un surcroît de générosité dans le règlement des honoraires, qui s'effectuait toujours de la main à la main. Je dressai l'oreille.

« Aujourd'hui, j'ai peut-être besoin d'argent pour une fête... — je te dirai tout à l'heure de quoi il s'agit. Mais supporter Liliane, lire par-dessus le marché ses histoires à l'eau de rose, ah ! non, plus jamais ça... J'aimerais mieux balayer des bureaux et manger la soupe de Saint-Eustache. À d'autres, et, d'ailleurs, j'ai dû avoir au moins un remplaçant, puisque ce pauvre Georges n'a pas arrêté de publier jusqu'à sa mort. J'ai suivi ça de loin dans les journaux. Et que Liliane, un de ces quatre matins, nous sorte encore des inédits de ses tiroirs, ça nous pend au nez. Est-ce que je t'ai raconté comment nous avons rompu ? "Nous", façon de parler... »

Jamais Liliane ne laissait Georges en tête à tête avec un visiteur plus de cinq minutes, eût-il été un familier, et quand bien même son mari narrait-il des anecdotes qu'elle connaissait par cœur, dont elle saluait la chute d'un rire étranger à leur substance, identique au rire préenregistré ponctuant certains feuilletons à la télévision. L'après-midi où, sur une convocation — dans un classeur un dernier chapitre de nouveau refondu par ses soins, de nouveau écourté, parce que Liliane ne voulait pas dépasser quatre cents pages — Marceau s'était rendu rue de Courcelles, à sa surprise, il n'y avait que les domestiques pour l'accueillir. Et tous deux, dans l'antichambre, échangeaient des regards aussi perplexes que si le facteur du quartier, en quête d'étrennes, les eût déconcertés par la présentation du calendrier des Postes en plein été. Partie chez le coiffeur, après le déjeuner, Madame ne les avait prévenus ni d'un retard ni d'une visite. Marceau ne s'était-il pas trompé de jour ou d'heure ? Finalement, comme celui-ci, sans se troubler, leur tendait son imperméable, ils s'étaient résignés à réveiller Georges, qui prolongeait sa sieste — Georges dormait autant d'heures qu'un chat. La gouvernante l'avait habillé et conduit à la grande table du salon pour l'asseoir à côté de Marceau, que, son regard à peine moins vague que son sourire, il n'avait pas semblé reconnaître, bien qu'il l'eût embrassé selon l'habitude. Entendait-il seulement ce qu'on lui disait ? Avait-on oublié de lui faire ses deux injections intramusculaires de Nootropyl, qui le rendaient d'attaque pour recevoir, travailler, voyager ? Les aiguilles tournaient sur le cadran de la pendule, au-dessus de laquelle un aigle déployait ses ailes. On en percevait le tic-tac.

Afin de meubler l'attente, et d'atteindre l'esprit de l'écrivain à travers l'épaisseur de sénilité, Marceau avait entrepris de donner lecture de son travail à ce vieil homme enveloppé d'un châle à la blancheur et à l'ampleur d'un taleth de rabbin, et qui, au physique, prospérait maintenant au fur et à mesure que sa mémoire déclinait, à croire que le corps profitait de l'allégement des souvenirs, vieille barcasse dans la tourmente remontant du creux de la vague délestée d'un trop-plein de passagers. Georges ne tressaillait même pas lorsque la gouvernante, à une cadence qui s'accélérait, passait la tête par l'entre-bâillement de la porte pour répéter : « Madame n'a pas encore téléphoné. » La dernière fois, tout juste était-elle retournée à la préparation du thé qu'elle avait proposé que son patron s'emparait de l'un des feuillets, l'approchait de ses yeux, tandis que sa

main libre fouillait sous le châle, en retirait un calepin, l'ouvrait, le posait sur la table et, le feuillet dac-
tylographié toujours à la hauteur de son visage,
l'oreille aux aguets, trois doigts serrés sur un stylo-
mine, traçait des lettres majuscules à la vitesse du
chirurgien qui incise, pressé d'agir au regard de la
brièveté de l'anesthésie. Des exclamations provenaient de la pièce voisine, et comme des trépignements sur le plancher de la terrasse de La Reine
blanche. Aussitôt, avec toute la rapidité dont on ne
le créditait plus, Georges avait arraché la page du
carnet pour la plier en quatre, avant de la glisser
dans la poche de la veste de Marceau, qui avait,
d'instinct, passé un bras autour de son fauteuil. Il
avait raison de se hâter, Georges : Liliane entrait en
coup de vent dans la pièce, hors d'haleine, encore
plus pépiante qu'à l'ordinaire pour achever une
tirade entamée ailleurs, pareille à la fauvette, dont
elle avait désormais la tête discrètement cendrée,
qui termine un couplet né de l'effroi de l'apparition
d'un animal qu'elle a suspecté de devenir funeste à
sa progéniture — par quelques tons détachés d'un
accord diminuant d'intensité avec le sentiment du
danger. Un camion avait endommagé une aile de la
voiture de Liliane, qui avait perdu un temps fou à
convaincre un routier ivre de fatigue de ne pas
redouter les représailles de son patron. Ne consen-
tait-elle pas à rédiger un contrat à l'amiable où elle se
reconnaissait tous les torts ? On allait conclure, lorsque le routier avait insulté le coiffeur qui était sorti
de sa boutique pour secourir sa cliente, laquelle,
encore sous le coup de la dispute, s'avouait trop exas-
pérée, maintenant, pour examiner les résultats du
travail de Marceau sur le dernier jeu d'épreuves.
Contre l'habitude, on enverrait directement celles-ci

à l'imprimeur. On devinait à son impatience que Liliane se retenait de gronder Georges de s'être évadé de sa chambre, Georges qui, le menton levé, semblait avoir coulé à l'intérieur de son châle de rabbin. Marceau avait quitté le couple sans avoir bu une gorgée du thé servi par la gouvernante, qui était toujours sous le coup d'une semonce, le tremblement de ses mains l'indiquait. Les Bartemont ne gardaient pas longtemps leurs domestiques, mais celle-là était une Marocaine, ronde et douce comme les gâteaux qu'elle confectionnait, qui redoutait de perdre, plus encore qu'un contrat de travail, les deux chambres de bonne où logeaient son mari et un fils dont on avait caché l'existence à Georges. Pressé de rejoindre un ami à la Cinémathèque, Marceau ne s'était soucié de lire le billet qu'une fois rentré chez lui.

« Je voudrais retrouver les mots exacts », dit-il, s'interrompant à l'approche du serveur, qui lui réservait toute son amabilité, bien que l'addition il l'échangeât contre l'une de mes cartes de crédit. La facilité avec laquelle Marceau, sans chercher à plaire, laissait toujours aux gens un souvenir qui résistait à l'absence, de quelque nature eussent été leurs rapports, m'agacerait jusqu'à la fin.

Georges avait d'abord tracé, en caractères d'imprimerie, un mot qu'il avait ensuite souligné, et qui appartenait au patois de la rue de Courcelles, où il était chuchoté, un doigt sur les lèvres, en prélude aux confidences. *Tombeau* signifiait que l'on exigeait le secret, bien que Liliane, dont la conversation consistait, pour l'essentiel, à parler des autres, fût la personne la moins capable au monde d'en respecter un. Suivait le nom d'un avocat, l'adresse de son cabinet, avenue Matignon, et la phrase : « Demander à le voir personnellement. » Et, en bas de la page, dans un coin, d'une écriture descendante, mais entourée d'une bulle de bande dessinée qu'une pointe reliait à la signature, par-dessus la date du jour : « Suis à bout, Charles. »

« C'est bien ça : "Suis à bout" », répéta Marceau, qui, se creusant les joues, avait brûlé en vain quelques allumettes afin de rallumer son cigare ; la dernière, il s'en servit, comme je l'avais vu faire à Van Acker, pour accomplir le premier geste de redémarrage : curer avec délicatesse les cendres tièdes. Les phrases se détachaient aussi doucement : « En réalité, c'est avant de me coucher, en accrochant ma veste dans la penderie, que j'ai pensé au papier que Georges m'avait filé en douce. Quelquefois, s'il avait eu une idée de correction pour le manuscrit que nous avions en chantier, il me fourrait des gribouillages dans la poche. Ça lui faisait tellement plaisir, si je reprenais à mon compte ce qu'il y avait de mieux dans le tas, pour l'imposer à Liliane. Je dois dire que par moments il avait encore de jolies trouvailles. »

Une semaine durant, Marceau avait hésité ; le même laps de temps avait été nécessaire pour arracher un rendez-vous à un secrétaire qui se donnait à lui-même du Maître, et opposait un agenda chargé et des voyages à l'insistance d'un correspondant qui refusait de dire plus que son nom et n'en démordait pas : il ne s'ouvrirait qu'au patron des raisons de sa démarche. Plutôt que de rabâcher, Marceau, à la troisième tentative, s'était résigné à se réclamer de Georges. Après une mise en attente assez longue au téléphone, on lui avait proposé un rendez-vous le lendemain, à condition que l'exposé de son affaire tînt dans la demi-heure qu'un client venait de libérer.

L'antichambre servait aussi de bibliothèque, éditions rares, brochures, périodiques, recueils de Dalloz d'une épaisseur de Bible, jurisclasseurs verts du droit des sociétés, et les tableaux accrochés aux murs étaient à ce point représentatifs de la personnalité de chaque peintre — même aux yeux d'un ignare — qu'on hésitait à croire qu'ils fussent des originaux exposés chez un particulier, à la menace d'un cambriolage, bien qu'il y eût un vigile dans le vestibule de l'immeuble. Un téléphone de la couleur et de la circonférence d'un blanc d'œuf au fond de la poêle, et dont un félin eût sans doute mieux qu'un humain perçu la sonnerie, grésillait, par intermittence, sur une table de marbre à l'italienne. Visait-il à impressionner par son impassibilité, l'homme qui, assis derrière son bureau à pieds de griffon, un coupe-papier doré entre les mains, paraissait de haute taille, ne se privant ni de scruter ni de toiser ? D'une carrure qui appelait la toge et l'hermine, il était assez jeune et assez vieux à la fois pour être le fils que Georges Bartemont aurait pu avoir à vingt ans, et ses cheveux gris aux bouclettes de toison pubienne accentuaient une certaine ressemblance avec un ancien Premier ministre à qui Marceau avait, à la tête d'une section, présenté les armes, dans la cour d'une caserne, pendant son service militaire. « Tu vois qui c'est... Celui qui avait la tête de Buster Keaton. »

Je voyais aussi que le costume marron sombre de l'avocat, aux rayures aussi imperceptibles que les lignes de cire dans un rayon de miel de châtaignier, ne s'achetait pas dans l'une de ces boutiques du Sentier où l'on dégriffe la marchandise avant de l'écouler à la pièce : certains drapés ne s'obtenaient qu'à Londres. Agacé de n'avoir eu droit, à son entrée, qu'à un mouvement de menton pour lui désigner une chaise, Marceau, jusque-là incertain du bien-fondé de sa démarche, mais qui avait toujours sur l'estomac les insolences du secrétaire, ne s'était encombré ni de périphrases ni de détours. Son interlocuteur l'avait écouté sans que bougent les traits d'un visage qui faisait masque, et où le reliquat d'un hâle des sports d'hiver parvient à une teinte analogue à celle de l'abricot. À deux mètres de distance, par quel prodige, sans compromettre son maintien, était-il parvenu à s'emparer du message de Georges, que, sa lecture achevée à travers des lunettes en demi-lune, il avait ensuite fixé par un trombone à l'intérieur d'une chemise en carton aussitôt refermée, l'air de constituer un dossier par réflexe ? Marceau s'interrogeait encore sur le déroulement du tour de passe-passe qu'une promesse avait suivi, si c'en était une, le « Bien, nous verrons ce qui est à faire. Je vous remercie de m'avoir averti ». Et elle avait, par le ton, sonné comme un résumé à l'usage d'un tiers qui eût été conduit à prendre le relais, la déclaration qui avait mis le corps en mouvement, à défaut d'amener une expression sur la figure : « Hélène Bartemont était ma meilleure amie. Nous nous sommes rencontrés dans les rues de Strasbourg, on libérait la ville. Hélène en treillis aura été l'un des plus beaux soldats des armées alliées. La fameuse photographie du général Patton que l'on reproduit toujours, c'est elle qui l'a réalisée. J'ai encore perçu des droits d'auteur, il y a quelques mois. »

Debout, l'avocat semblait plus petit que lorsqu'il était assis : on pensait à un buste au sommet d'une colonnette qui aurait avancé sur des roulements à billes afin de reconduire le visiteur à la porte. Dans la bibliothèque, il avait freiné pile devant un rayonnage. La main sans hésitation de l'amateur qui connaît la place de chaque livre n'avait cependant pas évité de froisser le papier de soie recouvrant le volume d'une édition hors commerce qui fut présentée comme l'Évangile à l'autel, ouvert à la page où l'officiant s'apprête à poser les lèvres : une dédicace à l'encre violette couvrait celle-là jusqu'aux roussures marginales et empiétait sur la page suivante, laquelle ne fut pas tournée, car, aussi vite qu'il avait classé un SOS de la même écriture, le dédicataire rangeait cet exemplaire de l'*Histoire de Jim*, et, dans sa hâte, faisait tomber un in-octavo au cuir usé. Un missel ? Un bréviaire ? Marceau s'était empressé de le ramasser, heurtant de la tête le front de l'autre, qui, à son tour, s'était baissé, et avait encaissé sans broncher l'involontaire coup de boule.

« Je crois que Georges en ferait une nouvelle, de cette coïncidence », avait dit l'avocat, d'une voix soudain animée — voix dont la mélodie sociale avertissait les magistrats que l'on était, en tout état de cause, du même côté de la barrière, voix de sociétaire du Français, apte à ennoblir, dans les prétoires, l'escroc ou l'assassin, et, le plus souvent, l'homme d'affaires ; le crime seul n'aurait pas suffi à assurer le loyer d'un appartement si vaste, aux abords des Champs-Élysées. Et quelle ironie de bonne compagnie enveloppait la suite : « Attention, tu brûles », n'est-ce pas ce que l'on nous disait dans notre enfance ? « Vous devriez, normalement, éprouver une sensation de chaleur au bout des doigts, lorsque vous saurez que... »

Ce livre était une curiosité, un traité de magie noire, imprimé en français sous les Bourbons, à Naples. Quantité de grimoires, et d'une autre valeur, constituaient la bibliothèque du confrère qui avait été le premier avocat de son époque, et d'une culture qui ne singularisait pas seulement sa profession. On l'appréciait toute sa vie, la chance d'avoir été l'un de ses stagiaires qui veillaient à glisser dans la serviette, avant l'audience, la boîte de couleurs — boîte d'écolier — qu'il utilisait pour exécuter, sur ses genoux, de petites aquarelles, durant les plaidoiries de la partie adverse et le réquisitoire du ministère public. À sa mort, les héritiers auraient eu la possibilité de s'établir libraires, en raison du nombre d'ouvrages de sorcellerie et de démonologie qui s'étaient entassés dans sa maison à la campagne, où ce célibataire qui avait été séminariste n'invitait jamais ni parents, ni amis, ni relations. Un ancien taulard et sa femme, une sourde-muette, en étaient les gardiens. Le commissaire-priseur, terminée la séance, s'était aperçu que, tous les volumes ayant été payés sur-le-champ en espèces, on ignorait l'identité des acquéreurs, sauf pour celui-ci que Marceau restituait à son propriétaire, ramené en une seconde à son impassibilité du début par le bruit de friture du téléphone sur la table à plateau de marbre.

« Qu'est-ce qu'il cherchait à me dire exactement ? J'en suis toujours à m'interroger », murmura Marceau, dont le regard errait, par délicatesse, du côté de la cheminée, où son ancien condisciple de khâgne pérorait tout à l'heure, pendant que le serveur brandissait, sous mon nez, le terminal de la carte de crédit. Il eût été intéressant de recueillir l'opinion de monseigneur Van Acker, qui, au cours d'un dîner, comme une invitée qui se croyait obligée de lui parler de religion l'entretenait d'un cas de possession diabolique, avait, sans conclure, selon son habitude en public, signalé la recrudescence des demandes d'exorcisme dans tous les diocèses, avec l'expression du professeur de médecine à qui l'on soutire une consultation en ville, et qui réduit le diagnostic au minimum imposé par la courtoisie.

Deux jours après avoir été dépossédé du billet de Georges, Marceau ramassait chez la concierge ce qui ressemblait à un livre, dans une enveloppe matelassée, pour tromper le porteur sur la nature de l'envoi : le montant, en billets, de la dernière pige, accompagné d'une carte de visite sur laquelle Liliane avait griffonné une formule de remerciements d'une banalité indéchiffrable. Aussitôt Marceau grimpait son escalier quatre à quatre pour téléphoner rue de Courcelles et entendre qu'il n'y avait plus d'abonné au numéro que, malgré cela, il s'obstinait à composer.

« Évidemment, je n'ai jamais rappelé l'avocat, dit-il, qui, à l'aide d'une fourchette, décollait d'une assiette en carton la part de tarte qu'il s'était fait apporter en supplément. Le pauvre Georges a dû vivre un sale quart d'heure — pauvre vieux. Tu imagines le tableau d'ici. Liliane lui fait une scène à tout casser. Elle menace de le placer dans une maison de retraite. Il pleure en silence. Il fait semblant d'être gâteux pour ne pas répondre. La bouche ouverte, il bave. Elle a peur que ce ne soit pour de bon — quoique, tant qu'il respire, elle puisse publier à peu près n'importe quoi sous son nom. Je lui avais même mitonné une préface à un livre de cuisine : le péché de gourmandise, selon Georges Bartemont. Enfin, au bout d'une semaine, elle se calme. J'aimerais bien savoir par qui elle m'a remplacé dans le travail... »

Marceau avait écarté la tête de la coulée de lumière de la tulipe murale, comme, dans une pièce, on se rejette en arrière dans l'ombre pour en avoir trop vu à la fenêtre en spectateur, et il était resté silencieux jusqu'à ce qu'un sourire se fût étendu sur son visage, compensant la perte de l'éclat factice.

« Sans me vanter, ça m'étonnerait que mon remplaçant ait eu des résultats supérieurs aux miens. Je crois que j'avais pigé le truc pour faire comprendre Dieu, le péché, la pureté — tout ça. La vieille rhétorique. Bon, salut Georges — nous deux, on va à la maison, tu me l'as promis. Ton dîner était sublime. Je te revaudrai ça le mois prochain, si mes affaires s'arrangent. J'ai besoin de tes conseils. Vous êtes toujours aussi gentil », ajouta-t-il à l'attention du serveur, qui, avec beaucoup de minutie, enveloppait le gâteau de papier d'argent. En se levant, Marceau sortit de la lumière des tulipes murales comme de l'eau d'une piscine.

Si j'avais eu, à Rome, la nostalgie des rigueurs de l'hiver, dans la rue Croix-des-Petits-Champs j'étais comblé. Sur le trottoir opposé, les grilles du porche découpaient la perspective de la galerie Vivienne déserte, qui, dans l'éclairage des boutiques tout le long, devenait l'une de ces galeries de château que l'on parcourt quelquefois en rêve, l'angoisse au cœur, avec la certitude d'une imminente et grave annonce dont un réveil en sursaut nous prive. Un pied dans le caniveau, où l'eau gelée avait des luisances d'écailles de poisson telles que l'on croyait respirer une odeur de fraîchin dans l'air glacé, Marceau bâillait, s'étirait d'aise comme au saut du lit, inspectant les environs. J'aurais craint pour son épais manteau bleu marine la perspicacité du regard de la femme assise au coin de la cheminée des Lanternes. Il y avait eu une époque où, le manteau, Marceau le portait à même le gilet.

« Tu cherches ta voiture ? dis-je.

— Ma voiture, alors que j'habite à cinq cents mètres d'ici ? Cossard. Ma voiture, de toute façon, je l'ai offerte à une association qui s'occupe de jeunes gens fatigués. Ils ont été bien gentils de l'accepter dans l'état où elle est — note que j'ai quand même fait réviser le moteur. Oh ! tiens, regarde. » Marceau accomplit deux pas sur la chaussée déserte, comme un danseur descend vers la rampe.

La voiture qui survenait sur notre droite l'aurait sans doute renversé si, par une clé de bras autour du cou, je ne l'avais arraché du sol, le tirant en arrière, moi-même au bord de la chute. Un grincement de pneus, un arrêt à l'angle de la rue de Beaujolais, une marche arrière, et le chauffeur, avant de redémarrer, penchait la tête à la portière, un cri à la bouche : « Pédé. »

« Pédé au singulier. Ne t'énerve pas, dit Marceau, qui avait, un moment, gigoté dans mes bras, et, à le soulever, on sentait à travers l'étoffe la flaccidité des chairs, la mollesse du corps qui s'était démusclé. Rassure-toi, tu ne risques pas de ressembler à ce pauvre Hervé. Tu as toujours eu la tête d'un mari. J'avais même craint que tu ne te dévoues pour faire un enfant à l'affreuse Catherine Venturi — je cherche son nom depuis le début de la soirée... Bon, mais regarde un peu... »

Dans la galerie, par l'effet d'un certain réglage des projecteurs, les mannequins d'une vitrine allongeaient jusqu'au milieu du carrelage, sous la verrière, des silhouettes d'hommes coiffés de chapeaux melons qui eussent, dans la fuite, abandonné leur ombre derrière eux, comme on laisse son cœur.

« La nuit ou le jour, qu'est-ce que j'aurai aimé cette ville, s'écria Marceau, qui m'entraînait vers la droite, en direction de la place des Victoires. Comment as-tu supporté de vivre si longtemps ailleurs ? »

Nous longeâmes en silence le bâtiment de la Banque de France, à l'allure de prison, tournâmes à droite, et puis à gauche, avant que ne surgît la masse de l'église Saint-Eustache, au-delà des restaurants qui, accolés les uns aux autres, à l'orée du plateau des Halles, incendiaient de leurs enseignes au néon et des guirlandes électriques de leurs salles à l'étage tout un pâté de maisons, évocateur ainsi des tripots de Chinatown et du quartier asiatique de la porte d'Italie. Du dernier établissement, la terrasse, en apparence arrêtée par une rangée d'aucubas, se doublait d'un enclos situé au pied de la façade aveugle de l'immeuble entourée de barrières blanches d'opérette qu'un enfant eût enjambées sans mal. Deux ampoules, sorties de la ligne des plantes en pot, éclairaient à l'intérieur une moquette d'un vert de prairie, une écuelle en plastique couleur layette assez grande pour le bain de bébé, et une niche à la taille d'un animal guère plus gros que Wolfgang. Marceau, qui avait extrait de la poche de son manteau le paquet confectionné par le serveur, se pencha par-dessus la barrière : « Léon, mon amour, je voudrais te présenter mon ami Diego. Et je t'apporte quelque chose que tu aimes. Léon, tu dors ?

— Un chien ? demandai-je, tandis qu'il débarrassait le gâteau de sa pelure d'argent.

— À mon avis, plutôt un mélange de cochon et de sanglier, répondit-il, acharné à gratter le papier du bout de l'index, avec un froncement de sourcils qui exprimait l'impatience. En toute hypothèse, il n'aboie jamais. Et il est tout noir. Il appartient au propriétaire du restaurant d'à côté. On a dû le rentrer à cause du froid et de la fatigue des vedettes. Les clients, les touristes le photographient à longueur de journée. Oh ! mais Léon est resté très simple. Il accepte les quignons de pain des chômeurs qui ont mangé la soupe de la paroisse... »

Le soupir suscité par l'examen des doigts empoissés de confiture fut suivi du jet de la tarte, expédiée tel un palet à travers l'ouverture de la niche, au fond de laquelle elle produisit un choc révélateur de la minceur des parois.

Une heure du matin sonna au clocher, étendant la province au-dessus des maisons basses et étroites de la ruelle. À les restaurer de bric et de broc, à rendre apparentes les poutres des plafonds, on avait dû s'enrichir au cours des années qui suivirent la disparition de la « mosquée », la vespasienne à six places, objet de toutes les plaisanteries dans les boîtes, sur l'emplacement de laquelle végétait maintenant une pelouse. Marceau, qui s'était essoufflé à gravir les marches deux par deux, en jeune homme, louait à un dernier étage un duplex dont le niveau supérieur entretenait peut-être sa nostalgie de l'appartement mansardé qu'il avait habité non loin de La Reine blanche. Au fur et à mesure que les lampes allumées l'une après l'autre révélaient le luisant du parquet et la couleur crème des murs, que l'équipe des peintres de Nanni eussent rafraîchie en un après-midi, je croyais identifier des éléments du mobilier de l'hôtel Claridge, mais je n'en étais pas sûr, bien que je fusse certain que si j'avais pénétré ici, en l'absence du locataire et dans l'intention de commettre un cambriolage, j'eusse immédiatement pensé à mon camarade. L'impression de familiarité provenait du parfum d'intérieur, et ce parfum, c'était celui qui m'avait permis de faire, sans me ruiner, des cadeaux à quelques délicats, de sorte que Marceau serait toujours pour moi *Crabtree et Evelyn* en spray — à quoi il demeurait fidèle — comme ma mère resterait l'odeur des fruits tavelés qui traînait entre ses doigts lorsque, pour vérifier que je n'avais pas la fièvre, elle posait sur ma tempe une main que j'écartais aussitôt avec la brutalité du petit mâle que les marques de tendresse indisposent. Mon cousin Élio, c'étaient les fanes de maïs qui garnissaient les sacs de jute sur lesquels nous dormions, et dont les craquements, à peine avait-on ébauché un geste, compliquaient l'approche du corps de l'autre ; Marthe, c'était la composante de lilas dans son eau de toilette ; Tony, les croissants du dimanche matin qui ont encore un peu la chaleur du fournil ; Maureen, les troènes après la pluie, au moment où, les coudes sur le volant, elle-même regarde Annarosa la Sicilienne, inscrite dans le plan du pare-brise, s'éloigner en direction du talus, au bout du bras, levé en signe d'adieu, ce parapluie qui, une fois replié dans sa gaine, lui sert, à la blague, de mesure pour le sexe de ses clients. Georges Bartemont embaumerait toujours le tilleul, et Catherine Venturi, certain désinfectant d'urinoir à la ressemblance d'une boule de naphtaline, parce que je m'étais enfermé dans les toilettes, dès que la patronne, de sa voix méticuleusement douce, avait commencé à lui servir, en public, ses quatre vérités qui la conduiraient à une crise de nerfs.

À l'avenir, monseigneur Van Acker serait-il la fraîcheur mentholée du déodorant qu'il m'avait acheté au comptoir d'une parfumerie de Capri ? Les draps de la première nuit à l'hôtel — pas n'importe quel hôtel — par la vertu d'un produit destiné à raidir le linge comme les pièces des trousseaux d'antan, me ramenaient des visages auxquels je ne pensais plus, de ces visages des rencontres sans lendemain où affleurent les qualités que l'on se prête pour séduire et auxquelles, un moment, on croit, et que majorent de surcroît les espoirs du partenaire. L'un d'eux qui annonçait souvent ses contours, pareil à un fantôme timide hésitant à matérialiser sa forme, était en train de se recomposer, lorsqu'une exclamation de Marceau en dissipa les traits : « Tu marches les yeux fermés comme les somnambules. Attention au tapis, on glisse. J'ai besoin de toi, en ce moment, et que tu sois intact... »

Dans une attitude de dame du vestiaire, Marceau serrait contre sa poitrine son manteau et le mien, où il enfouit ensuite son visage, que la marche et le froid avaient décongestionné ; sa chevelure se confondait, ton sur ton, avec l'étoffe, sa voix en était étouffée : « Pur cachemire. Mon cher, tu ne te refuses rien... » Après m'avoir installé, comme si j'étais le vieux Georges, et lui, Liliane, dans un fauteuil à oreillettes, dont Wolfgang n'eût pas épargné longtemps le tissu à fleurs imprimées, il m'abandonna à la contemplation d'une demi-douzaine de sabres accrochés au mur entre les deux fenêtres, de l'affiche jaunie d'un film en noir et blanc et d'un képi de sous-lieutenant suspendu à une patère et à la découverte, au fond du séjour, d'un escalier digne d'un sous-marin, et, dans mon esprit, d'une pensée gênante : à qui reviendrait ce que je voyais autour de moi, et qui était tout ce que Marceau possédait ? Je reconnaissais les meubles de l'hôtel Claridge, lorsque je m'étais assoupi. La porte du réfrigérateur claqua dans la cuisine. « Ne t'impatiente pas », me criait-on, avant de revenir derrière une table roulante qui, sous la poussée, rayait le parquet, et sur laquelle je ne voulus voir que la bouteille d'eau minérale, car j'avais très soif. La bourse de velours noir, coupée en deux par la ligature du cordonnet, je ne la remarquai qu'à l'instant où, un siège en X rapproché de mon fauteuil, Marceau s'était assis en face de moi. Ses gestes étaient précis, mais empreints de la routine permettant de s'évader en esprit, quand il remplit mon verre de Perrier, découpa une rondelle de citron et me servit du café. Pour la première fois de la soirée, l'expression d'ironie qui le caractérisait avait quitté sa figure, qui, pour cet entracte de silence, n'exprimait plus aucun sentiment. N'était-ce pas le bruit même d'un sac de billes que fit le contenu de la bourse répandu sur le plateau, où, ensuite, avec l'index, il poussa des objets brillants dans ma direction, l'un après l'autre, chacun d'eux décrit à la manière neutre de l'expert, sans lever les yeux :

« Bague en platine et or gris sertie d'un diamant demi-taille. Bracelet-montre articulé, même métal. La broche aussi. La paire de pendants d'oreilles également. » C'était d'une boîte ronde en écaille, cerclée d'or, au couvercle orné d'une miniature en ivoire, que provenait le gonflement, et non de six autres bijoux qu'il y avait encore à désigner, encore moins de la montre de poche que Marceau me tendit avec autorité : « Un souvenir pour toi, dit-il, son sourire revenu. Si, si, j'insiste. Bien que ce soit très ancien, ne t'illusionne pas sur le prix. Mais, pour le reste, j'ai une idée de l'argent que ça représente. » Il examinait l'alliance qu'il venait de glisser à un doigt, avec la grimace affectée d'une femme incertaine de la valeur du cadeau qu'elle reçoit : « Je commence à avoir des taches de son. Maman en avait déjà à l'âge où elle est morte. Ça me choquait. Jamais je n'ai regardé une femme de si près... »

Justement, les bijoux avaient appartenu à sa mère, qui, pour autant qu'il s'en souvînt, ne les avait jamais portés ; dans les familles françaises, on plaçait à l'abri des regards et de l'envie tout ce qui avait du prix. On accumulait aussi en prévision du pire, qui, pour elles, était un revers de fortune. Longtemps après la disparition du père, la banque d'une petite ville, où celui-ci avait été en poste à ses débuts, avait averti le fils qu'un coffre-fort loué au nom du défunt était à ouvrir dans sa cave.

« Mon père n'avait laissé aucune indication, dit-il, penché au-dessus du plateau, comme si un soupçon l'effleurait et qu'il eût de la peine à admettre la réalité de ce qu'il voyait. Tu imagines ma surprise. Un ingénieur ne gagne pas assez pour offrir des diamants à sa femme. Ceux-là viennent sûrement de sa belle-famille. On était beaucoup plus riche de ce côté-là. Ma mère était encore trop jeune pour aimer les parures. Avec la vie qu'elle menait en province, c'eût été d'ailleurs ridicule. Comme on est bête », reprit-il, attentif à déplacer les bijoux de façon à former une couronne autour de la bourse qui ressemblait à une petite tête de poulpe sans les tentacules. « Pendant des années et des années, j'ai cru que c'était moi qui avais tué ma mère. Même maintenant, il y a des nuits où je rêve d'elle encore, et elle se plaint toujours, quoique la dernière fois j'aie eu droit à un sourire. Je ne t'ai jamais raconté ? »

Il avait retenu sa mère à la maison, afin qu'elle lui fasse réviser sa leçon de sciences naturelles en vue de la composition du lendemain ; quelle humiliation de n'être pas le premier de sa classe, alors que l'on brillait dans toutes les matières, sauf celle-là et, bien sûr, les maths, où l'obtention de la moyenne se fêtait par une orgie de Coca-Cola. « Comme toujours, je bavarde à n'en plus finir avec toi, s'était lamentée sa mère. J'ai encore oublié d'apporter les plans à des clients de ton père. Je cours. Dans quelques minutes, c'est la sortie de l'usine. Non, je ne t'embrasse pas, je n'ai pas le temps. Mais, si demain tu as une bonne note, je te ferai un soufflé au chocolat. »

Ils habitaient un pavillon ; il y avait des mangeoires pour les oiseaux dans le feuillage des deux pommiers. Marceau avait dévalé l'escalier qui conduisait à la chambre où sa mère, assise sur le lit, enfilait, pour aller à bicyclette, un jean qui lui appartenait, et, devant la porte, il avait dit non pas : « À tout à l'heure », mais, sans savoir pourquoi : « Adieu ». Il n'avait plus jamais revu sa mère ; renversée par un camion à un carrefour, elle était morte à bord de l'ambulance des sapeurs-pompiers, dont il avait entendu la sirène au loin sans y prêter attention, pendant qu'il remplissait l'écuelle du chien. Marceau, qui s'était rasé le crâne, n'avait pas ouvert la bouche pendant un an, sinon plus. Ses professeurs, eu égard à ses notes, s'abstenaient de l'interroger, et ses camarades, s'ils insistaient pour briser le silence, recevaient un coup de poing.

« Avec la boule à zéro, je devais ressembler aux tondues de la Libération », dit-il, rejetant en arrière sa fameuse mèche par ce mouvement qui me l'avait fait ranger au nombre des poseurs, la première fois, à La Reine blanche. De sa main qui conservait l'alliance à la deuxième phalange, car l'anneau était trop petit, il fourragea dans sa chevelure, dont la vigueur et l'abondance lui inspirèrent aussitôt l'expression de soulagement du rescapé qui, après le choc de l'accident, se tâte et découvre épargnée la partie de son corps qui le contente le plus. « À cause de la chimio, on les perd tous, ajouta-t-il, les yeux plissés pour examiner le cheveu qu'il tenait sous le nez, entre le pouce et l'index. Mourir, soit. Ça se fait depuis si longtemps... Mais se promener avec la perruque remboursée par la Sécurité sociale, ça non. Même Léon aurait peur. Et puis il n'y a qu'un seul modèle pour tous. À deux heures du matin, je jacasse comme l'un de ces charmants petits coiffeurs qu'on levait dans les boîtes, qui n'avouaient pas toujours leur profession. Leur conversation, le lendemain au petit déjeuner, était accablante, sans rapport avec ce que l'on avait vécu. Tu te souviens ? Tu es bien gentil de m'écouter. Je ne me rappelais pas que tu étais si patient. Je bavarde et j'oublie l'important. À ma place, comment t'y prendrais-tu pour vendre tous ces machins ? »

N'avait-il pas pensé au Crédit municipal ? Bien sûr, et il avait même été des privilégiés que l'on invite à montrer leurs trésors dans le salon réservé à l'élite. À quoi la reconnaissait-on, l'élite ? À son odeur ? Mais l'établissement, qui se livrait à des estimations au plus juste, ne prêtait qu'à l'avenant, sur des gages qui allaient être repris, ce qui n'avait aucun sens, quand on était décidé à dépenser jusqu'au dernier centime. Fût-ce à perte, la vente à un particulier était plus avantageuse qu'une avance obtenue par ce moyen. Mais quant aux personnes qu'il savait assez riches pour acheter, Marceau n'avait aucune confiance en leur discrétion : un Touchard eût été mis au courant dans la journée.

« Tu passais pour un débrouillard, à La Reine blanche », déclara Marceau, comme si, de ma réputation d'autrefois, se déduisait mon acquiescement de l'heure à une demande qu'il était de ce fait inutile de formuler. L'air ironique, il ébouriffait ses mèches, penchant la tête de côté afin que le sommet de sa chevelure émergeât dans le miroir vénitien, mais il n'en continuait pas moins de me surveiller du coin de l'œil, respectueux de mon silence. À Rome, le problème eût été vite réglé : il n'y avait rien que Nanni ne pût écouler au meilleur prix et il eût, à ses bijoux, intéressé un amateur aussi rapidement que s'ils eussent été les miens ou sa propriété. Quelquefois, ses rendez-vous d'affaires se déroulaient, en mon absence, dans mon appartement de la place des Muses ; il détenait un double des clés, non pour sa commodité, à l'origine, mais parce que sa mère estimait que la maison d'un célibataire devait être, à chaque instant, accessible à ses intimes. Nanni avait soin de laver les verres qu'il avait utilisés, de les placer sur l'égouttoir de la cuisine, après avoir vidé les cendriers, et par là me rappelait Tony : infirmes et mutilés avaient-ils la manie du rangement et la méticulosité en partage ? Seulement, Nanni vivait désormais à Amsterdam ; sans doute y jouissait-il des mêmes facilités qu'à Trastevere, mais il tiendrait à juger sur pièces et aussi, naturellement, les éventuels acquéreurs qu'il avait peut-être dans sa manche. Avec presque autant de rapidité que dans la cuisine de Maria Toselli, une solution eût été trouvée à La Reine blanche, où Marthe, qu'un élément du lot eût peut-être tentée pour elle-même ou sa maîtresse du moment, se serait tournée vers les femmes riches qu'elle côtoyait au Kampala, la boîte chic des lesbiennes à l'époque, et devant laquelle, la nuit, les voitures de sport encore plus belles que la sienne freinaient aussi sec qu'aux Vingt-Quatre Heures du Mans, la rue du

Cherche-Midi soudain remplie de claquements de portières, d'exclamations de joie, de rires, et de prénoms échappés du pensionnat de jeunes filles qui rendaient étonnant qu'une cloche n'eût pas auparavant sonné la récréation, derrière quelque haut mur de ce quartier de couvents et de cours privés.

Sans relâcher sa surveillance, Marceau réintroduisait l'un après l'autre les bijoux dans la bourse, excepté la montre de poche et l'alliance, qu'il garda à l'annulaire. Les diamants s'éteignaient et se rallumaient comme des lucioles entre ses doigts.

« Tu as une idée, affirma-t-il, qui tirait à mort sur le cordonnet. Je le sens. »

J'en avais bien une qui ne m'éloignait pas de Paris, et recoupait l'accomplissement d'un projet qui me tenait à cœur ; cependant, elle était si hasardeuse que de l'exposer risquait d'apparaître comme une dérobade de ma part.

« Ne me réponds pas, c'est peut-être mieux ainsi, dit Marceau, qui soupesa la bourse dans sa main droite, avant de me la tendre. Tu prends le tout pour t'arranger avec n'importe qui, et tu me le rends, si ça ne marche pas. Soyons simples. »

Ne m'accordait-il pas beaucoup trop de responsabilités et de confiance ? Et, la confiance, la méritaisje ? Nous ne nous étions pas revus depuis une bonne dizaine d'années ; j'avais eu le temps de m'accomplir, c'est-à-dire de m'aggraver.

« Ne me fais pas rire. On ne change pas », protesta Marceau, qui s'était levé pour aller décrocher le képi au mur. Il en examina l'intérieur avec un soin de sous-lieutenant qui s'apprête à y déposer sa paire de gants, un jour de sortie, et, avant de s'en coiffer, se couvrit la tête d'une serviette, l'étoffe déployée de telle sorte qu'elle retombât sur ses épaules. « Avoue que je ressemble encore un peu à Gary Cooper dans *Morocco*, lorsque Marlene, à la fin, le suit dans le désert et se tord la cheville. Au fond, j'aurais dû continuer à l'armée. C'est encore là qu'il y a le plus de garçons, et puis de la discipline, des horaires réguliers, du silence et du sport. J'aurais été obligé de travailler pour moi, dans ces conditions. »

Une main au képi, Marceau, qui avait tourné sur lui-même avec un claquement de talons, parodia le salut de l'officier résumant la mission de son subordonné : « Si on te vole ce que je te confie, c'est que cela devait arriver. Ce qui est écrit est écrit, je le sais mieux que jamais à présent. Si tu ne réussis pas, je retournerai chez "ma tante". J'en tirerai bien assez pour un dîner d'anniversaire. Bon, maintenant, je t'appelle un taxi. Tu tombes de sommeil, et moi donc. Et si je m'y mettais moi aussi aux injections intramusculaires de Nootropyl, comme ce pauvre Georges ? C'est un médicament qui doit être encore en vente. Tu as pu juger de ses effets. » Marceau avait gloussé.

Dans l'antichambre, son képi de travers, tel celui d'un légionnaire en goguette — mais, en raison du soyeux des boucles, on pensait également à une fille qui eût emprunté le couvre-chef de son client dans le chahut des préliminaires — il m'aida à enfiler mon manteau, prétexte à glisser dans une poche ce que, le laissant faire, je devinai être la montre qu'il voulait m'offrir. Il avait oublié de me montrer la photo de l'amant brésilien. La fatigue le vieillissait enfin. « Quand même, avait-il dit, avant de refermer la porte, demain matin, je vais voir ce qui se passe pour ce pauvre Léon. »

Il n'était pas de meilleur moyen de me réimprégner de la ville que d'emprunter le métro, dès lors que je pouvais éviter la cohue des heures de pointe, naguère si favorable à la chasse (et à des audaces qui médusaient Marceau). En outre, je n'étais pas pressé. Une voix féminine et, à l'oreille, jeune, très jeune m'avait dit au téléphone de venir entre quatre et cinq heures de l'après-midi, sans plus de précisions. Depuis mon retour, je flânais l'après-midi. Devinait-on que j'étais disposé à écouter ? Était-ce parce que je marchais d'un pas de promeneur, et que je ne détournais jamais les yeux ? On m'abordait volontiers dans la rue, on m'adressait la parole au comptoir des bistrots. Certains qui, après s'être débondés, me plantaient là ensuite, sans phrases, on aurait cru qu'ils m'attendaient de toute éternité, et que, à la seconde près, ils eussent crevé de ne pas m'avoir rencontré.

À l'intérieur de cette station peu fréquentée qui s'ouvre sur le quai du fleuve, mon regard accrocha celui d'un homme maigre, vêtu d'une veste de chasse en velours côtelé, assis en haut d'un escalier de quelques marches à peine, assez grand pour que, les jambes repliées, ses genoux, qui supportaient une liasse de journaux, remontent à la hauteur de sa poitrine. Une capote de militaire, qui avait dû traverser d'autres défaites, roulée en boule près de lui — comme la couverture d'appoint au-dessus de l'armoire, dans les hôtels sans étoiles — assuré de mon intérêt pour sa marchandise, il souriait sans servilité, découvrant des dents de cheval fortes et noires, sous une moustache tombante, dont les pointes semblaient avoir retenu des flocons de la neige de la veille, car elles blanchissaient. Sur un revers de sa veste s'étalait un carré de plastique bariolé qui était une licence officielle de colportage. Ses chaussures étaient plus luisantes encore que les miennes, ses ongles nets, son visage rasé de près ; il avait noué un lacet en guise de cravate. Son teint était d'un gris qui n'avait jamais menacé Armando, l'homme à toutes mains de Trastevere, qui vivait dans la rue et ne parvenait pas à se tenir aussi propre que celui-ci, occupé à chercher la monnaie dans un réticule trop petit pour ses pognes.

Nous bavardâmes, ou, plutôt, j'écoutai. Richard — ainsi se présenta-t-il lui-même, s'était à demi levé, les mains posées à plat sur la dernière marche, les jambes tendues d'un gymnaste au cheval d'arçon — Richard s'avouait chômeur et attribuait à son âge la perte de son emploi : dans la mécanique, à cinquante et un ans, on était vieux. Quatre ans à peine me séparaient de ce visage en ruine ? Richard estimait qu'il s'en tirait assez bien, puisque après son rétablissement — de quelle maladie avait-il souffert ? — la Médecine du travail lui accorderait l'autorisation de devenir chauffeur de taxi. Et, déjà, sa vie s'arrangeait : le soir, il rattrapait au pas de course le dernier convoi qui part de la gare Saint-Lazare, sans contrôleur à bord, toutes les passagères rassemblées par la peur dans la première voiture, et descendait à Pont-Cardinet, où les trains de Versailles stationnent au bout de la voie durant la nuit. Il dormait à l'intérieur d'un compartiment, après avoir parcouru les magazines qui traînaient sur les banquettes. Quelquefois, il avait la chance de ramasser les paquets oubliés par des voyageurs qui avaient effectué des emplettes au prix-unique le plus proche de leur bureau, avant de rentrer à la maison.

« Des bricoles, bien sûr, mais de bonne qualité », précisa Richard, avant de saluer un employé de la station qui prenait la relève de son collègue, derrière la vitre du guichet, et son sourire s'épanouit dans l'évocation du bonheur à Pont-Cardinet : « Ma radio, ma Thermos, je suis peinard jusqu'à six heures du matin. Vous n'avez jamais écouté l'émission "Dernières nouvelles de la nuit" ? C'est passionnant ; les auditeurs téléphonent pour raconter leurs problèmes, leurs histoires. Il y a des types qui ont franchement la poisse. Ce que les gens sont malheureux parfois, on n'imagine pas, mais vous peut-être, vous savez. Bref. À huit heures, j'ai eu ma douche et je débarque ici. À Saint-Lazare, dans le hall, près de l'escalier, il y a un bistrot. La serveuse me sert gratis le premier jus du perco, celui qui réchauffe la machine. Je remplis ma Thermos. Ça me rappelle l'armée. Quelle bonne période, l'armée... »

J'identifiais enfin l'accent. C'était, déformé par le chuintement, celui-là même dont une quarantaine d'années de vie romaine n'avaient pas débarrassé monseigneur Van Acker, bien que le prélat reproduisît les inflexions de la bonne société quand il s'exprimait en italien, prononçant alors le *r* à la française. Richard était un ch'timi.

« Pour manger, j'ai mes adresses », continua-t-il d'un air mystérieux, et ce fut comme s'il n'y tenait plus et consentait à partager un secret, entre deux bouffées de la cigarette dont il avait arraché le bout, qu'il dit, baissant la voix sans parvenir à en atténuer le frémissement de gaieté : « Vous connaissez La Reine blanche ? C'est là-bas, dans l'Île. Je la recommande à tous, cette brasserie. L'après-midi, la patronne me paie un sandwich. Il n'y aurait pas les journaux à vendre, pour garder la Sécu, je resterais tranquillos au chaud dans l'arrière-salle jusqu'à la fermeture. »

Richard, qui avait posé sur le manteau sa pile de journaux, ouvrit les bras, écarta les genoux, les jambes allongées au point de toucher du talon le plan inférieur de la station : « Vous voyez, je suis propre — un client comme un autre. La patronne est très gentille, très classe. Malheureusement, on va la perdre — elle a vendu. Elle part bientôt à la campagne pour se reposer. Vous comprenez, quand on a subi des pontages... Après le taxi, moi aussi, je retournerai dans le patelin de mes parents. Les maisons, là-bas, on les a pour une poignée de figues, aujourd'hui... »

Qu'avait-il déduit de mon attitude et de mon silence, s'il ajoutait avec empressement : « Monsieur, excusez-moi. Je vous retiens dans les courants d'air — moi, j'y suis habitué. Merci encore pour le paquet de clopes. On n'a pas à se plaindre des gens » ? Je m'éloignais déjà quand il claironna : « La dizaine de collants neufs que j'ai dégotés à Pont-Cardinet, je les lui ai apportés. Elle était très contente, je vous jure. »

De l'autre côté de la chaussée, le long du parapet, qui semblait contenir l'extension du banc de brouillard pareil maintenant à la fumée figée d'une locomotive d'antan, les boîtes que les bouquinistes avaient fermées à cause du froid, avec leurs verrous et des barres en croix sur le couvercle, évoquaient un alignement de cercueils en zinc vert-de-grisés par les intempéries. Libérées par les feux de signalisation à la hauteur du pont, les voitures filaient au ras du trottoir ; les camions provoquaient des gifles de vent, et, à l'instant où je reculais, calculant que l'île en face devait être, au minimum, deux fois plus grande que l'île Tiberina, au milieu du Tibre, le jaune pontifical d'une affiche me tapa dans l'œil. Et l'affiche était collée de travers, avec la maladresse du militant, contre l'une des parois vitrées de la cabine téléphonique, où une fille en pantalon, enveloppée d'une parka, comme en proie à un délire vertical, avait la bouche collée au récepteur, un doigt dans le nez. Sur le papier, qui ne coûtait sans doute pas plus cher que celui des journaux de Richard, s'étalait — aussi floue en ses contours que si un tampon l'eût imprimée — une face du Christ identique à celle du saint suaire de Turin, au-dessous de laquelle, à un mètre de distance, on lisait sans peine la première ligne : « Il est revenu. Il a vaincu la mort. Venez L'écouter. Il parle. Il guérit. » En revanche, il fallait se pencher, tant les caractères s'amenuisaient, pour déchiffrer la seconde, qui comportait l'adresse d'une salle en banlieue, suivie de : « Entrée libre. La liste des miracles : vingt francs. » Et la fille qui jaillissait de la cabine, ayant ouvert la porte d'un coup à me casser le nez, trompée par l'équivoque de ma posture, persuadée que je cherchais à l'intéresser — l'orgueil de la jeunesse supérieur à l'évidence d'une laideur que ses camarades ne devaient pourtant pas lui laisser ignorer, et qui, au même âge, eût conduit un membre de la tribu à envisager le suicide — fit entrer entière dans mon champ de vision la figure du crucifié, tandis qu'une voix — de quel côté venue dans la rumeur de la circulation ? — se brisait à répéter : « Monsieur, monsieur... » La fille, qui bombait le torse à la garçonne, après avoir enfoncé sur sa tête une gapette d'éclusier, en s'éloignant, entraîna mon regard vers le métro, où, à mi-hauteur de l'escalier, Richard brandissait une enveloppe à la vue de laquelle j'enfonçai les mains dans les poches de mon manteau et me mis à courir. Au bruit de la galopade, la fille se retourna, comme prête à repousser un nouvel assaut, mais, autant que les voyageurs arrêtés dans leur ascension par les cris, elle comprit de quoi il s'agissait, ayant entendu : « J'ai trouvé ça à côté de mon pardessus. J'ai pensé tout de suite que ça vous appartenait. Depuis ce matin, à part vous, personne ne s'est approché de moi. J'ai senti un boîtier à l'intérieur... Je me trompe ? »

À la lumière du jour, ou de ce qui en subsistait, la veste de chasse attrapait une teinte moutarde ; le visage de Richard, où un rire de victoire creusait les rides, assez large pour révéler un édentement latéral, était maintenant celui d'un vieillard. Qu'était-ce un billet de cinq cents francs en échange de ce qui m'était rendu avec l'enveloppe ? Richard déclara passer la nuit suivante à l'hôtel, et non pas à Pont-Cardinet, une fois n'étant pas coutume. En raison du brouillard, qui estompait leurs reliefs, les façades des maisons sur le quai de l'île semblaient émerger du plus loin des lointains, et, en un certain sens, il y avait du vrai dans cela. De son côté, à Rome, Maria Toselli avait-elle réussi à se défaire de son bistrot ? Une main dans la poche, les doigts crispés sur l'enveloppe restituée par Richard, au lieu de longer le quai, à droite, je gagnai la rue qui traverse l'île de part en part, afin d'allonger le trajet. Une si longue séparation, et puis de but en blanc se présenter, réclamer un service qui avait trait à l'argent — on eût hésité à moins, quand bien même, ce service, on allait le solliciter en faveur d'un tiers, qui avait été sans doute plus aimé et estimé que l'intermédiaire. Tout cela dépendrait de l'accueil qui me serait réservé ; si je faisais faux bond à Marthe, je n'aurais plus ni le courage ni l'occasion de la revoir.

On aurait cru que j'arrivais de la rive droite par le pont de la Tournelle, au moment où j'aperçus la terrasse de La Reine blanche, et m'arrêtai, une seconde, sous les fenêtres de l'ancien appartement de Marceau. Au lendemain de la guerre, il y avait eu une autre Reine blanche, boulevard Saint-Germain, qui était, non loin de l'église et des brasseries, un bar de nuit, un bar à gigolos. Des touristes que l'annuaire avait trompés débarquaient quelquefois chez Marthe vers dix heures du soir, lorsque déjà les chaises s'empilaient sur les tables, serait-il l'été resté de la lumière dans le feuillage des peupliers sur la placette que forment, par leur jonction à la pointe de l'étrave, le quai exposé au soleil et celui qui ne l'est pas. Au premier coup d'œil, Marthe devinait la méprise. Renseignée par le neveu de la femme de ménage, qui était Paquita d'Alicante, à Pigalle, une fois les commandes prises, elle sortait d'un tiroir un plan du métro et, à mi-voix, généralement dans un anglais sommaire, dirigeait ces étrangers vers un hôtel là-haut. À force d'en entendre parler, Marceau s'y était même rendu, pour recevoir le plus sincère compliment que lui eût jamais valu son physique. « Vous avez envie de travailler, jeune homme ? » s'était inquiétée la femme au corsage strict et aux cheveux gris en bandeaux qui faisait des mots croisés derrière le comptoir, à la réception, tandis que le videur, un Antillais monumental, en costume bleu marine, vautré dans un fauteuil club, s'arrêtait de tourner les pages d'une revue, entre deux bâillements qui laissaient apparaître une langue toute rose de félin. À mon tour, j'avais poussé une pointe de reconnaissance jusqu'à la brasserie, dont les néons rouges ensanglantaient la rue, l'angle de l'impasse et du boulevard ; dans la salle, des garçons en blouson de cuir pour la plupart, et tous plus chahuteurs que des élèves d'un cours d'apprentissage, se déhanchaient devant des flippers. Le Noir, je l'avais vu, dès qu'il poussait la porte, un bras replié, le regard sur sa montre, et ses boutons de manchette en pierre noire luisaient autant que ses yeux, deux garçons se détachaient du comptoir pour le rejoindre. Par quoi se sentaient-ils distingués des autres, qui continuaient de blaguer entre eux, un verre de bière à la main, et ne m'avaient pas accordé un regard — je n'étais ni assez vieux pour être un micheton, ni assez beau pour devenir un concurrent ? Scooters immatriculés en banlieue, mobylettes qui ne valaient pas leur antivol étaient rangés en bordure du trottoir, comme à la sortie d'une usine. Le dernier autobus de la nuit passait au bas de la pente, me suggérant un énorme bocal illuminé, où il n'y eût qu'un poisson derrière la vitre. Aujourd'hui, que me réservait Nanni, dans l'établissement qui doublait la Casa Maria, à Amsterdam ? En parlerais-je à Marthe ?

Soudain, je me retournai, conscient que, l'herboristerie de l'Île, une pizzeria l'avait remplacée, qui ne devait pas être plus italienne que n'était bretonne la crêperie à côté. S'il avait continué d'habiter par ici, Marceau aurait dû renoncer aux services de la vieille Mme Neufchèze, qui se souvenait d'avoir, à douze ans, rincé le linge de son baquet dans l'eau claire de la Seine, où son père pêchait la friture du prochain repas. Soutenue quelquefois par un siège pliant de golfeur dissimulé sous la jupe, Mme Neufchèze, les joues rondes et colorées, bien qu'elle ne vît jamais le soleil, lavait, reprisait, entourée de trois chats en perpétuel état de somnolence, que le timbre de la porte incitait à ouvrir une seconde les yeux, pas davantage. Des chemises de bourgeois de Calais pendaient des poutres du plafond, accrochées à des cintres, et c'était une énigme, le courant d'air qui les remuait doucement dans une atmosphère confinée où la chaleur diffusée par les deux poêles pareils à des demi-colonnes en fonte étourdissait au point que, l'hiver, le client invité à s'asseoir et à boire une tasse de café à la chicorée, en attendant son tour, cédait à la torpeur auprès d'un brasero qui méritait le musée. Ma cloche de repassage, disait Mme Neufchèze. Sur chaque pan, un fer chauffait : sur le dessus en forme de rondelle se préparait l'amidon, qui avait un peu l'odeur du sperme, et qu'on avait utilisé sans mesure pour le plastron du smoking de Marthe, le soir où nous étions allés à l'Opéra. Des chemises, Mme Neufchèze m'en avait donné la demi-douzaine oubliée par un Anglais — les plus belles que j'eusse jamais portées avant de me fournir via Condotti. Les chats répondaient, selon leur bon vouloir, au nom de Lolo, Lolotte et Loly ; un animal mourait, son successeur recevait son nom et un chiffre enrichi de l'unité, comme les rois, et, par une coïncidence qui l'amenait à s'interroger, mais non à changer d'habitude, les Loly n'avaient pas de longs règnes. Des vêtements et sous-vêtements que lui apportait un nouveau, Mme Neufchèze déduisait sa vie, son caractère, son métier, et ne se trompait presque jamais. Si la boutique, dont elle fermait de l'intérieur les volets, abritait maintenant une galerie de peinture, n'avait-on pas ajouté les deux pièces qui servaient d'appartement ?

Annarosa, la Sicilienne, avait déserté son talus à Fregene pour se marier. Son bonheur et son ventre s'arrondissaient au pied des machines de la laverie automatique qu'elle avait achetée avec ses économies dans le quartier de Saint-Jean-de-Latran aux noms savoyards, où elle deviendrait peut-être la Mme Neufchèze d'une bourgeoisie qui avait tenté de rivaliser en luxe avec l'aristocratie, naguère, et où les notaires s'appelaient parfois Pacelli.

Au bout de la rue qui traverse l'île de part en part, avant de tourner au coin, je m'arrêtai devant la vitrine d'un brocanteur, attiré par un miroir, en pensant au visage de Richard, mon aîné de trois ou quatre ans. Mais il n'y a pas de miroir pour le vieillissement. Ne nous renseigne qu'une rencontre, un échec, l'un de ces regards où l'on essaie de plonger, qui se vident d'expression encore plus vite que l'on ne s'y enfonce, et nous disparaissons sans même avoir déplacé une onde à la surface, à l'inverse de la pierre jetée. Plus simplement, un tapin refusant sa bouche, malgré le prix.

La devanture de La Reine blanche était maintenant d'un vert sombre. Le plancher de la terrasse vitrée sonnait toujours creux. Le cuir des banquettes avait été changé, il était noir et brillant comme celui du canapé où je revoyais Maureen s'endormir, la première fois, en quittant vite la table où elle était arrivée en retard. Noires aussi les chaises, et les tables avaient désormais un plateau en marbre du même gris que les façades de la rue : il était au moins à regretter la bigarrure des immeubles romains. À l'extrémité de la courbe du comptoir, dans un vase près de la caisse, il y avait des roses en bouton, mais la serveuse, une femme aux traits consolidés par le maquillage — Marthe savait d'expérience ce qu'il en coûtait de recruter de jeunes employées qui eussent révélé son instinct maternel —, ne me laissa pas le loisir de vérifier si les fleurs étaient en nombre impair, édifiée sans doute par mon attitude d'inspection ou ma conformité avec le signalement qu'elle possédait : « C'est pour madame Sainte-Maure, interrogea-t-elle, le cou tendu, sans lâcher les verres qui s'entrechoquaient dans l'eau de la plonge. Vous êtes monsieur Diego ? Montez, elle est là. » Pas plus qu'elle-même ne faisaient partie du personnel que j'avais tutoyé les deux garçons à tablier, qui emportaient leur plateau au fond de la salle, où les clients étaient des touristes descendus des autocars qui, par leur pot d'échappement, enfument Notre-Dame. Le cours Marty avait-il disparu, pour que, dans l'assistance, les loufiats exceptés, personne n'eût moins de trente ans ? Je filai vers l'escalier qui conduisait à l'étage. Il était toujours dissimulé par un rideau de lattes, et le frémissement de celui-ci, dû au courant d'air, indiquait que Marthe gardait entrebâillée la porte de son appartement, dans l'attente d'un visiteur. Aussi bien que j'avais tout de suite identifié le parfum d'intérieur dans le vestibule de Marceau, en haut des marches, où la lumière provenant des toilettes et de la cabine téléphonique empêchait qu'on s'y cassât la figure, je reconnus l'odeur de lilas et de bergamote mêlés. Sur le seuil, tandis que mon regard fouillait la pièce, j'eus, à être ainsi ramené en arrière, l'impression que le trottoir roulant fonctionnait à l'envers, impression si réconfortante que je me retins, pendant plusieurs minutes, de signaler ma présence, tout à l'écoute de la rumeur qui parvenait du rez-de-chaussée, parachevant l'illusion. C'était un répit que de ne pas obtenir immédiatement un écho, lorsque j'appelai « Marthe, Marthe », avant de refermer la porte capitonnée que Catherine Venturi avait fait copier pour son cabinet médical, rue de Rivoli. Beige la moquette, comme les tailleurs qui étaient, en quelque sorte, l'uniforme de la patronne ; beiges les rideaux, d'une teinte au-dessous les parois, que tous les deux ans le peintre rafraîchissait, et dans ces tonalités douces tranchait la longue table de réfectoire. Le grand christ en ivoire manquait à l'inventaire, et sur la tapisserie une tache claire témoignait encore de ses dimensions. Le paravent rustique, à trois panneaux qui fragmentaient un paysage semé d'oliviers, était une nouveauté, et c'est derrière que s'éleva la voix dont je n'avais oublié ni les inflexions ni cette lenteur qui persuadait d'une timidité :

« Eh bien, le Frisé, tu ne travailles plus pour la Mafia ? » Et, déjà, Marthe m'attirait contre sa poitrine, m'embrassant sur les deux joues, et, sous le coup des émanations de son corps — surtout de cette pointe de lilas — les bras autour de ses épaules, je l'empêchai de se dégager. Nous nous étreignîmes longuement en silence, mes lèvres, à la fin, dans son cou, à cet endroit où chez les humains, quel que soit le sexe, la peau avoue plus qu'ailleurs. Marthe ébouriffa mes cheveux — ce qui la justifiait de s'être écartée — et murmura : « Le Frisé, oui, on peut encore le dire », avant de s'asseoir sur la table, de croiser les jambes, ses deux mains sous le genou plié, levé très haut, l'une de ses chaussures à petits talons à la hauteur de ma poitrine, dans une posture qui paraissait se moquer d'elle-même.

« Comment me trouves-tu ? »

Le blond l'emportait de peu sur le blanc dans sa chevelure, et, à la tempe, il n'y avait plus la mèche platine qui était la moitié au moins du travail de son coiffeur. Par son harmonie, le visage demeurait conforme à l'image que j'en avais conservée, mais, ses traits, on les supposait retenus par les lignes dures d'un lifting, comme c'était le cas pour le docteur Sonino, le vétérinaire qui récitait des poèmes. Marthe Sainte-Maure se rapprochait de son portrait au fusain, qui demeurait accroché dans un angle, et dont nous avions pensé, sans le lui avouer, qu'il durcissait son visage. Un chemisier en crêpe de Chine rose — le même rose des géraniums roses, lorsque roses ils le sont à Capri — mettait son teint en valeur, les poignets, où pendaient des bracelets baroques, dépassant des manches d'une veste que mélangeaient plusieurs nuances de gris. Les pantalons, qui n'étaient pas masculins à l'excès, avaient un large revers. Depuis que j'avais quitté Maureen, aucune femme ne m'avait autant réjoui par son élégance. « Alors, quel est ton avis ? » dit Marthe, qui, renonçant à se balancer d'avant en arrière pour se maintenir en équilibre, avait posé les pieds sur le banc. Pour me remercier de mes compliments, Marthe, qui avait sauté sur la moquette avec une grâce et une souplesse qui eussent justifié de les accentuer encore, du bout des doigts m'effleura le nez : « Merci pour tes cartes postales du jour de l'an, dit-elle. Mais, lorsque je voulais te répondre, on était, en général, la veille de Pâques. Et puis qu'est-ce que j'aurais eu à te raconter ? Ma vie ressemble à la vie. Je n'étais pas inquiète à ton sujet. La barre des *t* me rassurait. Tu te défendais bien, c'était clair. Évidemment, la signature entre deux traits, ça prouve que l'on cherche à se protéger des autres, mais, ça, je ne le reprocherai jamais à personne. J'allais quand même t'écrire pour que tu saches que La Reine blanche, c'est terminé. Retire ton manteau. Tu as droit au champagne... »

Je retirais la lourde enveloppe de la poche de mon vêtement, lorsque Marthe apporta sur un plateau si bien astiqué qu'il reflétait le plafond un seau à champagne et deux coupes, non sans jeter un rapide coup d'œil à l'enveloppe, peut-être déçue, en graphologue, de ne pas déceler au verso l'une de ces mentions manuscrites qui lui inspiraient des jugements à la hache dont, ensuite, le bien-fondé nous surprenait. Nous nous assîmes l'un en face de l'autre, trinquant les yeux dans les yeux par-dessus la table, où la cire, qui l'avait rendue brillante, contribuait à l'odeur dans la pièce par sa composante qui dirigeait l'imagination vers les calmes maisons de maître, en province. La Reine blanche avait été vendue à un bon prix, malgré le ralentissement du commerce qui remplissait des pages entières d'annonces, dans *l'Auvergnat de Paris*, le journal de la profession. Les cartons étaient déjà prêts pour le déménagement, qui ne serait pas long. Marthe avait cédé presque tout le mobilier de son appartement à un antiquaire, afin de ne rien conserver qui témoignât du passé. « Tu cherches le christ ? dit-elle, ayant intercepté mon regard, qui discernait l'ombre blanche que le crucifix avait laissée sur le mur d'en face. Le christ, je l'ai donné. Il n'était pas mal, celui-là. Mais il n'y a plus d'acquéreurs pour les objets religieux. Alors, j'en ai fait cadeau. »

À deux semaines près, j'eusse raté Marthe, qui réalisait son rêve, et s'installait à la campagne dans une maison où, du second étage, on apercevait une courbe de la Loire. Elle aurait beaucoup d'animaux ;

son amie, qui, par discrétion, était partie effectuer des achats au marché Saint-Paul, les aimait beaucoup, et son premier soin serait de ramener à l'écurie des chevaux qui n'y étaient plus entrés depuis un siècle. Marthe, qui par superstition touchait le bois de la table, se déclarait heureuse, et décidée à profiter du temps qui restait, à faire en sorte que pas un jour ne s'écoulât sans qu'elle se fût accordé un plaisir ou une gâterie. Elle tirait la leçon des deux accidents de santé qu'elle avait eus l'année précédente, me pressant de l'imiter sans attendre qu'une maladie eût déclenché le signal d'alarme. Son amie, qui était beaucoup plus jeune qu'elle, l'aiderait par cela même à ne pas faiblir dans sa détermination, la stimulerait ; elle avait trouvé la partenaire qu'elle cherchait depuis toujours.

Quelquefois, le regard de Marthe tombait sur le plateau, qui réfléchissait son visage avec autant de netteté qu'un miroir ; si elle s'estimait à son avantage, elle n'avait pas tort. Après avoir écouté des réponses qui n'étaient jamais assez précises à son gré au sujet de mon séjour à Rome, elle décréta que j'avais su prendre ma revanche, qu'il avait été salutaire ce départ sans lequel je ne me serais sans doute pas tiré des griffes de l'Autrichien. Elle avait suivi de loin son ascension, qui ne l'étonnait pas. Marthe disait « l'Autrichien » avec l'accent probable du conventionnel quand il dénonçait Marie-Antoinette.

« Un tueur de chèvres trouve toujours des chèvres à tuer, dis-je.

— Pardon, dit Marthe captivée par son reflet à la surface du plateau.

— C'est un proverbe de mon pays. »

Et ce proverbe amusait encore Marthe, quand elle commença à évoquer la petite bande que nous formions à La Reine blanche, indépendante du gros de la clientèle, autant que du groupe des apprentis comédiens du cours Marty, lequel recrutait plus que jamais. À ce stade, il n'y avait plus à se presser ; le tour de Tony viendrait, et celui de Marceau, le Marquis. Dès que le nom de l'infirme eut été prononcé, je résumai ma visite à l'avenue Junot, la conversation avec l'ancienne comédienne, qui avait reçu du théâtre un peu plus que les élèves du cours Marty n'en obtiendraient.

« C'est l'année où tu es parti que Tony a déserté, observa Marthe, qui avait un peu reculé son visage, quitte à sortir du champ du plateau. Entre le pouce et l'index, elle serrait l'une des pierres grises et vertes de son collier, qui étaient comme de la diorite que l'on eût émiettée. Mais nous avons continué de nous voir. J'allais souvent dîner chez lui. Il s'était entiché de cette voisine, mais il n'a jamais accepté de me la présenter. Il était toujours aussi gai, aussi blagueur. Il avait même acheté des toiles. J'ai cru qu'il recommencerait à peindre. Peut-être que, s'il avait su combien il était utile à ses amis, il n'aurait pas agi comme ça. Que veux-tu que je te dise ? Je n'ai rien deviné, et je ne vais pas m'en vanter. Il t'aimait beaucoup, c'est sûr, et même plus que ça... »

Était-ce de sa propre image que Marthe, de nouveau penchée au-dessus du plateau, se reprenait à sourire, ou bien de mon silence, ou encore de la nervosité avec laquelle je pressais entre mes doigts l'enveloppe, comme pour accélérer l'énumération des personnes qui, si leur patronyme n'était accompagné d'aucun détail quant à leur physique ou leurs manies, ne me disaient plus rien, bien que, pour chacune d'elles, j'eusse un hochement de tête ou un sourire. Et, à la manière de l'officier parvenu au bout de la rangée de soldats au garde-à-vous, Marthe annonça enfin : « Ah, Marceau, mon petit blond, Marceau le Marquis. Je compte bien lui faire signe avant de fermer boutique. Il doit être toujours à Paris. Des clients de son genre, je n'en aurai pas eu beaucoup. »

N'était-ce pas le moment d'avouer : « Marceau ? J'ai dîné avec lui la semaine dernière » ?

« Pourquoi fais-tu la gueule ? Il a des ennuis, Marceau ? » demanda Marthe d'une voix changée, parce que, entre deux gorgées de champagne, elle s'était mise à croquer les glaçons qui fondaient dans le seau, comme pour démontrer la solidité de ses dents en falaise.

« Lui aussi », dit-elle, m'obligeant à répéter le mot de quatre lettres. Une toux la saisit pour avoir avalé de travers l'un des cubes de glace, et, quand elle l'eut maîtrisée, elle me dédia ce regard brillant, humide que l'on a au terme d'une série de quintes et de spasmes. Deux larmes coulaient sur ses joues, et, sans qu'elle eût un geste pour les essuyer ou se moucher, elle enchaînait avec sa sécheresse d'antan : avec qui Marceau vivait-il ? Pour qui travaillait-il ? Lui, un chômeur de longue durée ? Avait-il une famille ? Était-il déjà tombé malade ? Depuis quand se savait-il atteint ? Des réponses en bref, point par point, plaisaient à Marthe, qui ne quittait pas du regard mes doigts occupés à arracher l'une après l'autre les bardes de papier adhésif, et, ensuite, à démailloter de leur papier de soie les bijoux du trésor. Alignés sur le plateau aux vertus de miroir, creusant une perspective au centre de la table, ils semblaient suspendus dans le vide, ou être les pendeloques d'un lustre éclairant une salle au-dessous, révélée par l'ouverture d'une trappe. « S'il accepte, je m'occuperai de lui », dit Marthe, qui soupesait une bague dans sa paume, les lèvres arrondies pour mimer un sifflement d'admiration, quand elle eut refermé autour de son poignet le bracelet à motifs ajourés, ponctué de diamants ronds, qui eût mieux convenu aux fortes attaches de la comtesse Vallica qu'à son poignet d'adolescente. « Je ne serai qu'à deux heures du périphérique. Après chaque hospitalisation — je connais le scénario — Marceau viendra se reposer chez nous. Mon amie cuisine très bien. Tout ce que tu me montres est à lui, n'est-ce pas ? Il est pressé ? Il ne touche plus l'allocation de chômage ? »

Sur son visage, les deux larmes avaient séché aussi vite que les gouttes d'un trop rapide orage d'été au contact de tuiles brûlantes.

Une voix grésilla dans un interphone que dissimulait sans doute le paravent aux oliviers. « Je ne suis pas là. Sauf pour Éliane », dit Marthe, élevant soudain le ton, le bras tendu afin de s'émerveiller à son aise de l'éclat du bracelet. J'apprenais ainsi le nom de sa dernière maîtresse, à qui elle se proposait d'offrir cette broche en platine et or gris qui avait la forme d'une gerbe, et était entièrement sertie de diamants. À valeur sans doute égale, elle la préférait à ce clip de revers, qui aurait été seyant sur une veste de tailleur, qu'elle tenait maintenant entre le pouce et l'index. Quitter La Reine blanche, c'était bien un événement à marquer d'une pierre précieuse. Éliane méritait tous les cadeaux. Celui-là épuiserait les liquidités de Marthe, qui avait à conserver ses réserves tant que les travaux dans la maison de campagne ne seraient pas achevés. « Je veux qu'il y ait même les petits savons pour les invités, lorsque j'y entrerai, dit-elle. Les projets que l'on renvoie à l'année prochaine, ce n'est plus de mon âge. » Elle ne garantissait pas la vente de la totalité du lot — seulement de chercher des amateurs qui ne profiteraient pas de la situation. Quels délais lui étaient accordés ? Que Marceau eût, au premier chef, besoin d'argent pour donner un dîner à l'occasion de son anniversaire ne l'avait pas étonnée. Dans une main le certificat d'origine qui était joint à la broche, elle calculait que, déjà, ce qu'elle s'apprêtait à verser suffirait à régaler une trentaine de convives. Mais elle comprenait la tentation de liquider l'ensemble. Il y avait des moments où l'existence ressemblait aux braderies qui se déroulent sous la banderole marquée : « Tout doit disparaître ». Comment s'appelait cette pierre qui, dans l'émail polychrome d'un pendentif, avait la même couleur que son chemisier ? Pour la conclusion du marché, Marthe me promettait une incursion dans un lieu qui, si j'ignorais tout de la colonie asiatique, m'amuserait peut-être, ne se retenant pas de le décrire ainsi que la patronne. « Téléphone-moi dimanche en huit, conclut-elle, qui replaçait les bijoux, ayant gardé toutefois au poignet le bracelet, que, par instants, elle s'amusait à secouer. Si ça ne marche pas, je te préviendrai avant. J'ai bon espoir. J'ai rendu pas mal de services à cette femme auprès de la Préfecture de police. Qu'est-ce que je vais pouvoir acheter à Marceau, pour son anniversaire ? Quelque chose de longue durée, pour qu'il ne se doute pas que je suis au courant. »

Dans le tintement de ses colliers baroques, Marthe avait tendu une main vers la bouteille, et puis l'avait, à la réflexion, ramenée à ses pierres grises et vertes : « L'alcool, aussi, c'est terminé. Tu sais, j'ai eu une période très imbibée. L'amour, pour résumer… Mais je me suis soignée. »

Nous descendîmes dans la salle, où les clients étaient bien moins bruyants qu'à mon époque, bien moins jeunes aussi que ne l'étaient la plupart d'entre nous, si l'on oubliait Tony et Catherine Venturi. « Si Éliane arrive, dis-lui que nous sommes juste en face », lança Marthe à la serveuse, qui dépensait toujours plus d'énergie dans le masticage de son chewing-gum que dans le rinçage des verres. Nous sortîmes dans la rue bras dessus, bras dessous, et j'avais le sentiment que, comme chez monseigneur Van Acker lorsque nous marchions le long de la via Krupp, à Capri, il entrait autant de nécessité que d'affection dans l'attitude de Marthe, qui m'accompagna jusqu'à l'entrée du pont. Afin de la distraire, car je la devinais soucieuse, je lui indiquai la nature du cadeau que je réservais à Marceau. Sans lâcher mon bras, Marthe s'écarta, m'observant telle l'institutrice que décontenance un sursaut dans l'esprit du cancre de la classe.

« Très bonne idée. Il acceptera ?

— Il ne veut pas être plaint. Pourquoi refuserait-il ce qui lui sera envié ?

— Continue », ordonna Marthe, lorsque j'en étais au chapitre de Nanni et de son établissement, et qu'un taxi freinait devant nous. Que je poursuive mon récit, le chauffeur n'en concevait aucune impatience — mystère de l'autorité qui ne s'affiche pas. À l'instant où je m'engouffrai dans la voiture, le front humide d'un baiser, le vent froid qui montait de la Seine m'apportait des bouffées de lilas.

Trois jours ne s'étaient pas écoulés, Marthe me communiquait par téléphone l'adresse de Mme Dao, dont le nom signifiait fleur de cerisier, et l'heure du rendez-vous fixé pour le soir même. Elle me recommandait également l'un des chauffeurs de la compagnie de taxis à laquelle elle s'était abonnée dès qu'elle avait renoncé à conduire en ville pour ménager son cœur, de manière qu'une personne sûre m'attendît dehors, puisque la somme à convoyer n'était pas minime. Marceau aurait les moyens de louer la galerie des Glaces pour son anniversaire, si le cœur lui en disait. Bien entendu, elle feindrait d'ignorer la vérité de la situation lorsqu'il l'appellerait. L'erreur à éviter serait de compter — me le demanderait-on avec insistance — les billets composant les liasses que je recevrais. Mme Dao, qui avait l'entière confiance de Marthe, et s'était, surtout par amitié, résolue à la transaction, en serait froissée.

Rien de mieux que le passage d'un cycliste pour souligner le vide d'une rue, la nuit ; nous suivîmes celui-là, le long d'une pente, au flanc de Belleville, où subsistaient des pavés luisant dans l'éclairage des réverbères, sous une pluie à la romaine qui transperçait les vêtements. La présence d'Armando de Trastevere, à l'affût, dans une encoignure, n'eût pas surpris. Il n'y avait pas une boutique — seulement des garages ou des hangars d'artisans, à l'intérieur desquels, au bruit du moteur, quelquefois, un chien aboyait, griffant de toute la vigueur de ses pattes le rideau de fer aussi gondolé qu'une gaufrette. On ne comprenait la raison de l'attroupement silencieux d'une dizaine d'hommes, à la silhouette à peine discernable dans la façade, coiffés pour la plupart d'une casquette, et qui fournissaient par leur attitude un motif supplémentaire d'évoquer Armando, que si, derrière eux, on avait repéré la fente lumineuse de l'entrebâillement d'une porte, celle d'une boucherie qui faisait le coin. Seuls deux d'entre eux étaient en conciliabule, les autres restaient à fumer, le nez en l'air, indifférents à la pluie comme aux éclaboussures d'eau provoquées par les roues de la voiture, qui s'était garée dans le caniveau, le chauffeur, avant de freiner, m'ayant jeté, dans le rétroviseur, un regard perplexe. Était-ce bien là ? Car il n'était pas inimaginable qu'un boucher, au beau milieu de la soirée, fût encore occupé à préparer la marchandise pour le lendemain, ou à nettoyer la chambre froide, et ce commerçant, si la nostalgie le ramenait un jour à son ancien magasin, de prime abord, il ne noterait aucun changement. La devanture conservait toujours ses grilles vertes, que maintenant la nuit noircissait, ses étroits panneaux de faïence à fleurettes, ses plaques de marbre pour les étagères de la vitrine, au-delà de laquelle une cloison arrêtait désormais le regard. Et le boucher se serait-il glissé dans mon sillage, lorsque, ayant frôlé l'un des badauds qui n'avaient ni bougé ni cillé à mon approche, je poussai la porte, il aurait reconnu les carreaux blancs aux murs, le comptoir : un bloc de châtaignier au plateau creusé de dénivellations en plusieurs endroits, résultat des millions de coups de ces tranchoirs et hachoirs qui, remisés désormais chez lui, ne servaient sans doute plus qu'à débiter les années de sa jeunesse : tout cela eût continué à lui parler de sa vie, des ménagères aux ongles cassés qui ouvrent des réticules aussi fatigués qu'elles-mêmes, et, anxieuses de faire l'appoint, y plongent des doigts fureteurs comme des pattes de chat dans la sciure. Elles achètent surtout du pot-au-feu, car ses reliefs ont l'avantage de se manger en salade, le lendemain, la moelle de l'os bénéfique à la croissance des enfants — je savais cela aussi bien que le boucher. Cependant, l'odeur n'était plus la même, une pointe d'encens se mêlait à l'âcreté du tabac et de la sueur ; les murs étaient reblanchis, du parquet remplaçait le carrelage, des crocs en acier se transformaient en patères, et, en accord avec la description faite par Marthe, il y avait, à un mètre du comptoir que l'on avait vernissé, une longue table, dont on apercevait, par-dessus la tête des joueurs — tous de taille modeste, même l'unique Européen de l'assistance — le dessus recouvert d'une feutrine sur laquelle les dés étaient en train de rouler, lancés par un jeune homme blafard, maigre à faxer, en veste noire, un cordonnet noué à la place de la cravate. Il avait ramené aussitôt le cornet contre sa poitrine, l'air de regretter son geste. On s'était figé à mon entrée, on se retenait peut-être de respirer, mais on avait des yeux dans la nuque pour me scruter. J'avais été prévenu que je distinguerais peut-être, entre les jambes des assistants, sous la table, une assiette au creux rempli d'un rond de gingembre — un couteau fiché au centre — afin d'éloigner les mauvais esprits que n'aurait pas dissuadés, trônant sur un autel en bois vissé à mi-hauteur d'une paroi, ce dieu assis en tailleur, vieillard en tenue de mandarin, la bouche tordue par ses grimaces qui électrisaient jusqu'à ses moustaches. Le silence était si profond que l'on entendait remuer la cuillère dans la tasse de thé que consommait, à l'abri de la divinité et presque aussi vieux que celle-ci, un client assis sur ses talons, comme s'il rêvait encore au bord d'une rizière, et, peut-être, l'exilé y était-il encore en pensée. À mon retour, à l'aéroport de Roissy, n'avais-je pas été frappé par le nombre de chauffeurs de taxi asiatiques qui trompaient leur attente en tapant le carton, au deuxième sous-sol du parc de stationnement ? Selon Marthe, certains engageaient jusqu'à leur licence, achetée grâce à la solidarité du groupe ou de la famille, et se tuaient parfois quand ils avaient tout perdu. À la seconde même où une voix douce et sans accent lançait : « Bienvenue à vous, monsieur », les toussotements et les reniflements reprirent, des pieds remuèrent, des têtes oscillèrent de droite à gauche, à les croire libérées soudain de la raideur d'une minerve qui eût auparavant enserré le cou, les épaules. Le croupier recommença à agiter son cornet, sans un regard en direction de la femme dont le salut, depuis le seuil de l'arrière-salle, m'avait installé dans une sorte de bulle. Elle était grande, et portait, tout à son avantage, une tunique serrée à dessins mauves, fendue jusqu'à la cuisse sur des pantalons sombres — de la soie à en juger par le brillant. Ses cheveux d'un noir de laque étaient coupés très court, d'une façon que les filles du Kampala eussent naguère appréciée, et il émanait d'elle, qui devait tenir l'âge en échec depuis l'adolescence et avait la beauté particulière aux métisses que la vie en Occident semble avoir détypées juste assez pour que — peu importe le vêtement — on se pose encore la question de leurs origines, une impression d'autorité qui se combinait, sans en être amoindrie, à cette grâce d'enfant si nette lorsqu'à deux reprises, d'un mouvement du menton, elle m'invita à la rejoindre. Des pendentifs brillaient à ses oreilles, mais la main que je me retins de baiser — routine romaine — était dépourvue de bagues. La porte refermée derrière nous, elle me désigna l'un des escabeaux en vis-à-vis, près d'un comptoir identique à l'autre, qui réduisait la largeur de la pièce, où, en raison de l'éclairage d'un miroir entouré d'ampoules électriques et d'un attirail de maquillage digne du boudoir rouge de Maureen, on aurait cru l'une de ces loges de fortune que les comédiens en tournée improvisent dans les bâtiments qui n'ont pas été prévus pour abriter des spectacles. Refuserais-je une goutte de liqueur, par un temps qui n'était pas de nos climats, à nous deux ? Mon propre exotisme était-il si manifeste pour Mme Dao, qui, assise en face de moi, certaine de mon acceptation, pivota sur elle-même, allongea la main vers un tiroir, l'ouvrit, afin d'en retirer deux enveloppes plus qu'épaisses — dodues — qu'elle garda, le sourire aux lèvres, contre sa poitrine, comme le jeune homme son cornet lorsque le sort en était jeté, tant que je n'eus pas avalé une seconde gorgée de cet alcool aussi traître que la vodka et exprimé ma satisfaction par un clappement de langue. Je n'avais respiré auprès d'aucune femme pareil parfum, où perçait une note d'ambre, et qui, dans ce cagibi, s'alourdissait de seconde en seconde, après avoir eu la légèreté des fleurs d'oranger en octobre.

« Avec deux verres d'alcool de riz et une tranche de gingembre, un homme est, pour une femme, un homme toute la nuit, affirma Mme Dao de sa voix neutre. On le dit dans mon pays. Avez-vous goûté au gingembre ? Puis-je vous resservir ? »

Sur mon refus, dont l'embarras avait eu l'effet d'accentuer son sourire, Mme Dao, d'une torsion de poignet, comme si elle m'assenait un coup d'éventail en représailles mondaines d'une tentative de privauté, me frappa le dos de la main avec le tranchant des enveloppes. « Madame Sainte-Maure était d'accord sur le prix. Vous aussi, n'est-ce pas ? Voulez-vous vérifier ? Cette année, les affaires ne sont pas faciles, mais... » Si une explication devait suivre, elle la retint en son for intérieur, avec l'expression de qui a entendu une réprimande au lointain, et se ravise. Son regard, bien que pour un peu nos genoux se fussent frôlés, me traversait sans me voir plus que la bouteille de liqueur, ou l'une des armoires murales, et, néanmoins, la main de Mme Dao, comme étrangère à son corps, se posa soudain sur mon bras, les doigts prestes se refermèrent, et, d'un coup sec, fut sectionné le fil au bout duquel pendait un bouton d'une manche de mon manteau, que je n'avais pas retiré, et où je me préoccupais d'enfouir l'argent dans une poche. Son geste accompli sans qu'elle eût à incliner le buste, Mme Dao, qui continuait d'offrir une image rêveuse, rouvrit le tiroir et, avec une lenteur retrouvée, y puisa un objet que seule une languette à bouton-pression distinguait d'un portefeuille, diminuant la surprise de constater qu'il s'agissait d'un nécessaire à couture. Et se renouvelèrent, sans que je bronche, gagné par le calme et la simplicité de cette femme, qui semblait réfléchir à une tâche moins futile, les gestes de ma mère, quand elle choisissait dans une ancienne boîte à biscuits la bonne aiguille et le fil adapté à la couleur du tissu, les approchant ensuite le plus possible de ses yeux, qui distinguaient mal le trou par où le fil devait passer. Madame Dao, qui m'avait saisi le coude avec une fermeté de judoka qui eût cherché à me paralyser, m'obligea à poser l'avant-bras au creux de sa tunique, telle une infirmière au moment d'effectuer une prise de sang, et, convaincue de ma docilité, entreprit de recoudre le bouton, sans y apporter de hâte et avec autant de soin que Mme Neufchèze autrefois. Lorsque, pour en terminer, selon l'usage, elle eut tranché le fil avec les dents, on se serait imaginé qu'elle s'apprêtait à me mordre au poignet, par l'une de ces fantaisies que l'on a quelquefois au lit, afin de stimuler le réveil du désir. J'avais eu tout loisir d'examiner ses pendants d'oreilles de forme géométrique, des carrés bordés de diamants, une aigue-marine à l'intérieur — une minuscule poire, une larme verte — qui n'eussent pas déparé le lot de bijoux vendus par Marceau. Tout juste si l'on percevait un murmure dans la pièce d'à côté.

« Avez-vous une voiture ? » s'inquiéta Mme Dao, d'une voix où l'interrogation était à peine perceptible. Elle avait rangé le nécessaire avec des gestes de routine et, son regard enfin dans le mien, répondant par une lueur d'ironie à mes remerciements, ajoutait : « Doit-on vous raccompagner ? Ah ! vous aviez prévu ? Très bien. »

Avant de nous séparer au pied de l'autel du dieu en colère, dans la salle où personne, même les nouveaux venus, ne nous prêtait attention, sauf l'Européen, qui avait une expression de détresse, Mme Dao dit, presque sans remuer ses lèvres brillantes d'un fard incolore : « Nous aimons beaucoup madame Sainte-Maure », et, tout sourires, silencieuse, souple, s'en alla contourner la table de jeu pour passer un bras autour des épaules du vieillard qui avait bu le thé, et paraissait prêt à piquer du nez sur le tapis, où les dés cabriolaient. Sur le chemin du retour, le chauffeur recruté par Marthe, et qui regrettait le prochain départ de celle-ci, me confirma la passion de ses collègues asiatiques pour le jeu, outre ses conséquences dans leur vie. Elles étaient célèbres, dans la profession, les parties de poker à Roissy, connus les suicides qu'elles déterminaient chez les perdants, que minait, par-dessus le marché, le mal du pays. Et si ce n'étaient pas toujours des suicides, personne ne cherchait à comprendre.

Sur le lit, acheté en même temps qu'un bureau aux tiroirs sans clés et une couple de chaises, j'éparpillai le contenu des enveloppes de la Vietnamienne au parfum indéfini, comptant ensuite, l'index mouillé, les billets de cinq cents francs, qui se multipliaient à la vitesse des pains de l'Évangile, les uns neufs à craquer, les autres très usés, chaque liasse de vingt serrée par un ruban de papier. Le montant justifiait une escorte, et valait la peine que je réveille Marceau, le cas échéant, mais, d'après l'arrière-plan sonore que son propre silence à l'énoncé de la somme devait intensifier, Marceau regardait un film à la télévision, et, à en juger par la musique, on s'y acheminait vers la déclaration d'amour. Tant d'argent méritait, en toute circonstance, les violons, les exclamations, les effusions : « J'étais sûr que tu parviendrais à un résultat, mais, alors, si vite... Tu m'étonneras toujours. Et, mon père, qui traînait le même costume depuis qu'il était en retraite, est-ce qu'il n'aurait pas dû en profiter ? Tel que je le connais, il aura rangé ça avec les autres affaires de ma mère — leurs affaires. Les lettres, les photos. Dans le tas, j'ai trouvé aussi des tickets de métro, des tickets de l'époque où ils étaient poinçonnés à la main. Va savoir ce qu'ils représentaient pour lui... Mon père ne jetait jamais rien. C'était un conservateur, et les conservateurs sont irrémédiablement perdus par le choix des choses à conserver — tu te rappelles... »

Elle était identique à celle de monseigneur Van Acker, la courtoisie consistant à me prêter une érudition que je n'avais pas, une communauté de références. « Je crois, reprit Marceau, quand il eut renoncé à recevoir un signe de complicité, je crois que je vais ajouter du caviar dans les pommes de terre que je fais cuire à l'eau pour Léon chéri. On dîne ensemble demain soir ? On retourne aux Lanternes ? Je reprendrais bien du soufflé au chocolat. En un sens, ce sera encore celui de ma mère... »

J'avais des rendez-vous à honorer dans la journée, en vue de la reprise de mon travail, et aussi de la préparation de mon voyage à Amsterdam, qui aurait lieu le surlendemain — à deux jours près, ce n'était pas mentir beaucoup. Le plus simple était de me rendre chez Marceau afin de lui remettre cette somme, dont la dissimulation pendant vingt-quatre heures posait d'ailleurs un problème. Je m'en avisai, tout à coup. Depuis que mon appartement avait été retapé, bien des passes se promenaient encore dans les poches d'électriciens, de plombiers, de maçons, de concierges, qui risquaient — ne fût-ce que pour les restituer — de revenir sur les lieux. Dans la troupe qui s'était renouvelée en partie au gré des travaux, il n'y en avait que deux, le chef de chantier compris, à être des amis de Nanni à Vitry. Lorsque le fils de Maria Toselli descendait dans un hôtel dépourvu de coffre-fort, et qu'il avait, de plus, des raisons de s'imposer la discrétion aux yeux de tous, lui que son infirmité ne signalait que trop déjà, il utilisait, en guise de cachette, l'intérieur de la chasse d'eau des WC, qui, en général, est seulement à moitié remplie d'eau. Ce que l'on veut dissimuler pour la durée d'une absence dans la journée, on le fixe avec du ruban adhésif contre la paroi, à quelques centimètres du rebord.

« On apprend ça dans l'import-export, à Rome ? » s'étonna Marceau, lorsque je lui eus, à son tour, fourni la recette. Il en était à remuer les billets à pleines mains, et à les soulever par poignées, d'un air incrédule, dans l'espace qui nous séparait sur le divan, où nous étions assis, et, peut-être, faute d'alcool et de nourriture, on sentait plus de composition que d'élan dans ses mouvements de gaieté. Il était pâle en comparaison de la précédente fois, plus proche de son état civil qu'il ne l'avait jamais été, comme si un rien de l'usure de son peignoir blanc, dont l'écusson sur la poitrine portait le nom d'un palace, s'était communiqué à sa personne, où transparaissait un peu la lassitude du client de sauna qui, après une heure d'orgie, gagne la salle de repos, traînant la savate. L'ampleur des manches accusait la maigreur de ses bras. Sa fameuse mèche pendait le long d'une joue, parce qu'il ne s'était pas séché les cheveux en sortant de la douche. Pourquoi aurait-il cherché à faire illusion à un visiteur qui n'ignorait rien désormais de son état de santé ?

Soupçonnait-il que si important que fût le magot — il se penchait pour ramasser les billets tombés sur le tapis — ce magot provenait d'un intermédiaire tout à fait au courant de la difficulté d'écouler des bijoux, seraient-ils nantis d'un certificat d'origine, et qui avait ensuite à réaliser le bénéfice le plus élevé possible, lui-même n'étant pas un philanthrope ? Et il était reparti dans les reproches à son père, qui n'avait même pas sollicité une expertise ; encore heureux qu'il n'eût pas dissimulé les diamants dans une chasse d'eau. Il eût été capable de les y oublier à jamais. Marceau croyait sûrement que j'avais négocié avec un quelconque particulier. Marthe m'avait imposé de taire son rôle et celui de Mme Dao, mais non sa propre réapparition dans nos vies.

« Tu es allé la voir, dit Marceau, qui, la tête penchée, regarnissait nonchalamment les enveloppes. J'aurais dû penser à lui laisser un petit souvenir. Enfin, avec l'argent que j'ai, je vais réparer. Elle est toujours aussi élégante, Marthe ? Mon Dieu, ses tailleurs crème, je ne les ai jamais oubliés. En amour, elle était toujours sur la brèche — tu te souviens ? Une liaison après l'autre, et c'était chaque fois pour la vie. Quel tempérament... Ce qui me faisait souffrir lorsque je la regardais, c'était l'idée qu'elle se bandait les seins. Bien entendu, tu ne lui as rien dit en ce qui me concerne, ni mon chômage ni quoi que ce soit. Merci. Elle aussi je l'inviterai. Quel âge a-t-elle maintenant ? »

Je consultai la montre de poche qu'il m'avait offerte le premier soir après le dîner aux Lanternes, puisque l'emploi des cadeaux, en présence du donateur, touche plus que des remerciements — politesse que je tenais de Maureen.

« Tu es pressé ? interrogea Marceau, qui, les deux enveloppes à la main, se dirigeait vers la commode, bien trop jolie pour provenir de la vente aux enchères des meubles du Claridge, dans une contre-allée des Champs-Élysées, ce matin où les sabots des chevaux de la Garde républicaine produisaient sur la chaussée un bruit de cascade dans un sous-bois. Tu ne pars quand même pas demain aux aurores... Tu vas à Amsterdam pour des affaires ? J'ai oublié, excuse-moi.

— Des affaires, si l'on veut. Une au moins te concernera. À condition qu'elle te plaise. »

Il ne se retourna pas. Sa curiosité se traduisit par le ralentissement des efforts qu'il déployait afin d'ouvrir un tiroir à ce point rempli de linge que le jeu en était faussé.

« Comment ça ?

— J'ai là-bas un ami qui s'appelle Nanni. Je l'ai connu à Rome. Il est très sérieux », commençai-je, et ce ne fut pas long à dire, moins long, en tout cas, que le silence de Marceau, qui, vu de dos, évoquait par son peignoir un moine dominicain enveloppé de sa coule, et dont le regard s'était fixé sur la lithographie en face de lui sur le mur. Et celle-ci, comment ne l'avais-je pas remarquée plus tôt ? Elle était de Tony, à qui Marceau en avait acheté quelques-unes autrefois, non sans avoir beaucoup insisté et justifié, par sa façon d'en parler, qu'il n'effectuait pas seulement un geste d'amitié, mais admirait en connaissance de cause. Et de penser au sort des œuvres de l'infirme, tombées entre les mains de sa mère et de son frère, à leur dispersion par d'éventuels neveux, à ces voyages qu'elles accompliraient peut-être, de grenier en brocante, avant que de la valeur ne leur fût reconnue, de penser à cette nuit dont elles avaient une infime chance de sortir, et, où nous autres, avions toute chance d'y rester, m'éloigna tellement de cette chambre que j'en oubliai presque la proposition adressée à Marceau. Une seconde, je ne l'entendis pas, qui s'esclaffait, et le vis à peine qui, ayant fait volte-face, me contemplait avec une expression analogue à celle de Marthe lorsque je m'étais ouvert à elle de mon projet, en attendant un taxi, à proximité de La Reine blanche.

« Pour la qualité du dialogue, tu me prends un peu de court, dit-il, qui retrouvait son mouvement de tête pour rejeter en arrière la fameuse mèche, et dans le ton passait l'affectation coutumière, qui se moquait d'elle-même par une accentuation délibérée. Évidemment, j'imagine la tête de Touchard, qui nous amènera son Vincent — trop content tu parles. Mais il faudrait, si ça marche, que ta recrue sache un peu le français, pour la vraisemblance. Mes invités sont tout ce que je veux, tout, sauf stupides. Je refuse que tu dépenses de l'argent, ou alors tu te sers... »

Marceau me tendit l'enveloppe qu'il n'était pas parvenu à ranger dans le tiroir.

« Pas question, dis-je. C'est mon cadeau, et même moins que ça — un prêt pour quelques heures. La veille et le lendemain, au cas où ce serait trop cher, j'aurai toujours la possibilité de me payer sur la bête. » La réplique ne vint qu'après un petit rire : « À tes risques et périls. En ce moment, je ne conseillerais à personne de faire l'amour au petit bonheur la chance. Mais je pense que, là-bas, tout le monde a un carnet de santé à jour. À commencer par le fiancé que tu ramèneras. » Un œil à demi fermé par la malice, Marceau humectait du bout de la langue ses lèvres, qui avaient la sécheresse et la pâleur des lendemains de fièvre ; l'enveloppe de Mme Dao, il la tenait entre l'index et le majeur, aussi raides que des pincettes, et qui se chevauchaient. Sur ma lancée, accepterais-je de lui rendre un service ? Lorsque je serais dans la rue, jeter au passage un coup d'œil sur la niche de Léon. La nuit aggravait le froid, qui avait encore grossi la file d'attente des chômeurs et des clochards devant la maison de la paroisse. Si l'animal était encore à l'attache — impossible de le vérifier en se penchant par la fenêtre — que je le prévienne par téléphone ; à son tour, il appellerait le patron de ce restaurant où il comptait dès le lendemain récupérer, à midi, son rond de serviette, mais, les pommes de terre pour Léon, il continuerait de les faire cuire lui-même. Il reprendrait à son service la femme de ménage portugaise qu'il avait dû renvoyer et qui, par gentillesse, avait continué de s'occuper de son linge. Il l'en dédommagerait.

En somme, il y avait eu quelques îles sur mon chemin — celle où se trouvait La Reine blanche, la Tiberina, Capri et maintenant, dans une ville de canaux, cette gare qui empiétait sur le fleuve. Je sortis du hall, ma valise à la main — la valise sans rien, mais où il y a tout, que Maureen m'avait appris à faire en cinq minutes — notant, à gauche, les vélos par centaines, que nul n'éprouvait l'envie de voler, rangés sous les fenêtres du rez-de-chaussée comme après l'abandon général des coureurs de quelque tour d'Europe cycliste, et certains d'un modèle si ancien qu'ils incitaient à chercher une draisienne dans le lot. Au téléphone, Nanni, qui s'était excusé de ne pas m'accueillir lui-même à la gare, la nécessité de rencontrer des gens l'obligeant à faire un aller-retour à Londres en avion dans la même journée, m'avait annoncé qu'il dépêchait quelqu'un à ma rencontre ; et le point de ralliement serait le mât en haut duquel il y avait l'affiche d'une exposition, planté entre le quai et l'endroit où la voie des trams tourne vers le pont. Et, pour le cas où tant l'émissaire que le train seraient en retard, demeuraient à ma disposition deux de ses compatriotes qui vendaient beignets et sandwichs sur l'esplanade, à la hauteur de l'horloge — non pas l'horloge qui indique l'heure, mais l'autre qui signale la direction du vent. Et ses amis me confieraient alors à un chauffeur de taxi qui était de leurs relations. Il était bien de Nanni de se raccorder partout, très vite, à des réseaux d'influence ou d'amitié, quand il ne les créait pas lui-même : « Tu le remarqueras, j'en suis sûr », avait répondu Nanni à ma demande : comment son délégué était-il au physique ?

Même à Amsterdam, les jours avaient allongé. Les rayons de soleil, d'une pâleur d'aube, en ce début d'après-midi, transperçaient les nuages, aussi gris que l'eau du fleuve en contrebas, moins sale cependant que le Tibre. Garçons et filles, assis par terre, quelquefois adossés à des sacs de routard, et que, peut-être, j'avais déjà croisés le long des escaliers de la place d'Espagne — eux ou leurs pareils — levaient vers la lumière inespérée ces visages aux yeux mi-clos des baigneurs qui se dorent sur la plage. Sans doute écoutaient-ils aussi par la même occasion le groupe d'Indiens des Andes, courts sur pattes, à la tête de dieu aztèque, les épaules couvertes d'un poncho, qu'un tintement de grelots m'avait conduit à repérer dans la foule, au milieu du pont. Leur teint olivâtre ayant, sous l'effet du changement de climat et de la fatigue des baladins, viré au vert-de-gris, on les croyait détachés d'une fresque en bronze. À grand renfort de flûtes, de charancas, de tambourins et de mandolines en forme de luth, ils jouaient, avec une gravité de musiciens d'orchestre symphonique, une noblesse qui, à la lettre, les grandissait, un air d'une allégresse capable de renouveler le miracle de Lazare, et qui eût plongé dans les transes la clientèle du Minuit à la poursuite de sa jeunesse. Son harmonica à la bouche, un isolé, qui était le seul à entendre le son de son instrument, semblait aux prises avec un sandwich en acier où ses dents eussent cherché la faille. Trois filles, enveloppées de couvertures bariolées, et qui avaient encore l'âge des rassemblements de scouts, abattaient des cartes sur le macadam, entre les gamelles débordantes des reliefs de leur déjeuner. Le chauffeur était obligé de klaxonner pour que les promeneurs s'écartent de la voie, devant les trams rouges ou jaunes, dont la barre sur le toit provoquait, au contact des câbles électriques, les étincelles du briquet que l'on essaie d'allumer contre le vent. La plupart des wagons avaient les flancs couverts de tags, qui, à l'examen, s'avéraient l'imitation par les publicitaires des barbouillages et graffiti des couloirs du métro et des palissades en banlieue.

Les Italiens qui devaient me prendre en charge, si un contretemps se fût produit, on ne les aurait pas vus, on les eût flairés de loin ; leur caravane aux couleurs d'une tranche de cassate, que surmontaient de petits drapeaux de fête nationale, répandait les mêmes odeurs de miel, de sirop et d'amande que l'on respirait autour de la baraque tolérée en face de l'Hassler, et devant laquelle Mimi Vallica, malgré son diabète et son embonpoint, ne se retenait pas toujours de s'arrêter, quand elle avait remis ses sacs-poubelles au concierge de l'hôtel. Mais je n'eus pas à détourner de sa tâche l'homme à la moustache poivre et sel, guère plus grand que les musiciens de l'esplanade, et qui, à l'aide d'un pichet en métal, versait de la pâte presque liquide sur une plaque de réchaud à gaz d'un rougeoiement identique à celui de son teint et des briques de la façade néo-gothique de Central Station. Sous le soleil, déjà s'avançait en direction du mât, au pied duquel, depuis quelques minutes, les bras ballants, je battais la semelle, un grand gaillard, aux cheveux châtains ondulés et rejetés en arrière, qui sans manteau défiait le froid dans un costume marron de bonne coupe, fendu de chaque côté, qui lui faisait les épaules tombantes à la dernière mode, dont on eût cherché en vain l'équivalent dans la foule des jeans, anoraks, parkas, doudounes, fourrures acryliques et surplus de l'armée où les voyageurs embarrassés de leur barda se frayaient avec peine un chemin. Le jeune homme, plus proche de trente ans que de vingt-cinq, avait en hâte tiré sa haute silhouette d'une voiture maintenant accolée à un lot de bicyclettes sans roues, près de la rampe en surplomb du quai, au-delà de laquelle une flottille de bateaux-mouches à l'amarre tanguait doucement. On applaudissait les musiciens, qui avaient bissé le refrain, la gaieté qui n'était que dans leurs doigts leur était sans doute montée au cœur ; l'une des filles, là-bas, sans lâcher ses cartes d'une main, introduisait deux doigts de l'autre dans sa bouche pour siffler, style fin de concert de rock, lorsque l'émissaire de Nanni me tendit, en souriant, sa main, que j'hésitai à saisir parce que, avec la soudaineté d'une colique dont les élancements transpercent les entrailles, m'apparaissait et m'écrasait l'inguérissable misère d'un cœur qui, en dépit de l'accumulation des échecs, ne se déprend jamais tout à fait d'un certain type physique, et pour un peu, et même rien, recommencerait à espérer, sous le coup d'une poussée d'adrénaline. « Je suis Duncan », dit le jeune homme, qui eût, à sa seule apparition, obtenu un défilé dans une agence de mannequins sportswear. Mes réticences l'avaient déconcerté, atténuant son sourire d'homme qui n'avait probablement jamais inspiré à personne le mouvement de recul, et presque de répulsion, que j'avais eu, à moins que ce ne fût la peur qui empoignât l'animal à la vue d'une bétaillère en bordure du pré.

« Je suis Duncan », répéta-t-il, qui se penchait pour saisir la poignée de la valise, sans que, toutefois, son regard eût décroché du mien. Il était Duncan, et il était surtout légion. Il ressemblait à Élio et à l'Autrichien jusque dans la nuance du vert de ses yeux, où était passée comme une lueur d'incrédulité : se pouvait-il qu'un homme ou une femme résistât à son amabilité de vainqueur monté sur le podium ? Aussi élargissait-il son sourire avant d'ajouter : « Monsieur Toselli m'a envoyé. Je ne suis pas en avance. Excuse-moi. » Et ce tutoiement, imputable seulement à sa maladresse dans l'emploi du français, mais qui, en sa netteté, me frappait tel un pic à glace perçant dans la coque de la mémoire le trou par où s'écoulera l'irrattrapable flot des souvenirs, augmenta la nausée que j'eus de moi-même, à penser que j'étais pareil au nourrisson dont m'avait parlé monseigneur Van Acker, et qui, selon la science, aimerait la mayonnaise sa vie durant, parce que sa mère s'était gavée d'aïoli pendant la grossesse. Duncan, qui me précédait, la tête haute, avait recouvré son aisance d'abordée, et la sérénité d'un garçon satisfait du présent, malgré les contrariétés passagères. Il était évident qu'il avait du bonheur dans le caractère. Son manteau, pas moins coûteux que son complet, et qui s'étalait sur le siège arrière de la voiture, il le plia avec soin pour faire de la place à ma valise, et, une seconde, j'envisageai de m'asseoir à côté du bagage, afin de bien marquer la distance entre nous, en le réduisant au rôle de chauffeur, mais, à la réflexion, s'installer à l'avant, dans l'attitude de l'amateur qui sans gêne détaille la marchandise, me parut plus efficace. Et je n'avais jamais eu de difficulté à me rendre d'un commerce antipathique. Ce visage semblait avoir été dessiné au trait autant de fois qu'il avait été nécessaire jusqu'à l'obtention de cette beauté régulière à laquelle une chevelure aussi dense que si elle eût été sculptée, par son dégradé dans le châtain, presque terne, épargnait à la personne tout entière le couronnement du casque d'or qui eût été équivoque ou ostentatoire pour le genre masculin. Loin de s'agacer d'une évaluation qui ne se cachait pas, la favorisant même lorsque nous tressautions sur les rails du tram et que nos genoux se frôlaient, Duncan s'épanouissait. Tournait-il le volant apparaissait à son poignet, la manche se relevant, une montre qui, si elle n'était pas de la pacotille d'Extrême-Orient, eût mérité la vitrine du joaillier. Amsterdam était une place forte de la profession ; qui sait si les bijoux de Marceau, introduits dans le circuit par la Vietnamienne de Belleville, n'allaient pas atterrir ici ? Duncan garda son sourire vigoureux tout au long du trajet, qu'il allongeait suivant la recommandation de Nanni, qui était soucieux de me familiariser avec la ville dès mon arrivée. La voix du guide qui a le micro à la main, dans les cars de tourisme, eût-elle détaché les syllabes avec autant de soin, quand elle nommait monuments, églises, places et musées ? Nous venions de franchir un énième pont — celui-là en bois, qu'il avait dit être le plus ancien de tous, et en forme de pont-levis. Estimait-il, maintenant, que je l'avais, en mon for intérieur, déclaré bon pour le service que l'on attendait de lui ? Il me dédiait ce long regard appuyé de la vedette du film quand on lui allume sa cigarette, et que la lueur du briquet tremble et vacille dans ses prunelles. À ceci près que la vedette, en général,

374

témoigne de beaucoup de rouerie, alors que Duncan n'était que spontanéité, quand il se déclara heureux de passer bientôt quelques jours à Paris, où il n'était pas revenu depuis certaine excursion organisée par son université. J'éprouvais le même agacement qu'à la seconde où, le chéquier à la main, prêt à l'achat d'un cadeau imposé par les convenances, on s'avise que l'on dépense un argent que l'on eût refusé à son propre plaisir. Au dîner d'anniversaire de Marceau, Hervé Touchard exhiberait peut-être un élève de l'Institut national des sports, mais je savais, pour avoir serré celui-ci de près sur un tatami, que Duncan l'éclipsait sans conteste : il valait le voyage. Marceau serait comblé, pensais-je, peut-être parce que l'on offre à autrui ce qui, avant tout, plairait à soi-même. Et je repoussais le souvenir des frôlements dans la cabine du petit camion chargé de cageots de pêches, dont l'odeur, qui s'intensifiait à chaque ralentissement, m'avait rattrapé plus tard à Capri, sur le quai de la Marina Grande, à l'ombre d'une baraque où somnolait une vieille marchande de fruits, lorsque le conducteur me désigna, sur la rive opposée du canal ponctuée de bornes en fonte, les poutres à palans, sorties de l'arc plein cintre blanc à frise en haut de la fenêtre du dernier étage, qui se détachaient en noir, avec une apparence de gibet veuf de pendu, dans la façade couleur de sang séché. Comment monter les meubles par les escaliers, lorsque les maisons étaient à ce point étroites ? On les hissait à l'aide de cordes et de poulies — les cercueils aussi, quelquefois. On était grand aux Pays-Bas, et, à la fin, souvent gros, à cause de la bière. Duncan se rappelait que lorsqu'il était un enfant que sa mère amenait à l'école, d'une rive à l'autre, il avait vu le cercueil rompre la corde sous son poids, s'écraser tout droit sur le quai, son couvercle se desceller, s'ouvrir avec la violence d'une porte cédant à un coup d'épaule, et le mort en jaillir pour piquer une tête dans le canal, par-dessus une barque qui était à l'ancre. Duncan avait tant ri que sa mère lui avait flanqué une gifle, mais sans parvenir à le calmer, et dans le rire qui le reprenait, aujourd'hui au volant, vibrait encore beaucoup de l'espièglerie d'autrefois. À un feu rouge, qu'il avait respecté bien qu'il n'y eût ni passants, ni voitures, ni bicyclettes, il avait réclamé de raconter la chose en anglais, et, avant la fin de mon séjour, j'approuverais Nanni d'avoir en prison étudié cette langue. Ne paraissait-elle pas, à Amsterdam, d'un usage universel, comme si le néerlandais n'était plus que ce patois adapté uniquement à l'expression de l'intelligence courte et des sentiments réduits de la vie quotidienne ? Duncan qualifia d'historique le quartier que, grâce à ses détours, nous étions en train d'explorer de fond en comble ; il en avait prononcé le nom sans que je l'enregistre, mais bientôt, au cours de la soirée, Nanni me le répéterait à différentes reprises, aussi fier que si, à Rome, il eût emménagé aux Parioli.

Une escadrille de canards se livrait, sans perdre son flegme ni son cap, aux remous créés par la barque, qui peuplait le silence du canal d'un halètement de diesel et disparaissait sous l'arche du énième pont que nous allions franchir, aspirant dans son sillage le pédalo loué par deux amoureux, dont la tenue légère attestait leur foi dans le printemps, ou les antibiotiques contre la pneumonie. La vague fit danser la vedette aux boiseries de yacht amarrée au ponton devant l'hôtel, pavoisé comme pour un congrès, où j'avais retenu une chambre, afin de ne pas gêner

Nanni, qui avait décidé de se mettre en ménage avec une fille du pays. Tiraillé entre la Casa Maria et l'établissement où nous avions rendez-vous, et qui plus que le restaurant exigeait sa présence, les deux affaires en plein essor, il entendait être délivré au moins de la corvée d'aller chez le teinturier. Sa compagne, qu'il appréciait pour ses qualités de ménagère et la douceur de son caractère, ressemblait-elle, au physique, à l'institutrice qui lui avait rendu sa parole de fiancée, l'obligeant à rentrer chez lui un jour à l'avance, à monter dans ce train que moi-même j'aurais dû rater ? Il n'y avait peut-être d'amis que les amis que l'on se faisait en voyage, parce que ceux-là nous aimaient tels que nous étions. Johanna ne me serait pas présentée. Elle n'assisterait pas, le soir de mon arrivée, au dîner pour lequel, en mon honneur, Nanni devait réunir plusieurs de ses amis à la Casa Maria. Bien qu'il eût les moyens de payer le loyer que l'on voulait, Nanni n'avait pas encore réussi à dénicher dans le centre-ville un appartement où il eût eu plaisir à pratiquer l'hospitalité et, d'abord, à recevoir sa mère, avant que celle-ci eût à craindre la fatigue des voyages. Il comptait, pour la saison suivante ou la fin de l'année, si la propriétaire tardait à mourir de son cancer, sur un ancien dépôt de dimensions raisonnables, qu'il reviendrait à l'équipe de Vitry de transformer en habitation.

Duncan attendit au volant que j'eusse rempli ma fiche et déposé ma valise dans une chambre située au bout d'un tunnel vitré traversant cours et jardins intérieurs, et je constaterais, une fois encore, que le changement de latitude se mesure à pisser dans le lavabo : en aucun pays, il n'est à la même hauteur. Il n'était pas loin du Commodore, où Marceau eût enrichi sa collection de peignoirs de bain, l'établissement que Nanni n'avait jamais nommé autrement que le club. On n'avait plus qu'à longer quelques blocs au bord du canal, que le dernier rayon de soleil moirait de reflets d'huître, et à tourner dans une ruelle à droite, où de l'alignement des maisons basses se détachait une volée de marches parties des pavés de la chaussée, et bordées d'une rampe. Si on ne les gravissait pas jusqu'à toucher du nez ou quasiment — du moins quand on était myope — la porte d'un bleu sombre que le vernis égayait, on confondait avec celle d'un cabinet de médecin la plaque de cuivre vissée dans l'un des montants. On y lisait, en français : « Entre nous », suivi de *House boy*, et de l'indication des temps d'ouverture qui, s'ils étaient respectés, imposaient presque les trois-huit de l'usine. L'immeuble, dépourvu de façade arrière, n'a que deux étages, et les deux fenêtres, à l'entresol, touchent presque le chambranle. Des mouettes criaillaient au ras des toits, en réponse à ce carillon qui, à tous les clochers de la ville, prélude à la sonnerie des heures, et qui, maintenant, de toutes les fines aiguilles de ses notes, paraissait avoir excité le froid. De la lumière filtrait entre les lamelles des stores, qui empêchaient de plonger la vue à l'intérieur de cet entresol qui avait une entrée d'appartement bourgeois. Son manteau sur les épaules, Duncan tourna la poignée, s'effaçant dans une demi-révérence et, à peine avais-je senti, sous le pied, le moelleux de la moquette, et capté quelques notes de l'une de ces mélodies pour aéroport et ascenseur, jouées comme si le pianiste avait ajouté une épaisseur supplémentaire de feutrine à son marteau, que déjà, derrière la masse en bois blond d'un comptoir, le dos tourné à la machine à café, un

378

barman, aux rondeurs mal contenues par une veste bordeaux, levait en l'air le tisonnier dont il venait sans doute de se servir, accréditant l'idée que la lumière, dans la pièce, provenait seulement des flammes de l'âtre et de lueurs de chandelles. Le bar semblait conçu par un décorateur à bout d'imagination — sinon de moyens et de matériaux — et ces arpèges, jaillis sous les doigts du musicien de la famille qui s'exerce quelque part à l'étage. Ne se serait-il pas écrié en italien : « Je suis Fulvio » — cette façon de se présenter était-elle particulière à Amsterdam ? — ajoutant aussitôt : « Comment va la vie, à Rome ? » on eût deviné sa nationalité, sans même le secours de petits drapeaux qui semblaient nécessaires aux marchands de beignets, à Central Station. « Nous nous connaissons », affirma-t-il, la main tendue au-dessus de la manette de la bière à pression ; son accent était celui de Trastevere et de Testaccio, qui alourdirait de sous-entendus obscènes jusqu'à la lecture du bulletin de la météo par temps calme. Il affirmait que nous nous étions rencontrés, naguère, dans le bistrot de Maria Toselli ; soit, puisque cela lui faisait tellement plaisir. Non sans une désinvolture de frère aîné, Duncan assenait une tape dans le dos aux trois garçons juchés sur les tabourets du comptoir, avant d'en saluer deux autres, qui, dans la salle, bavardaient en anglais, autour d'un guéridon, avec des hommes qui étaient sûrement des clients, si l'Entre nous ne prévoyait pas aussi la satisfaction des gérontophiles. Duncan, les bras chargés de son manteau et du mien, se dirigea vers la porte du fond ; on l'entendit téléphoner dans la pièce voisine. Presque hilare, quoique silencieux, Fulvio me laissait examiner à loisir les appliques, qui, autour de leur collerette, révélaient en douceur l'exacte nuance du bleu de la tapisserie, à motifs en relief, ton sur ton, semant de reflets les moulures de la boiserie, l'encadrement de copies d'anciennes gravures, et un nu masculin en majesté qui était d'une décence de musée. Le bar, que j'avais entrevu au rez-de-chaussée de mon hôtel, était-il plus agréable, mieux agencé et meublé ? L'observation ravit Fulvio, qui attendait un compliment pour reprendre la préparation de l'irish coffee qu'il m'avait proposé, sûr et certain d'en avoir affiné la recette. En quoi ? Il me défiait de le définir, sa silhouette démultipliée dans les nickels de la machine à café qu'il actionnait, et où se déformaient les visages de mes voisins, qui me scrutaient à la dérobée. Ils avaient l'air de fils de famille qui s'ennuient en vacances, à l'affût de n'importe quel dérivatif dans l'attente de leurs parents pour passer à table. Chacun d'eux était si représentatif de son genre que l'on devinait à quel goût, quel rêve il correspondait. Il y avait le Nordique blond paille et bronzé lampe, les traits allongés et fins, le teint rehaussé par le pull de laine à grosses côtes qui lui descendait jusqu'aux genoux ; il croisait et décroisait sans cesse ses doigts devant lui, la figure quelquefois tendue par l'effort de réprimer un bâillement. L'étudiant sage dépliait un journal de telle sorte que j'en lisais le titre, *De Gay Krant*. Le cadet espérait trop d'une crispation de mâchoires et de son blouson de cuir, copie conforme de celui que j'avais autrefois endossé pour visiter Georges Bartemont. Mais le vêtement qui avait achevé de me prolétariser et de durcir ma physionomie ne parvenait pas à diminuer l'expression de gentillesse que le garçon avait en commun avec ses camarades et nuisait à la vraisemblance du personnage de petit dur qu'on lui réservait sans doute dans la comédie de l'amour mercenaire. Au bar d'un palace, il y aurait eu peut-être un téléviseur identique à l'appareil posé sur une petite commode, le son coupé, mais l'écran n'eût pas proposé la scène de possession d'un garçon par son partenaire — scène qui n'intéressait pas les consommateurs, et Fulvio moins encore ; possession qui se devinait plus qu'on ne la voyait, l'image en noir et blanc arrêtée à la cambrure des reins. Le corps à corps suggérait, à la longue, les efforts de deux frères siamois qui eussent cherché à se séparer de leur propre initiative, et sans cesse ramenés l'un à l'autre par la réalité douloureuse, ou exquise, des chairs soudées. Et, quel qu'il fût, parce que la pellicule privée de couleurs sautillait sans arrêt, tremblait, se zébrait d'éclairs, le sujet se fondait jusqu'à s'abolir, dans une innocence de film muet qui n'aidait pas à identifier d'emblée la nature du liquide tombé, soudain, en larges gouttes de pluie annonciatrices de l'orage, sur une figure que le bonheur avait surprise avant de la distordre.

« Mieux vaut faire que regarder, et, d'abord, goûtez-moi ça », dit Fulvio, en déposant dans une soucoupe un grand verre surmonté d'un dôme de crème ; je lui fis signe d'offrir une tournée aux garçons qui se morfondaient au comptoir. Leurs remerciements n'eurent pas de destinataire précis. Aucun d'eux ne commanda d'alcool. Le cadet buvait du lait. Un sourire étirait leurs lèvres à tous, il indiquait leur disponibilité à l'égard du visiteur, sans que, pour l'instant, ils voulussent aller plus loin, la familiarité nuancée de respect avec laquelle Fulvio me traitait et, auparavant, l'empressement de Duncan leur inspirant sans doute la crainte de commettre un impair. Le blond paille m'observait cependant par-dessus le bord de son verre de jus d'orange, qu'il tenait avec délicatesse, comme si, à tout hasard, il avançait sa candidature, et, par le raffinement même de ses gestes, promettait. Dans son pull blanc, trop large et trop long pour lui, il avait un peu d'une adolescente surprise en chemise de nuit, au saut du lit, où beaucoup d'adultes eussent souhaité la ramener. Il pivota sur son tabouret ; de nouveau, on percevait la musique d'ascenseur en fond sonore. Autour du guéridon, ses cothurnes n'avaient plus les rires qui les secouaient tout à l'heure, qui n'étaient certes pas des rires féminins, mais que traversait néanmoins la suffisance des vainqueurs par essence au jeu de la séduction. Penchés en avant, comme au chevet d'un moribond qui va livrer la combinaison du coffre-fort, ils guettaient les paroles que murmurait un vieillard maigre, de grande allure, le nez en bec d'aigle, ses mains de pianiste tavelées de son crispées sur les accoudoirs de son fauteuil en rotin. Il était devenu tout brun avec le temps, tel le rapace dont il reproduisait aussi la plaque rousse au sommet de la tête, où montée de l'occiput la mousse des cheveux qui s'y étalait pareille, en sa blancheur et en son mouvement, à la vaguelette que la mer envoie jouer à la lisière des rochers. Il lui manquait, autour du cou, la fraise des portraits espagnols. La lumière d'une applique l'isolait du groupe, tel l'éclairage d'un projecteur distingue de la troupe le roi de théâtre qui s'apprête à briller dans une suite d'aveux, et à remuer le cœur du public, qui, déjà, retient son souffle. On devinait du respect dans l'attitude de ses compagnons aussi bien habillés que lui, et que j'étais enclin à juger encore jeunes, parce qu'ils avaient mon âge. Et ce respect, quelle supériorité l'inspirait ? L'intelligence ? La fortune ? Le prestige social ? Tout cela à la fois, chez le même individu, qui, en raison d'un dessèchement respectueux de l'harmonie naturelle des traits le spiritualisant autant qu'un religieux au bout d'une vie de jeûne et de méditation, serait de ceux qui, jusqu'à leur mise en bière, donnent à imaginer la beauté qu'ils ont eue. Mais que fabriquait donc Duncan, depuis qu'il ne téléphonait plus ?

À Fulvio, qui s'apprêtait à triompher, je lançai : « Cannelle et citron », à l'instant où Duncan refermait derrière lui la porte du fond, où, sur le seuil, se détachait, à contre-jour, la silhouette massive de Nanni, qui, aussitôt qu'il m'aperçut, leva l'index et le majeur, les autres doigts repliés ; il parodiait la menace d'un revolver pour que je ne bouge pas du comptoir. J'attendis qu'il vînt me serrer, de son bras valide, contre sa poitrine, comme si nous étions des coéquipiers dans une partie difficile, et que j'eusse marqué un but au bénéfice de notre camp. Le col relevé de son imperméable, qui frôla ma joue, avait l'empesage du tissu neuf. Sans lâcher prise, ses doigts obstinés à me pétrir l'épaule, il m'éloigna de lui de manière à faciliter une inspection mutuelle. Le sourire qui élargissait son visage, faisant, en quelque sorte, double emploi avec l'expression d'ironie que ses pommettes hautes lui conféraient en permanence, creusait également, au coin des yeux, des rides, dont je n'avais pas gardé le souvenir.

« Franchement, est-ce que je n'ai pas trop grossi ? » interrogea-t-il. Il avait surtout grisonné ; il lui était venu à la tempe une mèche similaire, à la longueur près, à celle que Maureen avait eu la coquetterie de ne jamais teindre. Sa figure en était adoucie d'autant par une flambée de jeunesse, et, cependant, j'eus d'emblée une impression que rien par la suite n'entamerait : il s'était produit en lui, qui pourtant avait connu Regina Cœli et la prison d'Arezzo, comme un durcissement d'homme qui revient de la guerre. Et sans doute étais-je préparé à le formuler ainsi du fait de la coupe militaire de son imperméable, de la brièveté de ses questions au barman, qui demeuraient elliptiques même si l'on comprenait le dialecte romain, et de l'autorité avec laquelle, ensuite, il s'empara de mon verre, marquant une pause devant la cheminée aux jambages en marbre noir où s'éteignaient les bûches, sans un mot et pas même un battement de paupières pour Duncan, dont le retour dans la salle, le sourire aux lèvres, avait interrompu les susurrements du vieillard, peut-être tiré de son rêve par un autre, curieux du trio qui se formait.

Pourtant Duncan était à louer comme les autres ; ne l'avait-il pas eu ? Duncan avait-il un contrat qui lui permettait de refuser ? À peine étions-nous entrés dans la pièce d'à côté qu'éclataient le grincement du pare-feu que l'on replie et le crépitement de planchettes jetées en vrac aux flammes. Mon chauffeur, qui avait choisi de se taire, alla s'adosser au comptoir, qui, avec ses casiers en bois où pendaient des clés, quand ils ne contenaient pas des boîtes en provenance de la pharmacie — du moins le croyait-on, à trois mètres — eût eu sa place dans une pension fréquentée par des habitués qui en apprécient le confort autant que la sérénité de l'atmosphère due au nombre restreint de chambres. Le meuble se trouvait dans le prolongement d'un escalier si raide que l'on apercevait seulement les premières marches, et encore avais-je dû m'enfoncer au creux de l'un de ces fauteuils en cuir qui ont l'aspect d'un hippopotame abandonné à la sieste au milieu du marigot, tandis que Nanni lançait, sur un divan, son imperméable roulé en boule, pour s'installer derrière le bureau, qui eût convenu à toute profession libérale. Porte-crayons, porte-lettres, modules aux rayons en bois, sous-main en buvard rouge, vide-poches, plumier d'écolier dénotaient la méticulosité dans le rangement. On devinait que de sa main valide, par crainte de casser le pli de son pantalon, Nanni avait accompli le geste exactement inverse de celui d'une femme lorsque, une fois assise, elle tire sur sa jupe. Combien coûtait un costume trois-pièces à rayures tennis, auquel le vieux tailleur de la via dell'Affogalasino, dernier bénéfice de l'amitié de monseigneur Van Acker, n'eût pas apporté une retouche, le revers du col entre le pouce et l'index pour évaluer la qualité de la flanelle, le regard toujours vif au-dessus de ses lunettes sans monture, l'œil gris comme le morceau de craie qui servait aux mesures, et sa politesse à l'étouffée, toute de grâces et de compliments retenus, contractée à la fréquentation des ecclésiastiques, et que le non moins vieux Georges — j'y songeais tout à coup — restituait assez bien ? L'élégance de la mise élevait même Nanni au-dessus du prétendant ulcéré du refus de sa fiancée, et s'en retournant chez lui sur son trente et un, qui, dans le couloir du Milan-Rome, au moment où crevait l'orage, m'avait, tout à trac, adressé de mélancoliques remarques au sujet des lumières de la banlieue qui défilaient devant nous. Et, par la suite, restions-nous ensemble une journée, plus jamais nous n'aurions une conversation aussi longue que la première, lorsque nous ne savions rien l'un de l'autre.

Dans une figure qui s'était épanouie subsistait, et s'en trouvait solennisée par l'empâtement, l'expression que je connaissais bien. Elle signifiait que les trois quarts des paroles sont inutiles, que suffisent au principal mimiques, regards et gestes analogues à celui qui avait consisté à rapprocher de mon fauteuil la table basse afin que j'eusse à portée de la main le verre d'irish coffee que Nanni avait posé au bord du plateau avec tant de précautions. Il poussait maintenant dans ma direction le coffret de cigarettes, me laissant, à l'instar de Fulvio, inspecter la pièce, qu'éclairaient seulement la lampe sur le bureau et l'applique au-dessus des casiers. À côté d'un plan de la ville, punaisé de rouge comme une carte d'état-major pendant que se déroulait la bataille, ce portrait d'un cuirassier à moustaches, qui avait le flou des agrandissements, ne pouvait être que celui du grand-père, si haut de taille qu'on l'avait enrôlé d'office dans ce régiment, toujours stationné à Urbino, où sont uniquement admis les conscrits et volontaires de plus d'un mètre quatre-vingts. Et c'était aux dernières métastases que la filière du cent douze aboutissant à un hôpital de la banlieue parisienne avait pris en charge le vieil homme.

« Bois, puisque c'est encore chaud, disait son petit-fils. Comment va ton ami en ce moment ? Pas de rechute ? Il sera d'attaque pour son anniversaire ? » Et ce fut comme si de s'être inquiété de la santé de Marceau l'avait amené à découvrir la présence de Duncan, qui, du coup, afficha son sourire pareil à celui de la personnalité habituée à être photographiée à l'improviste s'efforçant et à la modestie et à la gentillesse qui lui feront pardonner ses privilèges, et, son sourire, le jeune homme le prolongea d'autant plus volontiers qu'il distinguait son prénom dans les phrases en italien, et le devinait accompagné de compliments : « Duncan, c'est ce que j'ai de mieux dans le style classique. Ce matin encore, on m'a parlé de lui, à Londres. S'il avait voulu, il se serait casé depuis longtemps, parce que les vieux ne le dégoûtent pas. Il est très sollicité. Il travaille principalement en tant qu'escorte. Ici, il ne vient presque jamais. Il n'est même plus là-dedans, puisqu'il a ses habitués. »

Nanni tira vers lui l'album qui par deux côtés épousait le bord du meuble, l'ouvrit et le retourna pour le placer ensuite à côté du coffret où je venais de puiser une cigarette. J'en feuilletai les pages. Chacune proposait, sous un voile de plastique, trois photos du même garçon, la moins chaste le montrant en maillot, toutes photos ayant attrapé la seconde où l'idée que la jeunesse s'achèvera est inconcevable : « Cherche toi-même. Après tout, qu'est-ce que j'en sais des goûts de ton ami ? Moi, j'ai essayé de t'arranger un couple qui soit assorti pour une soirée, qu'il n'y ait pas trop d'écart dans l'éducation, si ton ami est ce que tu dis. Duncan se débrouille en français, et c'est un comédien accompli — il s'adapte à n'importe quel milieu. »

Et comme mes yeux traînaient sur un Noir magnifique, dont le sourire rivalisait avec celui de Duncan, et qui, dans la pose du culturiste sur le podium, les deux mains dans le dos, pour mettre en branle les câbles d'acier de sa musculature, paraissait de bon cœur se moquer de lui-même — on l'entendait presque s'esclaffer en écho aux paroles de Nanni : « Ton ami n'a quand même pas, en plus, la *chocolate fever*, c'est comme ça que les Américains l'appellent. Justement, Jonathan, je le propose aux Américains, lorsque je veux me débarrasser d'eux. Je déteste ces types — ils se croient tout autorisé, et ils sont brutaux avec mes garçons. Si j'avais la permission de te dire qui sont les types que tu as vus dans la salle, tu comprendrais ce que c'est — la classe. Crois-moi, avec Duncan, nous sommes tombés sur le bon numéro. Alors, je n'ai pas insisté quand il a maintenu son prix. Mais, naturellement, pour ce prix-là, il sera aussi à ta disposition — donnant donnant. Duncan ne fait de cadeau à personne. Pas de sentiment avec lui. Je te connais et je le connais. Un vrai Hollandais... Mais on ne va pas lui payer trois jours à Paris uniquement pour un dîner et du tourisme. »

N'était-ce pas, soudain, le ton de l'homme qui verse l'argument décisif à l'appui de sa thèse, persuadé qu'elle balaiera les réticences de son interlocuteur ? « Duncan est le fils d'un architecte. Son père l'a casé dans ses bureaux. Pour vivre, il n'a pas que le métier qu'il fait ici. »

Le menton levé, Nanni pinça le revers de son veston entre le pouce et l'index ; il tira dessus, l'œil fixé sur mon chauffeur, qui, aussitôt, se détacha du comptoir devant lequel il séchait sur pied sans perdre son sourire. Il avait déjà dénoué sa cravate, quand on frappa à la porte obtenant de Nanni un grognement d'approbation. Entra en coup de vent un jeune homme qui avait un casque de motard sous le bras, et des moufles aussi épaisses que les gants utilisés par les ménagères pour saisir les plats à l'intérieur du four. Il se dirigea vers l'escalier, indifférent au manège de Duncan, qui, après avoir drapé de son veston le fauteuil en face du mien, et, à la manière des femmes, ôté ses mocassins pointe contre talon, commençait à déboutonner sa chemise, le sourire aux lèvres. Si discrète qu'elle fût, sa mine de triomphe me donna un pincement au cœur, et, ensuite, plus forte encore, l'envie de l'humilier au physique, le jour venu. Non sans ralentir ses mouvements, il retirait son tricot de corps, révélant un torse imberbe, lorsque, revêtu d'un uniforme identique à celui de Fulvio, aux épaulettes près, le motocycliste descendit les marches aussi vite qu'il les avait grimpées, et retraversa la pièce sans plus de curiosité au retour qu'à l'aller pour un effeuillage masculin. Se méprenait-il sur la signification de mon geste — j'avais levé la main, prêt à la plonger de nouveau dans le coffret à cigarettes ? Du coin des lèvres, Nanni prononça quelques mots en néerlandais dont la traduction était inutile, dès lors que Duncan réintroduisait comme à regret, dans la boucle, l'extrémité de la ceinture de son pantalon.

« Avoue qu'il n'est pas mal », dit Nanni. Un coude sur le bureau, n'ayant pas encore rabattu le couvercle de son briquet-tempête, dont la flamme à la hauteur du menton éclairait par-dessous les yeux enfoncés dans les orbites, Nanni ressemblait à l'explorateur du souterrain qui s'aide d'une flamme supplémentaire afin de scruter encore pour son plaisir la trouvaille qu'il soumet à l'admiration d'un amateur. Tandis que le jeune homme, qui avait cherché dans son regard la permission de s'en aller, se rhabillait en vitesse, je suggérai de téléphoner sur-le-champ à Maria Toselli, et Nanni eut aussitôt une expression de contentement que Duncan crut avoir inspirée. Qu'importait si je n'étais pas encore allé à la Casa Maria, tous les restaurants italiens du monde, qui ont une quinzaine de tables et quatre employés, étaient interchangeables, et d'ailleurs Maria Toselli avait fait développer les négatifs des photos prises dans l'établissement le jour de l'inauguration.

La communication fournit d'abord la rumeur d'un bistrot romain à l'heure de l'apéritif. Ensuite, je m'entretins avec Maria Toselli, qui avait commandé aux clients de baisser le ton, le sien étant sans réplique, de telle sorte qu'elle s'imaginât que je l'appelais de ma chambre d'hôtel, hors de la présence de son fils, et celui-ci soufflait, avec gêne, de la fumée au plafond, quand il comprenait, à travers mes réponses, que sa mère lui tressait des couronnes, ou me chargeait des recommandations dont on accable l'aîné à propos du cadet qui est confié à sa garde. Il y avait encore une personne qui regardait un imminent quadragénaire comme un gamin et l'incitait à bien se couvrir en hiver, à ne pas abuser du tabac et à se chercher sur place un bon médecin de famille qui ne minute pas sa consultation. Quelquefois, je reprenais mes phrases, afin que Nanni eût le temps soit de me souffler le renseignement réclamé, soit de tracer un chiffre au stylo à bille sur le buvard du sous-main. Combien de couverts étaient servis chaque jour, en moyenne ? Nanni s'approvisionnait-il sans interruption chez le même grossiste ? Veillait-il bien à peser la marchandise après toute livraison ? On cédait à la routine, on relâchait la surveillance, et l'on était roulé ; l'ancienne vendeuse de Campo dei Fiori resurgissait. À peine mentionna-t-elle l'Entre nous, qu'elle semblait assimiler à l'une de ces discothèques comme il s'en ouvrait dans son quartier, et dont les voitures tape-à-l'œil des clients envahissaient jusqu'à l'aube la place de Santa-Maria-in-Trastevere, Armando, qui s'était improvisé gardien, délivrant des billets de stationnement fabriqués et numérotés par ses soins à l'aide d'un tampon en caoutchouc. Je priai Maria Toselli de lui transmettre mon salut, et, afin qu'il m'identifie plus vite, d'invoquer, le cas échéant, Maureen, dont il était quelquefois l'homme de peine. Maria Toselli m'avait-elle entendu ? Elle confessait de l'inquiétude, parce que deux affaires à conduire de front, c'était beaucoup pour un célibataire. Nanni eût été sage de fonder à présent un foyer, et moi, si j'avais quelque influence sur lui, que je le dissuade d'épouser une étrangère. Maria Toselli cita le proverbe selon lequel les femmes et les bœufs, on ne se les procure en toute confiance que dans son propre pays. Elle réservait pour la fin la bonne nouvelle sous le sceau du secret, et Nanni, qui la devina aux premiers mots, faillit détruire la fiction d'un téléphonage sans témoin ; ne me serais-je pas enfoncé dans le fauteuil, il m'eût arraché le combiné : le bistrot de Trastevere avait un acquéreur, l'encaissement d'un chèque, pour le dessous-de-table autorisant à le croire. Rien n'empêcherait plus Maria Toselli de voyager, et, après avoir rendu visite à son fils, elle ne manquerait pas de s'arrêter à Paris pour me voir, mais silence sur cela et le reste jusqu'à la signature de l'acte de vente : on avait souvent de fausses joies dans la vie. À Rome, je serais toujours le bienvenu, sa maison était la mienne. En attendant, elle m'embrassait. Au mois de juillet prochain, elle retournerait dans son village pour la cueillette des pêches.

« Tu portes chance, observa Nanni. Tu permets que j'en profite ? Mais d'abord que je t'explique de quoi il s'agit. Si ça marche, je rembourse plus tôt que prévu l'emprunt de ma société à la banque, quand elle sera en retraite. Tu sais bien ce qu'elle a fait pour moi, lorsque j'étais à Arezzo... Mes associés n'ont aucune initiative. » Une seconde, le ton s'était durci, nuancé de mépris.

De cette manière qui persuadait que, sa main gauche, il l'avait enfouie dans la poche pour tâter en permanence quelque amulette ou gri-gri, Nanni tendit la droite vers l'un des porte-lettres, qui débordaient d'imprimés assez proches, par l'aspect, des tracts imposés aux badauds lorsque les manifestants occupent la chaussée. Ils étaient à l'en-tête de l'Entre nous, je l'avais déchiffré à l'envers pendant que j'écoutais Maria Toselli. Sans se décider à me le confier, Nanni le gardait, l'agitait comme pour hâter le séchage de l'encre, l'un de ceux qu'il déclarait rédigés en français. Il avait à me dire, au préalable, qu'il déployait tous ses efforts afin d'élargir sa clientèle internationale, une campagne de publicité dans ce sens l'occupait, qui doublerait les placards et annonces que, aussi régulier que ses collègues, il insérait dans divers journaux, tant aux Pays-Bas qu'à l'étranger, où il avait recours à des publications spécialisées. Des notices en plusieurs langues étaient prêtes, que l'on distribuait depuis quelques semaines en ville, par l'intermédiaire des portiers d'hôtel, qui, en général, ne se trompaient jamais de destinataire. Nanni, qui avait acheté un listing de noms sûrs, projetait d'expédier des documents par la poste, sous pli neutre, mais, avant d'en assurer le tirage sur un papier plus luxueux que celui-là, il tenait à soumettre le libellé à des personnes capables de corriger les fautes d'orthographe ou de syntaxe — et les éventuelles coquilles. Même pour l'italien, il ne s'était pas dispensé de la précaution, il avait sollicité l'avis d'un professeur qui enseignait cette langue à l'université, un type très bien, qui, à deux reprises, avait emmené chez lui Duncan, en qualité d'escorte, pendant une semaine. Pour l'anglais, l'allemand et l'espagnol, des compétences s'étaient également prononcées ; en ce qui concerne le français, suffisait-il d'une relecture par un Néerlandais dont la mère était née dans les Flandres ? Il ne serait pas mauvais que j'y jette un coup d'œil à mon tour, et cela dès maintenant, puisque ce soir il y aurait la fête à la Casa Maria. Et Nanni était attendu, le lendemain matin, de bonne heure, à l'imprimerie, avec l'auteur de la maquette, qui avait également dessiné un logo pour l'établissement.

« Installe-toi à ma place, tu seras mieux que dans le fauteuil, dit-il, qui avait entre ses dents décapuchonné un stylo à bille. Écris en grosses lettres, si tu dois corriger. Moi, j'ai quelques petites choses à régler avec Fulvio. J'en ai pour cinq minutes. Qu'est-ce que tu aimerais boire ? Un cognac ? Tu n'aurais pas envie de prendre une douche ? Ça vous abrutit toujours les voyages en train. Mais, en chemin de fer, on peut faire de bonnes rencontres », conclut-il, sans me regarder, la main déjà sur la poignée de la porte. Et puis, avant de refermer celle-ci derrière lui, très vite, presque dans un souffle : « J'ai acheté à ma mère la petite plantation de pêchers où elle allait travailler quand elle était jeune. »

Il était sans doute inévitable de penser, par association d'idées, à la besogne de nègre que Marceau accomplissait naguère au profit du vieux Georges, quoique ni le talent ni l'imagination combinés au don du pastiche ne fussent nécessaires à l'amélioration des tournures défectueuses qui avaient eu l'aval du premier lecteur de ce dépliant ; un candidat au certificat d'études les eût décelées. Un instant, je m'arrêtai à la phrase : « Nous vous proposons le meilleur service de sexe de toute l'Europe », avant de suggérer la variante : « qui soit en Europe ». Trois

393

cent soixante-cinq jours par an, Entre nous louait des chambres qui étaient qualifiées de luxueuses, acceptait toutes les devises et toutes les cartes de crédit. L'emploi de celles-ci déterminant une augmentation du prix de l'heure, soit deux cent vingt florins au lieu de deux cent, le dépassement également applicable, pour un identique mode de paiement, aux nuits complètes et au déplacement des escortes hors des frontières, pour lequel le versement d'une provision était demandé. Salle de bains, douche, vidéo, préservatifs, draps et serviettes étaient inclus dans le prix. Que retrancher à l'invitation : « Venez libérer votre fantaisie ou venez simplement boire une bière avec l'un de nos garçons de charme, qui auront toujours plaisir à vous accueillir » ?

Sauf à rétablir cédille et accents divers, il n'y avait pas à modifier : « Tous nos garçons sont contrôlés chaque mois par les médecins, ils n'utilisent pas de drogues. Les garçons des escortes, que vous aurez choisis dans l'album, et qui ne sont pas visibles dans l'établissement, se rendent comme les autres en toute discrétion à votre hôtel, sans engagement de votre part. Ils vous feront honneur devant vos amis. » À en juger d'après les pensionnaires à qui j'avais payé une consommation, et surtout d'après Duncan, on ne risquait pas de commettre un délit de publicité mensongère.

Au total, dans les limites de mon jugement, plus de coquilles que de fautes ; je m'attardais sur la page pour mériter la confiance de Nanni. Le « *No S.M.* » en conclusion me chiffonnait un peu. N'exigeait-il pas un éclaircissement, une transposition ? Mais un équivalent en français, qui fût aussi lapidaire, était décidément au-dessus de mes moyens de rédaction, et entrer dans les détails, ce qui était à ma portée, ne s'accordait pas au ton de l'ensemble.

« Laisse comme ça. C'est international, on comprend, dit Nanni, qui s'était penché, son bras autour de mes épaules, pour vérifier la lisibilité des corrections. J'aurai bientôt besoin de lunettes. »

N'eût été la soudaine bouffée de rires mêlés à un sifflement de percolateur, je n'aurais pas levé la tête, quand il était revenu, un verre de cognac à la main. Je l'avais déjà noté, tout à l'heure, lorsqu'il m'avait donné l'accolade : il utilisait désormais de l'eau de Cologne. L'influence, peut-être, de Johanna avec qui il vivait ; on soignait toujours l'apparence et le corps, dans les commencements d'une liaison. C'était, au surplus, la pente naturelle de Nanni, le prolongement de la discipline à laquelle, en prison, il s'était soumis sur le conseil de Don Carmelo, afin de ne pas craquer — Don Carmelo ne commandait pas, il conseillait. Il avait approuvé la gymnastique et l'apprentissage des langues, suggérant aussi, bien sûr, l'abonnement aux revues médicales et scientifiques dont lui-même était friand.

« Des coups, j'en ai reçu assez dans la vie », ajouta Nanni, après ce silence que l'on a au passage des souvenirs. Debout derrière moi, il semblait dicter une lettre à un secrétaire et chercher le mot juste. « Des coups pour de bon, et je te jure qu'on ne jouissait pas. Je ne veux pas de ça dans la maison, même si on gagne beaucoup. En escorte, les garçons sont libres d'accepter n'importe quoi, ça les concerne. Mais si l'un d'eux revient amoché, ou se plaint — ça s'est produit — je le vire tout de suite. Avec tous les émigrés qui arrivent des pays de l'Est, on a qui on veut. J'ai prévenu mes associés. Tant que je serai là, on ne fera même pas semblant. Si tu y penses, il y a tant de choses à faire dans un lit, normalement... »

J'avais regagné mon fauteuil. Nanni se tourna vers le mur avec un regard qui métamorphosait en icône la photographie du grand-père, le cuirassier, et en invoquait la protection ; il promena ensuite l'index sur le plan de la ville. D'un coup d'ongle, arracherait-il l'une des punaises à tête rouge qu'il effleurait l'une après l'autre ? Certains établissements disposaient, dans leur cave, d'une cellule fermée en général par une grille où l'on trouvait un bat-flanc, des paires de menottes, des chaînes, divers instruments qui meurtrissaient ou déchiraient. « Ça me rappellerait trop Regina Cœli », murmura Nanni, qui avait eu un froncement de sourcils pour ma persistante indifférence au verre de cognac, et j'y trempais les lèvres, soucieux de réparer mon impolitesse, que déjà, penché en avant, il appuyait sur le bouton de l'interphone. Est-ce que l'expression d'ironie qu'il avait au naturel et devait à ses pommettes ne s'était pas accentuée ? L'appareil grésilla autant qu'un poste de radio à l'ancienne quand le brouillage des ondes submergeait l'indicatif musical de l'émission que l'on essayait de capter. Cependant, Nanni ne haussait pas le ton : « Fulvio, tu aurais Renaud sous la main ? » Et, si inaudibles qu'elles fussent, il déchiffrait les paroles du barman, dont la voix était tantôt affectée d'un nasillement à la Donald Duck, tantôt d'un vacillement de lecteur de cassettes lorsque les piles sont usées.

« Bon. Alors, tu me l'envoies. »

Presque aussitôt, le jeune homme au pull blanc, que j'avais imaginé être un Néerlandais en raison de son physique et de la couleur de ses cheveux, et qui m'avait observé par-dessus le bord de son verre, passa la tête et le buste dans l'entrebâillement de la porte. Du fait de l'ampleur du lainage, il évoquait l'infirmier en blouse accouru du réfectoire inspecter la chambre d'un malade, un sourire et des répliques destinés à d'autres retenus au bord des lèvres. Il n'avança dans la pièce qu'à l'instant où Nanni eut transformé un salut de la main en un geste qui m'incita à me lever dans l'éventualité de ces présentations qui n'eurent pas lieu, Nanni tout à l'effort de s'exprimer en français. Ses progrès s'affirmaient. Il n'était sans doute pas mécontent de m'en faire la surprise, de même qu'à son interlocuteur.

« Mon ami a voyagé pendant six heures. Il a besoin de prendre une douche et se détendre un moment. Tu t'en occupes ? Tu lui montres une chambre ? Si le numéro quatre est libre, vous seriez là mieux qu'ailleurs. De quelle équipe es-tu aujourd'hui ?

— De la trois-dix », répliqua Renaud, qui me sourit ensuite par-dessus l'épaule en se dirigeant vers le comptoir, et Nanni, après avoir commenté du tac au tac : « Tu as donc largement le temps », semblait par ses hochements de tête l'approuver d'ouvrir le placard, et d'en inspecter l'intérieur à loisir, avant de se charger les bras d'une paire de draps qui avaient la blancheur du trousseau de la mariée, et d'une serviette de bain, pliée en quatre, assez épaisse pour essuyer une famille scandinave au sortir du sauna, ou éponger la saillie d'un taureau. Le jeune homme décrocha une clé dans l'un des casiers qui m'avaient fait penser à la réception d'un hôtel, et me scruta, l'air d'attendre des instructions ou un acquiescement, telle une recrue de l'armée soumise à une inspection de paquetage, et, à mon avis, sa classe d'âge avait dû répondre à l'appel sous les drapeaux quatre ou cinq ans plus tôt. Derrière le bureau,

Nanni, occupé, le stylo à la main, à transcrire mes corrections sur un autre exemplaire de son dépliant, leva la tête comme s'il ne comprenait pas les raisons de mon immobilité que, toutefois, très vite, s'absorbant de nouveau dans la lecture, il parut attribuer aux préliminaires d'une partie qui ne le concernait plus, d'une pariade dont le déroulement avait cessé d'être son affaire. Cependant, tandis que Renaud, qui s'était élancé en éclaireur vers l'escalier, en avait déjà gravi la moitié des marches, et que ma main traînait sur la corde de bateau fixée à la paroi par des anneaux de cuivre en guise de rampe, on entendit : « Mon ami est vraiment un ami. Mon ami est mon invité. Le voyage l'a fatigué. Tu t'en occupes bien. Remonte le thermostat du chauffage, s'il te plaît.

— Bien sûr, monsieur Toselli », répondit Renaud avec entrain. Il avançait maintenant à pas comptés, le corridor n'étant éclairé que par une veilleuse rougeoyante qui, au coin d'un balustre, à l'église, et non, comme ici, au bord d'une corniche, eût signalé la présence du saint sacrement. Le jeune homme avait enfoui le menton dans le paquet qu'il serrait contre sa poitrine, et, la pénombre aidant, et sa silhouette, et la longueur de ses cheveux dans le cou, et un roulis qui était d'une femme portant des talons hauts, on aurait pu se tromper.

Deux lampes basses se démultiplièrent grâce au miroir pas très haut — une quarantaine de centimètres — qui courait, à gauche, au-dessus de la cimaise, et attrapait dans son champ le lit recouvert d'une courtepointe encore plus blanche que le pull de Renaud — tout l'aspect d'une couche de neige vierge de pas, d'un champ de coton à l'automne. Le meuble, qui n'avait pas de montants, était surmonté par un dais aux draperies du même bleu que la tapisserie ; il m'évoquait celui sous lequel, à Capri, la statue de la Madone, que nous avions transportée à dos d'homme d'une église à la cathédrale, avait été placée à la fin de la procession. Et l'ensemble était d'un monumental qui réduisait la chambre sans fenêtre, tranchait avec le reste de l'ameublement, qui était hétéroclite, bien que d'un certain luxe. Quoi de commun entre le fauteuil avec son tissu grège à motifs de fleurs de lys et la chaise de jardin qu'un coussin de velours grenat n'enrichissait pas ? Aux murs, dessins, photos, gravures représentaient des athlètes nus ; et, sur les photos, l'ombre commençait à partir du nombril avec une pudeur que défiait, sous la lampe de la table de nuit, un godemiché couleur chair, constellé de timbres-poste, qui m'incita enfantinement à des comparaisons à mon avantage, au moment où manquaient l'envie et la possibilité de les justifier, comme si, par sa dernière recommandation à Renaud, Nanni m'avait fait découvrir ma propre lassitude, telle une observation sur notre mauvaise mine fait que, subitement, nous nous découvrons malades.

« Voulez-vous plus de lumière ? » demanda Renaud, qui avait déposé son fardeau près des oreillers. De la lumière, il y en avait assez pour reconnaître, derrière le phallus postiche, une boîte de préservatifs identique à celles que, via Paola, nous achetions à l'intention d'Annarosa de Fregene. Cette échelle en bambou, à quoi servait-elle, appuyée contre le mur, entre la baignoire sabot qui occupait un angle et le lavabo d'une maison de poupée, sur le rebord duquel une coupelle débordait de palets de savon dans leur emballage en papier doré ? À gauche, une douche, aux trois parois en verre fumé, avait des reflets d'aquarium, sous le faible éclairage de l'ampoule qui était à l'intérieur, et la vague d'un tapis bordé de franges en dissimulait le socle. Se laver et se frictionner avant tout ; pour la suite, il n'y avait de sûr que le versement d'une somme équivalant au prix d'une escorte à celui qui, maintenant, pieds nus, s'improvisait soubrette, ouvrant le lit, déployant les draps, et qui, ensuite, un genou à terre pour régler le thermostat, cherchait à établir la conversation.

« Six heures d'avion. C'est beaucoup. Vous arrivez au moins d'Amérique...

— Non, de Paris. Par le train.

— Vous ne prenez jamais l'avion ?

— Sauf pour les affaires, en cas d'urgence... »

Maureen observait que, dans la carlingue, on était de cinquante à deux cents passagers qui, pour un temps déterminé, avaient tous la même ligne de vie ; que, dans le nombre, il était rare qu'une personne, une au moins, n'eût pas la poisse, ou un destin singulier dont l'accomplissement importait plus aux étoiles que l'existence de plusieurs. À sa paresse matinale Maureen devait de n'être pas montée à bord d'un Cessna qui, au Canada, où elle visitait de vieilles cousines à héritage, allait, une heure après le décollage, s'écraser contre le sommet d'une montagne.

Renaud, qui s'était levé, frappa de son poing fermé la paume de l'autre main. « Ah ça, je n'y avais pas pensé, s'exclamait-il. Vous permettez que je le répète ? Tous la même ligne de vie, comme c'est juste... Attendez, je vais plier vos vêtements. »

Comme je m'attardais à m'ébrouer sous le jet de la douche, j'aurais pu imaginer qu'il était parti si, par-dessus la paroi, une main ne m'avait tendu un

400

peignoir. Renaud était allongé sur le lit, et à son slip réduit à un triangle d'étoffe, et d'apparence vide par l'effet de l'escamotage du sexe entre les jambes, on attribuait une double ceinture, parce qu'une bande de chair, à mi-ventre, avait échappé aux UV subis avec un linge de taille supérieure. Dans cette lumière où ses yeux bleus paraissaient noirs, le jeune homme, qui avait — à mon grand soulagement — voilé les lampes à l'aide d'une serviette, brandissait un paquet de cigarettes, sollicitant la permission de fumer, et que tout prétexte fût bon pour abréger la corvée qui lui incombait, quoi de plus compréhensible ? Et c'est dans le même état d'esprit qu'au moment de subir une auscultation par le médecin du travail, ou l'examen par le conseil de révision, que je m'allongeai près de lui, plus curieux de son histoire que gourmand de son corps. Quand on n'était pas du pays, par le jeu de quelles circonstances en venait-on à être pensionnaire à l'Entre nous ? Renaud, pour s'éviter une réponse, saisit la barre de cuivre qui, à la tête du lit, semblait moins un élément du meuble qu'un emprunt de matériel à une salle de gymnastique destiné à l'accomplissement de certaines postures. S'étant étiré, il se tourna de manière à glisser son bras sous mon cou et à enfouir le menton au creux de mon épaule, sa jambe collée à la mienne. Nous plongeâmes dans la rêverie d'un vieux couple qui bientôt va éteindre pour s'endormir, et elle se fût, dans mon cas, prolongée jusqu'au sommeil, si Renaud n'avait pas glissé sa main libre sous l'un des revers de mon peignoir, sa main qui descendit le long de ma poitrine, ses lèvres qui effleuraient mon nez, son index qui entortillait les poils du torse.

« Oh, dit-il, vous êtes comme mon beau-père. Je ne déteste pas.

— Ton beau-père ?

— Ça fait plaisir de parler en français, continua--il, sourd à ma question. Ça ne se produit pas souvent. Lorsque vous êtes entré avec Duncan, j'ai deviné immédiatement. Mais je croyais que vous étiez venu exprès pour lui. Il a beaucoup de succès, Duncan. Il voyage. Il travaille en free-lance. Au club, on ne le voit presque jamais… »

N'aurait-il pas été plus simple de m'adresser la parole au comptoir ?

« On a le droit de refuser, murmura Renaud, dont je sentais l'haleine dans mon cou, et qui promena ensuite la langue sur ma pomme d'Adam. Enfin, ce n'est pas exactement ça — je veux dire que Fulvio pige tout de suite, et il nous invente des rendez-vous à l'extérieur. Fulvio est très gentil, très diplomate. Néanmoins, on n'a pas le droit de choisir, sinon on se disputerait tous les mêmes. »

Il y eut de nouveau silence, et pour dissimuler que les agaceries demeuraient sans effet sur mon désir, je revins à la charge à propos du beau-père : « Il vit toujours ? Vous êtes en bons termes ? Il ne sait pas ce que tu fais, j'imagine. Tu le revois ?

— Plus jamais », dit Renaud, qui s'amusait à loucher en examinant un poil de ma poitrine ; il le tenait entre le pouce et l'index avec l'intérêt d'un enfant qui a arraché une aile à une mouche. « Il est très noir — pas mon beau-père, le poil. On a vécu ensemble pendant des années, après la mort de ma mère. Ce que je travaillais bien en classe, à l'époque… François était plus jeune que ma mère. Souvent on nous prenait pour deux frères. Il s'est remarié pendant que j'étais à l'armée. Ensuite, mes

402

grands-parents n'ont pas voulu que je le suive chez sa nouvelle femme. »

N'était-ce pas, tout à coup, par sa neutralité, le ton de la réflexion que l'on s'adresse à soi-même : « Ils n'étaient pourtant au courant de rien, les vieux. J'étais majeur, je n'avais qu'à ne pas les écouter. Mon père s'en fout, il n'aime que mes demi-sœurs... »

Un frémissement passa dans le bras, qui avait détaché mon cou de l'oreiller. Où allions-nous ? Ma prudence était en éveil : les confidences engagent surtout ceux qui les recueillent, et l'on ne sait jamais trop où l'on va. Mieux valait encourager les doigts qui essayaient de défaire la ceinture de mon peignoir, nouée par réflexe aussi savamment qu'une ceinture de kimono ; pour mon soulagement, la mécanique du corps s'était débloquée. La bouche, qui avait mordillé la pointe des seins, descendit le long de ma poitrine et de mon ventre jusqu'à me rappeler, lorsque les joues se furent remplies, la délicatesse avec laquelle le chat conserve dans sa gueule la proie qu'il s'apprête à déposer aux pieds de son maître ; et qu'il n'y eût eu à ce faire aucune hésitation me ramena à l'époque où toute faveur allait de soi, m'inspirant de la gratitude pour le partenaire qui créait l'illusion de la spontanéité. Aussi relevai-je le menton de Renaud, amenant ses lèvres à la hauteur des miennes, qui les happèrent sans rencontrer de résistance, les saisirent en entier, à la façon coutumière à Maureen et qui avait eu pour effet l'érection dont j'avais trop présumé cette nuit-là où nous nous étions résolus à faire l'amour dans une cabine de yacht, au large de Capri. Et Maureen procédait comme lorsqu'on engloutit d'un trait la figue au bord de tomber d'elle-même de l'arbre, couronnée au centre d'une goutte à l'apparence de miel et au goût de violette, et que, ensuite, on laisse fondre, écrasée contre le palais.

« J'étouffe », protesta Renaud, qui, cependant, ne se dérobait pas, une main allongée vers la table de nuit et la boîte qui avait été familière à Annarosa de Fregene. Pour la commodité de l'opération, d'une secousse il libéra le bras qui s'était ankylosé sous ma nuque. Le bout de latex changea de couleur entre les doigts qui le déroulèrent en quelques secondes et — Renaud s'étant retourné — ne se détachèrent pas de leur prise, afin de faciliter l'accès des reins, où je restai le plus longtemps possible immobile, tel ce poisson de la Méditerranée qui se fixe par une nageoire ventrale au rocher autour duquel l'algue est nourrissante, et l'eau à sa convenance. Dans la nuque, où j'enfonçai mon menton et écrasai mes lèvres, les cheveux, qui me chatouillaient les narines, avaient une odeur d'embruns.

Sans m'être retiré de Renaud, je cédai au sommeil consécutif au plaisir et, dans mon cas, d'une durée toujours proportionnelle à l'intensité de celui-ci. Il se serait prolongé si — au bout de combien de minutes ? — un index n'avait caressé mes sourcils. Alors n'aurait-on vu le jeune homme que de dos, dans le miroir le long du mur, un bras replié pour soutenir sa tête pensive, et allongé sur le flanc, on eût imaginé un nudiste au bord du fleuve, qui mâchonne un brin d'herbe, à qui il est indifférent d'exposer aux regards le sillon de ses cuisses, que j'avais quitté sans m'en apercevoir, de même que je ne m'étais pas rendu compte, dans mon assoupissement, d'avoir subi la toilette intime dont témoignaient, sur le tapis, des mouchoirs en papier roulés en boule, et le bout de latex, qui, après son usage, ressemblait à un bas de femme, si jamais il y a des bas pour habiller les jambes d'une poupée. Renaud avait jeté un coin du drap sur son ventre. Ses yeux redevenus bleus avaient la transparence particulière aux yeux de celles qui ont pleuré, mais ils s'éclairaient d'ironie. « Vous ne ronflez pas », observa-t-il, l'index levé, comme s'il y avait à me féliciter d'une prouesse. Tirant de dessous l'oreiller l'un de ces briquets comme en ont plutôt les hommes de ma génération, il alluma une cigarette et en aspira une bouffée, avant de me la tendre, satisfait de m'avoir intrigué par la possession d'un objet de prix, et point mécontent de préciser : « Ça me vient de François. Son cadeau pour mon dernier anniversaire, lorsque nous étions ensemble. Au bahut, ils ont tous essayé de me le chouraver. Même à l'armée, on n'a pas réussi à me le voler. Franchement, quelle idée de se remettre avec une femme. Pauvre François, il ne sera jamais heureux... »

Sur ces paroles, Renaud bascula en arrière, sa tête creusant l'oreiller, et le manège s'établit dans une puérilité partagée — l'un qui cédait à l'autre les cigarettes après chaque tentative d'exhaler un rond de fumée, tels deux adolescents qui fument en cachette ou se font un joint. On percevait le tic-tac de l'horloge, que l'on avait cherchée longtemps du regard avant de la repérer dans la frise au-dessus de la douche, dont les parois n'atteignaient pas le plafond. Et les aiguilles, divisant le cadran en deux par une ligne verticale, m'indiquaient que j'avais dormi pendant une demi-heure au bas mot. L'eau, qui gouttait du pommeau mal fermé, on l'entendait également. Après avoir écrasé le mégot dans le cendrier de la table de nuit, et donné par amusement une pichenette au godemiché, qui ne vacilla pas plus qu'une statuette de saint sur son socle, Renaud, l'oreille collée à ma poitrine, feignit d'écouter, en médecin, les battements de mon cœur, puis enfouit le nez dans la touffe de l'une de mes aisselles, comme il était arrivé à Wolfgang — si distant à mon endroit dans la journée — de le faire la nuit, avant de se lover contre le traversin. Le jeune homme semblait prêt à recommencer, et à me reprendre dans sa bouche, avec le naturel qui le caractérisait depuis le début, et ce n'était pas tout à fait pour se conformer aux ordres de Nanni. Le ventre appuyé sur ma hanche dissipait le doute : si la pose, tout à l'heure, avait suggéré celle du nudiste au bord du fleuve, il était difficile d'admettre que, maintenant, sous le drap, se dissimulait la tige d'un roseau. Et sans doute n'était-ce que le désir tel qu'il survenait dans les saunas, lorsque les individus qui avaient refusé même des garçons du gabarit de Marceau, gagnés par l'atmosphère, submergés d'images et d'associations d'idées, acceptaient des partenaires qui les auraient auparavant rebutés, découvrant le piment apporté par la soumission ou l'admiration de l'autre, dès que l'on se croit soi-même supérieur. Ce désir, quelle qu'en fût l'origine, je ne demandais pas mieux que de le partager, mais, à partir d'un certain âge, pour recouvrer ses forces, on avait besoin d'un peu plus que d'un somme, le mien dans sa soudaineté m'ayant d'ailleurs rendu le service de me délivrer du sentiment de satiété triste qui suit l'orgasme. Une deuxième cigarette me permettait de gagner du temps, sans avouer la défaillance. Il n'y avait pas lieu de se presser, Nanni ne reviendrait qu'à neuf heures du soir pour me conduire au restaurant.

De quelle région Renaud était-il originaire ? Depuis combien de mois, ou d'années, était-il à

Amsterdam ? Quelles études avait-il faites ? Quels étaient ses projets, s'il en avait ? Logeait-il, lui aussi, dans l'une de ces maisons-péniches que j'avais remarquées le long de la plupart des canaux, et dont, parfois, les intérieurs, à travers les baies vitrées et sans voilages, semblaient, par l'effet de leur éclairage, se dédoubler sur le plan d'eau immobile, poussant à imaginer des habitations à l'usage des scaphandriers ? À peine donnée la réponse, toute question m'était retournée, comme si chacun de son côté remplissait une colonne d'un identique formulaire de l'administration — la colonne concernant l'autre. Où étais-je né ? — aucune intonation parisienne ne se percevait dans ma voix. Mon métier était-il intéressant ? Une femme ? Des enfants ? Renaud écoutait et parlait les yeux rivés à la coupole que le dais révélait par-dessous aux occupants du lit, et à l'intérieur de laquelle le tissu bleu enchevêtrait ses fronces. Le nom de la ville natale de Renaud, proche de la frontière du Luxembourg, m'était inconnu, bien que la photo de sa cathédrale figurât dans les albums d'architecture. Renaud avait accompagné des amis qui voulaient s'approvisionner librement en shit durant un week-end aux Pays-Bas — lui-même se méfiait de la drogue. Comme, dès le premier jour, ils étaient défoncés, il les avait quittés pour se promener à sa guise. Lorsqu'il ne lui était plus resté que l'argent nécessaire à l'achat du billet — car il avait oublié chéquier et carte bleue au domicile de ses grands-parents, dans la précipitation du départ — un soir, il était allé à Central Station, décidé à prendre le train de minuit, ignorant le changement d'horaire qui s'appliquait depuis la veille. Résigné à attendre à l'abri du hall, qui ne fermait jamais, le train de l'aube, il avait, en prévision de la fatigue d'une nuit blanche, acheté force cafés et sandwichs aux marchands forains qui étaient sur l'esplanade devant la gare — des Italiens. L'un d'eux, à qui, de fil en aiguille, il avait avoué sa déconvenue, allait, sans en dissimuler la nature, l'orienter vers le club, où Fulvio, si l'on se réclamait d'un compatriote, ne laissait personne dormir dans la rue. Le matin, Renaud était revenu en France pour ramasser ses affaires, et avertir ses grands-parents, un couple d'instituteurs à la retraite, qu'il avait trouvé, dans un palace, un travail favorable à l'apprentissage des langues. Il y avait dix-huit mois de cela.

« Vous n'avez pas froid ? »

Le jeune homme tira le drap de manière qu'il nous recouvrît tous les deux jusqu'au menton, créant par ce geste l'intimité que ni la possession physique ni les confidences n'étaient parvenues à établir. « Comment êtes-vous chauffé, à Paris ? »

Dès lors qu'il savait déjà quantité de choses à mon sujet, et que je les lui avais livrées avec cette confiance plus facilement accordée au tout-venant qu'à des familiers, des collègues et des relations, qui risquent un jour d'en tirer argument, il n'y avait pas d'inconvénient à lui décrire mon nouvel appartement, où l'équipe des amis de Nanni à Vitry avait si bien travaillé.

Une main me caressa le ventre, lorsque j'en étais à observer qu'une maison dont l'ameublement est réduit au minimum paraît toujours plus froide qu'un capharnaüm ; une bouche se rapprocha d'un coin de ma bouche, une jambe se glissa entre les miennes. Si l'on recommençait, j'y étais maintenant disposé. Mais une mèche de cheveux m'effleura une paupière, la tête alla s'enfouir dans le creux de mon épaule, et par cette étreinte, qui l'avait déplacé, le corps du

jeune homme fit découvrir toute sa chair et sa souplesse à ma peau qui ne s'y était pas encore frottée.

« Est-ce que vous ne voudriez pas m'emmener
avec vous ? » demanda Renaud à brûle-pourpoint,
me surprenant par la brusquerie de sa question, et
une tension des muscles qui était d'un judoka aux
prises avec un partenaire dont il provoque la chute,
et qu'il cherche à immobiliser au sol. « S'il vous
plaît, écoutez-moi. Ce ne serait pas pour toujours
— quelques semaines à tout casser. Je ne vous coû-
terai pas un sou — des sous, j'en ai pas mal…

— Tu es malheureux au club ? On te fait des
misères ?

— Absolument pas, reprit la voix, qui, de s'étouf-
fer ainsi dans l'oreiller, paraissait monter d'un
soupirail, ou s'exprimer à travers un bâillon.
Comprenez-moi. Ici, je ne suis que trop bien. C'est
même pour ça que je n'aurai pas le courage de partir seul. La belle vie, ce n'est pas une vie. Jouir, toujours jouir, vous savez… »

Renaud n'avait aucune raison de se plaindre de
l'attitude du patron à son égard, au contraire, il
n'avait qu'à s'en féliciter. Nanni le poussait à faire
des économies et, au début du mois, il exigeait que
son pensionnaire lui soumette ses relevés bancaires
— celui du compte courant, celui du dépôt sur
livret, qui, désormais, atteignait un chiffre à cinq
zéros, sans oublier qu'il avait du liquide à la maison. Dès qu'il le pouvait, pour qu'il se change les
idées, augmente ses chances d'accéder à des milieux
supérieurs au sien par la fortune, Nanni substituait
Renaud à Duncan dans les voyages, tant à l'intérieur du pays qu'à l'extérieur ; il lui conseillait de
répondre à toute marque d'affection de la part d'un
client, si celui-ci avait l'apparence d'être quelqu'un de

sérieux. Ne le poussait-il pas lui-même à envisager son départ, puisque, sans arrêt, il répétait : « Ne dis jamais aux hommes qu'ils sont intelligents. Dis-leur qu'ils sont beaux. À la fin, tu en auras un. » Chaque garçon était libre de s'en aller du jour au lendemain, et même sans qu'il eût à prévenir la direction, qui n'était jamais en panne de recrutement. On n'eût regretté, dans l'immédiat, que la défection de Duncan, qui, en raison de sa tournure et de son éducation, s'adaptait à une clientèle qui l'appréciait presque plus pour la parade que pour le plaisir. Renaud avait amassé une telle somme d'argent que Nanni l'avait félicité ; c'est qu'il limitait ses dépenses, satisfait de peu par nature, ne sortait jamais en boîte où il eût, du fait des sollicitations, plus ou moins replongé dans l'atmosphère de l'Entre nous, et n'avait pas, à l'instar de Duncan, la passion de s'habiller à la mode, quoique, pour être juste, cela convînt au genre de clients qui choisissaient son camarade sur le catalogue. Et des vêtements, certains en offraient à Renaud, qui s'en contentait, mais qui, cependant, la semaine précédente, avait craqué pour un manteau de coupe militaire, un manteau d'officier de l'armée russe. Si je déclarais que j'étais tombé amoureux de lui, Nanni ne serait pas étonné du départ d'un garçon qui était désormais en mesure de vivre un an sur sa cagnotte, de louer un deux-pièces dans un beau quartier, n'importe où, et de s'acheter une voiture d'occasion. Riche d'un brevet de comptable, Renaud était convaincu qu'il décrocherait vite un emploi à Paris, mais il ne se sentait pas la force de débarquer dans une ville où il ne connaissait âme qui vive, et qui l'effrayait presque autant qu'elle l'attirait depuis son enfance. Il cherchait donc un correspondant qui acceptât de l'héberger provisoirement, quelqu'un pour la conversation le soir, quand il aurait subi des entretiens d'embauche au cours de la journée, un hôte qui lui fournît un numéro de téléphone et une adresse avouables à un patron. N'y avait-il pas des pièces vides dans mon appartement ? Il apporterait son sac de couchage ; sa présence ne pèserait pas. En échange de quoi, il serait à ma discrétion, et aussi à la discrétion de mes amis, capable qu'il était, maintenant, de combler les plus difficiles, blindé par l'expérience.

« Si vous voulez, j'irai draguer pour vous, poursuivit Renaud, en regardant s'agiter ses doigts de pied, qui dépassaient du drap, comme s'il était étranger à leur remuement. Je sais faire le ménage, la cuisine, coudre, laver, repasser — on apprend tout ça quand il faut économiser. Je vous simplifierai la vie, le temps que je resterai. Je tape à la machine aussi. J'ai pris des cours à Amsterdam, dans une école où c'est gratuit parce qu'il y a un pasteur. »

Le jeune homme roula sur le côté ; il replia un bras. La paume d'une main soutenait le menton, l'autre se posait sur ma bouche avec autant de douceur, sans doute, que l'on en déploie à fermer celle d'un moribond qui risquerait in extremis de cracher une vérité insupportable aux vivants.

« Ne me répondez pas tout de suite », articula-t-il calmement, et son regard, qui s'était élargi, réduisait ma personne, la replaçant dans une scène plus vaste que la chambre, où je n'étais sans doute qu'un figurant ; et, dissipé le vague de son expression, ses paupières se fermèrent à demi, sous l'effet de la malice, quand il eut noté la gêne qui caractérisait ma réplique à sa suggestion ; « si un truc vous plaît, ne vous gênez pas. Je suis partant. »

« Oh, mais bien sûr, s'écria-t-il. J'allais même vous le proposer, histoire de varier. J'ai remarqué que ce sont surtout les hommes mariés qui aiment ça. J'ai souvent le ticket avec les hommes mariés. On devient vite copains. Vraiment, vous n'avez jmais été marié ? Les hommes mariés, les femmes les ont habitués à patienter et à casquer, alors ils sont plus simples, plus gentils. Ils flirtent un peu avant. Ils font des compliments. » Après tant de dépense, il s'était assoupi à son tour, une main refermée sur mon pénis, tel un enfant qui a besoin du contact d'un objet familier pour consentir au sommeil.

À la Casa Maria, le dîner avait été très réussi ; nous étions bien une quinzaine d'invités autour de la table drapée d'une nappe, où, sous les doigts, même l'aveugle qui était de la bande — un jeune accidenté du travail, enturbanné par ses bandages, et dont on espérait la guérison — dut déchiffrer les initiales de Maria Toselli, brodées en relief. Les compliments que j'avais adressés par anticipation, au téléphone, à la mère de Nanni, le restaurant les méritait autant pour sa décoration que pour sa cuisine. Il projetait ses lumières dans le feuillage du saule pleureur au bord du quai, métamorphosant l'arbre en une sorte de geyser dont le froid eût pétrifié le jaillissement, comme il allait, le lendemain, par un brusque retour de l'hiver, transformer les canaux en patinoires. Fulvio, qui nous avait rejoints au dessert, révéla une voix de ténor et un talent de guitariste, et il fut étonné de m'entendre compléter les paroles de certaines chansons, parce que le

Sarde chantait les mêmes à bord du camion aux montants à claire-voie qui nous ramenait des vergers d'Élisa, jadis, et qu'elles étaient encore au répertoire de l'orchestre des vieillards du Minuit, à Rome. Sans doute les entendais-je pour la dernière fois prononcées par une bouche qu'elles réjouissaient.

La photo de Johanna passa de main en main, et la beauté de la jeune fille justifiait l'orgueil de Nanni. En rentrant à l'hôtel Commodore, je crus, un moment, m'être trompé de chambre, parce qu'une veilleuse était allumée sur la table de chevet, et qu'un soupir de dormeur qui se retourne parvenait du lit — c'était Renaud. Comme la porte ne s'ouvrait qu'à l'aide d'un passe magnétique, cela supposait la complicité des employés de l'hôtel, une complicité de longue date. Ainsi Renaud fit-il chaque soir, se levant le matin lorsque je dormais encore, afin de regagner son quartier, où il avait à promener le caniche de l'une de ses voisines qui voyageait en France, et à qui il avait décrit Paris, à partir de souvenirs de cinéma.

Je déjeunais à la Casa Maria et invitais Nanni à dîner chez l'une de ses collègues qui avait été de la fête le premier soir. La promenade occupait l'après-midi, ne m'éloignant jamais du quartier Jordaan, qui possédait bien la moitié des ponts de la ville, où il y en a autant que de jours dans l'année. De ma vie, je n'avais eu de nuits aussi courtes. Elles me rajeunissaient au point que j'en oubliais presque la différence d'âge, bien que le corps m'imposât de dormir jusqu'à l'heure où l'on n'apportait plus le petit déjeuner. Je n'entendais pas Renaud faire sa toilette, mais, le cinquième jour, je m'éveillai au moment où il s'apprêtait à sortir, et je vis que,

413

rassuré par mon immobilité, il s'approchait pieds nus du bureau sur lequel s'étalait en désordre le contenu de mes poches et d'un classeur — la montre de gousset de Marceau, mon portefeuille, l'étui rempli de cartes de crédit, les pièces du dossier qui réclamait une décision si je voulais être fin prêt, le lundi suivant, au bureau. Je souhaitai que le jeune homme, dont la place dans le lit était encore chaude, imbibée de son odeur, commette un acte qui m'autoriserait à le mépriser, ramenant chacun à son rôle — ou micheton ou truqueur. Et la vie continuerait, qui ressemblerait à la vie — ma vie. Renaud se contenta d'ouvrir la pochette qui contenait mes titres de transport et d'y jeter un coup d'œil, avant d'épousseter avec le dos de la main ma veste, qui se chiffonnait dans un angle du canapé, en face du lit ; il la suspendit sur un cintre, qu'il accrocha au dossier d'une chaise, d'un air désapprobateur ou conjugal, et, aurais-je écouté mon envie, il ne serait pas sorti tout de suite de la chambre, où il n'allait plus revenir ; ce qu'il ignorait encore. Chargé de l'en informer, Nanni accepta aussi de lui remettre quelques billets en guise de remerciements, et, puisqu'on y était, nous réglâmes les détails du voyage de Duncan à Paris, bien que le patron de l'Entre nous eût, en la circonstance, scrupule à recevoir de l'argent. Il ne se défendait pas de l'impression de faire ainsi les poches à un blessé de la route qui ne survivra pas à son transfert à l'hôpital. Nous étions dans son bureau, sous le regard du grand-père cuirassier ; toutes les chambres à l'étage étaient occupées par des couples ; au comptoir de la salle, Fulvio et deux serveurs ne chômaient pas. Nanni, qui avait poussé d'un doigt une liasse de florins vers le tiroir ouvert, écoutait ces bruits de vestiaire après le match qui parvenaient à travers la porte. « Bon, c'est entendu, soupira-t-il. Duncan n'ira pas à Paris seulement pour de la figuration. Tu en profiteras — tu me l'as promis. C'est son travail, non ? » Sa main valide remuait doucement billets, objets, crayons et boîtes d'allumettes, à l'intérieur du tiroir. « Ce soir, on est attendus chez Fulvio. Sa femme prépare les raviolis presque aussi bien que ma mère. La prochaine fois que tu viendras, je me débrouillerai pour être en congé. Malgré tout, il y a des trucs à voir dans ce pays. On louera un hors-bord, on ira sur les canaux avec Johanna, si je la garde. Je ne suis pas tant que ça attaché à elle. Mais elle est forte, elle a des hanches. Elle fera de beaux enfants, j'en suis certain. Qu'est-ce que tu as fabriqué cet après-midi ? »

Le principal, à quoi bon le lui avouer ? Nanni n'eût pas compris — ni lui ni beaucoup d'autres. Le nez au vent, je humais des effluves maritimes, le dos tourné aux façades qui offraient toute la gamme du rouge, et se fragmentaient dans les rides d'une eau grise comme dans un tableau sans cesse objet des retouches du peintre dont la main eût par surcroît tremblé au naturel. Je flânais, déjà familier des maisons-péniches, sans m'intéresser plus à celle-là, blanc et noir, qu'aux précédentes, lorsque je tombai en arrêt devant la borne en fonte vert sombre contre laquelle j'avais failli buter. Elle servait de boîte aux lettres, et eût été, à l'entrée du parc d'un château, la première manifestation du sens de la pérennité chez les propriétaires qui y sont depuis des siècles, persuadés que leur descendance n'en bougera jamais. Le carillon de boîte à musique, qui prélude à la sonnerie des heures, libérait ses notes enfantines au sommet du clocher de l'église en retrait du quai, comme portées ensuite, chacune, par les pigeons qui s'en étaient envolés. Un pied sur le giron de l'escalier en bois encastré dans la pierre, et dont la fixité faisait apparaître l'imperceptible balancement de la proue, je plongeai le regard à travers la baie vitrée qui montait jusqu'au toit. Un chat étendu au bord de la planche qui courait, à mi-hauteur de la paroi, tout autour de la pièce — pareille au comptoir de fortune où les consommateurs mangent et boivent le nez au mur — levait la tête dans ma direction, à croire qu'il guettait un oiseau dans les branches de l'orme qui s'avançait au-dessus de la plate-forme. N'étais-je pas dupe du miroitement de la vitre, qui interposait entre nous l'irréalité du rêve où l'on se dit que l'on est en train de rêver ? Pour me persuader de la résurrection de Wolfgang, la même fourrure blanche, le même masque de velours marron accroché au museau, et les mêmes yeux du même bleu.

Au bas des marches à la résonance d'une caisse, on se heurtait à un panneau de restaurant, qui, au lieu d'un menu, proposait une affichette de tournure administrative avec ses paragraphes numérotés, des décalcomanies de têtes de chats dans les marges, dispensant de lire. Préparaient-ils leur sourire d'accueil, dès que l'on tournait la poignée de la porte aux losanges colorés de vitrail, le vieillard à la pipe, assez corpulent pour déborder le plateau de sa chaise, qui avait la tête et la casquette d'un loup de mer, et une peau de nèfle en voie de pourrissement, et la femme assise en vis-à-vis, dont le turban posé très haut sur le front faisait soupçonner un éclaircissement de la chevelure, bien que, allongeant le visage, il en accrût la perfection ? Et le turban entrelaçait des plis de tissus noir et blanc, tels les bonbons achetés à la pâtisserie voisine du collège qui mélangeaient la menthe et la réglisse. Sans se lever de son fauteuil, elle avait décroisé ses jambes de mannequin, enregistrant mon intérêt par un battement de cils. Le réseau des rides, du front au menton, paraissait résulter de l'incrustation d'un voile dans la chair ; on aurait cru qu'il ne tenait qu'à elle de le retirer, afin de rétablir la pureté des lignes de son visage, qui était d'une blancheur obtenue seulement à l'ordinaire par le maquillage.

« Monsieur, bienvenue à bord », commença-t-elle en français, d'une voix enrouée, avant de lever la main, mais pas plus haut que l'encolure du poney que l'on veut caresser.

D'instinct, je m'étais incliné jusqu'à l'effleurer de mes lèvres, si ridicule que je fusse dans ce manège, si persuadé de l'être que, comme souvent, je le devenais.

« On vous a parlé de nous, au Commodore ? dit-elle, qui s'était raclé la gorge. Ce sont nos meilleurs propagandistes.

— Au Commodore ? Comment avez-vous deviné ?

— Un homme qui, l'après-midi, se promène avec un pardessus réversible, en coton huilé et doublé de laine écossaise, je ne crois pas qu'il puisse se loger ailleurs. C'est une chance que, dans ce pays, personne, ni homme ni femme, ne sache comment on doit s'habiller. Les vêtements de bonne coupe sont hors de prix, et tous d'importation. Bien sûr, lorsque tout le monde est mal attifé, il est moins ennuyeux d'être soi-même pauvre. » Une pointe d'ironie dans l'accent neutre et son port de tête me retinrent de complimenter la femme de s'exprimer avec autant d'aisance dans une langue qui n'était pas la sienne — on le devinait, cela ne s'expliquait pas. Par quel détour s'insinuait un rapprochement avec Françoise Lherminier, la comédienne de l'avenue Junot ? La dignité du maintien, un certain art du geste, ou ce qu'il y avait de râpé dans son tailleur pied-de-poule, et que soulignait l'éclat de ses escarpins, élément neuf d'un ensemble qui ne l'était plus ? La péniche, qui servait de refuge aux chats errants ou retirés à des maîtres brutaux, était la propriété d'une association de bénévoles, riche, en outre, grâce au legs d'une ferme à la campagne où l'on recueillait, de surcroît, des volatiles de toute espèce — jusqu'à des oies cendrées qui accouraient, mystérieusement averties d'une bonté humaine. Souhaitais-je consulter la brochure que l'on imprimait pour le public ? Il y avait une pile d'exemplaires sur la petite table près du fauteuil, et, pendant que je tournais les pages, le vieil homme prononçait quelques phrases en néerlandais qui roulaient dans une tonalité de bonhomie. « Notre ami pense que vous avez remarqué Wiebe, avait traduit la femme, avec un sourire. Tout le monde le regarde. Il reste des heures à observer les gens sur le quai. Peut-être ne sera-t-il jamais lassé d'attendre — ce en quoi, j'imagine, il n'est pas très différent des humains. Désirez-vous le voir de près ? Sur terre, il n'y a que le bruit de l'aspirateur qui lui fasse peur », ajouta-t-elle, passant machinalement un doigt sur un sourcil qui devait son épaisseur à un coup de crayon, le doigt qui désignerait ensuite la porte à tambour que l'on franchissait pour pénétrer dans la salle occupant presque toute la surface du pont. La sagesse était de glisser comme sur des patins en feutre, et non de marcher : le parquet était bien trop ciré, trop nombreux les écuelles en plastique remplies d'eau et de nourriture, et les bacs à sable. Des chats ? Une trentaine au moins, que notre intrusion ne détournait ni de bâiller, ni de méditer, ni de dormir, avec ce frémissement de la moustache dénonçant les satisfactions apportées par le rêve ; dans le courant d'air d'une fenêtre ouverte, côté fleuve, certains contemplaient les canards en patrouille au large du houseboat, non moins majestueux que les cygnes aperçus tout à l'heure. L'odeur qui aurait dû assaillir les narines, à moins de renifler, on ne la sentait presque pas ; la propreté attribuée aux habitants ne l'était pas sans raison. Wiebe, qui scrutait toujours le quai, insensible au bruit des voix et des escarpins qui piquetaient les lattes de bois blond, lacérant les feuilles de journaux étalées dessus pour la sieste des pensionnaires, s'était laissé faire, lorsque la femme l'avait saisi par la peau du cou, ce qui, malgré les apparences de rudesse, enseignait le docteur Sonino, est la meilleure façon d'attraper un chat sans lui causer douleur ou dommage. « Voyez, disait la femme, qui avait plaqué l'animal contre sa poitrine, sa bague à l'annulaire engloutie par la fourrure du ventre qu'elle caressait. Voyez, on le peigne chaque matin. À tout seigneur, tout honneur. N'est-ce pas ce qu'on dit ? »

Wiebe avait appartenu à une touriste américaine qui l'emmenait dans tous ses voyages. Un jour qu'elle visitait La Haye, il s'était enfui de la chambre d'hôtel, à l'insu de l'employée qui promenait l'aspirateur sur la moquette et que l'on n'avait pas avertie de sa présence. On l'avait retrouvé, à demi mort de faim et de soif, dans une souillarde, au rez-de-chaussée, où l'on rangeait du matériel hors d'usage, mais sa maîtresse, que l'on ne parviendrait jamais à joindre, avait quitté l'Europe depuis une semaine. Le concierge du Commodore l'avait transporté à l'œuvre du refuge, désolé que son épouse, en dépit des antihistaminiques, ne réussît pas à surmonter son allergie au poil de chat — Maureen n'était donc pas une exception. Il eût été difficile à Nanni de concevoir les sentiments qui étaient les miens lorsque la femme au turban avait, d'autorité, placé Wiebe dans mes bras. En vain, avais-je scruté le regard des yeux bleus où se resserrait l'iris. Ils étaient vides comme ceux d'un amant trop aimé et soudain frappé d'amnésie, des yeux s'élargissant sur le monde au-delà du monde où, déjà, nous-mêmes n'existons plus.

En route vers le club, où il arrivait juste à temps pour croiser sur le seuil les deux femmes de ménage, et réceptionner la livraison du blanchisseur, avant de récapituler les appels du répondeur, Fulvio, que la recrudescence du froid rendait maussade, me déposa sur l'esplanade de Central Station, non sans m'avoir confié à ses deux compatriotes, les forains, qui, derrière leur voiturette pavoisée, ouvraient et fermaient leurs bras en cadence, afin d'éviter le sort des sentinelles de Napoléon, dans l'hiver de Moscou ; ils me confectionnèrent des beignets pour le voyage, sans lésiner sur le miel, et refusèrent d'être payés. Sous la plaque où grésillait la pâte, la flamme du gaz avait le bleu des yeux que j'aimais. À quel moment m'étais-je rendu compte que, en avance sur l'horaire, je venais de grimper dans le tortillard à destination de Cologne, qui, au même emplacement, précédait toujours l'express de Paris ? Dès que celui-ci se fut rangé le long du quai, j'y montai afin d'installer mes affaires et d'introduire dans le filet à bagages la petite nature morte que Nanni avait, à tout prix, voulu m'offrir pour décorer mon nouvel appartement — qui sait comment Tony l'aurait jugée. Le départ n'ayant pas lieu avant une quinzaine de minutes, je sautai sur le quai avec l'intention de fumer une cigarette sous la verrière, qui anticipait le crépuscule et amplifiait les coups de sifflet. Même à cette distance, on reconnaissait Renaud, qui avait endossé le manteau d'un hypothétique soldat russe habillé avenue Montaigne, sans le boutonner malgré la température, et conservait dessous le pull blanc aussi long qu'une combinaison de femme. Il peinait à dégager de l'escalier mécanique deux grosses valises à roulettes, que, sans lever la tête — l'aurait-il fait, je serais entré dans son champ de vision — il traîna au pied du tableau qui reproduisait la composition du convoi, m'accordant d'examiner sa silhouette de profil. Elle justifierait, ensuite, les excuses présentées au contrôleur parce que, dans ma volte-face, j'allais le bousculer, pressé que j'étais de m'enfermer dans les toilettes. Je n'en sortis que lorsque se fut ébranlé à son tour mon wagon, qui était le dernier de la douzaine, puisque, après le changement de locomotive, à Bruxelles, il serait le premier du train en gare du Nord. C'est pourquoi il était impossible de ne pas passer devant Renaud, immobile à l'aplomb de l'horloge, une main en visière, ses valises derrière lui. Je croisai son regard, qui, à cause des reflets dans la vitre, ne parut pas rencontrer le mien ; et je pensai à d'autres regards, tel celui de ma mère le jour où des adolescents avaient renversé les cageots de son étalage sous les arcades du boulevard, et celui de Wolfgang dans sa cage, au sous-sol de la clinique du docteur Sonino. Elle était assez longue pour s'égrener jusqu'au bout de la banlieue d'Amsterdam, la liste des regards qui, ne m'ayant pas trouvé, ne me quittaient plus.

Si je la porte, je ne consulte pas souvent la montre de gousset que Marceau a écartée du lot des bijoux de sa mère pour me l'offrir. Au bureau, le ronronnement de la machine qui verse au gardien le deuxième café de sa veille suffit à m'avertir qu'il est temps de signer le cahier de sortie, en bas, dans le hall de la tour aussi impersonnelle qu'une clinique. Chaque fois que je tire le boîtier de ma poche, par un geste dont il ne me déplaît pas d'exagérer l'affectation qui m'aide à surprendre l'interlocuteur, je me revois aux Lanternes, ce soir-là.

Pour son anniversaire, Marceau avait loué la salle entière, ce à quoi le patron n'avait consenti que parce que c'était lui. « Il y aura autant d'invités que j'ai d'années. Tu n'auras qu'à compter. » Mais je m'étais abstenu de cette curiosité.

Nous avions dîné par petites tables, notre nom écrit en belles rondes, à l'encre violette, sur un carton posé au pied de la flûte à champagne. Marceau, on l'aurait cru le benjamin de la salle, excepté le serveur, qui partageait maintenant la vie du patron. Quelques réflexions saisies dans le brouhaha m'avaient révélé l'étonnement de quelques-uns qui, devant l'immuabilité de son visage, voire son rajeunissement, l'épaisseur et la blondeur de sa crinière au profit de laquelle les roses des lampes murales semblaient s'être délestées d'une partie de leur intensité, se demandaient si pour Marceau les aiguilles ne tournaient pas à l'envers. « Nous avions pourtant le même âge, il n'y a pas si longtemps que ça », observa la femme au manteau de curé que j'avais remarquée ici même, quelques semaines auparavant, assise près de la cheminée en compagnie d'Hervé Touchard, qui avait sans doute laissé le chien à la maison pour éviter une redondance, car il poussait devant lui celui qu'il présentait déjà comme son fils adoptif, et qui avançait avec autant d'empressement que s'il eût un canon de revolver dans le dos. Soit qu'il ne m'eût pas reconnu — un individu changeant du tout au tout quand il passe du kimono au costume de ville sombre — soit qu'il obéît à la discrétion, Vincent me serra la main avec la cordialité de rigueur, rien de plus, si insistant que fût mon examen qu'il acceptait sans broncher. Mais qui ne l'avait scruté, non par manque d'éducation ou par mépris, mais par courtoisie à l'égard de Touchard, si manifestement heureux de l'exhiber ; qui ne le dévisagerait pas tant que Duncan ne lui aurait pas volé la vedette ? Sous peu il aurait la forme en bois de son pied chez un bottier, le rejeton d'un agent de police et de la préposée au rayon des fruits et légumes d'un supermarché en banlieue. Au fond, lui, Nanni et moi, nous étions des enfants de la halle. On devinait que Vincent étrennait son smoking, et que le gênait de ne pas avoir brisées par un usage préalable des chaussures que, déjà, sans doute, il ne payait plus de sa poche.

Il ne m'était pas indifférent que, pour le physique et l'allure, Duncan, dont nous avions minuté l'apparition, l'éclipsât de beaucoup, à la fois discret et très à l'aise, replâtrant d'anglais ses phrases, sans que cela parût une défaillance de son vocabulaire, sobre dans un succès dont il me soumettait chaque étape par un clin d'œil à la dérobade. Il logeait chez moi depuis la veille, mais je ne l'avais pas encore touché malgré ses invites. Il fut à la hauteur de la situation, lorsqu'il apparut que Marceau, avant qu'on ne servît le soufflé au chocolat qui était sa gourmandise, son enfance et sa mère, peinait à donner la réplique à ses voisins, le dos collé à sa chaise. D'un mouvement du menton, je le désignai au jeune homme, qui, aussitôt, par l'esquisse d'un claquement de doigts, convoquait l'un des serveurs, et celui-ci, à qui il avait murmuré quelques mots à l'oreille, se précipita vers la table de Marceau, qui était dans l'axe de la mienne. Dans le vacarme, on lisait sur ses lèvres : « Monsieur, on vous demande au téléphone. » Nul ne remarqua le raidissement de Marceau, qui bandait ses muscles pour dominer son malaise et avancer, et qui, dans sa traversée de la salle, semblait soudain, par un pas de côté, contourner un obstacle invisible. Les gens qui lui lançaient des boutades ou des compliments, se contentaient de son sourire altier. Mes voisins, liés entre eux de longue date, avaient trop de sujets de conversation en commun pour s'inquiéter que désertât leur table un taciturne qui n'était pas de leur monde, et envers lequel ils s'estimaient quittes depuis qu'ils s'étaient informés de son métier et de son camp, dans la querelle du bordeaux et du bourgogne.

Lorsque j'étais entré dans les toilettes, Marceau vomissait dans le lavabo, dont la cuvette était posée sur une colonne. Il était presque aussi blanc que la céramique, les mains crispées autour du robinet pour ne pas tomber. Duncan, qui nous avait rejoints, poussa la targette. « Gifle-moi, je t'en prie, dit Marceau, entre ses doigts plaqués contre sa bouche afin de contenir un hoquet, plissant les paupières — la lumière crue de l'ampoule au-dessus du miroir le blessait. J'ai trop mangé, ce n'est rien. Je t'assure, une vraie paire de beignes, ça va me remettre d'aplomb. S'il te plaît, cogne... »

Adossé à la porte de l'une des cabines, les yeux fermés, la fameuse mèche collée de travers sur son front en sueur, où apparaissaient des rides que je n'avais pas plus remarquées jusque-là que telles minces petites lignes autour des lèvres, Marceau prit une inspiration profonde qui le préparait à recevoir le choc. Je le giflai à toute volée, si fort que le Hollandais, déjà inquiet de voir la poignée de porte tourner en vain sous l'action d'une main impatiente, eut un mouvement de recul, non moins stupéfait, ensuite, que Marceau rouvrît les yeux avec l'expression de gratitude que le noyé revenu à la vie accorde aux sauveteurs. Et même il souriait, quand il pencha vers le miroir son visage, dont la lividité s'atténuait sous l'afflux du sang, et, du sang, il en avait aussi qui perlait aux commissures des lèvres comme une rasade de vin mal essuyée. Lui avais-je, par hasard, cassé une dent ? Duncan lui tendit un mouchoir avec lequel il se tamponna la bouche et la figure, aussi soigneusement qu'une femme atténue un excès de maquillage, avant de le fourrer dans une poche de son costume bleu marine, qui était du même modèle que celui que je m'étais refusé en raison de son prix. « Je ne vous le rends pas, dit-il à Duncan, à qui il souriait dans le miroir. Je vous en offrirai un autre. Avec le sang, on ne sait jamais… » Et suivirent quelques phrases en anglais dont le sens m'échappait. « Quant à toi, ajouta-t-il, en se retournant à demi, lave-toi les mains. On a parfois des écorchures sans le savoir — quoique, avec ta chance… »

Ma chance ? Je n'avais jamais obtenu une seule chose, dans la vie, sans un effort qui lui eût retiré son goût et son intérêt lorsque, enfin, je l'avais décrochée. Mais l'heure n'était pas aux objections. J'obéis, bien que, sur les mains, je n'eusse ni égratignures ni trace du sang que j'avais fait couler — Wolfgang n'était plus là pour me griffer. Duncan s'en alla réclamer à la cuisine un double espresso que le malade but en deux ou trois gorgées, avant de jeter deux comprimés d'un médicament effervescent dans le gobelet en carton qu'il avait rempli d'eau du robinet, et que, une fois vidé, il remplirait de nouveau, afin de dissoudre la poudre d'un sachet, dont il était sans doute préférable d'ignorer et la substance et l'origine. D'après la grimace, c'était très amer. Nous n'échangions plus une parole, et sortîmes des toilettes, l'un après l'autre, à plusieurs minutes d'intervalle, chacun vite à son poste, prêt à plonger la cuillère dans le ramequin du soufflé au chocolat que l'on avait substitué à l'assiette. Duncan fut cependant retardé par les politesses d'un monsieur à cheveux blancs — grand, corpulent, au teint rose et aux yeux clairs — le doyen de la troupe — qui s'était retourné sur sa chaise pour le happer au passage et qui, passé minuit, presque tous les invités partis, s'attarderait encore dans la rue, devant les grilles de la galerie Vivienne, les clés de sa voiture à la main — une de ces voitures de jeune homme que peuvent seulement s'acheter les vieux. À mon avis, les convives derrière lesquels semblait se profiler l'ombre de domestiques sri lankais ou philippins appartenaient au même groupe social que les amis de Maureen, à ceci près que les sous-entendus changeaient d'un pays à l'autre, et que les propos échangés par mes voisins avaient une tournure un peu plus intellectuelle que ceux de leurs homologues romains, des allusions à des films et à des livres s'y glissant parfois, pour achever de m'exclure. À sa table, Vincent imitait mon attitude toute de réserve, qui le justifiait d'hésiter entre le maniement des verres, couteaux et fourchettes, tant que le voisin n'avait pas, par l'exemple, livré le mode d'emploi. S'il avait déjà deviné combien on gagne en crédit à se taire, il irait son chemin. La blonde entre deux âges, à sa gauche, lui faisait beaucoup de frais. Tout à coup, le menton levé, il avait souri, et même ri franchement de toutes ses dents blanches et carnassières, de telle sorte que, convaincu de le prendre en flagrant délit d'intimité avec Touchard, pardessus la tête des invités, je cherchai à rencontrer les yeux du complice, dont le caquet depuis un moment se détachait du brouhaha. Mais ce sourire, qui ne se renouvellerait plus, m'était bel et bien destiné.

Je gardai Duncan à la maison pendant deux jours, sans aller au bureau ni épuiser la complaisance du Hollandais. Marceau, qui me téléphona le lendemain afin de me remercier, ne m'avait-il pas comparé au sultan qui use à satiété de la dernière esclave qu'on lui a procurée au marché ? En tout cas, il m'annonça qu'il se remettrait à voyager, comme à l'époque où il avait vécu, et bien vécu, d'épuiser ses indemnités de licenciement. Chaque voyage ne durerait pas plus d'une semaine, sur le conseil du généraliste qui avait consenti à le suivre médicalement — les généralistes ne raffolaient qu'à moitié de cette catégorie de patients, bien qu'ils fussent assurés d'une longue série de consultations et d'actes. Ils en avaient peut-être peur.

L'hiver s'achevait, je ne me préoccupais plus guère de son état, tout à mes efforts pour m'imposer à mes nouveaux collègues. Un zèle inutile, au demeurant ; si intelligents et compétents qu'ils fussent — et ils l'étaient — supérieurs ou subordonnés, ils avaient femme, enfants, passions ou envies de bonheur, quand le travail était tout mon horizon.

Dès le départ, ils étaient perdants avec l'homme d'une seule occupation. Sur le moment, je me figurai une erreur de la standardiste lorsque, la secrétaire requise devant la photocopieuse dans le couloir, je décrochai la ligne qui rougeoyait depuis quelques minutes sur le cadran. Les clés ? Quelles clés ? Quelle histoire racontait cette fille dont la volubilité s'exaspérait à proportion de la difficulté de rassembler les mots en français ? Le nom de la rue, qu'elle répétait par instants, et son propre accent m'aiguillèrent ; c'était la gardienne de l'immeuble de Marceau ; celui-ci lui avait confié un double des clés à mon intention, à toutes fins utiles, et à ce double était jointe mon adresse. Ma correspondante, qui se rassérénait de se sentir écoutée avec attention, se désolait de ne pas y avoir pensé tout de suite. On manquait d'à-propos, après la découverte d'un corps inanimé, la visite des sapeurs-pompiers et celle de la police. Marceau n'ignorait pas que la femme de ménage montait chez lui, le mardi, à six heures du soir, six heures pile, les bras chargés du linge qu'elle avait repassé dans sa loge. Sans le savoir, elle décrivait maintenant l'un de ces petits automatiques chromés que Nanni s'entendait, naguère, à fournir aux amateurs. Sa crosse luisait entre les plis du tapis ; Esmeralda tremblait bien trop pour y toucher, et, cependant, elle avait secoué Marceau par les épaules, persuadée jusqu'à l'arrivée des ambulanciers qu'il était seulement évanoui. Comment percevoir une détonation, quand elle se produit sous les toits, dans la journée, la plupart des appartements vides de leurs occupants ? Sur une table de bridge, traînaient la carte d'identité, le livret de famille et le double du contrat souscrit auprès d'une société de pompes funèbres qui réglait à l'avance les obsèques — du moins, le policier qui avait emporté les papiers l'affirmait-il.

Il me fallut retourner à La Reine blanche, où deux hommes en salopette marchaient le long du toit de la terrasse, pour obtenir des nouveaux propriétaires le numéro de Marthe à la campagne. Lorsque je sortis, les lettres de la vieille enseigne, que les électriciens avaient achevé de dévisser, s'entassaient au bord du caniveau. La nouvelle servie sans préambule, le silence de Marthe se prolongea à ce point que je crus m'être trompé en composant l'indicatif. « Il est sans doute à la morgue, dit-elle enfin, d'une voix de monologue que l'on surprend derrière la porte fermée. On les garde un peu, après l'autopsie — j'ai l'expérience. Qui va s'occuper de l'enterrement ? »

Les dispositions prises par Marceau avaient sans doute réduit la corvée au minimum pour cette femme grande et mince, avec de grands restes de beauté pour combattre la soixantaine, et dont le mari s'effaçait dans son ombre ; elle reçut les condoléances, se présentant comme la cousine germaine de la mère du défunt.

Pareille méprise se produit souvent. L'avis de décès précisant que la cérémonie aurait lieu au cimetière de Montmartre, je ne m'en aperçus qu'une fois parvenu au bas de l'avenue Junot ; en fait, je m'étais acheminé vers le cimetière Saint-Vincent, sur le flanc opposé de la butte, où Tony, pour soigner et nourrir les chats à sa guise, s'était acquis la complicité des gardiens en même temps qu'une concession à perpétuité. Un prêtre, que l'on tirait sans doute de sa maison de retraite pour ces offices-là, expédiait l'absoute d'une voix basse, lorsque j'arrivai sur les talons de Duncan, qui, lui, venait directement de l'aéroport, cravaté de noir, plus désirable que jamais d'être vêtu de sombre. Nanni me l'avait dépêché, sans discuter ; il y allait de la mémoire du mort que la fiction fût respectée jusqu'au bout. « Cette fois, son voyage est à mes frais, avait-il tranché. Ne discute pas. Mais je ne te l'envoie que pour une journée. Il est sur un gros coup — l'affaire de sa vie. On ne peut pas la lui gâcher. »

Au cimetière, on dénombrait une vingtaine de personnes — moitié moins que d'invités aux Lanternes, mais autant que de gerbes. Et si l'on a noté que plusieurs de celles-ci étaient dépourvues de la banderole où le lien de l'expéditeur avec le disparu se déduit de l'adieu en lettres d'argent, qui a soupçonné que l'envoi avait été prévu par Marceau lui-même ? Au premier rang et qui s'impatientait de mon retard, Marthe portait une redingote noire à col en velours de soie d'une couleur identique, qui, par son brillant, semblait indiquer un grade dans l'armée des veuves — aussi la plupart des femmes tournaient-elles la tête, quand elles ne se rapprochaient pas du prêtre, pour mieux la dévisager. Mon coup d'œil à sa tenue contenait le compliment que la décence interdisait d'exprimer. Alors, glissant son bras sous le mien, elle déclara que, à partir d'un certain âge, une femme avait toujours prêts, dans son armoire, des habits adaptés à ce genre de circonstances.

Le cercueil fut placé dans l'un des caveaux d'une chapelle qui, vu les inscriptions, était d'une famille où l'on ne mourait plus depuis un demi-siècle, et négligeait de remplacer les carreaux cassés. Elle se signale par une flèche gothique, sur les hauteurs à droite, et à quelques mètres du mur d'enceinte, au-delà duquel, à la fenêtre, au premier étage d'un immeuble, un enfant derrière la vitre grimaçait, soufflant dans un mirliton dès qu'on lui rendait sa curiosité. La cousine précisa à chacun, sur un ton d'excuse, que l'on procédait à une inhumation provisoire, l'air d'estimer qu'il y avait parfois, après la mort, des événements de nature à déranger les défunts. Nous restâmes avec elle, qui avait le bon ton d'une éducation à l'ancienne, tant que les assistants n'eurent pas atteint la grille au bout de l'allée, aussi peu entretenue qu'une piste d'Afrique, qui débouche dans la rue Rachel, où leurs voitures étaient garées — quelquefois un chauffeur en descendait pour leur ouvrir la portière.

Esmeralda, la gardienne de l'immeuble — une Portugaise — qui avait apporté un gros bouquet de pivoines ne nous quittait pas d'une semelle, les yeux rougis, son visage de gamine à demi enfoui dans un mouchoir devant lequel dansaient, au rythme du chagrin, des mèches de cheveux aussi mal décolorées que les pointes détachées du brushing d'Annarosa de Fregene. Depuis son arrivée, elle se désolait que, de transfert en manipulation, la belle montre-bracelet de Marceau eût disparu. Elle jugeait inadmissible de soupçonner les sapeurs-pompiers. Elle sortait avec l'un d'eux, le dimanche. C'étaient tous d'honnêtes garçons.

« Or gris ou pas, monsieur Laumière n'en a plus besoin », dit Marthe, qui avait glissé sa main gantée de noir autour de l'épaule d'Esmeralda, dans un geste de protection qui s'acheva par une caresse dans le cou.

Les femmes s'en allèrent par couples en papotant à mi-voix, serrées l'une contre l'autre au point d'entraver leur marche, comme si elles avaient besoin du contact d'une chair pour se croire elles-

431

mêmes encore vivantes, et sans doute quelques-unes avaient-elles été les élégantes et jeunes passagères de la Duetto, qui, la capote baissée, démarrait devant La Reine blanche, et que le conducteur engageait à contresens sur le pont Louis-Philippe, malgré les cris, ou peut-être pour les provoquer.

Dès qu'il eut la certitude que Duncan, attentif au panorama, n'avait aucune intention de partir de son côté, l'homme aux cheveux blancs, qui avait déjà fait le guet, en son honneur, devant les grilles de la galerie Vivienne, allongea le pas pour rattraper un autre solitaire qui s'esclaffa à son approche. C'était Touchard, qui avait écouté les paroles du prêtre, les larmes aux yeux, et qui, maintenant, agitait la laisse du chien, comme jaillie de la manche d'un prestidigitateur. Un chat tricolore, le jumeau de celui qui dormait sur la dalle du poète, au cimetière des Anglais, à Rome, plus méfiant que son congénère à l'égard des vivants, sautait de tombe en tombe. L'air était doux, douce également dans la mienne la main que Marthe avait dégantée, doux le parfum de lilas qui l'enveloppait, et lorsque, à notre tour, nous nous engageâmes dans l'allée, les rayons de soleil frangèrent le dais de nuages, qui depuis le matin promettait la pluie, ménageant, à travers la grisaille, une coupole du même bleu que l'étoffe du dôme au-dessus du lit d'une chambre de bordel à Amsterdam.

Le printemps commençait, et maintenant il faudrait, chaque année, nous habituer à ce printemps, qui était trop fort pour nous, et le serait chaque année davantage.

DU MÊME AUTEUR

Aux Éditions Denoël

LA LOGE DU GOUVERNEUR, 1969

LA MAISON DES ATLANTES (Folio n° 449), prix Femina
1971

Aux Éditions Gallimard

L'ÉDUCATION DE L'OUBLI (Folio n° 989), 1974

LES DAMES DE FRANCE (Folio n° 1196), 1977

LA DERNIÈRE FÊTE DE L'EMPIRE (Folio n° 1587), 1980.
Le Rocher, 1995

LES JARDINS DU CONSULAT (Folio n° 1771), 1984

LES ROSES DE PLINE (Folio n° 2075), 1987

LA CONFESSION DANS LES COLLINES (Folio n° 2417),
1990

Aux Éditions Grasset

LES JOURS NE S'EN VONT PAS LONGTEMPS (Folio
n° 2711), 1993

DERNIÈRES NOUVELLES DE LA NUIT, 1997

Aux Éditions Plon

SERVICE DE PRESSE, 1999

Composition Nord Compo
Impression Bussière Camedan Imprimeries
à Saint-Amand (Cher),
le 13 décembre 1999.
Dépôt légal : décembre 1999.
Numéro d'imprimeur : 995422/1.

ISBN 2-07-040993-7./Imprimé en France.

91060